LA STAGIONE

della stessa autrice:

I cieli di Philadelphia

Il mondo invisibile

Il peso

per visitare il nostro sito, inquadra il QR code

Liz Moore

IL DIO DEI BOSCHI

Traduzione di Ada Arduini

NNE

Titolo originale:
The God of the Woods

La traduzione delle citazioni in esergo è a cura di Ada Arduini.
La mappa a p. 9 è opera dell'autrice.

www.nneditore.it

A mia sorella Rebecca, che conosce questi boschi

Raggiungendo questi boschi, molti camminatori non credono al pericolo di cui vengono avvertiti e che li attende se si avventurano a praticare soli il loro passatempo preferito. Ma devono sapere che non esiste alcun dubbio sulla realtà di questo pericolo – quello di perdersi nella foresta. È l'unica cosa di cui avere davvero paura nei boschi delle Adirondack!

Da "Smarriti nelle Adirondack: un avvertimento per i visitatori dei North Woods; cosa non fare quando si smarrisce la strada e come non smarrirla", *The New York Times*, 16 marzo 1890

Riflettei sulla rapidità con cui, in terre selvagge, al pericolo può seguire la bellezza, e l'uno diventa parte dell'altra.

Anne LaBastille, *La donna dei boschi*

Base del Monte Hunt
Parcheggio
Rte. 29
Riserva
Van Laar
Radura
Scorciatoia
Fattoria
Fiducia-in se-stessi
Parcheggio
Lago
Joan
Camp Emerson
Rimessa delle Barche
Aula magna
mensa
Chalet del Direttore
Bagni Ragazze
Bungalow Ragazze
Spiaggia
Torrente
Bagni Ragazzi
Bungalow ragazzi
Alloggi del personale

I

BARBARA

Louise

Agosto 1975

Il letto è vuoto.

Louise, la coordinatrice – ventitré anni, gambe e braccia corte, voce roca piena di allegria –, a piedi nudi sulle assi ruvide e tiepide del bungalow Abete balsamico, cerca di dare un senso alla scomparsa di un corpo dal letto vicino alla porta. Più tardi, i dieci secondi trascorsi tra la scoperta e la deduzione costituiranno la prova che il tempo è un costrutto umano in grado di rallentare o accelerare in presenza di un'emozione, o di sostanze chimiche nel sangue.

Il letto è vuoto.

L'unica torcia presente nel bungalow – l'assenza della quale serve, anche di giorno, a indicare che le ragazze sono in bagno – è al suo posto su una mensola vicino alla porta.

Lentamente Louise si gira descrivendo un cerchio ed elenca le ragazze che vede.

Melissa. Melissa. Jennifer. Michelle. Amy. Caroline. Tracy. Kim.

Otto ragazze. Nove letti. Conta e riconta.

Alla fine, quando non può più fare altrimenti, lascia che un nome emerga alla superficie della sua mente: *Barbara.*

Il letto vuoto è quello di Barbara.

Chiude gli occhi. Immagina di tornare, per l'eternità, in quel posto e in quel momento: solitaria viaggiatrice del tempo, fantasma che infesta il bungalow Abete balsamico nell'attesa della ricomparsa di un corpo che non c'è. Nell'attesa che la ragazza Barbara entri dalla porta. Che le dica che è stata in bagno e ha dimenticato che è obbligatorio portarsi dietro la torcia, che si scusi con la sua aria disarmante, com'è già successo in precedenza.

Ma Louise è certa che Barbara non farà niente di tutto questo. Per motivi che non sa bene come articolare, sente che Barbara è scomparsa.

Tra tutte le ragazze, pensa Louise. *Tra tutte le ragazze proprio lei doveva scomparire.*

Alle 6.25 Louise scosta una tenda e rientra nello spazio che divide con Annabel, apprendista coordinatrice. Annabel è una ballerina di diciassette anni di Chevy Chase, Maryland. Per età Annabel Southworth è più vicina alle ragazze che a Louise, ma tiene la schiena dritta, sa infondere ironia nelle parole e di solito si comporta in modo che tutte riconoscano il confine netto tra tredici e diciassette – una linea rappresentata dalla parete di compensato che separa la zona principale del bungalow dall'angolo delle coordinatrici.

Louise la scrolla per svegliarla. Annabel strizza gli occhi. Poi, con aria melodrammatica, se li copre con il gomito piegato e sprofonda di nuovo nel sonno.

Louise si rende conto di una cosa: sente odore di birra. Credeva che venisse da lei – dalla sua pelle e dalla sua bocca. La sera prima ne ha bevuta abbastanza da avvertirne ancora gli effetti. Ma in quel momento, in piedi vicino ad Annabel, si chiede se in realtà l'odore non arrivi dalla parte della stanza riservata alla sua vice.

E la cosa la preoccupa.

«*Annabel*» sussurra. Nel proprio tono riconosce a un tratto la voce di sua madre. E in un certo senso in rapporto a quella ragazza si sente proprio come sua madre – sua madre la cattiva, l'irresponsabile.

Annabel apre gli occhi. Si mette a sedere e fa subito una

smorfia. Incrocia lo sguardo di Louise e sgrana gli occhi, poi impallidisce.

«Sto per sentirmi male» esclama, a voce troppo alta. Louise la zittisce e afferra il primo contenitore a tiro – un sacchetto vuoto di patatine rimasto sul pavimento.

Annabel allunga la mano verso il sacchetto. Ha un conato di vomito. Poi alza la testa ansimando e lamentandosi piano.

«Annabel» dice Louise. «Ieri hai bevuto?».

La ragazza scuote la testa. Ha paura.

«Credo» dice – e ancora una volta Louise la zittisce sedendosi sul letto, e nella testa conta fino a cinque come fa sempre da quand'è piccola. Si è allenata a non reagire.

Il mento di Annabel trema. «Credo di aver mangiato qualcosa di andato a male» sussurra.

«Sei uscita ieri sera?» chiede Louise. «Annabel?».

Annabel la guarda. Fa i suoi conti.

«È importante» dice Louise.

In genere è paziente con le coordinatrici in formazione. Sa bene come gestire i loro primi doposbronza. Non dà troppo peso a qualche eccesso nelle serate di libertà. Quell'anno è coordinatrice capo e in linea di massima chiude un occhio davanti a comportamenti che ritiene innocui. Quando le sembra arrivato il momento giusto, anche lei si lascia andare. Ma altrimenti usa il pugno di ferro; quell'estate alla prima coordinatrice che non si è svegliata in tempo dopo una serata di bagordi è stata vietata la partecipazione alle feste successive, e a quanto pare è servito a dare l'esempio, visto che nessuno ha più ripetuto l'errore.

Fino a quel momento. Perché la sera prima, mentre lei era fuori, quella di turno doveva essere Annabel. Ed è chiaro che Annabel non c'era.

Louise chiude gli occhi e ripercorre le fasi della sera prima.

Nella sala comune si ballava: c'era la festa di fine campo estivo, a cui devono partecipare tutti i ragazzi, i coordinatori e i loro vice. Ricorda che a un certo punto le è sembrato che Annabel non ci fosse – o quantomeno non riusciva a vederla – ma è sicura che alla fine della festa fosse tornata.

Perché alle undici, quando aveva fatto una rapida conta, Annabel c'era, insieme alle nove ragazze – sì, nove – che le avevano dato la buonanotte con un affettuoso cenno della mano. Le rivede, di spalle, che si avviano a gruppetti verso il bungalow Abete balsamico.

Era stata l'ultima volta che le aveva viste. Poi, certa che Annabel avesse in pugno la situazione, Louise se n'era andata per i fatti suoi.

Ora cerca di ripensare ai letti delle ragazze a fine serata, dopo il coprifuoco, quand'era rientrata in punta di piedi. Dovevano essere... le due del mattino? Le tre? Le immagini riemergono frammentate: la bocca aperta di Melissa R., il braccio di Amy penzoloni a sfiorare il pavimento. Ma in quei ricordi Barbara non c'è. E nemmeno la sua assenza.

Prende forma invece un ricordo diverso: John Paul, nella Radura, che mulina le braccia prima nella sua direzione e poi in quella di Lee Towson. John Paul, con quel suo approccio alla rissa da ragazzino ricco, che mostra i pugni come se stesse per salire sul ring. Lee aggressivo e infuriato, con ancora addosso il grembiule di quando ha servito la cena. Aveva liquidato subito John Paul e l'aveva lasciato per terra a sbattere le palpebre con aria confusa per mettere a fuoco i rami degli alberi.

Oggi Louise passerà dei guai. Succede sempre, quando John Paul intuisce che si sta prendendo delle libertà.

Tanto per essere chiari: stavolta lei non ha fatto niente.

Annabel alza la testa per prendere fiato. Si mette una mano sugli occhi.

«Sai dov'è Barbara?» le chiede Louise senza farla tanto lunga. Non c'è molto tempo: presto le ragazze nell'altra stanza si sveglieranno.

Annabel sembra stordita.

«Van *Laar*» aggiunge Louise e poi lo ripete a voce più bassa. «Una delle nostre».

«No» fa Annabel, e crolla di nuovo sul letto.

Naturalmente proprio in quel momento, dagli altoparlanti montati sugli alberi di tutto il campo estivo, suona la sveglia – il che significa che dall'altra parte della parete di compensato otto ragazzine di dodici e tredici anni si stanno svegliando di malavoglia puntellandosi sui gomiti ed emettendo i soliti piccoli rumori, sospiri e sbuffi.

Louise inizia a camminare avanti e indietro.

Annabel, ancora in posizione orizzontale, la osserva e comincia a capire il problema.

«Annabel» dice Louise. «Adesso devi dirmi la verità. Sei uscita di nuovo ieri notte, dopo che le ragazze sono andate a dormire?».

Annabel trattiene il fiato. Poi espira. Annuisce. Louise si accorge che gli occhi le si riempiono di lacrime.

«Sì» ammette. Nella sua voce c'è un tremito infantile. È una che nella vita raramente si è messa nei guai: Louise ne è certa. È una persona a cui fin dalla nascita hanno spiegato il suo valore nel mondo. E come può rendere felici gli altri. Adesso si è proprio messa a piangere e Louise si trattiene dall'alzare gli occhi al cielo. Di cos'ha paura? Non ha niente da perdere. Ha diciassette anni. La cosa peggiore che le può succedere è che la licenzino e la rimandino in cima alla collina dai suoi ricchi genitori – che poi sono amici dei proprietari del campo estivo. E in quel momento sono ospiti nella villa all'interno del parco.

Mentre la cosa peggiore che può succedere a Louise – che è un'*adulta*, pensa lei, per punirsi –, la cosa peggiore che le può succedere è... be'. *Non correre troppo*, si ripete. *Resta nel presente.*

Si avvicina alla tenda. La scosta appena e incrocia lo sguardo di Tracy, che dorme insieme a Barbara. È una ragazzina silenziosa che scendendo dal letto di sopra si è fermata a metà scaletta: evidentemente si è resa conto del problema.

Louise molla la tenda.

«È scomparsa?» dice Annabel. Louise la zittisce di nuovo.

«Non dire *quella parola*» le intima Louise. «Di' che non è nel suo letto».

Louise passa in rassegna la stanzetta alla ricerca di prove del loro comportamento della sera prima. Butta quello che trova dentro un sacchetto della spazzatura di carta marrone: una bottiglia di birra vuota che ha bevuto tornando dalla Radura; il mozzicone di uno spinello fumato a un certo punto della serata; il sacchetto di patatine pieno di vomito, che manovra con due dita rigide.

«C'è qualcos'altro che non vuoi sia trovato?» domanda ad Annabel, la quale scrolla la testa.

Louise chiude il sacchetto, lo ripiega fino a renderlo piccolo piccolo.

«Stammi a sentire» dice. «Stamattina forse dovrai occuparti tu delle ragazze. Ancora non so bene. Nel caso, devi liberarti di questa roba. Lasciala nell'area rifiuti mentre vai a fare colazione. Bisogna che ce ne disfiamo. Ce la fai?».

Annabel annuisce, ancora verdognola.

«Adesso però» continua Louise «resta qui. Non uscire per un po'. E non...». Esita, cerca delle parole che suonino serie ma non implichino responsabilità. Dopotutto sta parlando con una bambina. «Non dire a nessuno di ieri sera, non ancora. Fammi riflettere su un paio di cose».

Annabel tace.

«Okay?» dice Louise.

«Okay».

Cederà immediatamente, pensa Louise. Racconterà senza battere ciglio tutto quanto, quel che è successo e quello di cui è a conoscenza, a chiunque abbia una qualche autorità. Piangerà sulla spalla di sua madre e su quella di suo padre, che probabilmente non hanno neanche mai capito la poesia da cui hanno preso il nome della figlia e che la consoleranno, poi riprenderà le lezioni di danza classica e l'anno prossimo, dopo la maturità, finirà dritta a Vassar o Radcliffe o Wellesley e sposerà il ragazzo che le hanno scelto i suoi – ha confessato a Louise che ne hanno già in mente uno – e non ripenserà mai più a Louise Donnadieu, o al destino che le toccherà, o ai problemi che avrà per il resto della vita a trovarsi un lavoro, una casa, a mantenere sua madre che ormai da sette anni non riesce o non vuole lavorare. A mantenere il fratellino, che ha undici anni e non ha fatto niente di male per meritarsi la vita che sta facendo.

Davanti a lei, Annabel ha un altro conato. Poi si riprende.

Louise si pianta le mani sui fianchi. Respira. *Rallenta*, si ripete.

Quindi si dà un contegno e scosta la tenda. Comincia a fingersi ignara e sorpresa davanti a quel gruppetto di ragazzine che – e inghiotte la vergogna come se fosse una pillola – la ammirano, la venerano, si rivolgono spesso a lei per farsi consigliare e proteggere.

Entra nella loro stanza. Finge di guardare un letto dopo l'altro. Aggrotta le sopracciglia simulando perplessità.

«Dov'è Barbara?» esclama in tono allegro.

Tracy

Due mesi prima
Giugno 1975

Al loro arrivo, ai ragazzi del campeggio venivano inculcate tre regole.

La prima riguardava le cose da mangiare nei bungalow e la maniera in cui andavano consumate e conservate (senza sporcare; ben chiuse).

La seconda aveva a che fare con il nuoto, attività che in nessuna circostanza andava praticata in solitudine.

La terza – la più importante, come sottolineato dal fatto che campeggiava a lettere maiuscole in parecchi spazi comuni – era SE TI PERDI, SIEDITI E METTITI A URLARE.

Lì per lì Tracy la trovò una direttiva quasi comica. Gliel'avrebbero ripetuta la sera stessa davanti al falò di inaugurazione e gliene avrebbero spiegato la logica. Ma presentata così, in maniera tanto succinta e diretta, da un coordinatore alto che pronunciava le parole senza punteggiatura o la minima emozione... le venne da guardare altrove e reprimere una risatina nervosa. SE TI PERDI, SIEDITI E METTITI A URLARE. Cercò di immaginare la scena, di sedersi proprio lì dove si trovava. Di aprire la bocca e urlare. Si domandò che suono le sarebbe uscito. Quale parola, quali parole? *Aiuto? Aiutatemi?* Per carità. *Per favore venitemi a cercare?* Era fin troppo imbarazzante anche solo pensarci.

Suo padre l'aveva pagata per andarci.

Dopo una settimana di contrattazioni che si era conclusa

con uno stallo in camera sua durato un weekend, a questo si era arrivati: al vile denaro, cento dollari – il cinquanta per cento dei quali la attendeva al suo ritorno.

Ciò che avrebbe voluto fare quell'estate era semplice: passare le giornate nel soggiorno della casa vittoriana di Saratoga Springs che la sua famiglia prendeva in affitto da dieci anni durante la stagione delle corse. Abbassare un poco le tapparelle, socchiudere le finestre, puntarsi addosso tutti i ventilatori della casa, sdraiarsi sul divano e alzarsi soltanto per prepararsi degli spuntini elaborati. E leggere: leggere era la cosa più importante.

Non aveva fatto altro, per cinque estati di fila. E aveva sperato che anche quella del 1975 sarebbe stata identica.

Invece suo padre – che aveva divorziato da sua madre da meno di un anno – si era trovato una ragazza, aveva preso in affitto una casa più bella e si era fatto l'idea che Tracy non potesse starsene orizzontale l'intera estate a non far niente. E tutto in rapida successione. O almeno era quel che le aveva comunicato a metà giugno mentre tornavano dalla casa della madre di Tracy a Long Island. (Lei non aveva potuto fare a meno di notare che suo padre aveva aspettato a rivelarle il piano solo quando ormai erano quasi arrivati a Saratoga). Secondo Tracy il vero motivo era che così se la sarebbe tolta di torno per due mesi. In modo che lui e la suddetta ragazza potessero prendere possesso della casa senza avere tra i piedi una dodicenne con il muso. Ma perché si era tanto sbattuto per farsela affidare per tutta l'estate, pensava Tracy, se poi si limitava a spedirla altrove?

Non si era neanche disturbato ad accompagnarla personalmente a Camp Emerson. Aveva invece affidato il compito a Donna Romano, la sua ragazza, che per Tracy era solo un nome e un cognome.

«Oggi ci sono le corse» aveva detto suo padre quando Tracy l'aveva messo spalle al muro nell'ingresso, implorandolo di accompagnarle. «Devo andare a Belmont. Alle due corre Ripensamento».

Suo padre era figlio di un fantino, ma si era fatto troppo alto per seguire le orme del genitore. Così era diventato artiere ippico, poi allenatore e infine proprietario di cavalli, e a ogni lavoro le circostanze della loro vita erano cambiate. Quand'era nata Tracy vivevano tutti e tre in una roulotte nel vialetto della casa della nonna materna. Adesso abitavano in una grande casa nuova con il cancello argentato a Hempstead, New York. Be', quantomeno ci vivevano Tracy e sua madre.

«E io con quella di cosa ci *parlo*?» insisté, ma lui si limitò a scuotere la testa e a metterle le mani sulle spalle con aria implorante. A un tratto Tracy si accorse che lo guardava dritto negli occhi: era alta come lui. Di recente era cresciuta fino a superare il metro e ottanta e tendeva a ingobbirsi parecchio se non era in movimento.

«Come posto dovrebbe essere spaziale. Cioè, proprio una bomba» disse suo padre – le stesse due espressioni imbarazzanti che aveva usato quando le aveva comunicato la notizia. «Scommetto che alla fine ti piacerà da pazzi».

Lei si girò verso una finestra e vide Donna Romano che si sistemava il reggiseno esaminando il proprio riflesso nel finestrino della macchina. Era una Stutz Blackhawk nuova di zecca con i tappetini a pelo lungo e un motore il cui rombo ricordava a Tracy la voce di suo padre. «Top di gamma» aveva dichiarato lui quand'era passato a prenderla a Hempstead. Tracy aveva l'impressione che nella vita di suo padre fosse tutto nuovo. Casa in affitto, ragazza, cucciolo di pechinese, macchina. Tracy era l'unica cosa vecchia rimasta nella sua orbita e adesso anche lei veniva messa da parte.

Poi scoprì che Donna Romano fumava come una ciminiera. Tra una boccata e l'altra rivolse a Tracy delle domande generiche che si era evidentemente preparata proprio in previsione del viaggio. Quando non era troppo presa a rispondere, Tracy le lanciava delle occhiate. Donna Romano era estremamente carina. In genere questo sarebbe bastato a farle guadagnare il favore di Tracy. Adorava le donne belle. Adorava le ragazze più ambite della sua scuola media – per quanto la parola più esatta sarebbe stata *venerava*, visto che in realtà dentro di sé le disprezzava anche. Ne era comunque affascinata, forse perché fisicamente erano il suo contrario e quindi sembravano quasi esemplari da osservare a lungo con il microscopio. Praticamente tutte le sue compagne di classe avevano i capelli lisci e lunghi, con la riga in mezzo, mentre quelli di Tracy erano rossi, voluminosi e indomabili. Alcune avevano lentiggini appena accennate, mentre quelle di Tracy erano così pronunciate che un gruppetto di ragazzi di prima l'aveva soprannominata Unisci i Puntini. Avrebbe dovuto portare gli occhiali; ne aveva un paio ma non li metteva mai e quindi era costretta a strizzare spesso gli occhi. Una volta, in tono indifferente, suo padre le aveva detto che sembrava una mela infilzata su degli stuzzicadenti e quella frase così crudele e fantasiosa insieme l'aveva bloccata come una cavezza.

Le strade asfaltate diventarono di ghiaia e terra. Ogni due o tre minuti comparivano delle casette sgangherate i cui cortili anteriori erano stati trasformati in cimiteri di veicoli arrugginiti. Era bizzarro, quel contrasto tra bellezza naturale e degrado umano, e Tracy cominciò a chiedersi se stavano andando nella direzione giusta.

E poi, alla fine, videro un cartello. RISERVA VAN LAAR, c'era scritto. Le istruzioni arrivate per posta dicevano che bisognava seguirlo.

«Chissà perché sul cartello non c'hanno messo il nome del campo estivo» si domandò Donna Romano.

Forse perché i pervertiti non lo trovino, pensò Tracy. Sapeva che era la risposta che avrebbe dato suo padre. Pur senza volerlo, spesso ne sentiva la voce come una specie di presenza narrativa che faceva da colonna sonora alla sua vita. Quell'anno – il primo dal divorzio – era il periodo più lungo che trascorrevano separati.

La verità era che Tracy da piccola era stata la sua ombra, l'aveva amato senza riserve e l'aveva seguito ovunque, offrendo carote sulla mano aperta ai musi vellutati dei suoi cavalli preferiti. Anche se sarebbe morta piuttosto che ammetterlo, ne sentiva profondamente la mancanza e aveva passato la maggior parte dell'ultimo anno di scuola a immaginare l'estate che avrebbe trascorso al suo fianco.

La strada di terra battuta si biforcava. Una freccia puntata a destra indicava CAMP EMERSON: DOVE NASCONO AMICIZIE ETERNE. E poi gli alberi si aprivano su un prato con una lunga fila di casette rustiche in legno. Lì davanti, un coordinatore stava in piedi dietro un tavolino da picnic pieghevole a cui era appeso un cartello umido con su scritto un poco convincente BENVENUTI.

Il coordinatore si avvicinò alla Blackhawk con una cartellina, che passò a Donna dal finestrino. Poi da bravo banditore recitò in tono formale le Tre Regole di Camp Emerson – compresa l'ultima, la più importante, una frase che sarebbe echeggiata nella testa di Tracy per giorni, per settimane. Per il resto della vita.

Se ti perdi, siediti e mettiti a urlare.

Tracy trovava difficile immaginare fino a che punto avrebbe dovuto perdersi prima che quell'opzione le sembrasse praticabile. Aveva l'impressione che dalla nascita la sua voce non avesse fatto altro che indebolirsi, e quindi arrivata ai dodici anni ormai faceva fatica a farsi sentire.

Moltissimo, decise alla fine. *Dovrei perdermi in maniera assoluta e irreversibile.*

«Tu sei nel bungalow Abete balsamico» disse il coordinatore interrompendo i suoi pensieri. Poi tese un braccio lunghissimo verso destra. Donna Romano pestò sull'acceleratore e la Blackhawk iniziò ad allontanarsi.

Alice

Giugno 1975

Gli ultimi genitori se ne stavano andando.

Dalla veranda della villa in cima alla collina, Alice guardava le auto allontanarsi piano in una lenta processione, i tergicristalli in movimento.

Camp Emerson era a meno di un chilometro ma la casa padronale della Riserva – l'avevano battezzata Fiducia-in-se-stessi – era stata costruita su una sporgenza di terra da cui si vedeva tutt'intorno: a est il lago Joan, a ovest il lungo viale che sbucava sulla strada che portava in città, a sud Camp Emerson e a nord i boschi. Il monte Hunt e le sue pendici.

Era lì in piedi da due ore. Fino a quel momento erano passate novantuno auto. Dentro ciascuna c'erano un genitore o dei genitori che avevano accompagnato uno o più figli.

Quello era il rituale di Alice da ventitré anni, dal suo matrimonio con Peter Van Laar. Dall'età di diciotto, il primo giorno di campo estivo si metteva alla finestra, a volte con un bambino tra le braccia, a volte da sola, a guardare. Le piaceva immaginare le famiglie dentro le macchine. Le piaceva inventare per loro nomi e problemi.

L'ultima auto scomparve alla vista. Alice si raddrizzò e controllò l'orologio alle sue spalle: le 16.45. Era cominciato il consueto conto alla rovescia: alle cinque avrebbe potuto concedersi una delle pillole ordinate dal dottor Lewis, per i nervi. Gliene aveva prescritta una sola, ma andavano bene anche due, "nelle giornate molto storte". Il dottor Lewis si riferiva ai giorni in cui pensava troppo a Bear.

Quindi ce ne volevano due.

Sentì un tonfo all'ingresso: qualcuno aveva picchiato il batacchio di ferro contro la porta. Era sicuramente T.J.

Quella mattina Alice aveva fatto recapitare un messaggio all'ufficio della direttrice chiedendole un incontro.

Dalla tasca pescò il flaconcino di vetro e masticò le due pillole con quindici minuti di anticipo.

Poi chiuse gli occhi provando dentro di sé le parole che avrebbe usato.

Si tratta di Barbara, avrebbe detto. *Vorrebbe partecipare al campo estivo.*

Erano passati cinque anni da quando T.J. Hewitt era diventata direttrice di Camp Emerson. Lei non avrebbe voluto; sosteneva che suo padre Vic fosse perfettamente in grado di continuare a ricoprire in maniera eccellente il ruolo che aveva avuto per decenni.

Ma durante l'estate del 1970 la malattia di Vic – inizialmente fisica, poi mentale – era diventata impossibile da ignorare: proprio il primo giorno aveva spaventato parecchi ragazzi mettendosi a urlare cose senza senso. E davanti ai genitori, perdipiù. Questi ultimi, infuriati, avevano assediato la villa per protestare. E Peter aveva licenziato Vic su due piedi, assicurando ai genitori che avrebbe personalmente supervisionato il campo estivo fino a quando non fossero riusciti a trovare un degno sostituto.

Per un breve periodo ne cercarono uno, ma poi Peter suggerì che fosse T.J. ad assumere i compiti che erano stati di suo padre. Alice era contraria. T.J. era molto giovane, ed era una donna. Non si era mai sentito di una donna che facesse la custode di una tenuta. Ma Peter aveva insistito. Un altro candidato potevano trovarlo più avanti, con calma, aveva detto.

Poi però non l'avevano più cercato. Quantomeno, non avevano trovato nessuno capace di riscuotere l'approvazione di Peter. E quindi, come suo padre prima di lei, ora T.J. ricopriva entrambi gli incarichi: in autunno, inverno e primavera era custode della Riserva e d'estate direttrice del campo estivo. Abitava ancora nella casetta in cui era cresciuta, che fungeva da ufficio del direttore, e ormai, per quasi tutto l'anno, anche da clinica per la convalescenza di Vic Hewitt.

T.J. giunse sulla soglia della veranda e si schiarì la voce. Pareva a disagio, infelice – anche se, a essere sinceri, quella era la sua espressione ogni volta che entrava in un edificio. Il suo regno erano i boschi.

«Salve, T.J.» disse Alice, e T.J. si limitò a un cenno, evitando di rivolgersi direttamente a lei. Da quando Alice la conosceva, T.J. non l'aveva mai chiamata per nome. In lei c'era una certa alterigia che Alice aveva sempre trovato irritante. Con Peter non si comportava così, pensò – no, con Peter era rispettosa.

«Siediti» disse Alice e la vide girare su se stessa alla ricerca della posizione che unisse il minimo impegno alla massima impazienza. Alla fine scelse un'ottomana e si sedette proprio sul bordo. I gomiti sulle ginocchia. La testa bassa.

Si era appena tagliata i capelli a forma di scodella, un taglio così storto e maldestro che Alice pensò che doveva esserselo fatto da sola. Era difficile riconoscere nella donna seduta lì davanti la bambina che Alice aveva conosciuto ventitré anni prima, quando aveva messo piede per la prima volta nella Riserva: allora T.J. ne aveva tre ed era sempre in movimento, seguiva suo padre ovunque. All'epoca la chiamavano Tessie Joe, un nome frivolo più adatto a una bambola o a una mucca o a un personaggio dello spettacolo, completamente inadeguato per una bambina così imperturbabile. A sedici aveva adottato il più androgino nomignolo di T.J., ma aveva portato i capelli raccolti in una lunga treccia per almeno altri dieci. Fino a quel momento.

«Come stai?» le domandò Alice. Poi prese una mentina dalla coppetta che aveva accanto, tenuta sempre piena dal personale di servizio. Quelle rosa erano le più buone.

«Okay» rispose T.J. con il suo tipico accento. Quell'*accento*. Alice viveva in zona da più di vent'anni ormai ma lo trovava sempre sgradevole.

«Tuo padre sta bene?».

«Abbastanza».

«Problemi con il campo, quest'anno?».

«Nah» rispose T.J. Poi si scacciò qualcosa di invisibile dalla nuca e si guardò la mano.

«Vengo subito al dunque» disse Alice. «Immagino che il signor V. te ne abbia già parlato». Tacque in attesa della risposta – perché in realtà non aveva idea se Peter le avesse già detto qualcosa. Non lo sentiva da giovedì, quand'era partito per Albany. Sapeva solo che Barbara era ancora a casa.

T.J. scosse la testa. No.

Alice sospirò. *Ma certo*, pensò – certo che non le ha detto niente. L'unica cosa su cui poteva scommettere era che lui si sarebbe sottratto regolarmente al proprio dovere e avrebbe continuato a deluderla – e a deludere Barbara. Quando la vita diventava difficile lui se ne tirava sempre fuori. Il che in quei giorni significava – visto come si comportava Barbara – che non c'era quasi mai e in genere non avvertiva. I suoi ritorni erano altrettanto imprevisti.

T.J. sembrava irrequieta e irrigidì la schiena.

«Bene» le disse Alice sforzandosi di proseguire in tono allegro e leggero. «Allora questa per te sarà una novità. Abbiamo deciso – Barbara ha deciso – che quest'anno vuole partecipare al campo estivo».

Poi fece un sorrisetto, come se avesse appena comunicato una bella notizia.

Sapeva che la cosa a T.J. non sarebbe piaciuta. Era uno dei motivi per cui aveva tergiversato così tanto. Per generazioni c'era stata una rigida separazione tra la famiglia Van Laar – banchieri di Albany, amanti della vita all'aria aperta ma molto formali – e il campo estivo di loro proprietà, che era sempre stato il regno degli Hewitt. Prima Vic, adesso sua figlia. E poi c'era il fatto che a T.J. le cose piacevano fatte in un certo modo, in un certo ordine. Alice era certa che quella richiesta, arrivata così all'ultimo minuto, l'avrebbe irritata.

Ma per un istante sulla faccia di T.J. passò qualcosa che Alice non riuscì a definire. Costernazione? Rabbia? Non la guardava neanche negli occhi. Da quand'era entrata nella stanza aveva tenuto lo sguardo puntato a destra di Alice.

T.J. scrollò la testa una seconda volta.

«Scusi» disse. «Impossibile».

Alice la fissò.

Nella voce di T.J. c'erano una sicurezza e un'inappellabilità totali. *Come se potesse decidere lei*, pensò Alice. Come se fosse lei la proprietaria e non viceversa.

Alice inspirò. In bocca, la mentina si era completamente dissolta. Ne prese un'altra e prima di rispondere la frantumò tra i denti.

«Per noi significherebbe moltissimo» disse. «So che sei affezionata a Barbara. Di certo ti sei accorta che sta avendo... delle difficoltà. Che si comporta male. Riteniamo che stringere nuove amicizie le farebbe bene».

Quantomeno, Alice ne era convinta. Peter invece non ne era così sicuro. Ma c'erano molte altre ragioni per cui secondo Alice aveva senso permetterle di andare: almeno sarebbe stata fuori casa il giorno della festa. Era la prima che organizzava da quattordici anni a quella parte. In agosto avrebbero festeggiato il centesimo anniversario della Riserva insieme a una ventina di parenti e amici che avrebbero trascorso lì una settimana. L'ultima volta che avevano avuto ospiti a cena ad Albany, Barbara era emersa da camera sua solo una volta. Aveva addosso una specie di... di travestimento, i capelli tinti di un colore orrendo e gli occhi pesantemente truccati di nero. Il cugino di Peter, Garland, era scoppiato a ridere e Barbara si era ritirata di nuovo, sbattendo la porta. Da allora non aveva cambiato colore dei capelli né trucco, nonostante le esortazioni di Alice.

Questa volta non avrebbero dovuto preoccuparsi di niente del genere – se solo Barbara avesse potuto partecipare al campo estivo.

T.J. abbassò lo sguardo.

«Gliel'ha già detto?» domandò.

«Del campo estivo?» chiese Alice. «È stata lei a chiederci di partecipare».

«No» rispose T.J. «Di quello che succederà in autunno».

Alice tacque un istante e poi scosse la testa.

«Glielo dirò alla fine dell'estate». E poi, in un lampo d'ispirazione: «Glielo dirò alla fine del suo soggiorno al campo».

«Il campo è già cominciato» precisò T.J nel suo solito modo.

«Da pochissimo».

«I bungalow sono pieni».

Nel petto di Alice crebbe una lenta incredulità, eppure si sentiva imbavagliata, incapace di attingere alle sue riserve di rabbia più profonde, quelle su cui poteva contare quando aveva bisogno di farsi valere davvero con Peter.

Poi le venne in mente: le pillole. Le pillole avevano messo radici in lei, allentavano le rigide contratture delle spalle irradiando ondate di sollievo ovunque, una cascata di calore e calma. *Concentrati*, si ripeté.

Prese nota degli oggetti nella stanza: era un trucco che le

aveva insegnato il dottor Lewis. *La pendola. Le piante lussureggianti. Il pavimento di marmo della veranda.*

Poi parlò, bene attenta a come si esprimeva. In bocca, al posto della lingua le pareva di avere una grossa lumaca.

«Conosci Barbara meglio di tutti noi» disse. *Meglio di me*, pensò contrariata. «Sai benissimo che le farà bene».

Ma T.J. si era alzata e si preparava a uscire. Se avesse avuto il cappello se lo sarebbe calcato in testa.

Un'estate intera, pensò Alice. Un'estate intera senza Barbara, le sue crisi di rabbia, i suoi capricci, le ore che trascorreva a piangere forte, disturbando il personale di servizio. Fingevano tutti educatamente di non sentirla. Ma la sentivano, ciascuno di loro, e anche Alice. Come sarebbe stato bello avere quei mesi tutti per sé, mentre sua figlia sarebbe stata confinata laggiù, ma al sicuro. Occupata. Contenta.

«Sarà meglio che vada» disse T.J.

Alice sorrise. Le pillole le facevano abbassare la guardia. Nella bocca le si formavano parole che di norma avrebbe ostacolato stringendo i denti. Lo faceva da quasi tutta la vita, con Peter, con chiunque. In genere era molto dotata nell'arte di chiudere il becco.

Ma non quel giorno.

«Veramente non sta a te decidere» disse. «Ci verrà e basta».

«Altrimenti?» ribatté T.J. brusca. *A voce troppo alta*, pensò Alice. Perché dovevano sempre parlare tutti così forte?

Silenzio: non desiderava altro.

Aprì la bocca. Non ne uscì niente.

Passò un minuto, o forse cinque. Sentì che stava per addormentarsi. Sapeva che avrebbe dovuto provare imbarazzo per la sua posizione, per il modo in cui teneva la testa inclinata di lato – ma perfino quell'emozione le era inaccessibile, astratta, qualcosa che concettualmente comprendeva ma non riusciva a provare.

«È un'idea del signor Van Laar» disse alla fine. «Un suo desiderio».

Era l'ultima spiaggia. Che imbarazzo dovervi ricorrere. *Che imbarazzo*, pensò, *che in questa casa le mie parole non valgano nulla.*

T.J. la guardò. Stava decidendo se crederle o meno. Poi la sua espressione cambiò e diventò vagamente rassegnata.

«Bene» disse. «Farò aggiungere un lettino nel bungalow Abete balsamico. Può iniziare domani».

E senza altre domande uscì dalla stanza, e dalla casa.

Se Bear fosse qui...

Alice si interruppe. Non doveva concedersi quelle fantasie, diceva sempre il dottor Lewis. Ogni volta che la sua mente vagava in quella direzione doveva cercare di tornare alla realtà. Eppure la visione le si presentò a viva forza: se Bear fosse stato lì avrebbe seguito T.J. fuori dalla porta. Chiuse gli occhi e solo per un istante si permise di ripensare a suo figlio, adorabile e pieno di vita, che tallonava T.J. in giro per tutta la Riserva. *Tessie, Tessie.* La sua voce, dolce e acuta, proveniente da dietro una tenda sottile che separava il suo mondo e quello di Alice. Riusciva a sentirla bene.

Alice, distesa sulla sdraio, voltò la testa a guardare oltre la parete vetrata della veranda. Andandosene, T.J. si era fermata sul prato, poi si era tolta qualcosa di tasca e si era portata la mano alla bocca. Aveva sputato. Tabacco da masticare. Gli uomini lo chiamavano *snus*. Che abitudine disgustosa.

Alice tenne gli occhi puntati sulla schiena di T.J. finché non la perse di vista. Era alta, sottile ed elegante e Alice, non per la prima volta, pensò che avrebbe anche potuto essere carina.

È questo il suo unico peccato, pensò. *Il modo in cui ha rovinato la sua bellezza.*

Alle orecchie le arrivò un rumore di passi. Pesanti e strascicati: Barbara.

Stava andando in cucina. Ultimamente era il suo posto preferito. Alice fece un sorriso amaro.

Il giorno prima aveva chiesto alla nuova cuoca – non ne ricordava il nome – di smetterla di preparare da mangiare a Barbara così spesso. Che trovasse delle scuse, se proprio doveva. Ma Barbara sapeva essere molto convincente e Alice non aveva molta fiducia nelle capacità della cuoca di gestirla.

Raggiunse la soglia della cucina e si fermò un istante, cercando di non fare rumore.

Ecco sua figlia, naturalmente, di spalle, che esaminava il contenuto della dispensa. Portava un paio di pantaloncini e una maglietta, e con un certo disgusto Alice notò che il suo sedere, prima quasi invisibile, adesso era bello rotondo e le gambe erano quelle di una donna. Con Barbara ancora voltata, la cuoca lanciò un'occhiata ad Alice e poi alzò le mani con aria impotente.

Ad Alice non piaceva soppesare a quel modo il corpo di Barbara. Razionalmente, sapeva che era poco gentile, eppure era anche convinta che uno dei doveri di una madre fosse essere la prima e migliore critica di sua figlia; per irrobustirla durante l'infanzia, in modo che una volta diventata donna potesse sopportare con eleganza ogni aggressione o insulto. Era il metodo che sua madre aveva usato con lei. All'epoca non le era piaciuto, ma adesso ne capiva il senso.

«Barbara» disse, e sua figlia trasalì, poi si girò con un filone di pane ficcato sottobraccio. Per un istante Alice provò tenerezza. Era sempre stata ombrosa, anche da piccolissima – l'unica bambina sulla faccia della terra a cui non piaceva giocare a cucù o a nascondino e che piangeva quando la sorprendevano, anche per scherzo.

«Si cena alle sette e mezza» disse Alice.

Senza battere ciglio Barbara appoggiò il filone sul banco della cucina e iniziò a tagliarlo.

«Mi hai sentito?» disse Alice.

Barbara annuì. Prese il burro. Lo spalmò sul pane. Il tutto a testa bassa. Adesso lungo la scriminatura era visibile un centimetro di biondo; il resto dei capelli era ancora di quell'orribile nero opaco. Se non altro la faccia era carina. Nonostante la pessima tintura.

La cuoca le guardava, inconcludente. Era un donnino di circa venticinque anni, e sposata, a giudicare dall'anello al dito.

Alice sospirò. Non aveva senso dire qualcosa – quantomeno non quel giorno. Visto che Barbara sarebbe stata lontana per il resto dell'estate. In fondo che male poteva farle prepararsi un'altra fetta di pane, burro e marmellata.

«Ho appena parlato con T.J.» disse, e finalmente sua figlia la guardò. Era la versione di Barbara a cui voleva più bene. Quella che mostrava qualche lampo di animazione sul viso e negli occhi.

«E?» chiese Barbara.

«Dice che puoi iniziare il campo estivo domani».

Trionfo. Barbara abbassò subito lo sguardo ma Alice intuì che si stava sforzando di tenere le labbra rilassate e reprimere un sorriso.

«Chiedo a qualcuno di farti le valigie» disse Alice.

Bene, pensò. Era una buona cosa. Prendersi una pausa l'una dall'altra. Così sarebbe andato tutto per il meglio.

Tracy

Giugno 1975

Tracy imparò che Camp Emerson era fatto così.

Tre edifici ne formavano il confine nord, il più vicino alla villa in cima alla collina. Uno era la mensa, dove consumavano tutti i pasti; quello dopo si chiamava Aula magna e conteneva l'infermeria, due stanzette che si potevano usare per le attività se fuori pioveva, e una grande sala comune impiegata in genere per le feste e gli spettacoli che richiedevano un palcoscenico. Il terzo edificio era lo Chalet del direttore. Gli unici ragazzi che ne avevano visto l'interno erano quelli che in un modo o nell'altro si erano messi nei guai.

A sud di questi edifici c'era il resto del campo estivo. Vicino al lago, lungo il confine est, c'erano una spiaggetta e una rimessa per le barche. Al confine sud c'era una costruzione lunga detta Alloggi del personale – lì abitavano i dipendenti delle cucine e altri lavoratori stagionali. Poco sopra c'erano quattordici bungalow – sette per i maschi e sette per le femmine – disposti su due file lungo le sponde di un torrente che si poteva attraversare grazie a qualche ponticello piazzato qui e là. Ogni bungalow portava il nome di un albero o di un fiore tipico delle Adirondack.

L'interno del bungalow di Tracy, Abete balsamico, era illuminato da lampadine dalla luce gialla e calda, semplicemente appese al soffitto. Di notte attiravano un esercito di insetti che penetravano le zanzariere sbrindellate delle finestre.

Il bungalow era dotato di otto lettini, quattro e quattro, accostati a due pareti opposte. Ai piedi di ciascun letto c'era un piccolo baule. Le pareti del bungalow erano di legno grezzo, come anche il soffitto, e generazioni di ragazzi vi avevano inciso nomi, date e riferimenti indecifrabili.

La cosa più stupefacente era che in una delle pareti del bungalow c'era un caminetto. Quell'estate poi qualcuno spiegò a Tracy che in origine i bungalow erano stati abitati da amici degli antenati dei Van Laar, che vi avevano alloggiato in occasione di brevi battute di caccia; ma da quand'era stato fondato Camp Emerson i caminetti avevano smesso di essere utilizzati, tranne che da qualche pipistrello che si insediava nelle canne fumarie e poi doveva essere scacciato.

Quel primo giorno, dopo che le madri – e Donna Romano – erano andate via, la coordinatrice e la sua apprendista fecero sedere le ragazze in circolo per cominciare gli esercizi per rompere il ghiaccio.

Fu durante quegli esercizi che Tracy capì che le sue compagne di bungalow si conoscevano da anni. Si rimpallavano gesti e battute come in una partita a tennis e ogni tanto si piegavano in due dalle risate per motivi che lei non riusciva a interpretare. *Battute per pochi intimi*, pensò Tracy – espressione che la terrorizzava perché implicava che chiunque non le capisse fosse per definizione tagliato fuori.

L'altra rivelazione di quegli esercizi fu che tra le compagne di bungalow di Tracy esisteva una gerarchia ben precisa.

Al vertice, naturalmente, c'erano Louise e Annabel, la coordinatrice e la sua apprendista. Erano tutte e due molto belle ma in modo diverso: Louise aveva ventitré anni e sembrava già una donna. Era bassa, molto più bassa di Tracy, aveva lunghi capelli scuri, sopracciglia scure e il portamento di un'atleta. Era anche – parola che Tracy aveva imparato proprio quell'anno – *popputa*. Annabel aveva diciassette anni, era alta, flessuosa, bionda, una ballerina che si muoveva con la sicurezza di chi viene da una famiglia che non ha mai dovuto preoccuparsi delle bollette. Tracy se ne innamorò quasi immediatamente, di tutte e due. Provava il bizzarro desiderio di rimpicciolirle, portarsele via e giocarci come se fossero delle bambole.

Dopo di loro c'erano le ragazze di Abete balsamico, prima le due Melisse – chiaramente due leader, magre ginnaste bionde che venivano dall'Upper West Side di Manhattan –, fino a una che si chiamava Kim e aveva l'abitudine di parlare a lungo di argomenti che sembravano non interessare a nessuno.

E per ultima arrivava Tracy, la cui stazza, ne era certa, già attirava gli sguardi delle altre. Quando le chiesero di presentarsi scoprì che le era completamente sparita la voce. A quel punto fu invasa da una lenta rassegnazione: ecco come sarebbe andata la sua estate. Sarebbe stata per conto suo. Non avrebbe rivolto la parola a nessuno. Sarebbe passata inosservata e se possibile si sarebbe nascosta dietro un libro. Sarebbe rimasta alla larga da tutto. Sarebbe scomparsa.

Tirò fuori dalla valigia le ultime cose. Dal beauty case pescò i nuovi occhiali che le avevano prescritto e li mise in fondo al cassetto che le era stato assegnato. Quell'estate avrebbe fatto meglio a non vedere le cose troppo chiaramente.

A un tratto cominciò a sbattere le palpebre. Mettersi a piangere sarebbe stata una catastrofe, ma la delusione le premeva troppo pesante sulle spalle. Perché nonostante sapesse fin troppo bene, dopo anni di delusioni analoghe, qual era il suo posto in qualsiasi gerarchia sociale, una parte di lei sperava che stavolta sarebbe stato diverso. Che qualche ragazzo o ragazza esile ed elegante avrebbe avuto la pazienza e l'intelligenza di scegliere tra tutti proprio lei, e di accorgersi di una delle qualità che troppo raramente si concedeva di annoverare tra le sue: il senso dell'umorismo, l'abilità nel disegno, la voce intonata o la fedeltà, la devozione a chiunque le dimostrasse anche un briciolo di interesse.

Cercando di sistemarsi la goffa maglietta dell'uniforme sui pantaloncini altrettanto goffi, Tracy sospirò, lasciando completamente andare le speranze coltivate per quell'estate.

Quella sera, al falò di inaugurazione, Tracy assistette a una serie di strani canti e rituali eseguiti in fondo a un anfiteatro naturale, una collinetta che scendeva verso un pezzetto di terra spoglia. Sulla collina, grossi tronchi mozzati erano stati disposti a mo' di panche, lasciando un passaggio al centro. Più oltre, si intravedeva appena il lago scuro.

Nell'aria si avvertiva una certa energia: quella degli ormoni adolescenziali, degli sguardi in tralice, del prendere nota su chi nell'ultimo anno era cambiato, e in che modo. Non solo i ragazzi, ma anche i coordinatori. Ovunque scivolavano gli uni vicini agli altri, si bisbigliavano all'orecchio, facevano gesti che Tracy non comprendeva. Poi avrebbe appreso che i coordinatori erano tutti, ciascuno a suo modo, delle celebrità; i ragazzi si davano un gran daffare a raccogliere informazioni su di loro, su quel che facevano fuori di lì, sulle loro aspettative romantiche e sulle loro pene d'amore; informazioni che poi venivano scambiate appassionatamente sotto forma di sussurri al buio.

Davanti a loro, le presentazioni continuavano. Un buon numero di coordinatori eseguì un rituale che consisteva nello spaccare un tronco; poi vennero annunciati nuovi servizi, nuove regole, nuovi eventi.

Infine arrivarono le scenette. In una – traduzione teatrale della regola che poco prima aveva tanto impressionato Tracy – un robusto coordinatore imitava un bambino e si metteva a girare intorno al falò per esprimere la propria confusione.

«Credevo di sapere dove stavo andando» recitò stentoreo, con calma serafica «ma adesso capisco che mi sbagliavo!».

Una coordinatrice fece un passo avanti per incitare il pubblico.

«Cosa dovrebbe fare Calvin?» domandò in tono fintamente serio mettendosi le mani sulle guance.

Se ti perdi, strillarono tutti in coro, *siediti e mettiti a urlare*.

«Aiuto!» fece Calvin. «Aiutatemi!». Poi controllò un orologio invisibile. «È passato un minuto» esclamò «quindi forse dovrei urlare di nuovo!».

La ragione di tutto questo fu subito illustrata: tentare di uscire dal bosco poteva provocare disorientamento e rischiava di far finire nelle profondità silvane delle Adirondack anche il più esperto degli escursionisti. La vegetazione era fitta e il sottobosco impenetrabile; se si usciva dal sentiero, tutto sembrava uniforme.

«Quando comincia a perdere l'orientamento» affermò Calvin «il sessantacinque per cento delle persone si trova a meno di dieci metri da un sentiero».

Tracy ascoltava rapita. Immaginava il fascino delle foreste, il loro odore ombroso, il velluto del muschio sui sassi – e poi la graduale consapevolezza di avere perso la strada. Il lento orrore nel riconoscere la propria situazione.

Tra una scenetta e l'altra i coordinatori maschi si strapazzavano a vicenda e facevano altrettanto con i ragazzi a loro affidati. Lanciavano commenti alle ragazze dall'altro lato del semicerchio. *Kevin dice che sei figa!*

Poi al centro di tutto avanzò una donna alta e magra che si piazzò davanti al fuoco, la sagoma disegnata dalle fiamme. Somigliava un po' all'idea che Tracy si era sempre fatta di Ichabod Crane.

Tutti ammutolirono.

«Benvenuti» disse la donna. Poi si presentò ai nuovi arrivati: era T.J., la direttrice del campo, e invitò tutti a chiamarla così.

Era difficile capire che età avesse. Da certe angolazioni sembrava giovane – forse tra i venti e i trenta – ma la sua voce era roca e piena d'autorità, una cosa che Tracy non era abituata a sentire nelle donne di quell'età. Tutti si interruppero e ascoltarono, anche i coordinatori più chiassosi che non erano ancora mai stati zitti.

La donna – T.J. – tirò fuori un foglio su cui aveva scritto dei promemoria.

Li lesse tutti, uno per uno.

Ribadì e spiegò meglio le regole di poco prima. Ne aggiunse delle altre: se un ragazzo o una ragazza fossero stati sorpresi fuori dal loro bungalow dopo il coprifuoco avrebbero ricevuto un ammonimento e sarebbero stati obbligati a prestare servizio in mensa per le due sere successive. Una seconda infrazione avrebbe significato l'espulsione dal campo.

Tacque e poi alzò gli occhi.

Sopra di lei i rami del pino erano aranciati per via del fuoco. Più sopra, il cielo era nero come Tracy non l'aveva mai visto, e pieno di stelle.

«Un'altra cosa» disse T.J. «Viste le preoccupazioni di alcuni genitori, l'Escursione di sopravvivenza di quest'anno sarà un po' diversa».

Gemito collettivo.

T.J. alzò una mano. «Statemi a sentire» disse. «Resterete comunque soli, divisi in gruppi. Sarete sempre responsabili della vostra sicurezza. L'unica differenza sarà che per quelle tre notti avrete vicino un coordinatore. Ma resteranno a circa cento metri di distanza, a meno che non si presenti un'emergenza che non potete risolvere da soli».

Silenzio. E poi una voce solitaria – maschile – fece risuonare un *buuu!* Il resto del gruppo scoppiò in una risata.

Tracy rimase in attesa, trattenendo il fiato per vedere cos'avrebbe fatto T.J. Non sembrava il tipo capace di tollerare sciocchezze del genere. Però sorrise.

«La cosa non piace neanche a me» disse. «Credetemi».

Quella sera, dopo che le luci furono spente, Tracy restò distesa a letto a guardare nel buio, ad ascoltare il silenzio e poi il brusio delle storie raccontate tra sussurri e risatine.

Era sola. E lo sarebbe rimasta. Si ripeté che l'unica cosa di cui doveva preoccuparsi era superare l'estate.

Louise

Giugno 1975

Al buio, Louise trattenne il fiato e tese le orecchie. Dietro la parete di compensato qualcuno tirava su piano con il naso. Qualcuno che piangeva e cercava di nasconderlo. Succedeva a ogni campo estivo, la prima notte.

Si sollevò e in punta di piedi passò davanti al letto di Annabel. Scostò la tenda. Si guardò intorno esaminando le ragazze una per una.

Tracy.

Gli occhi di Tracy luccicavano alla luce della luna e guardavano nei suoi.

Ora Tracy era seduta vicino a Louise sui gradini che scendevano dal portico e cercava di farsi piccola piccola. Si tirò la camicia da notte a coprire le ginocchia e ci chiuse intorno anche i gomiti. Louise pensò che sembrava una bambina di sei anni troppo cresciuta.

Tracy tirò ancora su con il naso.

«Vuoi che ne parliamo?» domandò Louise. Era la frase d'esordio che usava sempre – l'aveva messa a punto dopo quattro lunghe estati perché non lasciava spazio ai tentativi di ribadire che andava tutto bene.

La ragazza si strinse nelle spalle. Era imbarazzata.

Prima, a cena, e durante il falò successivo, si era seduta in fondo e non aveva detto una parola. Teneva sempre la testa bassa. Dopo essere tornata al bungalow, aveva letto un libro mentre le altre ragazze chiacchieravano e strillavano, correvano scomposte per tutta la stanza e rimbalzavano su ogni superficie come elettroni. Le ragazzine di dodici e tredici anni avevano un particolare tipo di umorismo, soprattutto quando non erano in presenza di maschi, un umorismo disgustoso e innocente insieme, volgare e naïf. Quando non era usato per fare del male – quando non prendeva di mira nessuno – era un umorismo che a Louise piaceva tantissimo. Dalla parete le osservava in silenzio, con affetto, ripensando a com'era trovarsi in quel particolare momento della vita che è come prendere fiato prima di parlare: un'ultima, dolce pausa prima di una grande rivelazione.

«Qualcuno ti ha detto qualcosa?» domandò, con gentilezza. «Sei arrabbiata?».

La ragazzina scosse la testa. «Mi sono spaventata» disse. Si avvicinò impercettibilmente a Louise, che allargò il braccio e glielo chiuse intorno meglio che poté.

«Perché?».

«Ci stavamo raccontando delle storie» disse la ragazzina. Aveva un tono addolorato. Aveva detto *noi*. Non *loro*. Un desiderio di inclusione.

«Su che cosa?».

Tracy tacque. Alla luce della luna Louise ne intravedeva solo il profilo.

Poi la ragazzina disse qualcosa, a voce così bassa che Louise non riuscì a capire. Così inclinò la testa.

«*Slitter*» sussurrò Tracy e poi si guardò rapidamente intorno. Aveva paura che qualcun altro potesse aver sentito.

Ma certo.

Louise quasi sorrise per il sollievo. Quella era una delle cinque o sei leggende che i ragazzi dei campi estivi si tramandavano di generazione in generazione, a volte per scherzare, a volte come avvertimento. Spesso non era chiaro fino a che punto ciascuno credesse nella loro veridicità. Qualcuno le raccontava sogghignando, felice di suscitare le paure altrui; altri in tono tremulo, sperando di poter scaricare altrove il fardello della terribile conoscenza acquisita. Quell'anno il tema era stato affrontato anche da T.J. durante il corso di addestramento: i piccoli, aveva detto, si spaventano. Basta con le storie di fantasmi, per cortesia.

E in effetti parecchi personaggi rispondevano alla definizione di fantasma: Old Jones, il fantasma di una guida delle Adirondack che di notte faceva vibrare le finestre dei bungalow; Scary Mary, che si diceva fosse la moglie ripudiata di un antico antenato dei Van Laar.

Ma Slitter – o Jacob Sluiter, questo il suo vero nome – non era un fantasma. Era un uomo, e a quanto ne sapeva Louise era ancora vivo. E anno dopo anno continuava a impadronirsi della fantasia dei ragazzi del campo. Di tutte quelle leggende, le storie che lo riguardavano – e che riguardavano il suo legame con la Riserva Van Laar – erano le più dure a morire.

«Non devi avere paura di lui» disse Louise. «È in una cella di prigione. A quasi trecento chilometri da qui».

Ma Tracy scosse subito la testa.

«No» ribatté. «È evaso».

«Non credo proprio» disse Louise.

«Invece sì» ribadì Tracy. «L'ha detto T.J. L'ha detto a uno dei coordinatori di Abete rosso. Il coordinatore l'ha detto al suo vice e il suo vice l'ha detto a Caroline».

Louise tacque, poco convinta. Intanto, se fosse stato vero T.J. l'avrebbe per prima cosa detto a lei. O no? A meno che non le fosse mancata l'occasione.

Poi sorrise alla ragazzina. «Anche se fosse vero» spiegò «dovrebbe farne, di strada, prima di arrivare in questa zona. E non vedo perché dovrebbe venire proprio qui».

«Ho sentito raccontare delle storie» disse Tracy, stringendosi ancora di più le ginocchia al petto. «Dalle altre ragazze».

«Sono vecchie storie in circolazione da tanto tempo» continuò Louise. «Ma non significa che siano vere».

Però Tracy non ne voleva sapere. Si mise a scuotere la testa e a implorare Louise di darle retta. «*Parlavano del ragazzino*» sussurrò.

Louise tacque.

Sapeva di che ragazzino si trattava. Non c'era bisogno di farne il nome.

Louise

Due mesi dopo
Agosto 1975

Louise sta correndo.

In genere questo movimento – le gambe che pompano, le braccia che pompano, testa e collo eretti – le viene bene: è la sua condizione naturale. Le sue corse quotidiane nel parco della Riserva rappresentano gli unici momenti della vita in cui si sente completamente a suo agio, in cui le sue preoccupazioni si placano, anche solo per un momento. Al liceo era una velocista, ma le piace di più correre per lunghe distanze. Se la corsa non è breve, pensa al suo corpo come alla madre del suo cervello – a una madre come dovrebbe essere, almeno. Come le madri delle altre.

Ma oggi è diverso.

Oggi Louise corre come una pazza, senza vedere. Inciampa. Si raddrizza. Ignora un coordinatore che la chiama dall'altra parte del prato. «Okay, niente!» esclama il coordinatore – un tipo bonaccione e inconsapevole. Louise non si volta a guardare.

Ha già cercato Barbara nei luoghi seguenti: i bagni, la mensa, la sala comune, la spiaggia. Ha già controllato l'infermeria e la rimessa per le barche. È salita alla villa, dove una cameriera comprensiva ha pattugliato i corridoi per dieci minuti mentre Louise aspettava fuori.

Ma Barbara non è stata in nessuno di quei posti e nessuna delle persone con cui Louise ha parlato l'ha vista, quella mattina.

Arriva allo Chalet del direttore e bussa forte. Aspetta trenta secondi. Bussa di nuovo.

C'è di sicuro, Louise lo sa. T.J. è una donna che rispetta rigorosamente la sua routine, le sue mattine sono sempre uguali. Alle 6.30 fa suonare la sveglia da tutti gli altoparlanti, segnalando ai ragazzi che è arrivato il momento di alzarsi e raggiungere le docce. E alle 8.05 emerge e si dirige alla mensa, in tempo per la fine della colazione e per ispezionare le truppe.

Louise controlla l'orologio: le 6.40. Tra venti minuti i ragazzi si avvieranno verso la mensa per fare colazione.

Nessuna risposta. Impugna la maniglia. La abbassa. A parte nei bagni, a Camp Emerson non esistono chiavi. Però le sembra comunque sbagliato entrare nello Chalet del direttore (in cui T.J. vive tutto l'anno – e in cui è pure cresciuta) senza essere stata invitata, nonostante conosca T.J. in un modo diverso da tutti gli altri coordinatori, o almeno così crede. Loro due condividono una storia che Louise tiene segreta a tutte le altre persone del campo.

Alla fine spalanca la porta. Non ha altra scelta.

«C'è nessuno?». Entra nel soggiorno rivestito di legno, che funge anche da ufficio del campo. Davanti a una finestra c'è una scrivania; di fronte, due piccole sedie sono destinate esclusivamente ai ragazzi che hanno bisogno di una bella predica.

Louise ha passato ore e ore in quella stanza. Una volta, anche un'intera e gelida settimana di gennaio.

Si mette in ascolto. La casa ha l'odore di T.J.: la canfora e il catrame del repellente per moscerini che si fabbrica da sola e in sottofondo l'aroma ferroso e muschiato del suo sudore.

Sente lo scroscio della doccia provenire dal retro.

Si porta una mano al viso e si asciuga il sudore dalla fronte e dal labbro superiore. Non sa cosa fare. Aspettare che T.J. finisca la doccia le sembra scorretto. Prendere il telefono e chiamare qualcuno senza farsi consigliare da T.J. le sembra altrettanto sbagliato. E poi chi potrebbe chiamare? La polizia? La caserma dei pompieri? Oppure, dio ce ne scampi, gli stessi Van Laar?

Sulla scrivania vede il telefono, l'unico in tutto il campo. L'altro più vicino è quello della villa. Fiducia-in-se-stessi.

In punta di piedi Louise va verso il bagno. La porta è aperta. Per terra, un mucchietto di vestiti.

Si ferma. Forse dovrebbe chiamarla ad alta voce?

Troppo tardi: un sonoro cigolio metallico, una maniglia che gira. La doccia si spegne. La tenda viene scostata di scatto – ed ecco T.J. e i suoi capelli corti e bagnati, il torace snello e i piccoli seni, l'abbronzatura da contadino che sfoggia per tutta l'estate.

Louise gira sui tacchi ma è troppo tardi. Si sono già scambiate un'occhiata.

«Scusami tanto» dice Louise, proprio nel momento in cui T.J. si lascia sfuggire un urlo.

«Ma che *cazzo*, Louise» esclama dopo aver ripreso fiato.

«Scusami tanto» ripete Louise, mentre arretra in corridoio.

Alle sue spalle sente T.J. aprire dei cassetti.

«Cosa ci fai qui dentro?» le grida.

Louise si schiarisce la voce. «Si tratta di Barbara Van Laar» spiega.

«Cioè?».

«Stamattina non era nel suo letto».

Per quello che le sembra un minuto: silenzio.

Poi i passi di T.J. in corridoio. Entra in ufficio completamente vestita.

«E la compagna che dorme con lei nel letto a castello? Non ha visto Barbara che usciva?».

«Dice che non ha sentito niente. Dormiva».

Louise sa che c'è una forte probabilità che T.J. la ritenga responsabile. Perché il lavoro di un coordinatore è quello di ascoltare: le parole crudeli che si scambiano i ragazzi del campo. Un rombo di tuono in lontananza: tutti fuori dall'acqua.

La zanzariera – la cosa più importante. La zanzariera che si apre nella notte.

Louise aspetta che T.J. dica qualcosa. Qualsiasi cosa. Alla fine parla.

«Ma ieri sera tu eri al bungalow» dice T.J. «Tu e Annabel. Giusto?».

Louise esita, ma solo per prendere fiato. Si aspettava quella domanda. È preparata.

«Sì» risponde rapida.

«Sei sicura?» dice T.J. «Tu e Annabel».

«Tutte e due» dice Louise.

Non è abituata a mentire, ma è dotata di senso pratico. Ogni tanto nella vita Louise ha dovuto mentire per necessità. È una questione di sopravvivenza. Però non le fa mai piacere, soprattutto se mente a qualcuno che rispetta. Qualcuno come T.J. Hewitt, a cui in parecchie occasioni ha confessato cose che non avrebbe rivelato ad anima viva. Mentirle adesso le fa venire la nausea.

Ma se T.J. l'ha capito, per il momento non lo dà a vedere. Anzi, distoglie l'attenzione da Louise e guarda l'apparecchio per parlare all'interfono che è piazzato sopra e sotto la scrivania.

Attraversa la stanza a grandi falcate. Solleva il microfono. Accende la macchina.

«A tutti i bungalow» dice. «I coordinatori sono convocati nell'ufficio del direttore. Per questa mattina li sostituiranno i vice».

Spegne la macchina e per un istante volta le spalle a Louise. Senza girarsi dice: «L'hai visto, questa settimana?».

Sta parlando di John Paul. Louise capisce senza neanche chiederglielo.

E per la seconda volta quella mattina mente a T.J.

«No».

Tracy

Giugno 1975

L'arrivo di Barbara Van Laar a Camp Emerson si svolse praticamente in silenzio. Un silenzio che circondò l'auto nera dei Van Laar mentre avanzava lenta lungo il vialetto e poi attraversava il prato, guidata da un autista; un silenzio che perdurò mentre Barbara percorreva a piedi il chilometro scarso che separava la villa dal campo, perché si era rifiutata di viaggiare insieme ai suoi bagagli.

Apparve alle 8.05, proprio mentre finiva la colazione. Salutò senza sorridere i ragazzi che uscivano dalla mensa e che si urtarono mentre cercavano in tutti i modi di guardarla bene. Portava dei vestiti che probabilmente nessuno di loro aveva mai visto: pantaloncini di jeans senza orlo che le coprivano a malapena il sedere, e sotto dei collant neri smagliati apposta, un paio di anfibi neri e una maglietta con su scritta una parola che non riuscirono a leggere, ma che quasi sicuramente era piuttosto volgare. Aveva i capelli di un nero artificiale, tagliati in un caschetto sfrangiato che terminava appena sotto la mandibola, le labbra dipinte di rosso e gli occhi orlati di matita. La cosa più sorprendente erano le borchie metalliche appuntite – più di una – che le ornavano i lobi, oltre a quello che sembrava un collare da cane intorno al collo e due fasce di pelle nera ai polsi.

La prima apparizione di Barbara che attraversava il prato sarebbe stata discussa per mesi a venire: era la prima volta che i ragazzi la vedevano in carne e ossa, anche se ne parlavano da anni. Quasi tutte le conversazioni si incentrarono sul suo aspetto e sul suo abbigliamento, che per gran parte dei frequentatori di Camp Emerson rappresentavano uno shock. Gli unici a sapere come definirla erano quelli che venivano da Manhattan, e che usarono una parola che lì nessuno aveva mai sentito.

Punk.

Chiunque fosse arrivato a Camp Emerson vestito come Barbara sarebbe stato immediatamente relegato in fondo alla piramide sociale e guardato con incredulità o totalmente ignorato. Ma Barbara Van Laar era troppo interessante per ignorarla, la sua storia personale troppo affascinante e complessa. Anche se nessuno osava dirlo ad alta voce, l'obiettivo di tutti i ragazzi al campo diventò farsela amica.

La seconda volta che la avvistarono, Barbara, accompagnata da Louise, si dirigeva verso la spiaggetta del lago Joan, dove gli abitanti di diversi bungalow, Tracy compresa, aspettavano di superare la prova di nuoto. Senza i vestiti con cui era arrivata, Barbara sembrava più giovane.

Dalla spiaggia si allungava un pontile di ferro a forma di T, riscaldato dal sole. L'istruttore di nuoto, un titano biondo di nome Mitchell, accompagnò all'estremità del pontile quelli del primo bungalow.

«Al mio tre» disse. E a quel segnale i ragazzini di Abete rosso si buttarono in acqua e riemersero lanciando gridolini.

«Regola numero uno» disse Mitchell. «Non urlate a meno che non siate in pericolo».

Tracy rimase ai margini del gruppo, a disagio nel suo costume da bagno e con un asciugamano strettamente avvolto in vita. Era al campo da meno di ventiquattr'ore ma si era già accorta che le altre ragazze di Abete balsamico – che lo facessero consciamente o meno – tendevano a mantenersi a distanza da lei.

A quel punto Barbara e Louise erano arrivate in fondo al pontile.

«Mitch» disse Louise, e poi lo chiamò più forte. «Posso interromperti un secondo?».

Tutti si girarono a guardarla.

«Questa è Barbara» disse Louise. «Per questo campo estivo starà con noi ad Abete balsamico».

Louise indicò il gruppo di Tracy. «Quelle lì sono le tue compagne di bungalow. Salutate, ragazze».

Loro obbedirono. Barbara alzò una mano e si insinuò tra loro, inserendosi esattamente nello spazio vuoto accanto a Tracy. Poi guardò davanti a sé, verso il lago – forse fingendo di non essere al centro dell'attenzione generale.

Ai margini del suo campo visivo, Tracy si accorse che Barbara non era esattamente *carina*, ma che in lei c'era qualcosa di gradevole, una certa sicurezza e maturità. Stava lì in piedi con le mani sui fianchi, i piedi leggermente allargati, immobile, la schiena diritta. Non era a disagio, non si era ingobbita. Questo la spinse a raddrizzare a sua volta la schiena.

Prima che Tracy potesse distogliere lo sguardo, Barbara girò la testa di scatto nella sua direzione e la osservò per un po'. Ma sulla sua faccia non si dipinsero né irritazione né disgusto. No: in quella frazione di secondo in cui si guardarono dritte negli occhi Barbara sembrò decisamente divertita.

«Abete balsamico» chiamò Mitchell. «Siete pronte?».

Riluttante, Tracy si tolse l'asciugamano dai fianchi.

Al tre di Mitchell, il gruppo si tuffò.

Dovevano nuotare fino a una boa a cinquanta metri di distanza e poi tornare. Mitchell le osservava, valutava postura e velocità e prendeva appunti.

Tracy nuotava discretamente: merito di anni di lezioni alla

YMCA. Se avesse spinto molto, sarebbe potuta arrivare tra le prime. Ma prima no. Il titolo andò a Barbara, che nuotava talmente veloce e con tanta grazia da uscire e prendere l'asciugamano quando ancora la seconda non aveva toccato il pontile.

«Ehi, che razzo» esclamò Mitchell, colpito.

Barbara non rispose. Era tutta concentrata sull'asciugarsi. Si pettinò all'indietro la frangia e i capelli che le si appiccicavano alle guance.

A pranzo Tracy si mise in fondo al tavolo, come aveva fatto fino a quel momento per tutti i pasti lì a Camp Emerson. E come al solito le altre ragazze formarono dei gruppetti lontano da lei. Ma un istante dopo, con sua grande sorpresa, Barbara Van Laar posò il vassoio proprio lì di fronte e si sedette. A un tratto l'attenzione di tutto il tavolo si spostò su di loro.

Barbara si era di nuovo messa il rossetto rosso – o l'aveva portato sottobanco dentro il campo oppure già facevano per lei delle eccezioni – e agli occhi di Tracy quella bocca dal colore acceso che addentava e masticava diventò una specie di esca.

«Be'?» fece Barbara – era la prima parola che Tracy le sentiva pronunciare. Aveva una voce bassa, sommessa, con la stessa sfumatura di divertimento che Tracy aveva colto nel suo sguardo poco prima.

«Bello il tuo...» disse Tracy e poi ammutolì. *Non fare la strana*, si ripeté.

«Il mio che?» chiese Barbara.

Tracy esitò.

«Il mio rossetto? Te lo presto» disse Barbara.

«Ma si può?».

«Non si può?».

Tracy ci rifletté. «Credo che si possa solo alle feste» rispose. «Almeno così ci hanno spiegato il giorno dell'orientamento».

Barbara si strinse nelle spalle. «Io quel giorno non c'ero» affermò. «Se qualcuno vuole dirmi qualcosa, che me lo dica».

«Perché non c'eri?» le domandò Tracy.

«I miei» rispose Barbara. «Si sono dimenticati di iscrivermi».

Tracy annuì. Era una sensazione che poteva capire molto bene, quella di essere abbandonata. Alla sua destra percepiva le altre di Abete balsamico sporgersi nella loro direzione cercando di cogliere cosa si stavano dicendo.

Quel secondo giorno al campo segnò l'inizio di quella che sarebbe diventata la loro routine.

Si svegliavano ogni giorno alle 6.30 grazie agli altoparlanti.

Si facevano la doccia.

Alle sette andavano in mensa per la colazione; alle 8.30 si radunavano intorno al pennone per l'alzabandiera e l'assemblea del mattino.

Dopo avevano la lezione di nuoto, il primo corso a scelta, il pranzo, il secondo corso a scelta, la pausa, la cena e in genere qualche attività serale programmata.

Due volte a settimana, al posto dei corsi a scelta, avevano le Lezioni di sopravvivenza, impartite proprio da T.J. Hewitt. Imparavano a fabbricarsi un riparo, a cercare cibo e a costruirsi degli arpioni per pescare. Imparavano a trovare acqua potabile o a ricavarla e ad allestire trappole per piccoli animali, che poi dovevano scuoiare e cuocere.

Quelle lezioni erano il cuore di Camp Emerson: ai ragazzi si raccontava che erano la ragione per cui il campo era stato fondato. Erano anche un addestramento importante per una tradizione che si ripeteva alla fine di ogni estate, quella per cui Camp Emerson era più famoso.

Inizialmente, quella tradizione aveva preso il nome di Escursione in solitaria. I primi anni di Camp Emerson, quando nella villa in cima alla collina regnava ancora Peter Van Laar I, i ragazzi venivano spediti nella foresta da soli per tre notti, armati solo del loro spirito d'iniziativa. Non era mai morto nessuno, ma nel corso dei decenni erano nate leggende di bambini disidratati ed emaciati che uscivano dal bosco zoppicando. Quando Tracy era arrivata a Camp Emerson, l'Escursione in solitaria era diventata l'Escursione di sopravvivenza. Grazie all'intervento di una nuova generazione di genitori apprensivi, ora i ragazzi venivano fatti partire a gruppetti. E quell'anno, come aveva spiegato T.J., ogni gruppetto sarebbe stato sorvegliato da un coordinatore.

Per quelle lezioni i ragazzi venivano divisi non per bungalow, ma per Gruppi di sopravvivenza – ciascuno composto da circa dodici elementi. I gruppi venivano costituiti attentamente in modo che non comprendessero più di due ragazzi provenienti dallo stesso bungalow o che avessero la stessa età, così che i più grandi potessero occuparsi dei più piccoli.

Il Gruppo di sopravvivenza di Tracy si riunì per la prima volta il suo quarto giorno al campo. Avevano ricevuto istruzioni di incontrarsi al pennone dove avrebbero trovato ad aspettarli T.J. Hewitt. Quando arrivarono lei c'era già: silenziosa e piena di grinta, del tutto disinteressata alle chiacchiere di circostanza.

Tracy fu felice di scoprire che nel suo gruppo c'era anche Barbara Van Laar, che le rivolse un cenno quando incrociarono lo sguardo, pur restando muta come la loro istruttrice.

L'ultima persona ad arrivare fu un ragazzo di forse quattordici anni. Uno dei più grandi del campo. Tracy arrossì all'istante. Pensò che era la persona più bella che avesse mai visto in vita sua.

Era alto e al collo portava una collana di conchiglie, e già in quei primi giorni d'estate la sua pelle aveva preso un colore che Tracy non sarebbe mai riuscita a ottenere. Aveva i capelli lunghi – quasi alle spalle – e ai piedi portava dei sandali messicani, anche se non erano più di moda da parecchie estati. Aveva l'uniforme come gli altri ragazzi, ma gli accessori convinsero Tracy che fuori da lì probabilmente aveva uno stile piuttosto hippie, che lei associava al decennio precedente.

«Tracy?» stava dicendo qualcuno. T.J. Hewitt faceva l'appello con gli occhi fissi sulla cartellina. «Non c'è Tracy?» chiese, la matita sospesa in aria, pronta a cancellare il nome.

«Presente» rispose subito lei – costringendosi a staccare gli occhi dal ragazzo, che nel piccolo gruppo intorno al pennone le stava proprio davanti.

Nel farlo intercettò lo sguardo di Barbara Van Laar, che le fece un segnale con le sopracciglia, su e giù. Tracy diventò di fuoco.

«Bene» disse T.J. «Ci siamo tutti».

Poi puntò dritta verso il bosco, dove passarono l'ora successiva a imparare a orientarsi. Alla fine della lezione tutti avevano capito le nozioni base dell'utilizzo della bussola o del sole.

Se entrambe le tecniche fallivano, concluse T.J., la cosa più importante era non farsi cogliere dal panico.

Alla fine domandò se qualcuno conosceva l'origine della parola.

«Quale parola?» chiese qualcuno dei ragazzi.

«*Panico*» rispose T.J. Ma nessuno alzò la mano.

Lei spiegò che veniva dal nome del dio greco Pan, il dio dei boschi. Gli piaceva fare degli scherzi alle persone, confonderle e disorientarle fino a quando non perdevano i punti di riferimento e la testa.

Farsi cogliere dal panico, spiegò T.J., significava farsi nemica la foresta. Restare calmi voleva dire farsela amica.

Dopo la fine della lezione Tracy si avviò lentamente al bungalow. Avanzava immersa in una specie di nebbia languida, stregata dalle parole di T.J. e anche da Lowell Cargill – aveva saputo che il ragazzo si chiamava così. Anzi, era talmente distratta che non si accorse di chi aveva vicino fino a quando non fu quasi arrivata ad Abete balsamico.

Quando finalmente guardò alla propria sinistra vide che Barbara Van Laar cercava di camminare al suo passo e la osservava con in faccia una specie di mezzo sorriso.

«Cosa c'è?» fece Tracy, pronta a lasciarsi prendere in giro.

Barbara scosse la testa. «Niente».

Tracy guardò davanti a sé. Barbara le interessava come interessava a tutti, lì a Camp Emerson, o almeno così sembrava. Ma era sicura di non avere niente da offrirle: nessuna storia del passato, nessuna levatura sociale. Certo, i suoi erano divorziati, ma si poteva dire lo stesso di tante altre ragazze. Non riusciva a immaginare che Barbara potesse aver voglia di parlare con lei. Eppure eccola lì, Barbara Van Laar, che le camminava a fianco baldanzosa, battendo le mani mentre dondolava le braccia, come se stesse tenendo il tempo di una canzone che sentiva solo lei.

«È carino» disse Barbara dopo che ebbero camminato insieme per un po'. «Non trovi?».

«Chi?» disse Tracy.

Barbara rise. Alzò gli occhi al cielo e si infilò i capelli dietro le orecchie.

«Sono sicura che hai capito benissimo» disse. «Ma se non ne vuoi parlare, come non detto».

Ne voglio parlare, pensò Tracy. Ma come al solito non riuscì a dirlo.

*

La seconda notte a Camp Emerson aveva sentito – o meglio, origliato – una cosa che non aveva ben capito. Era certa che riguardasse Barbara.

Stava seguendo due compagne di stanza che tornavano dai bagni.

«Trovo sia tremendo» aveva sussurrato Caroline. «Essere... il *rimpiazzo* di tuo fratello maggiore».

Al buio, Tracy aveva sgranato gli occhi. *Che cosa orribile da dire*, aveva pensato. E Amy doveva essere d'accordo con lei perché aveva risposto: «*Caroline*» in un tono quasi oltraggiato.

«Cosa c'è?» aveva detto Caroline, prendendo coraggio. «Io dico solo quel che penso».

«*Tu* trovi che sia carino?» domandò Tracy. Non era riuscita a fare una domanda migliore. E Barbara si strinse nelle spalle.

«Direi di sì» disse. «Se ti piace il tipo artistoide».

«A te che tipo piace?» domandò Tracy.

«Non saprei» rispose Barbara. «A queste cose non ci penso più tanto».

Tracy annuì. Non era sicura di aver capito che cosa intendeva Barbara, ed era troppo in imbarazzo per chiederglielo.

«Adesso ho un ragazzo» spiegò Barbara. E poi non ci fu il tempo di aggiungere altro, perché ormai erano arrivate al portico.

Louise

Due mesi dopo
Agosto 1975

Alle sette del mattino parte la ricerca di Barbara.

Mentre aspetta che arrivino i coordinatori richiamati dal suo annuncio agli altoparlanti, T.J. è nel soggiorno, seduta a testa bassa su un divanetto marrone così vecchio che è sfondato al centro. Senza dubbio immagina una scena molto precisa: lei che rivela ai Van Laar che la figlia che le avevano affidata è sparita.

In piedi lì accanto c'è Louise, un po' a disagio – non sa perché ma non le sembra il caso di sedersi. Sente di non meritarselo.

«Come l'hai vista durante questo campo estivo?» domanda T.J. «Felice?».

«Oh» fa Louise. «Sì, mi pareva felice. Mi *pare*. Sta simpatica a tutti. La ammirano. Credo».

«Non ha mai detto niente che ti facesse pensare che avesse voglia di scappare?».

Louise scuote la testa.

La verità – e non sa come dirlo – è che Barbara non le ha mai dato l'impressione di avere bisogno di lei o di ammirarla come fanno le altre. Louise è sempre rimasta colpita dal fatto che sembra una della sua età. Si stanno simpatiche ma non hanno legato; negli ultimi due mesi Barbara non le ha mai fatto una confessione, non ha mai cercato un suo consiglio per un'amicizia o una cotta – in genere è una cosa che con tutte le altre ragazze succede almeno una volta per campo, forse di più.

«Di chi è più amica?» domanda T.J. Le ha letto nel pensiero.

«Della sua compagna di letto, Tracy».

T.J. tace un momento. Pensa. «Per l'Escursione di sopravvivenza erano in coppia. Hanno diviso la tenda».

Louise annuisce.

«Dobbiamo trovare Tracy. Dobbiamo parlare anche con lei».

Qualcuno bussa alla porta. Arrivano i primi coordinatori.

Dalla finestra Louise vede dei gruppetti di vice e di ragazzi che oltrepassano l'ufficio di T.J. diretti verso la mensa, per colazione. Rallentano il passo come se cercassero di carpire qualche immagine di cosa sta succedendo dentro. Devono aver capito tutti che c'è qualcosa che non va.

Ci sono quattordici bungalow, quattordici coordinatori e quattordici vice, il che significa che quando arrivano tutti la stanza è stracolma. Per vederci meglio T.J. sale sul divanetto su cui era seduta. Poi comincia.

«Stamattina Barbara Van Laar non era nel suo bungalow» dice. Non ha bisogno di aggiungere *Sta in Abete balsamico* o *È una delle ragazze di Louise*. Lo sanno tutti chi è.

«Tra un momento» continua «assegnerò a ciascuno una zona. Ci sparpaglieremo nel parco e faremo una ricerca veloce. Vediamo se riusciamo a trovarla da soli. Non c'è bisogno di angosciare inutilmente la famiglia. Ma prima» aggiunge «c'è qualcosa che dovete dirmi?».

I coordinatori tacciono. Sembrano irrequieti, si guardano intorno per vedere chi parlerà per primo.

«È successo qualcosa stanotte?» li incalza T.J.

Louise sa che quello è il momento in cui qualcuno potrebbe fare la spia e dire di aver visto Annabel nel bosco, la sera prima, ubriaca; raccontare delle uscite notturne di Louise con gli altri coordinatori. Invece niente. Sperano tutti, Louise lo sa bene, che sia solo un equivoco e si risolva presto.

T.J. prova un approccio diverso. «Nessuno è al corrente di qualche... rapporto che Barbara possa aver costruito qui?».

«Uno dei miei ragazzi si è preso una cotta per lei» dice un coordinatore di nome Davey. Un ragazzo carino con gli occhiali che una volta, mettendola in imbarazzo, ha scritto una canzone intitolata *Louise* e l'ha suonata davanti a tutti alla Radura, una sera che erano sbronzi. Poi nessuno ne ha più parlato.

«Secondo te stanno insieme?» dice T.J.

Davey scuote la testa. «No, credo che gli piaccia e basta. È stato preso in giro per questo. Ma so che l'ha invitata alla festa di ieri sera. E lei ha detto di no».

T.J annuisce.

«Dopo vado a parlarci» dice. «Qualcun altro?».

Silenzio.

«Bene» fa lei. E illustra il suo piano.

Dopo aver parlato con il ragazzo di Davey, T.J. salirà a piedi alla villa, Fiducia-in-se-stessi, per condurre una ricerca approfondita – in aggiunta a quella che ha già fatto Louise. A tutti gli altri è stato ordinato di setacciare il campo e i dintorni. Sette coordinatori si occuperanno dei bungalow e degli altri edifici; gli ulteriori sette dei boschi vicini. A tutti è stato chiesto, se trovano Barbara, di usare i fischietti che tengono appesi al collo per tutta l'estate e di soffiarci tre volte in due riprese – T.J. ha anche fatto vedere come usando il suo, piano.

E se vengono a sapere qualcosa, o se vedono qualcosa – un indizio o altro che li insospettisce – devono fischiare due volte in quattro riprese. T.J. li raggiungerà da sola.

«Domande?».

Alza la mano un coordinatore di nome Sam. È nuovo. Ha appena finito le superiori e in autunno andrà all'università, quindi è uno dei più giovani coordinatori del campo.

«Suo fratello veniva qui?» domanda. «Il ragazzino dei Van Laar?».

Silenzio sgomento. Louise non è sicura del perché, ma a Camp Emerson sanno tutti che di Bear Van Laar bisogna parlare solo sottovoce. E soprattutto non bisogna nominarlo davanti a T.J., che lo conosceva e, dicono, gli era molto vicina.

Probabilmente Louise è l'unica coordinatrice che ricorda bene la sua scomparsa. Quand'è successo aveva nove anni, solo uno più di Bear. Non l'hai mai conosciuto, ma ricorda che tutti i residenti di Shattuck – il suo paese, a otto chilometri dalla Riserva Van Laar, e luogo di residenza di tutto il personale di servizio – avevano partecipato alle ricerche.

Per un attimo l'espressione di T.J. cambia. Sulla faccia le passa qualcosa che Louise non riesce a identificare. Teme che sia rabbia e si prepara all'esplosione. Raramente T.J. alza la voce, ma quando lo fa è uno spettacolo terrificante.

Invece si esprime in tono gentile. «No» risponde. «No, Bear non ha mai partecipato al campeggio».

Alcuni coordinatori guardano male Sam, che sembra confuso. Non sa bene cos'ha fatto di male.

«Bene» dice T.J. «Andate».

Louise è stata assegnata agli Alloggi del personale.

Per andarci deve passare dal sentiero che porta al lago e istintivamente decide di imboccarlo.

Ecco il lago Joan: le hanno detto che porta il nome della moglie di un colono inglese. Scruta la sponda opposta per cogliere qualche movimento e mentre guarda classifica le sue preoccupazioni.

La più urgente riguarda Barbara Van Laar, dov'è andata e se sta bene.

Poi pensa a John Paul, a dove si trova in quel momento e

alle probabilità che possa raggiungerla. Per punirla in qualche modo, come ha già fatto in passato.

Poi è preoccupata di perdere il lavoro. Di dove andrà a vivere se succederà.

Probabilmente tornerà a Shattuck. Alla casa in cui è cresciuta. Con sua madre – il cui comportamento, negli ultimi tempi, è diventato insopportabile – e con suo fratello Jesse, di undici anni, che Louise ama come se fosse suo figlio e il cui carattere dolce non può sopportare ancora a lungo la costante aggressività della madre al suo peggio. Di recente Jesse ha mostrato una preoccupante tendenza a non imparare nulla a scuola, e questa è la quarta preoccupazione. Spesso Louise sogna di salvarlo, di portarlo a vivere con sé, di crescerlo da sola: obiettivo che spera di raggiungere prima che passi un altro anno.

Se dovessero licenziarla non avrebbe scelta, dovrebbe tornare a Shattuck – nonostante tutta la sua vita fino a quel momento sia consistita in un tentativo di fuga dopo l'altro.

Laggiù, mentre cresceva, ha sempre cercato di stare in disparte, di evitare le dinamiche adolescenziali che dominavano la vita nella sua scuola. Ma senza volerlo continuava a trovarsi invischiata in situazioni problematiche, e alla fine si era rassegnata all'idea che in un posto piccolo come Shattuck a nessuno è concesso di restare invisibile. Come tutti i suoi abitanti, aveva alcuni punti a suo favore e alcuni difetti. Aveva il vantaggio di essere sportiva e lo svantaggio di una povertà estrema. Aveva il vantaggio dell'intelligenza e lo svantaggio di una madre sempre ubriaca. Ma era stata la sua straordinaria bellezza a distinguerla, a farla arrivare suo malgrado a un certo livello di notorietà sociale, che aveva generato intorno a lei un'irrequietudine con cui non voleva avere nulla a che fare.

Se allora qualcuno si fosse preoccupato di chiederle cosa desiderava, avrebbe risposto: ascoltare musica, soprattutto gli

Zeppelin e i Grateful Dead, ma anche i Procol Harum, Joan Baez e Joni Mitchell; vedere eletto George McGovern (tanto ormai Bobby Kennedy era morto); fare un lavoro che lasciasse un segno nel mondo; incontrare un bravo ragazzo che la prendesse sul serio; viaggiare nel suo paese e fuori. Ma nessuno glielo chiedeva e così non aveva mai espresso quei desideri, li scriveva solo nei suoi diari e li ripescava ogni volta che un compleanno o una stella cadente le offrivano l'opportunità ufficiale di renderli noti all'universo.

Mentre aspettava che si realizzassero si concentrava sugli studi. Alle superiori era stata premiata e portata in palmo di mano, l'ultimo anno aveva pronunciato lei il discorso di apertura della cerimonia di diploma. L'avevano accettata senza batter ciglio all'Union College, con l'aiuto di un orientatore scolastico il cui fratello lavorava in segreteria. Ma al college aveva faticato. Non poteva neanche permettersi i libri. Alla fine del primo anno aveva interrotto gli studi.

L'unica cosa stabile che aveva guadagnato da quel percorso educativo era stato un ragazzo – John Paul McLellan –, uno studente di Filosofia un anno più grande di lei, di Manhattan. Era diverso da tutti quelli con cui era cresciuta e sebbene piacesse a un sacco di ragazze si era infatuato solo di Louise, fatto che aveva comunicato a chiunque appena due settimane dopo che lei era comparsa al campus, come se volesse piantare la bandierina. Gli amici di lui gliel'avevano detto a una festa, puntando il dito verso il lato opposto della stanza: *Quello là è innamorato di te*. John Paul, appoggiato a una parete a braccia incrociate, rideva di qualcosa che gli stavano raccontando. Era bello, di una bellezza non appariscente. Portava gli occhiali, che Louise prese per un segno fin troppo chiaro di responsabilità e intelligenza.

Quando aveva lasciato gli studi lui le aveva suggerito di fare domanda a un campo estivo di proprietà dei suoi padrini di battesimo.

«Camp Emerson» le aveva spiegato. «A un paio d'ore da qui su per la Northway, nella Riserva Van Laar».

Louise l'aveva guardato, sconvolta. «Lo conosco» aveva detto.

Che John Paul non avesse mai menzionato il suo legame con la Riserva – sebbene Louise gli avesse parlato spesso di dov'era cresciuta – non avrebbe dovuto stupirla. Parlava poco della sua famiglia; quello che sapeva di loro Louise l'aveva messo insieme grazie alle osservazioni casuali di John Paul e ad alcuni pettegolezzi che le erano arrivati all'orecchio. Sapeva che il padre era molto cattolico, che veniva da una famiglia ricca e a Manhattan aveva aperto uno studio legale; sapeva che si diceva che i McLellan fossero molto amici dei Bouvier. Però il fatto che John Paul non avesse collegato Shattuck – che distava solo pochi chilometri dalla Riserva – e la villa dei suoi padrini era per Louise la prova che non ascoltava molto quel che lei diceva.

Perché la Riserva Van Laar occupava un posto di primo piano nella vita di Louise e di tutti gli abitanti di Shattuck: era riconosciuta come importante, eppure detestata. In seguito alla chiusura della locale cartiera, la principale fonte d'impiego in città per tre generazioni, la Riserva e il suo campo estivo erano diventati una specie di industria indipendente e fornivano buone possibilità di lavoro a tempo pieno e parziale a una ventina di abitanti di Shattuck, per tutto l'anno, e nei mesi estivi, con l'apertura del campo, i posti triplicavano.

Louise sapeva bene che di questi abitanti di Shattuck nessuno aveva il ruolo di coordinatore: si trattava di una posizione apparentemente riservata ai ricchi ex iscritti al campo, studenti universitari che volevano lavorare d'estate ma anche divertirsi. Tutti i dipendenti provenienti da Shattuck che Louise conosceva svolgevano mansioni che richiedevano l'uso delle mani e del corpo.

Quindi quando John Paul le aveva suggerito di far domanda per quel lavoro Louise aveva cercato di esprimergli le sue preoccupazioni in un modo che per lui avesse senso, e che non suscitasse l'irritazione che spesso manifestava quando lei metteva in discussione le sue idee, ma – come al solito – lui aveva minimizzato. Le aveva anche ricordato che in pratica i Van Laar erano suoi *parenti*. Il signor Van Laar era il suo padrino. Lui e il padre di John Paul lavoravano insieme: i Van Laar avevano fondato la banca che aveva finanziato tutta Albany e gran parte di New York; i McLellan erano i loro avvocati. Secondo John Paul, un giorno lui avrebbe acquisito il controllo della banca per conto di entrambe le famiglie. Le aveva assicurato che sarebbe riuscito facilmente a procurarle un lavoro al campo. Doveva solo chiedere.

Questo era successo quattro anni prima. Da allora Louise ha lavorato a Camp Emerson tutte le estati. Non ha mai conosciuto di persona i Van Laar, nonostante John Paul li frequenti. Restano una presenza remota su una collina a nord, celebrità locali che vengono spesso avvistate e di cui i ragazzi e i coordinatori di Camp Emerson parlano e spettegolano. Le altre tre stagioni dell'anno Louise lavora al Garnet Hill Lodge, un resort alle pendici del monte Gore, e gestisce le attività per i bambini degli ospiti che vogliono passare le giornate a sciare o a camminare e le serate a bere in una lounge di lusso piena di fumo. Nel frattempo è riuscita a mantenere la sua relazione con John Paul – che finalmente ha concluso gli studi all'Union College, anche se gli ci sono voluti sei anni e due rettori disposti a chiudere un occhio. Durante i semestri di John Paul al college di solito si vedevano a Schenectady, oppure al Garnet Hill Lodge o – d'estate – alla Riserva Van Laar, dove lui trascorre due weekend per stagione con i suoi genitori. Durante il primo di quei weekend Louise ha fatto l'errore di chiedergli di farla entrare di nascosto a Fiducia per dormire una notte in un letto vero. Lui l'ha guardata come se fosse stupida. «Mi ospitano» le ha risposto. «Non farei mai una cosa tanto maleducata». Così hanno sempre fatto sesso scomodo nella macchina di lui, nel parcheggio vicino a Fiducia o contro un albero nel bosco, oppure a volte su un letto di aghi di pino. È sempre Louise che si ricorda di portarsi un asciugamano.

A volte, con un certo tono di rimprovero, si chiede perché sta con lui da tanti anni. In fondo, cos'hanno in comune ormai? A ogni anno che passa lei si sente sempre più lontana dalla persona che era quando si sono conosciuti. Anzi, certe volte si rende conto con vago sconcerto che un tempo è stata una studentessa universitaria. Oggi pensa a quell'anno all'Union College con un po' di imbarazzo: un'altra vita, una follia di gioventù, una perdita di tempo.

Quando si concede di essere onesta, la risposta è così ovvia da darle la nausea: è rimasta con John Paul perché per lei rappresenta la possibilità di una vita migliore. Per lei e anche per suo fratello Jesse.

Siamo fidanzati, deve ripetersi. John Paul le comprerà anche un anello, quando riuscirà a trovare lavoro. Un giorno, si ripete, avranno una casa tutta loro. Con un letto comodo. Un letto grande, con troppi cuscini. E due figli. Ci saranno quattro camere da letto, quella in più sarà per Jesse, che lei porterà a vivere in casa loro mentre è ancora abbastanza giovane da poter alterare in maniera significativa la traiettoria della propria vita, per impedirgli di farsi prendere dalla rabbia o dalla depressione o di sprofondare nella nebbia all'aroma di birra in cui sono costantemente immersi quasi tutti i ragazzi con cui Louise è cresciuta.

Per arrivare a questo futuro, è disposta ad aspettare. Perché dopo la laurea all'Union College e prima di entrare nell'azienda di famiglia, dove inizierà il lavoro che poi farà "per il resto della vita" – frase che pronuncia con un sospiro –, John Paul ha deciso di prendersi un anno per viaggiare e andare a trovare degli amici in luoghi lontani come Los Angeles e Vienna, e vicini a Louise come la villa dei Van Laar in cima alla collina.

Infatti, nell'ultima settimana John Paul ha dormito insieme alla sua famiglia a Fiducia per festeggiare, come in programma da tempo, il centesimo anniversario della Riserva. Louise si è concessa di attendere con ansia il suo arrivo: che cosa imbarazzante. Ha pensato che forse, grazie a quell'occasione speciale – e alla durata del soggiorno –, anche lei sarebbe stata invitata a Fiducia e presentata agli inafferrabili Van Laar, visti solo di sfuggita mentre passavano a bordo delle loro auto scure. Forse, nel suo unico giorno di libertà, le sarebbe stato chiesto di salire alla villa per un cocktail o una cena. Sarebbe stata introdotta formalmente ai Van Laar e ai loro ospiti come la fidanzata ufficiale di John Paul.

Ma non è accaduto niente di tutto ciò. Come al solito Louise l'ha visto solo due volte: il primo giorno della sua permanenza alla Riserva, quand'è sceso durante un cocktail sul prato, un po' brillo, e l'ha baciata davanti alle sue ragazze; e poi l'ultima sera, nella Radura, insieme a Lee Towson, quando ormai aveva quasi rinunciato a rivederlo.

Quel che è certo è che Louise non ha incontrato la famiglia di John Paul, né sua madre né suo padre né sua sorella – che con educato distacco si sono presentati ognuna delle tre volte che l'hanno vista e che sembrano dare per scontato che quando arriverà il momento John Paul troverà qualcuno di più adatto da sposare. In passato Louise è riuscita a tranquillizzarsi pensando che John Paul volesse fare le cose a modo suo, forse anche fin troppo; le ha ripetuto più volte che uno degli aspetti che gli piacciono di lei è che non somiglia alle altre ragazze con cui è uscito. Ragazze che la sua famiglia approvava.

Ma dopo ieri sera ha capito che forse i McLellan hanno ragione. E viene investita da un'ondata di umiliazione. Quattro anni buttati al vento, nel desiderio di un futuro che non si avvererà.

Sulla riva del lago Joan una strolaga emette il suo richiamo, facendole venire i brividi. Louise, scossa dai suoi pensieri, si rimette in cammino.

Secondo il suo orologio sono le 7.10. Che sollievo: significa che gli Alloggi del personale saranno praticamente vuoti, visto che la gran parte di quelli che ci vivono lavora in cucina o nel parco, e sono già tutti in piedi prima della sveglia dei ragazzi. Louise è amica di molti di loro: alcuni sono di Shattuck.

Ma lì in mezzo c'è una persona che non vuole vedere.

Lee Towson è arrivato all'inizio dell'estate e ha sollevato immediatamente un polverone. L'hanno assunto come sguattero di cucina e lavapiatti. Per tradizione i membri del personale non socializzano con i coordinatori, ma Lee ha colpito subito tutti. È alto ed elegante, con occhi dalle ciglia folte e capelli lunghi fino alle spalle che tiene legati in una coda bassa. In lui tutto è velocità e leggerezza. Una volta che aspettava in coda con il vassoio, Louise l'ha notato in fondo alla cucina che faceva il giocoliere con alcuni utensili. Quando si è reso conto di essere osservato li ha fatti cadere. Poi ha fatto una smorfia e si è messo a ridere di sé, insieme a lei.

Louise non è stata l'unica a notarlo, naturalmente; se ne sono accorti tutti i coordinatori, maschi e femmine. All'inizio dell'estate gli è stato fatto recapitare l'invito – l'ordine – di unirsi ai coordinatori nella Radura e da allora è una presenza costante. Si dice che sia cresciuto a Queensbury, non troppo lontano dal campo; un altro ragazzo di Shattuck che Louise conosce sostiene di essere suo cugino. Si dice che spacci un pochino, quando capita. Tra le altre cose, si dice di lui che abbia fatto il manovale per un circo itinerante, che sia finito in galera per detenzione di sostanze a uso personale e che vada a letto un po' con tutte. Ma Louise non si fida dei pettegolezzi perché lei stessa ne è stata ingiustamente oggetto.

Negli ultimi due mesi Lee e Louise hanno flirtato con leggerezza ogni volta che potevano. Alla Radura, le battute che si scambiano si trasformano spesso in ilarità, Louise si piega in due e non riesce a respirare. Alcuni brevi contatti superano il confine tra amicizia e qualcosa di più. Il calore della sua mano sulla schiena, sulla spalla; una volta, per un istante – dopo parecchie birre – la mano è scesa dritta dal punto dove si trovava, sulla spalla, fino alle costole, appena sotto il seno destro; quel ricordo scatena un desiderio che raramente Louise ha provato nella vita. Immagina il corpo di Lee sotto i vestiti. Lo immagina contemplare il suo corpo nudo e poi allungare le braccia.

In realtà è stato proprio questo desiderio ad attirarla fuori dal bungalow, la sera prima.

Louise continua a rivivere quegli eventi: innanzitutto le sue ragazze, tutte e nove, che camminano in fila indiana verso il bungalow mentre Louise le saluta con la mano dall'Aula magna. Saranno state circa le undici. Anche Annabel, che le seguiva, si era girata a rispondere al saluto.

La responsabilità doveva essere sua.

Nel ricordo di Louise si succedono: la tiepida aria della sera, umida per via di un recente temporale; il tragitto fino alla Radura, una piccola area spoglia appena oltre l'inizio del bosco, un luogo che generazioni di coordinatori hanno attrezzato con una catasta di ciocchi di legno e una buca per il falò, e che hanno trasformato in un club all'aperto per il post-coprifuoco; i rami di pino, gonfi di pioggia, che l'hanno inondata quando li ha urtati; la musica lieve della chitarra di Lee Towson; il vago fumo della legna bruciata. Poi la nuca di Lee che si china sullo strumento e il suo viso mentre Louise gira intorno al fuoco; la guarda pieno di desiderio, è a piedi nudi e ha i capelli infilati dietro le orecchie.

Dove sono gli altri, gli ha chiesto, oppure *Dove sono finiti tutti*, o qualcosa di altrettanto stupido.

Sapevano entrambi perché erano lì.

Louise si è seduta su un tronco vicino al fuoco, a parecchi metri da dov'era Lee. Mentre lo faceva era ben consapevole di dove si trovava in quel momento John Paul: a qualche centinaio di metri di distanza, in una delle molte camere degli ospiti di Fiducia che lei non ha mai visto. Era la sua ultima sera nella Riserva. Dopo la discesa ai piedi della collina del primo giorno, per salutarla, non è più tornato. L'ha aspettato sotto il portico del bungalow ogni sera, dopo che le ragazze andavano a dormire. Alla quarta sera era furibonda. Alla quinta, rassegnata. All'ultima – la sesta che John Paul trascorreva alla Riserva, la quinta che non la raggiungeva – era ormai diventata indifferente.

Quella stessa sera si era diretta alla Radura in cui Lee Towson aspettava – aspettava proprio lei. Ed era stata quella la sera in cui John Paul aveva finalmente deciso di venire a cercarla.

Louise ancora non sa bene come abbia fatto a trovarli lì nella Radura. Forse ha sentito la chitarra di Lee oppure ha visto il fuocherello acceso nella buca. In ogni caso, a un certo punto Louise l'ha notato tra due alberi, apparizione che l'ha fatta trasalire tanto da lasciarsi sfuggire un gridolino e portarsi le mani al petto, con il cuore in gola.

«John Paul» ha esclamato. «Mi hai fatto paura».

Era pronta a far buon viso a cattivo gioco, ad abbozzare un sorriso, quando Lee si è girato e John Paul è balzato fuori dal bosco nella sua direzione. Louise ha capito che era di nuovo ubriaco. Aveva in faccia un ghigno furioso e ha barcollato prima da un lato e poi dall'altro. Con uno scatto agile, Lee è balzato subito in piedi per affrontarlo.

Per un istante, nessuno ha parlato.

E poi erano lì che si azzuffavano, era stato John Paul ad aggredire, ma anche il primo a cadere. Con due rapidi colpi Lee l'aveva messo al tappeto. Guardava Louise quasi come per scusarsi, mentre John Paul era immobile sotto di lui. Gli occhiali gli erano schizzati via dalla faccia ed erano finiti lì vicino, per terra. Aveva gli occhi aperti e appannati e sbatteva piano le palpebre.

«Il tuo ragazzo?» ha detto Lee.

«Fidanzato» ha risposto Louise, pentendosene immediatamente.

Non aveva mai parlato di lui a Lee, nemmeno una volta, anche se immaginava potesse aver sentito dire che lei usciva con qualcuno.

«Hai bisogno di aiuto?» ha domandato Lee.

«No» gli ha risposto.

«Io aspetto qui» ha detto Lee. «Per essere sicuro che stia bene. È meglio che tu vada».

Adesso John Paul emetteva dei piccoli gemiti e girava la testa da un lato all'altro. All'inizio sembrava che ridesse e poi Louise ha capito che quel rumore erano colpi di tosse. Si è messo lentamente a sedere, ha scrollato la testa come un cane e ha schizzato in tutte le direzioni il sangue che gli colava dal naso. Ha cercato a tentoni gli occhiali e li ha trovati, sembravano piegati. Anche il suo occhio destro sembrava malconcio.

Quando si è alzato in piedi ha puntato un dito in direzione di Louise.

«Troia» ha detto. Una parola diretta, pronunciata a bassa voce. Le era già successo di sentirsi chiamare così. Un paio di volte anche da sua madre. Di solito la cosa non la turbava minimamente. Ma davanti a Lee Towson le ha fatto male.

«Sì, certo» ha risposto, o qualcosa del genere. «Okay. Va

bene». Una risatina per liquidare la faccenda, un borbottio, gli occhi al cielo. Le stesse cose che diceva e faceva sempre quando qualcuno la apostrofava in malo modo. Non ricorda esattamente. Qualcosa per dimostrargli che non gliene importava niente.

Quella sera ha funzionato. John Paul l'ha guardata male e poi ha battuto in ritirata, prima camminando e poi mettendosi a correre. È tornato a Fiducia. È tornato da suo padre, da sua madre e da sua sorella, che non sanno neanche come si chiama Louise.

Lì vicino a lei, Lee Towson sembrava a disagio.

«Be'» ha detto. «Meglio che vada».

Avrebbe voluto fermarlo, ma la vergogna le ha impedito di aprire bocca.

E poi si è ritrovata sola.

Gli Alloggi del personale si trovano dentro l'unico edificio a due piani di Camp Emerson, che sorge sulle rive del lago Joan, a sud del torrente e dei bungalow dei maschi. Louise non c'è mai entrata.

Sale le scale che portano dentro. Alla sua destra si apre un lungo corridoio con una fila di porte, alcune aperte, altre chiuse.

«C'è nessuno?» chiama.

Silenzio.

Imbocca il corridoio. Si ferma davanti a ogni porta aperta e mette dentro la testa. Bussa alle porte chiuse e apre anche quelle. Certe stanze sono in ordine, altre nel caos. In tutte percepisce odore di uomini: deodorante, dopobarba e, sotto quegli orpelli, sudore, merda e sperma.

Ha quasi finito di setacciare il secondo piano quando sente un cigolio di passi su per le scale.

Si irrigidisce. Ha paura senza sapere bene perché. Si fida di ogni persona che lavora al campo. Le stanno quasi tutte simpatiche, tranne un paio di coordinatori che sembrano più interessati a divertirsi che a fare il loro lavoro.

«C'è nessuno?» ripete, e finalmente qualcuno risponde.

«Ciao» dice Lee Towson, emergendo dalla tromba delle scale.

È a torso nudo, abbronzato. I suoi capelli dorati sono un po' umidi. Come sempre, Louise si sofferma un istante ad ammirarne il fisico. È l'unico uomo che abbia mai guardato a quel modo – come immagina che gli altri giudichino lei.

«Cosa ci fai qui?» dice. «Non sei a preparare la colazione?».

«E *tu* cosa ci fai qui?».

«È scomparsa una delle mie ragazze» dice Louise. «Stiamo setacciando la Riserva».

«Quale? Non sarà...» e non finisce la frase.

«Barbara».

«Merda».

Louise annuisce. E poi a un tratto, senza preavviso, il suo viso si contrae e le sue spalle hanno un guizzo. Si lascia sfuggire un singhiozzo squassante.

«Oh no» fa Lee, sinceramente allarmato. Si avvicina e l'abbraccia. Lei gira la guancia e gliel'appoggia sul petto nudo. È molto più alto di lei – ma quasi tutti gli uomini lo sono – e si sente soverchiata in un modo che di norma la renderebbe nervosa. Stavolta però è diverso: lì si sente al sicuro. Anche attraverso le lacrime avverte il proprio corpo accendersi e premere contro quello di lui.

Questo è uno dei pochi piaceri della vita, per Louise: la sensazione quasi ultraterrena di toccare un altro corpo umano in un modo che, per la prima volta, trascende la semplice amicizia. Sono i momenti in cui Louise ha avvertito con maggiore impeto la natura animale della sua umanità, e quindi quelli che le hanno dato più conforto. Essere umani è complesso e spesso doloroso; essere un animale è semplice e bello in una maniera che consola.

Dopo un istante entrambi fanno un passo indietro.

«Dov'è la tua maglietta?» dice Louise, e lui sorride. «Un incidente con lo sciroppo d'acero» spiega. Allunga un braccio per farle vedere la t-shirt appallottolata che ha in mano. Poi prosegue in corridoio e si ferma davanti a una porta.

«Devo continuare le ricerche» dice Louise.

«Ho solo bisogno di una maglietta pulita» fa lui. «Poi ti aiuto».

«Non devi dare una mano in cucina?».

«La colazione è pronta» dice Lee. «Se la caveranno».

Apre la porta di quella che dev'essere la sua camera. Lei lo segue. Lee fa un cenno verso il letto a destra – Louise nota che è rifatto per bene – e le dice di sedersi. Butta la maglietta in una cesta della biancheria sporca e se ne infila una pulita.

«Sta meglio oggi il tuo fidanzato?» le chiede senza guardarla. Louise avverte una certa enfasi sull'ultima parola. E più sotto, una risata.

«Non lo so» risponde. «Non ci ho parlato».

Lee solleva un sopracciglio.

«Forse è in imbarazzo» azzarda Louise. «Avrà un bel livido».

Lee sorride. Poi guarda a terra, simulando pentimento. «Mi dispiace» dice.

«Non ti preoccupare. Se lo meritava».

Lee esita per capire se aggiungere o meno qualcosa. Poi: «Sai che ci conosciamo. Intendo, io e lui».

Louise non lo sapeva. Lee glielo legge in faccia e si stringe nelle spalle, quasi a scusarsi.

«Come mai?» domanda Louise.

Lee si schiarisce la voce e distoglie lo sguardo. «Temo proprio» dice «di non poter rispondere direttamente a questa domanda. Per discrezione nei confronti di un cliente».

Louise ha capito. Vorrebbe chiedergli: *Cosa gli vendevi?* Un po' d'erba non sarebbe grave. L'LSD è fuori questione – a John Paul non interessa. Ma ha paura che si tratti di cocaina. È la droga preferita di John Paul e dopo un episodio particolarmente brutto tra loro le ha giurato che non l'avrebbe mai più presa.

Ma non vuole chiederlo a Lee. Sarebbe troppo umiliante.

«State insieme da tanto?» le chiede.

«Quattro anni» risponde Louise.

«Davvero vi sposate?».

Louise è presa alla sprovvista. «Forse».

«Sai» dice Lee «dovresti divertirti un po', prima. Giusto un consiglio».

Poi la guarda ammiccante, è molto chiaro cosa insinua. Louise sente una stretta di desiderio in fondo allo stomaco.

«Devo andare» dice – a un tratto si vergogna di essere così facilmente corruttibile.

«Sicura che non vuoi una mano? A trovare Barbara?».

Lei esita. In effetti le servirebbe.

«Non credo che a T.J. farebbe piacere» dice. E in qualche modo sa che è vero.

Lui annuisce. «Andrà tutto bene, Louise. Probabilmente è solo scappata» dice. «La troveranno presto. Oppure tornerà lei. Non pensi?».

Louise ci riflette. È quel che vuole credere.

«Probabilmente hai ragione» dice.

Alice

Agosto 1975

Da qualche parte in casa sta squillando il telefono.

Alice apre un occhio. Lo richiude. Il sole è alto e la casa si sta già scaldando.

«Qualcuno risponda» dice in tono poco convinto. Ha la gola secca. Anche la pelle. Dalle tempie le parte una pulsazione ben nota.

Ma dove sono tutti? Secondo l'orologio alla parete sono le otto. Qualcuno del personale di servizio dovrebbe essere lì a rispondere. Alice chiude gli occhi.

Adesso sente dei colpi – alla porta.

A giudicare dal loro comportamento della sera prima, gli ospiti della Riserva dovrebbero essere nelle sue stesse pessime condizioni. Perfino Peter, tanto orgoglioso del suo essere astemio – che la giudica, e tiene il conto di tutti i bicchieri che beve –, anche Peter ieri sera era su di giri e raccontava storie intricate con quel suo strano stile formale, e a un certo punto è pure inciampato imprecando su un angolo arricciato del tappeto.

I colpi alla porta si interrompono.

Alice volta la testa verso la finestra. E vede T.J. Hewitt che attraversa il prato a grandi falcate diretta verso il campo – così immagina che fosse lei la fonte di quel bussare incalzante.

Barbara, pensa. Sicuramente Barbara ha fatto qualcosa che non va, qualcosa di così vergognoso che perfino T.J. – la sua migliore alleata – non può più far finta di niente. Sin da quando Barbara è nata, T.J. l'ha tenuta d'occhio ogni estate come un cane da guardia, una compagna fedele, sempre all'erta, senza farsi notare. Dovrebbe essere ormai una di famiglia.

Però non lo è.

Dalla finestra, Alice la osserva finché T.J. non esce dal suo campo visivo e poi richiude gli occhi.

Per un po' entra ed esce da un sogno e si sente intrappolata nel proprio corpo disteso sul letto. Nel sogno, T.J. indossa un marsupio che si era fabbricata un anno con della corda e una tenda, e che usava per trasportare la neonata Barbara durante le escursioni. Quelle due erano proprio un bello spettacolo: T.J. adolescente, tutta nervi e cipigli; e sotto il mento la faccetta rotonda della piccola Barbara che sbirciava il mondo.

Dove vai? le chiede Alice nel sogno. *A cercare Bear*, risponde T.J.

Alice spalanca gli occhi di scatto.

Ormai è sveglia. Si alza.

La camera di Alice si trova di fronte alla stanza più grande della casa, che naturalmente è quella in cui dorme Peter. Una volta ci dormiva anche lei. Adesso non più.

Ci passa davanti piano. La porta è socchiusa e lei distoglie lo sguardo.

Arriva in fondo al corridoio e oltrepassa la camera al momento occupata da Marnie McLellan, la figlia di John Paul senior e Nancy. Passa anche davanti – *pensaci* – alla camera di Bear che una volta era piena di cose da maschietto, tutto era azzurro e in disordine, sul pavimento un mucchio perenne di costumi da bagno e asciugamani umidi. Ormai sono anni che è stata rimodernata. Questa settimana ci dormono i Southworth.

Un breve corridoio senza finestre collega l'ala meridionale della casa, dove si trovano le camere da letto, alla grande sala centrale. Alice l'attraversa, ma qualcosa fuori attira la sua attenzione.

Stanno arrivando due veicoli, risalgono lenti il viale e poi svoltano verso Camp Emerson. Uno è l'unico camion dei pompieri del municipio di Shattuck, proprietà dell'unica caserma dei pompieri volontari nel raggio di trenta chilometri. L'altro è una Dodge gialla e blu: una macchina della polizia di stato.

Alice si ferma, ipnotizzata, e le pare di tornare a un altro giorno.

Nella sala, il telefono ricomincia a squillare.

«Signora Van Laar?» dice l'uomo al telefono. «Signora Van Laar?».

Ad Alice dice di essere un sergente della polizia di stato.

«Ho una notizia seria da comunicarle» dice.

Alice, la cornetta in mano, si guarda intorno.

Cosa vede, le chiederebbe il dottor Lewis in un momento del genere.

C'è del vetro sul pavimento, pensa. Resti della festa di ieri sera. Sulla parete c'è un quadro storto. Vetri sul pavimento e un quadro storto, una bottiglia rovesciata e sul tappeto una bella macchia di vino.

Alice respira.

Cos'altro, direbbe il dottor Lewis. Le pare quasi di sentirlo.

Guarda oltre la finestra. *Fuori c'è il sole*, pensa. Fuori c'è il sole e la luce si riflette sull'acqua e, in giardino, un giardiniere sta strappando delle erbacce.

«Signora Van Laar» ripete l'uomo al telefono. Nella sua voce c'è una sfumatura di paura. «Signora Van Laar, mi dispiace informarla che pare che sua figlia sia scomparsa».

Che odori sente, le chiederebbe il dottor Lewis.

«Pronto?» dice l'uomo al telefono. «Signora Van Laar, abbiamo mandato una squadra. Pronto?».

Sento odore di alcol, pensa. *Sento odore di fumo stantio, sigari e sigarette. E in sottofondo un aroma di limone* – la cera per legno usata per lucidare i mobili.

«Pronto, signora Van Laar?».

E che suoni sente, le chiederebbe il dottor Lewis.

«Signora Van Laar?».

Sento la linea libera, pensa Alice. E rimette a posto la cornetta. Il rumore scompare.

E adesso, direbbe il dottor Lewis.

Alice chiude gli occhi. Se ce la mette tutta – se il vento soffia nella direzione giusta – certe volte riesce a sentire le voci dei ragazzini di Camp Emerson.

Certe volte sente anche quella di Bear.

Che sapore sente, le chiederebbe il dottor Lewis.

Nessuno.

Si concentri sui suoi sensi. Si ancori al mondo. Che sapore sente?

Nessuno, pensa Alice. *Non sento nessun sapore.*

Qualcuno entra nella stanza attraverso le porte a vetri scorrevoli che conducono al prato e poi al lago. È una delle due ragazze delle pulizie che hanno assunto in paese, solo per la settimana della festa. La ragazza si ferma sulla soglia, impugnando secchio e spazzolone, ed esamina la situazione: finora non ha mai trovato così sporco. Non si è ancora accorta di Alice e proprio per questo si concede di manifestare il disgusto che prova, e di borbottare qualcosa. *Che schifo*, forse, oppure *cazzo. Cazzo, da non credere.*

«Buongiorno» dice Alice e la ragazza si irrigidisce e assume un'aria colpevole.

«Buongiorno, signora» risponde, posa secchio e spazzolone

e inizia la ritirata verso l'ala nord, forse per andare a prendere altri attrezzi.

«Non ha sentito il telefono, prima?» domanda Alice. «O quando hanno bussato alla porta?».

«No, signora» risponde la ragazza. «Ero fuori a stendere la biancheria».

Riluttante, Alice scatta in azione. A grandi passi percorre il corridoio fino alla camera dove dorme Peter. Spalanca la porta ripetendosi che non ha paura di quel che troverà dentro. O di chi.

Ma nel letto c'è solo Peter che dorme della grossa, un gomito piegato sulla fronte come se volesse oscurare la luce. È un anno che non lo vede così – addormentato, o a letto, o semplicemente steso. Anche di più.

Lo chiama una volta, forte. Poi una seconda.

«Cosa c'è?» borbotta finalmente lui.

«Barbara» dice Alice. «È scomparsa».

Alice

Due mesi prima
Giugno 1975

Dopo la partenza di Barbara per Camp Emerson, ad Alice c'era voluta quasi una settimana per accorgersi del lucchetto sulla porta della camera di sua figlia. La camera si trovava nell'altra ala della villa; Alice non aveva alcun motivo per passarci davanti.

Ma dopo essere rimasta sei giorni seduta nella veranda, o distesa sul letto, alla fine aveva cominciato a sentirsi sola. Non c'era nemmeno Peter; probabilmente era a Manhattan, anche se era difficile tenere traccia dei suoi spostamenti. E in assenza di sua figlia e di suo marito, la casa era piombata nel silenzio.

Così quella mattina, spinta ad alzarsi dalla poltrona a causa della noia assoluta, Alice aveva deciso di fare una passeggiata.

Davanti alla camera di sua figlia con in mano il lucchetto, si era meravigliata della sfacciataggine di Barbara. Sicuramente sapeva quanto si sarebbe arrabbiato Peter quando, al ritorno dal suo viaggio, avrebbe trovato lo stipite rovinato dalle viti che fissavano il lucchetto. Ma più che lo stipite, a farlo arrabbiare sarebbero state le implicazioni di quel gesto: il fatto che Barbara potesse avere diritto alla privacy dopo quel che aveva combinato di recente.

Alice sapeva che il lucchetto andava rimosso. Bisognava anche restaurare attentamente lo stipite: poco ma sicuro. Peter si accorgeva di tutto, se c'era di mezzo la casa.

Uno dei giardinieri l'aveva aperto subito e aveva promesso

di contattare un bravo falegname di sua conoscenza in grado di sistemare o sostituire il legno danneggiato.

«Grazie» aveva detto Alice con aria assente. Già desiderava che se ne andasse.

Non voleva che ci fosse nessuno quando avrebbe aperto la porta.

Ne sentì l'odore ancora prima di vederla: vernice fresca.

Su tutta la parete – la più grande della stanza – c'era una specie di... *affresco*, pensò Alice, anche se non avrebbe mai usato una parola così elegante per definire l'orribile immagine incombente sul letto di Barbara.

Era fatta soprattutto di bandiere. Una britannica. Una americana, capovolta. E poi spille da balia, asce, manette, coltelli.

In un angolo in alto, un sole e una luna con visi umani guardavano Alice con un sorriso e una smorfia corrucciata.

Allora è questo che ha fatto Barbara dietro la porta che ha tenuto chiusa per quasi tutto giugno, pensò Alice. Ascoltava ad alto volume i suoi dischi orribili e dipingeva questo orribile affresco.

L'aveva fatto anche ad Albany. Quando aveva dieci anni aveva dipinto i muri di camera sua, ma in quel caso aveva almeno avuto la decenza e il buonsenso di chiedere il permesso a Peter. L'affresco di allora era innocuo: il sole, le nuvole, le montagne e quello che sembrava proprio il lago Joan.

Questo invece era inquietante.

In Alice vennero a galla emozioni contrastanti. Una era paura: se Peter l'avesse visto, si sarebbe scatenato l'inferno. Ma provava anche un altro sentimento. E alla fine con una fitta si rese conto che si trattava di gelosia. Mai nella vita si era sentita libera di fare una cosa del genere. Prendere semplicemente una decisione – *oggi dipingo un affresco* – e poi passare ai fatti.

In una stanzetta vicino alla cantina dei vini c'erano tutti gli attrezzi utilizzati per la manutenzione della casa. Alice frugò tra i secchi di vernice alla ricerca del colore che aveva scelto per la cameretta di Barbara quand'era nata.

Eccolo: *Rosa cipria.*

Una bellissima sfumatura pastello.

Alice tornò sulla scena del crimine impugnando un rullo e un secchio e si mise al lavoro.

Ovunque fosse andato, al suo rientro Peter non avrebbe più trovato traccia né dell'affresco né del lucchetto.

Tracy

Giugno 1975

La prima settimana di Lezioni di sopravvivenza aveva riguardato l'orientamento nei boschi. Durante la seconda avrebbero imparato a tenersi caldi e al riparo.

T.J. Hewitt li aveva condotti in un punto tranquillo della foresta e adesso se ne stava lì, le mani sui fianchi e un piede piantato su una radice.

«Cosa vedete?» chiese.

Silenzio.

Poi una ragazzina molto giovane alzò la mano. «Alberi?» azzardò.

Qualche risatina dal gruppo; la bambina arrossì. Non intendeva fare una battuta.

Ma T.J. continuò. «Molto bene» disse. «E poi?».

Sassi, risposero. *Una roccia. Foglie. Aghi di pino. Terra. Rami.*

T.J. annuì. «In caso di emergenza possono essere tutti utilizzati per tenervi al caldo. I boschi possono essere pericolosi, ma in un certo senso sono anche generosi».

Si girò di scatto e fece dieci passi in direzione di uno degli alberi vicini, che erano più tozzi.

«Questo» disse «è un abete balsamico. È uno degli alberi della zona più folti, ha un bel fogliame fitto ed è anche uno dei più giovani. Vedete com'è più piccolo di tutti gli altri? Questo significa che in caso di pioggia o neve, o anche di freddo, i rami più bassi formeranno un bel riparo».

E glielo fece vedere: allungò il corpo longilineo sotto i rami in questione e si stese intorno al tronco formando una C.

«Posso restare qui finché non è passato il temporale» disse. «Ma se voglio fermarmi più a lungo devo essere più creativa».

Continuò spiegando come costruire delle pareti provvisorie e spedì i ragazzi in direzioni diverse a reperire dei rami di conifere caduti.

Tracy non stava molto attenta. I moscerini erano all'apice della loro frenesia e la gente lì intorno agitava le mani davanti alla faccia con crescente disperazione. A parte questo, si contendevano la sua attenzione due figure molto capaci di distrarla: alla sua sinistra Barbara Van Laar e davanti a lei Lowell Cargill.

Lowell oscillava a destra e a sinistra, le braccia incrociate all'altezza della vita, ascoltando con attenzione e rispetto ogni parola di T.J., apparentemente insensibile a insetti, afa e noia.

E questo lo rendeva ancora più attraente.

Quella sera Tracy si sedette sul letto con il diario e si mise a scrivere. Era così che passava le serate quando in programma non c'erano altre attività.

Quasi tutte le sue compagne di bungalow avevano fatto scelte diverse. Fino allo spegnimento delle luci, alle dieci in punto, avevano il permesso di passare di bungalow in bungalow, a condizione di restare fuori, sotto i portici. In genere riuscivano anche ad arrivare al Pino, il bungalow che si trovava sull'altra riva del torrente e ospitava i ragazzi più grandi.

L'unica altra ragazza che si fermava in stanza era Barbara e la settimana prima, in parecchie occasioni, aveva cercato di attaccare bottone con Tracy. Ma ogni volta Tracy aveva balbettato, con la lingua annodata, incapace di produrre risposte adeguate.

Quella sera, dopo la prima lezione su come costruirsi un riparo nel bosco, Tracy annotava nel suo diario delle frasi e alcune domande. Avrebbe potuto leggerle a Barbara: le sembrava più facile che improvvisare una conversazione.

«Barbara» disse.

Dal letto sopra il suo, un movimento.

«Sì?».

«Mi chiedevo se ti piace il campo estivo».

Una pausa. «Oh» disse Barbara. «Abbastanza, direi».

«Qual è la cosa che ti piace di più?» domandò Tracy.

«Il mangiare» rispose Barbara, senza esitazioni. «Mi piace poter mangiare quanto mi va».

La frase successiva nel copione era: *Interessante. A me piace che stiamo in mezzo alla natura*. Ma la replica di Barbara era stata così appassionata e rispecchiava con tanta precisione le sue emozioni che Tracy disse: «Anche a me».

Prima che potesse continuare, la testa di Barbara sbucò dal letto superiore e si infilò nello spazio sottostante. Tracy chiuse di botto il diario, ma era troppo tardi.

«Mi stai intervistando?» disse Barbara sogghignando.

«No» replicò Tracy scuotendo vigorosamente la testa. «Stavo scrivendo altro».

Barbara la guardò pensierosa per un istante. «Posso scendere?».

Tracy annuì e si spostò verso destra mentre Barbara si calava dal letto di sopra con agilità, rifiutando la scaletta e prediligendo una capriola. Che riuscì a fare tenendo in mano una rivista che Tracy non riconobbe. Dopo che Barbara si fu sistemata vicino a lei sul letto, Tracy lanciò un'occhiata alla copertina: a lettere rosse che sembravano palloncini c'era scritto *Creem*. E sotto il titolo c'era la foto di una donna vestita un po' com'era vestita Barbara quand'era arrivata al campo.

Ormai, con tutto il nuoto che facevano, i capelli neri di

Barbara si erano scoloriti. Senza tinta e rossetto rosso, sembrava più giovane.

«Di cosa parla?» domandò Tracy indicando la rivista.

Barbara guardò la copertina. «Musica» rispose, articolando la parola con autentico rispetto.

Poi guardò Tracy.

«Sai» disse «sono qui da una settimana e penso che sia la prima volta che ti sento parlare».

«Non è vero».

«Voglio dire, certo che *parli*» precisò Barbara. «Però solo se qualcuno ti rivolge la parola per primo. Sei molto timida, vero?».

Tracy ci rifletté. Non lo era sempre, in ogni contesto; con sua madre e le amiche di sua madre era sfacciata e rumorosa. A parte questo, aveva un talento segreto: sapeva cantare. Era un contralto esuberante, una che cantava a squarciagola sotto la doccia. In macchina armonizzava con sua madre, che spesso le faceva i complimenti per il timbro.

«Una giovane Patsy Cline» le diceva; i gusti di sua madre – coltivati in una vita precedente in cui aveva montato dei cavalli da *barrel racing* nei rodei di terz'ordine del New England – tendevano verso il country.

Ma quel lato della sua personalità – la maniera in cui si comportava con le donne adulte di cui si fidava e a cui voleva bene – era troppo difficile da spiegare e quindi Tracy tacque.

«Non dovresti» continuò Barbara. «Sei la persona più interessante che ci sia qui al campo. Si capisce subito. Scommetto che hai dei segreti».

Davvero? Non proprio. Ma ancora una volta quel fraintendimento sembrò giocare a suo favore e quindi rispose: «Forse».

«Visto? Io l'avevo capito» disse Barbara. «L'ho intuito subito».

Poi tacquero tutte e due. Da fuori arrivò una melodia di chitarre lontane. Barbara alzò lo sguardo, incantata.

«Andiamo» disse.
«Dove?».
«Andiamo. Qui ci siamo sempre solo noi due. Usciamo».

Un istante dopo Tracy trotterellava per tenere dietro a Barbara che aveva puntato in direzione della musica, il cui volume stava aumentando.

Svoltarono un angolo e si trovarono faccia a faccia con una piccola folla radunatasi sotto il portico del Pino. C'erano tutti gli abitanti del bungalow e un'altra trentina di ragazzi. E in mezzo a loro il chitarrista, niente di meno che Lowell Cargill.

Tracy fece un passo indietro, tutta rossa. Lowell cantava una canzone che lei conosceva bene e che piaceva a sua madre. *You were on my mind* di Ian & Sylvia. Sapeva il testo a memoria. Si sforzò di tenere la faccia immobile in modo da non iniziare a sillabarle.

E oltre la folla – se l'era immaginato? – colse lo sguardo di Lowell Cargill e si costrinse a *tenere duro*, a non distogliere gli occhi fino a quando non lo fece lui per primo.

Restarono lì per tutto il concerto. Dopo il tramonto e fino al calare del buio. Quando finalmente arrivò l'annuncio che i ragazzi dovevano tornare ai loro bungalow, Barbara e Tracy si avviarono fianco a fianco, mute, ancora sotto l'incantesimo della musica, della fresca aria notturna, delle lucciole.

«Mi mancava» disse Barbara.
«Cosa?».
«La musica».
Poi Barbara si fermò e Tracy fece altrettanto.
«Ho un favore da chiederti» disse.
«Okay».

«Ogni tanto dovrò uscire dal bungalow, la sera» disse Barbara. «Mentre tutti dormono».

Tracy attese. Era confusa. La domanda naturale da fare sarebbe stata *Perché?*, ma il tono di voce di Barbara le diceva che quella curiosità non sarebbe stata bene accolta.

«Solo qualche volta. Non sempre» aggiunse. «Vabbe'. Pensi che riuscirai a tenertelo per te?».

Tracy annuì lentamente.

«E poi» disse Barbara «ti dispiacerebbe se dormissi di sotto? Sarebbe più facile non dover usare ogni volta la scaletta».

Tracy fu costretta a una pausa. Il letto di sopra avrebbe retto il suo peso? Ma non riuscì a spiegarsi e quindi rispose che a lei andava benissimo.

«Dirò che ho le vertigini o roba del genere» disse Barbara con un sorriso. «Se per caso qualcuno mi chiede perché ci siamo scambiate».

Durante le due settimane successive divenne chiaro che Barbara aveva mentito su una cosa: in realtà le sue uscite notturne si ripetevano ogni sera. Alle dieci tutte le ragazze del bungalow si arrampicavano sui loro letti e Louise o Annabel spegnevano le luci grandi. Dopo, per trenta secondi, Tracy non riusciva a vedere niente ma alla fine comparivano delle sagome appena accennate – mobili, finestre e i corpi delle compagne –, rischiarate, capì poi, solo dalle stelle brillantissime sospese sopra la zona disboscata che ospitava Camp Emerson.

A un certo punto, quando nel bungalow non c'era più nessun movimento, sentiva il letto muoversi appena, il respiro di Barbara cambiava e poi ne avvertiva i passi, leggeri come quelli di un gatto, e la sentiva aprire la zanzariera trattenendo il fiato e chiudersela alle spalle con altrettanta attenzione. Un cigolio sommesso del cardine ed era scomparsa.

Quando tornava, Tracy dormiva sempre quindi non sapeva quanto stesse fuori. Una volta le disse a voce alta che doveva essere molto stanca. Barbara rispose ribadendo di non avere quasi bisogno di dormire, e per Tracy la sua energia era ogni giorno la prova che diceva la verità.

Se qualcun altro nel bungalow era a conoscenza di quelle abitudini, non venne mai fuori. Nessuno fece domande e Barbara non disse niente – almeno all'inizio.

Jacob

Giugno 1975

L'idea gli era venuta in sogno. *Jacob zoppica*, gli aveva detto una voce e lui si era svegliato in cella con quella frase in testa. *Jacob zoppica, Jacob zoppica.* La voce lo stava prendendo in giro? Somigliava vagamente a quella di suo padre e in effetti era proprio una frase da lui.

Fu solo all'ora di pranzo – mentre osservava un uomo che non conosceva trascinarsi una gamba nella mensa della prigione – che Jacob capì con un colpo al cuore il senso di quella frase.

«La virgola» esclamò a voce alta. «La virgola».

E Harold Debicki, che era seduto vicino a lui, gli domandò che cosa intendesse.

Jacob, zoppica, pensò. Ma non disse niente.

Il giorno dopo, quando il secondino venne a fare il giro della mattina, Jacob restò disteso immobile a letto. Non voleva solo fingere di essere zoppo. Avrebbe fatto finta di essere paralizzato.

«Alzati, Sluiter» disse il secondino.

«Non posso» rispose Jacob. «Non riesco a muovere le gambe».

E lo disse con calma; secondo lui reagire in maniera scomposta avrebbe sollevato dei sospetti. Invece per tutto il giorno e per i giorni seguenti ripeté la stessa frase, con la stessa voce calma, a tutti quelli che incontrava: *Non riesco a muovere le gambe.*

Ci volle un po' di pratica ma poi iniziò davvero a crederci.

Per spostarsi si trascinava, anche quando non pensava di essere osservato.

Lì a Dannemora non era mai stato molto popolare, ma dopo parecchie settimane di quella storia perfino i suoi più crudeli persecutori cominciarono a perorare la sua causa con i secondini.

Così non andava bene, su questo erano tutti d'accordo. Bisognava che lo visitasse un dottore.

Le uniche volte in cui si concedeva di muovere le gambe era a letto, di notte. Stava bene attento ad aspettare di sentire il russare morbido del suo compagno di branda e poi iniziava a fare la bicicletta, sollevava le gambe l'una dopo l'altra per recuperare le forze.

Di lì a parecchie settimane fu trasferito a Fishkill, una prigione di minima sicurezza quattro ore più a sud.

Di lì a parecchi mesi riuscì a evadere.

Da allora non aveva fatto che spostarsi verso nord e seguire l'Hudson in linea retta.

Riguardo alla destinazione, aveva un'idea sola in testa: la sua terra avita, la proprietà degli Sluiter, il posto in cui suo nonno lo portava sempre a campeggiare. Una piccola serie di caverne naturali offriva facilmente riparo; dentro una di queste avevano dormito insieme e suo nonno, che era un narratore dotatissimo, l'unico adulto che fosse mai stato gentile con lui, aveva trasmesso a Jacob la storia della sua famiglia.

Le caverne si trovavano nei pressi di una zona popolata e quindi Jacob Sluiter sapeva che sarebbe stato pericoloso andarci. Ma non era in grado di prevedere quanto sarebbe riuscito a restare a piede libero, o vivo – e quindi furono la nostalgia, o la follia, a guidarlo.

Si spostava alla luce della luna o dei lampioni, seguendo strade secondarie. Quasi ogni sera trovava una casa in cui introdursi in maniera non violenta: una finestra aperta, una porta facile da scassinare. Erano quasi tutte case da ricchi, villette estive con vista fiume. Dentro, prendeva solo quello di cui aveva bisogno, in silenzio, cercando di non svegliare nessuno. Solo una volta arrivò molto vicino ad avere un problema, cioè quando la padrona di una casa passò davanti alla cucina in accappatoio muovendosi così piano che proprio non l'aveva sentita arrivare.

Trattenne il fiato per un minuto intero mentre lei faceva quel che doveva fare. Non si nascose; restò immobile al centro del pavimento di linoleum, braccia distese e gambe rilassate. Impugnava un coltello che aveva prelevato in un'altra casa. Se lei fosse uscita e l'avesse visto lì al buio lui si sarebbe portato un dito alle labbra. Le avrebbe detto che se avesse urlato avrebbe messo in pericolo il resto della famiglia. Avrebbe dovuto ucciderla, poco ma sicuro, era una questione di necessità; ma tutti gli altri, dando per scontato che ce ne fossero, sarebbero stati risparmiati.

La donna tirò lo sciacquone. Si lavò le mani. Aprì la porta e spense la luce. Uscì dal bagno e prese il corridoio, probabilmente per tornare in camera sua.

Non guardò mai in direzione di Jacob.

Di giorno, dietro la linea del bosco, Jacob dormiva sul terreno più soffice che riusciva a trovare.

Era estate. Era piovuto poco. L'unica notte che venne un acquazzone rimase dentro la casa in cui era entrato e si mise seduto al tavolo in cucina a captare con tutti i sensi tesi qualsiasi movimento. Quando smise di piovere uscì nell'aria fresca e nuova.

Suo padre non era mai stato orgoglioso di lui, ma avrebbe potuto esserlo per le sue mille risorse e la sua capacità di utilizzare quello che gli offrivano la natura e i ricchi.

Discendeva da una lunga stirpe di uomini intraprendenti. Il suo trisnonno e i suoi pro-pro-prozii facevano i boscaioli e la loro fonte di reddito era stata pregiudicata dall'opposizione di Verplanck Colvin al taglio dei boschi sulle Adirondack. Intuendo che ne sarebbe venuto un problema, avevano venduto le loro terre – e avevano fatto bene. Di lì a vent'anni il governatore Roswell Flower avrebbe fondato la Riserva delle Adirondack. *Per sempre selvagge* era lo slogan sentimentale che aveva impedito ogni ulteriore sfruttamento delle foreste – anche di quelle di loro proprietà. In un attimo il governo aveva privato le terre degli Sluiter – ettari su ettari che gli antenati di Jacob avevano comprato per una pipa di tabacco, sognando ricchezza e sicurezza economica per le generazioni future – della loro capacità di produrre profitti.

Quindi i suoi antenati si erano orientati su altri lavori: alcuni sul turismo, facendo da guide ai ricchi visitatori provenienti dalle metropoli; altri erano diventati operai e si erano messi a fabbricare camicie e carta in cittadine come Corinth e Troy. Altri ancora – per esempio suo nonno e suo padre – erano diventati costruttori e manovali. E la cosa buffa era che di lavoro ne avevano sempre. Allo stato andava benissimo se erano i ricchi a spianare i boschi per costruire le loro magioni colossali. Era solo la gente normale – come gli Sluiter – a non poter più svolgere il lavoro di prima, a doversi incaricare di mantenere intatte quelle terre per il piacere dei Roosevelt o dei Rockefeller di questo mondo.

Quindi, ogni volta che di notte entrava in quelle case – e sottraeva vestiti o cibo dalle loro dispense e dai loro frigoriferi ben forniti –, Jacob lo faceva con un certo divertimento. Un paio di volte, in quelle veramente disabitate, si era perfino fatto la doccia.

Non era sicuro di quanti giorni fossero passati dalla sua evasione. Però, grazie a un titolo in prima pagina su un giornale lasciato sul tavolo di una cucina, sapeva che gli stavano alle calcagna.

E sapeva anche che i territori settentrionali in cui si stava inoltrando erano più inesplorati.

Questo significava due cose: che avrebbero fatto più fatica a trovarlo.

E che doveva essere più intraprendente.

II

BEAR

Alice

Anni Cinquanta | 1961 | inverno 1973
giugno 1975 | luglio 1975 | agosto 1975

Alice Ward, diciassette anni e mezzo, tenne gli occhi ben chiusi fino alla Grand Central Station. Era un'abitudine dettata dal nervosismo e ce l'aveva da sempre, a quanto poteva ricordare. La calmava e le permetteva di fingere, anche solo per un istante, di essere sola al mondo. Lo faceva se era sicura che nessuno la stava guardando. Ma in quel caso si sbagliava.

«Alice» disse sua sorella Delphine, che era più grande. «Dormi?».

Alice aprì gli occhi.

Aveva debuttato in società tre settimane prima, nella sala da ballo del Waldorf-Astoria. Il suo accompagnatore militare era un cadetto di West Point di cui si era già dimenticata il nome. Il suo accompagnatore civile doveva essere Stuart Parker, un ragazzo sgradevole che conosceva da quand'era nata, ma – miracolo dei miracoli – si era preso il morbillo la sera prima della festa. Era stata Delphine a trovare un rimpiazzo dell'ultimo minuto: un compagno d'università di suo marito George, che si era fermato a dormire da loro a Manhattan perché doveva incontrare un cliente.

Delphine le aveva detto che si chiamava Peter Van Laar. E sì: aveva uno smoking.

La madre di Alice ne era stata entusiasta. Suo padre un po' meno.

«Van Laar» aveva detto. «Li conosciamo?».

Sua madre gli aveva garantito di sì. I Van Laar di Albany. (Nella sua voce c'era una sfumatura di condiscendenza: *Sì, Albany. Pazienza*). *Banchieri*, aveva pensato la signora Ward. *Paladini dell'ambiente*. Il nonno era stato un importante *trait d'union* con un Roosevelt.

«Quanti anni ha?» aveva chiesto Alice.

«Oh, l'età di George» aveva risposto Delphine agitando una mano in aria, come se in un uomo un dettaglio banale come *l'età* non avesse la minima importanza.

Alice venne a sapere dopo che la risposta era ventinove.

Dopo una settimana, arrivò una lettera. Era indirizzata a *Signorina Ward e chaperon*, e dentro c'era un invito alla villa di Peter Van Laar sulle Adirondack – quella di cui aveva parlato ad Alice, con stupefacente tenerezza, durante la cena.

Spero con tutto il cuore che lei possa venire, aveva scritto Peter con mano ferma. *Mi ha fatto un enorme piacere conoscerla.*

Alice e Delphine si trovavano alla Grand Central e aspettavano l'annuncio di un treno. Che strano, in realtà, stare vicine così; non trascorrevano tanto tempo insieme da quand'erano molto piccole.

Delphine aveva cinque anni di più ed era quindici centimetri più alta di Alice. Suonava il piano con grande abilità. Non sembrava mai intimidita. Aveva un'aria da intellettuale e si interessava di politica, due caratteristiche che la distinguevano dal resto della famiglia Ward, i cui principali argomenti di conversazione a cena tendevano al pettegolezzo. A un certo punto Delphine aveva espresso ai suoi genitori l'ipotesi di far domanda di iscrizione al Barnard o al Radcliffe, ma suo padre aveva soffocato una risata, nonostante alla Brearley School lei fosse la prima della classe.

Intanto Alice era riuscita a malapena a diplomarsi.

Adesso Delphine aveva ventidue anni ed era sposata con George Barlow. Era un matrimonio d'amore che aveva rischiato di non concretizzarsi, perché suo padre era convinto che George, nonostante l'indiscutibile pedigree, fosse un *eccentrico*. Presto sarebbe rimasta incinta. Alice riusciva a vedere chiaramente il futuro che attendeva Delphine; era il proprio che non riusciva a immaginare. Quando ci provava vedeva qualcosa di sfocato e indistinto e le veniva un groppo allo stomaco.

A North Creek trovarono ad aspettarle una macchina strana guidata da un ometto rubizzo vestito di velluto a coste, che nella mano non guantata stringeva un biglietto con su scritto SIGNORINA WARD.

L'autista, tanto ciarliero da risultare imbarazzante, aveva rivolto loro domande così intime da suscitare l'orrore di Alice. Voleva sapere da dove venivano. Erano sposate? Lavoravano? Lanciò un'occhiata in tralice a Delphine, per capire se avrebbe detto qualcosa, ma lei era tranquillissima. Perfino placida. E rispose a tutte le domande facendone a sua volta.

«Da chi starete, alla Riserva?» domandò lui e Alice aspettò che rispondesse Delphine, che però disse: «Dillo tu, Alice».

«Peter Van Laar» rispose lei.

«Padre o figlio?» domandò l'autista.

E senza aspettare una risposta si dilungò sulla reputazione del figlio in città – scoprirono così che non era delle migliori –, dove la critica principale che gli veniva rivolta era che fosse *freddo*, cosa che non turbò Alice più di tanto. A lei il freddo piaceva. Andava più d'accordo con le persone dai movimenti e dall'eloquio contenuti. Anzi – sebbene alla festa avesse provato un certo timore di incontrarlo, per paura che la differenza d'età la ammutolisse – la cosa che aveva subito notato e apprezzato di Peter Van Laar era stata la sua immobilità. La sua altezza e i suoi occhi azzurri e saldi. Il fatto che desse l'impressione di essere molto controllato.

Avevano ballato insieme tre volte. Quattro, se contiamo una mezza giravolta in pista verso la fine, poco prima che un parente la sequestrasse per augurarle la buonanotte.

A ogni giro lui l'aveva stretta più vicina a sé. Era molto bello. Alice ricordava che profumava di boschi.

«Si racconta una storia, a proposito della villa» stava dicendo l'autista.

Le strade stavano diventando tortuose e le si chiudeva lo stomaco. Appoggiò la testa al finestrino.

«Ci sono i fantasmi?» domandò Delphine tutta allegra, ma l'autista scosse la testa.

«Niente del genere. L'hanno portata dalla Svizzera. Sto parlando della casa. La chiamano *chalet*». E fece un rumorino che sembrava una risata.

«Affascinante» commentò Delphine.

«Tutta intera. La famiglia se l'è fatta spedire e poi qui l'hanno rimontata. È successo quasi ottant'anni fa. S'immagini quante persone sono state necessarie. Per i tronchi hanno costruito una strada apposta. Per ogni carico, un tiro di dodici cavalli. In città se ne parla ancora. Per rimontarla i Van Laar hanno assunto tutti gli uomini e i ragazzi di Shattuck sopra i nove anni».

«Ma ci pensi, Alice?» disse Delphine, e Alice si pizzicò il dorso della mano augurandosi che il contenuto del suo stomaco restasse al suo posto.

«Provate a indovinare come l'hanno chiamata» disse l'autista.

Poi aspettò.

«Parlo della casa. Provate a indovinare come quella vecchia famiglia ha chiamato la casa» disse.

«Mi dia un minuto per pensarci» rispose Delphine, seria. E poi tentò: «Manderley».

«No» fece l'autista. «Fiducia-in-se-stessi. *Fiducia-in-se-stessi!*» e si diede uno schiaffo sul ginocchio.

Nessuna delle due reagì; Alice perché non capiva cosa ci fosse di divertente e Delphine, probabilmente, perché stava cercando di capire la battuta.

«Non sono mica stati i Van Laar a spostare quei tronchi» disse l'autista per aiutarle.

«Che *ridere*» disse Delphine, ma Alice si rese conto che anche lei era a disagio. Dopotutto, erano pur sempre ospiti dei Van Laar.

«Tutto bene, signorina?» domandò l'autista ad Alice – forse nello specchietto retrovisore aveva intravisto la sua faccia verdastra.

Rispose di sì. Tutto benissimo.

«Guardi dritto fuori dal finestrino. Cerchi di abbassarlo un po'» disse l'autista. Ma lei non si era portata un foulard e nel momento in cui lo fece i capelli cominciarono a frustarle la faccia.

Lo richiuse.

Alice tenne gli occhi chiusi finché non sentì rallentare l'auto e capì che il suolo sotto di loro da asfalto diventava terra battuta. Li aprì e scoprì che erano arrivati su un lungo viale privato. Alla sua sinistra c'era una serie di edifici agricoli: una sala da mungitura, un granaio, un mattatoio. Davanti c'erano una donna e un bambino che li guardarono senza salutare.

E poi, finalmente, la Riserva: pinete altissime che facevano sprofondare la terra nell'ombra, prati scoscesi dove altri alberi erano stati abbattuti. In cima al prato c'era, evidentemente, la casa di cui aveva parlato l'autista.

FIDUCIA-IN-SE-STESSI, diceva un piccolo cartello che oltrepassarono al loro arrivo. Era un edificio colossale. La struttura centrale era alta tre piani ed era costruita con dei tronchi grezzi. Dal tetto spiovente scendevano delicate decorazioni scolpite nel legno, a inghirlandare le persiane che incorniciavano le grandi finestre. Dai lati spuntavano due ali e il viale era riparato da un portico. I giardini abbondavano e traboccavano di fiori coltivati disposti in maniera tale da sembrare selvatici. Disseminati intorno c'erano degli edifici più piccoli, uno di questi era una versione in miniatura della villa.

«Santi numi» disse Delphine.

La cosa più sconvolgente, pensò Alice, era quanto fosse distante da tutto. E quanto lavoro doveva esserci voluto per costruire un complesso del genere in mezzo ai boschi. I Van Laar avevano collocato la casa in cima a un'altura, quindi tutto ciò che era vicino a Fiducia si trovava anche sotto. *Come l'Olimpo*, pensò Alice, sebbene in genere non facesse paragoni di quel tipo.

L'autista si avvicinò fino a quando l'auto salì sull'erba e poi lentamente si fermò. Fu solo allora che si accorse di Peter, immobile come un cervo nell'ombra proiettata dalla casa. Le stava aspettando.

Fece un passo avanti. Era perfino più alto di quanto ricordasse. E sembrava anche più vecchio. Aveva una sfumatura d'argento tra i capelli, accentuata dal sole mentre attraversava a grandi passi il prato.

L'autista saltò giù. Aspettarono un secondo finché non capirono che non avrebbe aperto la loro portiera.

Ora Peter era più vicino e il groppo che Alice aveva dentro esplose in un disordinato pulsare di nervi che le fece quasi battere i denti.

Si domandò che cosa si sarebbero detti. Ma cosa caspita si poteva dire a un uomo adulto? Per tutto il periodo scolastico era stata circondata solo da ragazze. Poi le tornò in mente che ballare con Peter era stato piacevole; la sala da ballo del Waldorf era buia e rumorosa e non c'era stato un gran bisogno di fare conversazione. Ma lì, nella piena luce del giorno, era tutto diverso.

Le venne in aiuto Delphine.

«Che viaggio» gli disse tutta felice scendendo dall'auto. «Ero sicura che non ce l'avremmo mai fatta».

Erano circondate dal profumo della resina riscaldata dal sole. E poi, l'aroma dell'acqua fresca: il lago.

Peter sorrise, le mani in tasca e lo sguardo puntato a terra.

«Sono felice che siate qui» disse. E tese le due mani per prendere le valigie, che l'autista gli cedette ben volentieri.

Fu Delphine quella a cui camminò accanto mentre si avvicinavano alla casa. Fu Delphine quella a cui si rivolse per sapere che tempo faceva in città e quali attività preferivano. Alice li seguiva sentendosi sempre più bambina.

«Siete già state su queste montagne?» domandò, e Delphine rispose di sì, una volta, quand'crano piccole.

«Ti ricordi, Coniglietto?» chiese ad Alice, che a quel nomignolo arrossì tutta.

Peter si girò appena in attesa della sua risposta. La verità era che non se ne ricordava, ma ammetterlo l'avrebbe fatta sembrare ancora più giovane rispetto a sua sorella. E quindi rispose di sì, certo.

«Allora saprete già dei moscerini» disse Peter.

«Cosa, questi?» chiese Delphine agitando una mano in aria e separando il piccolo sciame che si era formato intorno alle loro teste.

«Sì» disse Peter. «Moscerini. A quest'ora in genere non ci sono già più, ma quest'anno a giugno ha fatto freddo. Immagino che volessero conoscervi» disse, e alla fine guardò in faccia

Alice e le sorrise. Aveva i denti candidi. Un piccolo nodo di eccitazione le discese dalla gola allo stomaco.

Poi gli sorrise anche lei: gesto temerario.

Fu allora che una freccia passò a dieci centimetri dal suo naso e si conficcò nella corteccia di un albero vicino.

Alice si irrigidì.

Peter sbiancò.

Delphine, inconsapevole dell'accaduto, si girò verso di loro con un grazioso sorriso.

Per un istante nessuno parlò. Poi un bambinetto sull'orlo delle lacrime corse verso di loro strillando qualche parola di scusa.

«Oh no, oh no» diceva. «Ho colpito qualcuno?».

Dopo averlo rassicurato, sgridato e rispedito indietro, Peter spiegò che era un ragazzino del campo.

«Quale campo?» chiese Delphine.

Peter inspirò, come se stesse per raccontare una lunga storia. Poi cambiò idea e disse che l'avrebbe spiegato a cena.

«Se me ne dimentico ricordatemelo» concluse.

Tutte le finestre della villa erano aperte. In ogni stanza c'erano dei ventilatori che ruotavano lenti. Dappertutto un profumo di legno appena tagliato, come se la casa fosse stata costruita da poco. Furono accompagnate nelle loro stanze da una persona di nome Hewitt: sembrava svolgere le mansioni di un maggiordomo, ma la sua rudezza e l'abbigliamento gli davano l'aria di un cowboy. Si teneva il cappello in testa anche in casa. Era silenzioso, magro, avrà avuto una quarantina d'anni. A quell'epoca per Alice qualsiasi età al di sopra dei venticinque era praticamente intercambiabile. Si era chiesta, e se lo chiedeva ancora, chi altro ci fosse in casa. In treno ne aveva parlato con Delphine.

«I genitori di Peter?» aveva detto e Delphine si era stretta nelle spalle. Forse.

«Ma... vive con loro, secondo te? Ad Albany?».

Delphine ci aveva riflettuto. «George aveva un appartamento» aveva detto poi. «Prima che ci sposassimo, intendo. Ma in realtà era di suo padre».

«Tu l'hai mai visto?».

Delphine aveva sorriso. «Sì». Solo dopo Alice aveva capito le implicazioni di quella risposta.

La sua camera era grande e vista lago, aveva un letto a baldacchino e una trapunta patchwork. C'era anche uno specchio a tutta altezza nel quale si esaminò bene, mettendosi due mani sulle guance e premendo (a quei tempi era convinta di essere troppo paffuta), immaginando come doveva vederla Peter. Le dicevano spesso che era carina – anzi, anche più carina di Delphine, il suo unico primato sulla sorella. Ma lei si riteneva stupida ed era quasi certa che lo pensassero anche gli altri. E pure poco spiritosa e poco intelligente. Secondo lei essere priva di senso dell'umorismo era anche peggio che essere scema.

Qualcuno bussò alla porta facendola trasalire al punto che le sfuggì un gridolino.

Aprì, ancora senza fiato.

Era Hewitt, il maggiordomo – *l'aiutante*, si corresse Alice. Vestito così non assomigliava affatto al maggiordomo dei Ward in città. «La famiglia è sul prato per un cocktail» disse. «Se vuole può raggiungerli».

«Grazie» rispose Alice – e solo in quel momento si accorse che dietro la gamba di Hewitt spuntava una bambina minuscola con gli occhi vivaci e una treccia sottile.

«E questa chi è?» disse, e fu la prima volta che Hewitt sorrise.

«Questa è Tessie Jo».

Anche la bambina sorrise e affondò il viso nella stoffa dei pantaloni di Hewitt.

La facciata della villa era in realtà il retro, dalla parte del lago. L'acqua pareva gelida e piacevole insieme, il tipo d'acqua che contiene zone più tiepide e sorgenti nascoste.

Su una spiaggetta, spalle alla villa, c'erano quattro adulti seduti su delle sedie dallo schienale alto. All'inizio Alice non capì chi erano, ma poi sentì la risata di sua sorella, calda e affascinante, una risata che suscitava parecchi commenti. Delphine si era messa un cappello che Alice non aveva mai visto ed era seduta vicino a Peter. Da dietro, il gruppo sembrava composto da due coppie; solo la quinta sedia, vuota, diceva altrimenti. Davanti a loro la bambina – Tessie Jo – correva lungo la spiaggia, e si fermava ogni tanto a fare dei mucchietti di sabbia bagnata.

Peter si accorse di Alice prima degli altri e si alzò con atteggiamento formale.

«Signorina Ward» disse.

Lei si avvicinò cercando di sembrare spensierata. Ma per l'ennesima volta le parve di non riuscire a fingere.

Si alzò anche uno degli altri componenti del gruppo e Alice riconobbe il padre di Peter. Doveva essere proprio lui: la versione canuta del figlio, con la stessa magrezza, la stessa eleganza, la stessa severità.

«Signorina Ward» disse l'anziano signore. «Siamo felici di fare la sua conoscenza».

Ormai Alice li aveva raggiunti e voltò le spalle al lago trovandosi di fronte alla villa e a tutti loro, in piedi, imbarazzata in quel piccolo semicerchio di sedie, come se stesse per intonare una canzone. Si domandò che cosa poteva aver raccontato Peter di lei. Peter, che l'aveva vista solo una sera.

La madre di Peter – Alice ipotizzò che fosse lei – era rimasta seduta, insieme a Delphine. Sembrava più giovane del padre, ma più trasandata, con quindici chili di troppo e un vestito che – Alice lo pensò prima di poterselo impedire – non le donava affatto. La donna rivolse un sorriso astratto nella sua direzione.

Peter fece un passo avanti. «Trova confortevole la sua sistemazione?» domandò.

A un tratto Alice restò colpita dalla rigidità con cui si esprimeva, come se fosse nato in un altro secolo. I loro amici di città erano sboccati, irriverenti, adoravano gli scandali. Erano convinti che la buona educazione andasse usata solo con le persone di rango inferiore, che in qualche modo erano al loro servizio.

«Molto confortevole» disse Alice. «Grazie».

La cena andò meglio. Il vino aiutava Alice, che nella vita si era sbronzata solo due volte. Non le piaceva il sapore dell'alcol o come la faceva sentire. Ma le piaceva la lucentezza calda e confortante che dava alla stanza. Delphine guidava la conversazione e per una volta Alice fu grata della vivacità della sorella, anche se per contrasto sottolineava come a lei mancasse del tutto.

Si passò dal parlare della storia delle Adirondack alle attività quotidiane della fattoria poco distante: una passione speciale dell'anziano Van Laar. Poi dei moscerini – sempre loro – e alla fine si sentirono rivolgere domande garbate sulla loro vita in città, sulla loro istruzione e sui loro obiettivi.

«E come sta il vecchio George Barlow?» domandò l'anziano signor Van Laar tra un boccone e l'altro. «Non lo vedo da quando Peter era all'università. Mi ha sempre divertito molto».

Aveva un tono leggermente canzonatorio, e Alice guardò Delphine per vedere se si era offesa. Invece sua sorella sorrise.

«È sempre divertente» rispose.

«Gli piace il lavoro?».

«Lo studio, vorrà dire» disse Delphine, e il signor Van Laar sollevò un sopracciglio.

«Da non credere. Alla sua età?».

«Oh sì» rispose Delphine in tono cospiratorio. «È uscito dall'azienda di famiglia per iscriversi a Ornitologia alla Columbia».

Mentre comunicava la notizia le brillavano gli occhi – era stato il pettegolezzo principale dell'ultima stagione mondana a Manhattan e aveva fatto infinite volte il giro della città come se fosse l'ultima battuta di una barzelletta. *Ornitologia!* Se c'era una cosa per cui Alice rispettava sua sorella era il coraggio che aveva dimostrato scegliendo chi sarebbe diventato suo marito. George Barlow – anche se veniva da una famiglia ricca – non si sarebbe affatto detto l'uomo giusto per lei. Non era nemmeno molto bello; era magro e sottile, con i denti sporgenti e sopracciglia scure perennemente aggrottate. Ma sua sorella lo amava, Alice di questo era certissima.

«Sono sicuro che lo sapevi già, papà» disse Peter. «La cosa ha creato un certo scompiglio». Ma anche nella sua voce Alice percepì del divertimento.

«Lo immagino» disse il signor Van Laar. Prese un boccone e lo masticò pensieroso. «Sai, ero convinto che il posto giusto per studiare gli uccelli fosse la Cornell».

«Infatti» rispose Delphine. «Ma non potevamo andarcene da Manhattan, quindi ha dovuto accontentarsi della Columbia».

«Prende buoni voti?».

«È il primo della classe» rispose Delphine.

Qui la conversazione rallentò. Il suono delle posate sui piatti echeggiava in tutta la sala.

Delphine disse: «Potete raccontarci del campo estivo?».

Peter e suo padre si scambiarono un'occhiata. Poi fu Peter a cominciare.

Negli anni Settanta dell'Ottocento, quando le Adirondack si stavano ancora affermando come destinazione turistica per gli abitanti del New England, il primo Peter Van Laar ci arrivò dal Massachusetts e se ne innamorò.

Ci tornò diverse volte per mappare il territorio. Alla fine – con l'aiuto di una valida guida locale – scelse l'appezzamento su cui costruire Fiducia-in-se-stessi.

Alice non poté fare a meno di notare che la versione della storia fornita dai Van Laar era diversa da quella dell'autista. Non si parlava molto della gente di Shattuck. Nel loro racconto, Peter I – che i Van Laar chiamavano "Peter Uno" – aveva trasportato i tronchi a mano, divisi in fascine, si era arrampicato su scale altissime, aveva personalmente supervisionato l'arrivo di ogni sezione della struttura originale dalla Svizzera e si era accertato che fossero assemblate correttamente. A breve distanza dalla villa era stata costruita una fattoria per avere la certezza che nessun ospite dovesse rinunciare alle comodità di una casa.

Peter I era stato un noto anticonformista. «L'ultimo Van Laar» disse Peter III con un sorrisetto «che potremmo definire tale». Poi continuò: era rimasto dispettoso, giocherellone ed esuberante come un bambino fino al giorno della morte, adorato e vituperato in egual misura dai soci in affari. Era stato l'oggetto di articoli di costume. Aveva avuto decine di amanti.

Quando Peter I annunciò l'idea di un campo estivo, quindi, il progetto fu accolto senza stupore – ma con enorme divertimento, e fu anzi dileggiato dai suoi pari nell'alta società.

Peter I tenne duro. Dedicò a quello scopo un gruppo di edifici originariamente costruiti come casini di caccia. Già ottantenne e non più in grado di praticare attività fisiche con il vigore di prima, incaricò un gruppo di abitanti di Shattuck di costruire il resto delle strutture necessarie. Il suo sogno era indottrinare generazioni di bambini sull'importanza della tutela dell'ambiente e di una gestione responsabile delle terre. Diede al campo il nome del suo filosofo e scrittore preferito, altro grande difensore della natura. L'uomo che, guarda caso, aveva anche scritto il saggio da cui prendeva il nome la villa. Ogni estate Camp Emerson proponeva un soggiorno di otto settimane, proseguì Peter III. All'inizio i ragazzi erano pochi. Ma dopo parecchie stagioni di successi – in cui il campo aveva lavorato in perdita – la sua reputazione crebbe. Nel giro di dieci anni diventò una meta ambita per i figli delle famiglie ricche di Manhattan e del New England. Attualmente quasi tutti gli iscritti erano figli di amici e conoscenti dei Van Laar.

Delphine batté le mani, estasiata. «Oh, già lo adoro» disse. «Il primo Peter. Adoro la storia. E tu, Alice?».

«Sì» rispose Alice.

«Tu hai mai partecipato?» domandò Delphine e Peter si affrettò a scuotere la testa.

«Camp Emerson? No, per carità» rispose, come se gli avesse fatto una domanda strana.

La signora Van Laar, di fronte ad Alice, aveva ben poco da dire. Se ne stava lì seduta, felice e muta nel suo vestito informe e fuori moda, con il rossetto leggermente sbavato. Ogni tanto le sorrideva e consumava la cena con grande piacere, chiudendo gli occhi mentre masticava.

A un certo punto Alice si rese conto che né lei né la signora Van Laar avevano detto una parola per quasi un'ora e sembrava che nessuno se ne fosse accorto o che a nessuno importasse; ebbe l'improvvisa consapevolezza di essere una merce valutata per l'acquisto dai due uomini seduti a tavola, mentre Delphine faceva la parte del banditore. E meno avesse detto, meglio sarebbe stato. Verso la fine del pasto cominciò a calarle addosso l'idea che qualcuno avesse già preso una decisione per suo conto.

E non la trovò sgradevole.

Anzi, questo le permetteva di tornare alla sua condizione preferita: una sognante irraggiungibilità, un'aria di mistero ben studiata che sperava riuscisse a mascherare la sua scarsa intelligenza che ormai, per quanto la riguardava, dava per scontata.

Ogni tanto si rendeva conto che Peter Van Laar la guardava e si concedeva sempre più spesso di restituire l'occhiata. Le pulsazioni aumentavano. Era una bambina.

Si fece tre domande: sarebbe stata in grado di vivere lontano dalla città? Avrebbe potuto abitare lì, in mezzo ai boschi, per buona parte dell'anno? Avrebbe potuto sposare un uomo come Peter?

Sua madre aveva conosciuto suo padre da bambina, ma non bene; aveva diciott'anni il giorno del suo matrimonio, che si era tenuto poco dopo il primo appuntamento.

Sua sorella e George Barlow si conoscevano da due mesi quando si erano fidanzati.

Guardò fuori dalla finestra, verso il lago. Aveva un che di ipnotico – qualcosa di incantato. Ormai erano le otto di sera ma era luglio e l'ultima luce del giorno risplendeva potente sull'acqua. Alte finestre rivolte verso est lasciavano penetrare la brezza tiepida e calma. Fuori, i pini erano immobili e la guardavano, in attesa di una risposta.

Sì, sì e sì, pensò. Se lui le avesse fatto quelle domande, la risposta sarebbe stata sempre sì.

E infatti gliele fece. Nel settembre dello stesso anno, dopo altre due visite in città – la seconda volta con i suoi genitori – Peter Van Laar chiese la mano di Alice e il beneplacito di suo padre.

Aveva scelto un anello tra gli antichi gioielli di famiglia.

Era andato con sua madre a farlo regolare e ne aveva anche comprato un altro, uno nuovo, da Van Cleef & Arpels, e un bracciale tennis coordinato.

Lei aveva accettato, grata che qualcosa della sua vita fosse stato deciso, perché altrimenti non avrebbe saputo che fare.

L'abito da sposa era in raso duchesse con la gonna a ruota e una scollatura a cuore. Si era sposata a Saint John the Divine, due giorni dopo il suo diciottesimo compleanno, e il ricevimento si era tenuto al Pierre.

Niente damigelle. Non aveva mai avuto delle amiche del cuore. E a quei tempi avere una dama d'onore – per esempio Delphine – non era considerato appropriato.

Non c'era stata luna di miele. Erano solo partiti per Albany, verso una casa che lei non aveva mai visto, un presbiterio di città pieno di echi con freddi pavimenti di marmo e finestre che d'inverno vibravano.

Nove mesi dopo – e un mese in anticipo – era nato Peter IV. Lo soprannominavano Bear perché il suo vero nome era già troppo diffuso tra i Van Laar, perché era grassottello e per via della peluria che aveva sulla testa e che a chiunque la toccasse ricordava il manto di un cucciolo d'animale.

Quante ore aveva trascorso a guardarlo? I suoi capelli di seta. Il suo peso sul petto, mentre sonnecchiava nella camera della casa di Albany, o nella veranda di Fiducia. Il peso caldo e fragile di suo figlio. Immaginava le ossa, dentro, che con la loro architettura così precisa reggevano il suo corpicino; i minuscoli polmoni che facevano alzare e abbassare la schiena; braccine e gambette che guizzavano mentre sprofondava nel sonno; tutto quel corpo infante dalle dimensioni, dal profumo e dalla composizione quasi impossibili, e la calma che le ispirava, calma che – una consapevolezza piombata su di lei come un'incudine – non avrebbe mai più provato nella vita.

Alice

Anni Cinquanta | 1961 | inverno 1973
giugno 1975 | luglio 1975 | agosto 1975

Quando cercava di essere oggettiva, Alice era anche capace di ammettere di avere avuto un paio d'anni buoni, all'inizio.

Prima e dopo la nascita di Bear, Peter l'aveva trattata come la bambina che era. Questo naturalmente significava che rideva di lei; ma nel farlo i suoi occhi erano pieni di tenerezza e certe volte, quando Alice dimostrava quella che lui definiva mancanza di buonsenso, le metteva con affetto una mano sulla testa e sospirava, come se stesse riflettendo sulla quantità infinita di cose che gli sarebbe toccato insegnarle. A lei non dispiaceva; si sentiva protetta, cosa di cui all'epoca era convinta di avere bisogno.

Ma a un certo punto la reazione di Peter ai suoi sbagli cominciò a mutare: da divertimento a malumore. Quando aveva diciotto anni e imparava come si organizzano le cene, Peter le correggeva con un sorriso gentile gli errori di ortografia sui segnaposto oppure le spiegava che a tavola le calle non andavano bene; cinque anni dopo, si incupiva e a volte si metteva a urlare.

L'unica cosa su cui erano sempre d'accordo era il valore del loro figlio, che Alice aveva da subito amato con grande intensità. Sapeva che anche Peter gli voleva bene, eppure certe volte il suo amore le sembrava più un investimento, qualcosa da elargire a condizione di ricevere più tardi un tornaconto.

Peter disse che non ne avrebbero avuti altri; un maschio era sufficiente. Alice intuì che avere più di un maschio avrebbe complicato la situazione quando fosse arrivato il momento di passare in eredità la banca. Per quattro generazioni consecutive c'era stato un solo maschio. Solo un Peter Van Laar. Certe volte Alice aveva la sensazione che aver subito messo al mondo un maschio – e anche molto bello – fosse l'unico suo risultato che avesse compiaciuto il marito.

I mesi estivi a Fiducia erano i momenti in cui trascorrevano più tempo insieme, tutti e tre. Peter insegnava a suo figlio ad andare in barca a vela, a cavalcare e a sparare al piattello. Era un bravo insegnante – anche paziente –, qualità che in altri ambiti della vita gli mancava. Alice li osservava da lontano, pacificata, e per la prima volta dal matrimonio provava per suo marito un amore puro.

In più, Bear era bravo in tutto quello che decideva di fare. Era veloce con i numeri; aveva cominciato a leggere precocemente. Era un ragazzone alto come suo padre – un bel sollievo per Alice, che aveva temuto potesse ereditare la sua statura.

Nonostante queste doti, in lui non c'era arroganza; nessuna traccia del disprezzo che ogni tanto suo padre trasudava. Invece accoglieva con un sorriso qualsiasi persona che incontrava e imparava i nomi di tutti quelli che lavoravano in casa e nel parco, indipendentemente dal loro livello sociale. Questo le ricordava qualcuno che non riusciva a identificare, finché un giorno trasalì rendendosi conto che si trattava di sua sorella. Delphine.

Era soprattutto Tessie Jo, la figlia del guardiano, a esercitare un certo ascendente su di lui; era di quattro anni più grande e lo trattava con dolcezza, stravedeva per lui. A sua volta Bear la seguiva ovunque e la chiamava, *Tessie, Tessie*. Peter e Alice scherzavano sempre sul fatto che Bear fosse innamorato di lei. Era uno dei pochi momenti divertenti che condividevano.

Durante le altre tre stagioni dell'anno Peter lavorava duro e spesso restava in ufficio fino alle otto o alle nove. Doveva andare a Manhattan di frequente per incontrare i futuri clienti.

Se non fosse stato per suo figlio, ad Albany Alice si sarebbe sentita sola. Non aveva amici degni di questo nome. Non era brava a fare conversazione.

Riguardo all'ultimo punto, Peter era d'accordo con lei. Lo ripeteva spesso, in quel tono piatto che usava sempre, come se non esprimesse mai opinioni ma solo fatti.

«Alice» diceva «il problema è che alle feste sei noiosa. Un paio di drink ti aiuterebbero a diventare più divertente».

Quando gliel'aveva detto la prima volta aveva vent'anni e teneva in braccio Bear, che ne aveva due. Lei aveva aperto la bocca per rispondergli ma non ne era uscito niente. Peter le faceva spesso delle critiche, mascherandole da consigli. E in realtà lei era spesso d'accordo. Era *vero* che era noiosa alle feste. Non sapeva nulla di attualità. Non aveva viaggiato e non aveva interessi. Non era brillante e spiritosa come sua sorella. Certe volte coltivava pensieri poco gentili nei confronti degli altri, ma non aveva mai padroneggiato l'arte di esprimerli in maniera astutamente intelligente: in altre parole, non ci sapeva fare nemmeno a spettegolare. In quel periodo la cosa a cui pensava di più era Bear e il suo amore divorante per lui. A volte le sembrava che essere diventata madre le avesse rivelato l'esistenza di un'altra dimensione o di un sesto senso.

«E metti giù quel bambino» diceva Peter. «Sta diventando una cozza». Allungava le braccia verso suo figlio, che lo respingeva e premeva il viso contro la spalla di Alice, stringendosi ancora più forte a lei.

In genere, quando Peter le dava un consiglio lo accettava. E aveva scoperto che suo marito aveva opinioni ben precise su quasi ogni dettaglio del suo aspetto e della sua personalità. Doveva mettersi dei vestiti che le coprissero le spalle, perché le spalle non erano il suo punto forte. Doveva mettersi i tacchi più alti che riusciva a portare, per via della loro differenza in altezza. Non doveva dare la mano agli uomini che le presentavano, ma limitarsi a un cenno della testa. Più che un marito le sembrava di avere un allenatore: uno che cercava sempre di insegnarle qualcosa, di migliorarla, di portarla al suo livello. Non gliene voleva per questo; prima di conoscere Peter non sapeva mai che direzione prendere. Si ripeteva che doveva considerarlo una sorta di mentore.

E quindi, prima delle cene con i clienti, a casa Alice cominciò a bere un bicchierino di brandy. Beveva davanti a Peter, che non le faceva compagnia. E per un po' funzionò: si sentiva immediatamente più matura, più sofisticata, più capace di ribattere alle mogli sedute davanti a lei, che in genere avevano almeno dieci o vent'anni di più e la guardavano con un'espressione sospesa tra la pietà e il disprezzo.

Per parecchi anni bere fu un dovere da compiere in caso di necessità. Non beveva se era fuori servizio, se in programma non aveva eventi sociali.

A un certo punto – non ricordava bene quando o come – questa cosa cominciò a cambiare. E nacque una nuova abitudine: un bicchiere di vino la sera, a casa. Certe volte due. Se usciva, di più. Martini, Manhattan se uscivano insieme – oppure dei gimlet.

Pensò di aver trovato la soluzione: vino a casa, cocktail fuori. Il suo momento preferito della giornata era bersi un bicchiere di vino con suo figlio accanto: il suo amore per lui non le era mai sembrato così prorompente.

Decise che poteva convivere con quella quantità di alcol. Le sembrava ragionevole e responsabile. Sapeva di poter contare su Peter, che l'avrebbe avvertita quando avesse superato un certo limite.

Avrebbe potuto continuare a bere così e sarebbe andato tutto bene. Ma alla fine fu George Barlow a cambiare le cose.

Carl

Anni Cinquanta | **1961** | inverno 1973
giugno 1975 | luglio 1975 | agosto 1975

Erano già le sette di sera quando il telefono squillò nella caserma dei pompieri, svegliando Carl Stoddard di soprassalto. Si era addormentato su una branda dopo una lunga giornata al sole. Al secondo squillo si tirò su e sbatté le palpebre. Al terzo era già in movimento e sollevò la cornetta con la stessa trepidazione che provava sempre quando rispondeva. Già parlare non gli piaceva; parlare al telefono era anche peggio.

«Carl Stoddard?» disse una voce all'altro capo del filo. Era Marcy Thibault, la centralinista, a cui anni di esperienza avevano conferito la capacità soprannaturale di riconoscere le voci.

«Dammi la brutta notizia» disse Carl – era la sua risposta classica. Come la battuta di un copione.

«Ho in linea qualcuno della Riserva Van Laar» disse Marcy.

«Oh?» fece Carl.

Strano. Carl – che faceva il giardiniere alla Riserva – non era mai stato contattato direttamente dai suoi datori di lavoro. Forse si era dimenticato qualcosa. O forse aveva fatto qualcosa che non andava. Peter Van Laar era un uomo dalle opinioni molto precise e il giardino era una delle sue preoccupazioni principali. Ogni anno a luglio i Van Laar organizzavano una festa di una settimana – Addio Moscerini la chiamavano, in onore del cambiamento stagionale che vedeva quegli insetti abbandonare la zona – e il signor V. voleva che tutto fosse perfetto.

«Come hanno fatto a sapere che ero qui?» disse Carl. Il cuore cominciò a battergli più forte. Era un uomo alto e massiccio con la barba bionda, quarant'anni appena compiuti, e da giovane aveva giocato a football – ma era timido e sensibile ai cambiamenti del clima e alle emozioni altrui, e non gli piacevano i conflitti. Era sempre stato così. Il giardinaggio era una vocazione che gli si confaceva.

«Non lo sapevano» disse Marcy. «Non sanno che lì ci sei tu».

Quell'anno alla caserma dei pompieri volontari di Shattuck erano in quattro. A parte Carl c'erano Dick Shattuck il fruttivendolo, Bob Alcott, un insegnante di storia alla scuola locale, e Bob Lewis, che era quasi sempre disoccupato.

Dieci anni prima avevano costruito insieme la squadra da zero, avevano imparato il mestiere dai pompieri delle cittadine vicine e avevano trovato i soldi per l'attrezzatura mettendo su delle bancarelle per raccogliere donazioni a Natale e il 4 luglio. Quand'erano riusciti a comprarsi gli stivali antincendio, li avevano usati per raccogliere le offerte.

Avevano affittato un vecchio garage e l'avevano trasformato in caserma, con un letto e una cucina. Avevano chiesto alla moglie di Dick, Georgette, il cui talento artistico indorava ogni anno le vetrine del loro negozio, di dipingere un'insegna.

C'erano voluti quattro anni per procurarsi un veicolo adatto – ma nel luglio del 1961 la caserma era già perfettamente operativa. Un camion, delle pompe e, in città, quattro idranti vicinissimi all'unico incrocio con semaforo di Shattuck. I volontari erano ben addestrati. Tutti, tranne Bob Lewis, erano conosciuti per il loro atteggiamento positivo.

La sera del 10 luglio 1961 non fu una coincidenza che fosse di turno Carl: la caserma gli piaceva moltissimo. Si segnava per i turni di notte più spesso che poteva. A parte la sua macchina, era l'unico posto in cui Carl si sentiva veramente solo. Lì in caserma non aveva nulla da fare a parte leggere o sognare a occhi aperti oppure, certe volte, dormire, e molto raramente rispondere al telefono.

Marcy Thibault ci mise qualche secondo a trasferire la chiamata. E quando dal cavo uscì una voce, non era un membro del personale di servizio ma Peter Van Laar in persona – Carl gli rivolgeva un cenno della testa ogni volta che lo incrociava alla Riserva, ma ci aveva parlato forse solo due volte in vita sua. I dipendenti e soci in affari conoscevano Van Laar come un uomo severo e intollerante, più silenzioso di sua moglie ma più cattivo. Sembrava non essere minimamente interessato a scambiare quattro chiacchiere con chiunque fosse alle sue dipendenze, se non ai livelli più alti; eppure si rivolgeva bruscamente anche a quelli in cima alla gerarchia del personale di servizio – il guardiano e la governante. Aveva qualcosa di lupesco, una magrezza che suggeriva fame.

«Pronto? Caserma dei pompieri?» disse Van Laar una volta stabilita la connessione. Il tono della sua voce spinse Carl a raddrizzare la schiena e a mettere la mano sul tavolo.

«Sì» rispose. «Qui Carl Stoddard della caserma dei pompieri volontari di Shattuck». Per un attimo si domandò se fosse il caso di ricordare al signor V. che si conoscevano già. Ma la tranquilla urgenza nella voce dell'uomo lo dissuase.

Silenzio. Poi una serie di rumori secchi che, dopo un istante, Carl identificò come ripetute deglutizioni.

«Signor Van Laar?» disse Carl. «Tutto a posto lassù?».

«Pare che mio figlio sia scomparso» rispose alla fine Van Laar.

«Bear?» disse Carl senza rifletterci. Chiuse gli occhi e si portò un pugno alla fronte. Era troppo complicato spiegare come e perché conoscesse il soprannome del rampollo dei Van Laar. Ma era proprio così; quelli che lavoravano nel parco lo conoscevano tutti. Fin da quand'era piccolissimo. Ogni anno a maggio tornava alla Riserva più alto e ciarliero. Quell'estate aveva otto anni, sorrideva e fischiettava sempre, pattugliava il parco come una sentinella, era cordiale con il personale di servizio: il contrario del suo intrattabile padre. Una brava piccola guardia forestale, a cui interessavano le stesse cose che piacevano a Carl da ragazzo. Tecniche di sopravvivenza, cose del genere. Erano stati molto insieme, soprattutto quell'estate: solo la settimana prima Carl gli aveva insegnato come riconoscere quale tipo di legna fosse adatta per un falò. *Sfusa, leggera e secca*, gli aveva spiegato. *Quasi molle.* E gli aveva dato una dimostrazione infilando un coltellino nel lato lungo di un'asse di cedro. E poi ci aveva conficcato l'unghia del pollice.

Anzi, l'aveva visto poco prima di staccare: si stava allacciando le scarpe sul gradino della porta d'ingresso di Fiducia. Si era alzato e aveva salutato con la mano Carl che gli passava vicino con il suo pick-up, e Carl aveva risposto.

Forse Van Laar si stava interrogando sul perché quell'uomo conoscesse suo figlio, ma comunque non glielo domandò. Invece, con sgomento del suo interlocutore, emise un lamento da bestia selvatica, in cui Carl – che aveva tre figli ed era stato in passato padre di quattro – riconobbe un sentimento che aveva la sfortuna di avere già provato.

«Non si preoccupi» disse. «Non si preoccupi, signor V. Lo troveremo».

Nel giro di cinque minuti aveva chiamato gli altri tre volontari.

Nel giro di venti erano tutti a bordo del camion e sfrecciavano verso l'oscurità che si addensava, diretti alla Riserva.

Carl

Anni Cinquanta | **1961** | inverno 1973
giugno 1975 | luglio 1975 | agosto 1975

Quando i quattro volontari arrivarono sul posto era già quasi buio. Quel mese il loro mezzo di trasporto – un International Harvester rosso fuoco comprato per quattro soldi, poco prima che la città di Schenectady lo mettesse in pensione – aveva un problema con la marmitta e mentre risaliva il viale faceva un rumore infernale.

Prima di partire Carl aveva informato gli altri su ciò che sapeva – e che in realtà era molto poco. La conversazione con il signor Van Laar era stata breve.

«È scomparso il figlio dei Van Laar» aveva detto. «Questo pomeriggio è uscito con il nonno per fare un'escursione in montagna. Sul sentiero che portava al punto di partenza è tornato indietro perché si era dimenticato il coltellino svizzero in camera sua. Non ha più fatto ritorno dal vecchio».

«Quant'era distante dalla villa quando è tornato indietro?» disse Bob Lewis.

«Non lo so» rispose Carl.

«Quanto ha aspettato Van Laar» domandò Bob Alcott «prima di andarlo a cercare?».

«Non lo so».

«Perché aveva bisogno del coltellino svizzero?» domandò Dick Shattuck.

«Non lo so» disse Carl mogio. «Immagino che ne sapremo di più quando arriveremo là».

Fu in quel momento che un ricordo gli balzò prepotente alla memoria: una cosa che il ragazzino gli aveva detto una volta su suo nonno, casualmente, e che Carl aveva accantonato.

*

Il camion si fermò alla fine del viale. Dick Shattuck spense il motore.

Poi, silenzio. In tutta la Riserva: una quiete infinita.

Carl, che aveva viaggiato sul cassone posteriore, non sapeva cosa si fosse aspettato di sentire – dei passi, magari, o delle urla, o dei pianti; il nomignolo del ragazzino, Bear, gridato a ripetizione – ma non questo.

Si rialzò in piedi tutto dolorante. Saltò giù dal camion con un tonfo. Negli ultimi anni aveva messo su trenta chili, che lo rallentavano. Sua moglie era preoccupata.

Dietro di lui, i suoi tre compagni stavano scendendo dal camion.

Davanti a loro, sul prato, una sagoma si mosse. Carl si accorse che era un essere umano; poi si rese conto che era Vic Hewitt, il guardiano. Il suo capo.

Il profilo di Vic era ritagliato dalla luce fioca che proveniva dall'interno. Era alto e massiccio e aveva la curiosa abitudine di starsene in piedi con le braccia lungo i fianchi, un atteggiamento stranamente formale, come quello di un soldato sull'attenti.

Li stava aspettando.

Carl era stato nella villa solo una volta, cinque anni prima, quand'era stato assunto. Quel giorno era entrato dalla porta della cucina; dentro, mentre parlava con il suo futuro capo, la governante gli aveva messo davanti limonata e biscotti.

«È un lavoro faticoso» gli aveva detto Hewitt. «Non ti voglio raccontare storie. Un sacco di ettari e non abbastanza personale. E poi c'è da fare tutto l'anno, non solo d'estate».

Carl aveva annuito ma non riusciva a concentrarsi. Aveva avuto una gran fortuna a venire a sapere di quel lavoro da un cugino che conosceva il giardiniere precedente – che era andato in pensione. Carl aveva poca esperienza di giardinaggio, ma aveva la tessera della biblioteca. Avrebbe accettato qualsiasi impiego gli avessero offerto. Aveva un bambino malato e niente soldi. Fino a poco tempo prima aveva lavorato alla cartiera cittadina, ma poi la fabbrica aveva chiuso privando una sessantina di operai di lunga data del loro stipendio.

«A me piace lavorare» aveva detto Carl. Aveva fame e stava per prendere un biscotto, un coso marrone tutto traforato che sembrava più decorativo che nutriente. Ma alla fine aveva deciso di no. Hewitt non si era servito.

«Te ne intendi di fiori e roba del genere?» aveva chiesto Hewitt.

«Sì» aveva risposto Carl. «Sono cresciuto in una fattoria».

«Sì, ma di fiori?» aveva ribadito Hewitt, in tono dubbioso.

Carl aveva annuito di nuovo. «Li coltivava mia madre. Ha vinto dei premi alla fiera della contea». Quest'ultima frase era un po' tirata per i capelli: sua madre, che era ancora viva, *partecipava* ogni anno a delle gare, e ogni anno si lamentava di non essere riuscita a piazzarsi.

«Mi ha insegnato tutto quello che so» aveva aggiunto. Si era reso conto di avere un tono che sfiorava la disperazione.

«Sei il cugino di Joe Stoddard, giusto?» aveva chiesto Hewitt.

Carl aveva annuito.

Hewitt aveva tamburellato sul tavolo con le nocche e alla fine gli aveva detto che, se lo voleva, il lavoro era suo.

Carl lo voleva.

Più tardi aveva scoperto che suo cugino Joe aveva riferito a Hewitt che aveva un figlio in ospedale ad Albany, ma lui e

Hewitt non ne parlarono mai. Nel 1961 Carl lavorava lì da cinque anni, cinque anni in cui aveva imparato molto velocemente cose che solo quell'anno stavano producendo i risultati desiderati. In realtà era un miracolo che Hewitt o il signor Van Laar non l'avessero licenziato – anche se aveva il sospetto che il primo si fosse preso la colpa tutte le volte che il secondo si lamentava.

Fu Vic Hewitt ad accogliere i quattro pompieri che risalivano il prato nella sua direzione.

Alzò una mano in aria senza dire una parola. Poi la lasciò ricadere lungo il fianco.

«Mi sa che avete saputo» disse quando furono a portata d'orecchio.

Fece un cenno a Carl. Strinse la mano agli altri.

Carl guardò in tralice Dick Shattuck, che in genere era il loro portavoce. Ma Dick si limitò a ricambiare lo sguardo.

Poi a Carl venne in mente che siccome lavorava lì gli altri si aspettavano che prendesse lui il comando, e quando lo capì si innervosì. Non gli era mai piaciuto comandare, niente o nessuno. Neanche alle superiori: aveva rifiutato l'offerta del suo allenatore di nominarlo capitano della squadra di football.

«Ci sono novità?» domandò dopo una pausa, perché non gli veniva nient'altro da dire.

«Nessuna» rispose Hewitt. «Il ragazzo è ancora scomparso. Ho dato un occhio in quei boschi cinque ore fa».

Si ingobbì e guardò a terra.

Vic era un uomo imperturbabile, una guida abilissima. Dal mondo esterno veniva percepito come un duro, al limite della crudeltà. La prova evidente era il fatto che gli mancava il lobo destro; si diceva che fosse opera di un orso nero che Vic aveva poi messo letteralmente al tappeto. Ma era anche un padre, questo Carl lo sapeva. Aveva una ragazzina, Tessie Jo, di dodici o tredici anni, un maschiaccio che Vic aveva cresciuto da solo e che adesso viveva in simbiosi con lui e quando non andava a scuola lavorava al suo fianco. Carl capì subito che stava pensando a lei – proprio come Carl pensava ai suoi figli. Li immaginava smarriti, di notte, nella boscaglia, ora umida per un temporale appena trascorso. Ripensava a Scotty che respirava affannosamente sotto le lenzuola bianche del suo letto d'ospedale.

Vic Hewitt si girò e si guardò sopra la spalla, oltre la villa e verso il limitare del bosco.

«Sentite» disse. «Dentro è uno strazio. La signora V. è fuori di sé. E anche il resto della famiglia, e gli ospiti. Quello che voglio dire è: andateci piano. Non c'è bisogno di farli preoccupare di più».

Dopo quelle parole li accompagnò muto verso la villa e un grande portone – che Carl, nei cinque anni in cui aveva lavorato lì, non aveva mai oltrepassato.

Alice

Anni Cinquanta | 1961 | inverno 1973
giugno 1975 | luglio 1975 | agosto 1975

Nella famiglia Van Laar, l'organizzazione della settimana dell'Addio Moscerini cominciava a fine maggio.

La prima fase consisteva nella scelta degli inviti. La villa, con le sue dieci camere da letto, poteva ospitare comodamente sedici persone. Gli edifici esterni, invece, altre diciotto. Alcune decisioni erano semplici da prendere: tra i partecipanti fissi c'erano i McLellan, carissimi amici e soci d'affari per due generazioni della famiglia Van Laar, e i Barlow – l'amico di Peter, George, e la sorella di Alice, Delphine. Venivano invitati anche i genitori di Alice – e Peter aveva messo subito in chiaro che includere i Ward era un favore che faceva a sua moglie. Poi c'erano i vecchi compagni di università di Peter e gli industriali che cercava di convincere a diventare clienti della banca; questi variavano tutti gli anni e in genere venivano depennati dalla lista non appena firmavano un contratto. Infine c'erano le piccole celebrità che aveva conosciuto da qualche parte in città e che invitava soprattutto per l'intrattenimento che offrivano. Questi ospiti "extra" erano prevalentemente donne belle e innocue, o uomini molto spiritosi, che arrivavano sempre soli e dormivano negli edifici esterni alla villa.

Quando gli ospiti erano stati selezionati e le camere assegnate, ci si occupava del resto. Si ordinavano i fiori. Si prenotavano un duo di musicisti locali, violino e dulcimer, e un maestro di cerimonie per la *square dance* che si teneva a metà settimana. La Riserva, che un tempo aveva contenuto una fattoria – prima che auto e furgoni diventassero parte del quotidiano – ora si appoggiava a dei produttori locali che dovevano fornire una settimana di derrate per la trentina di ospiti che invadevano la villa.

Di solito quella settimana di festeggiamenti si svolgeva senza intoppi, tenuta a galla dall'attenta organizzazione di Peter e dalla precisione con cui Alice ne seguiva le istruzioni.

Ma l'anno del quinto compleanno di Bear rappresentò una sfida: George Barlow, cognato di Alice e buon amico di Peter, era morto improvvisamente in giugno – attacco cardiaco – rendendo vedova sua sorella Delphine e ponendo il problema se invitarla o meno.

Alice era combattuta. La verità era che non si era mostrata premurosa con sua sorella come avrebbe dovuto, dopo la morte del marito. Vivevano a quattro ore di distanza, Alice aveva un bambino; Delphine no. Per anni gli unici momenti in cui avevano trascorso un po' di tempo insieme erano stati quelli dell'Addio Moscerini; ma ora Alice sentiva salire il panico al solo pensiero che la sua prima lettera dopo il funerale sarebbe stata un invito a quella settimana di bagordi.

Quando espresse la sua preoccupazione Peter sbuffò.

«Non dire assurdità» disse. «Le farà bene. Si distrarrà un poco. E poi è una persona intelligente. Sono sicuro che sia in grado di decidere da sola se accettare o meno».

Nella scelta di quelle parole Alice avvertì una mancanza di rispetto nei suoi confronti. L'*intelligenza* era una qualità a cui Peter assegnava un enorme valore e che, ne era certa, non avrebbe mai attribuito a sua moglie.

Alla fine Delphine accettò l'invito. *Con piacere*, scrisse nella risposta.

Alice ne fu sollevata. Pensò che forse così aveva una chance di riallacciare i rapporti con sua sorella. Di scusarsi per anni di assenza. Di ricominciare da zero con Delphine, che da bambina aveva sempre guardato con ammirazione, come si fa con le persone famose. Adesso che erano tutte e due adulte, pensava, forse potevano diventare amiche.

Il venerdì, il giorno in cui dovevano arrivare i primi ospiti, Alice si vestì con molta attenzione. Poi dal corridoio passò alla veranda e si mise davanti alla finestra preparandosi ad assumere il ruolo di padrona di casa.

Si girò verso un piccolo mobile bar, pronta a eseguire il suo rituale. Sollevò un bicchiere e si versò un po' di brandy – *In fondo è una specie di vino*, pensò.

Se lo portò alle labbra.

Alle sue spalle un rapido movimento attirò la sua attenzione, e vide Vic Hewitt uscire dalla stanza.

«Vic?» chiamò, e lui si girò imbarazzato il cappello da pescatore tra le mani.

«Non sapevo che fossi qui» disse Alice.

Lui annuì. Era l'unica persona della Riserva che parlasse meno di Alice. Peter diceva che era un semplice, ma quando si trattava di occuparsi dei terreni non lo batteva nessuno. Portava la barba. Era l'ultimo di una lunga stirpe di guide delle Adirondack, la più famosa delle quali era stata nominata nel libro che aveva lanciato l'industria del turismo in tutto il parco naturale. Il vecchio Peter Van Laar aveva assunto Vic che era ancora un ragazzino, sedici anni o giù di lì. All'inizio doveva solo guidare le loro battute di caccia, poi si era occupato della manutenzione del parco e infine, quando nella mente di Peter I era nata l'idea di Camp Emerson, aveva dovuto gestire anche quello. Come tutti coloro che lavoravano per i

Van Laar, Vic Hewitt ricopriva molti ruoli e lo faceva senza lamentarsi.

Adesso però aveva un'aria nervosa.

«Tutto bene?» domandò Alice, che stava cercando di superare il vago imbarazzo di essere stata sorpresa a bere da sola.

Vic annuì. «Controllavo che tutto vada secondo i piani» disse. «Per essere sicuro di avere tutto pronto».

E all'improvviso Alice capì. Addio Moscerini era l'unica settimana d'estate in cui veniva distolto dalla direzione del campo. Per la festa doveva guidare un certo numero di battute di caccia e di pesca e fare conversazione con gruppetti di sconosciuti. Alice pensò che Vic era come lei. Preferiva starsene per conto suo o con la figlia Tessie Jo.

Si girò di nuovo verso il mobile bar e versò un secondo bicchiere.

«Ecco» disse. «Questo l'aiuterà».

Lui sorrise e chinò il capo. Prese il bicchiere.

Da fuori arrivò subito un rumore di pneumatici su ghiaia. Era cominciata la festa.

Delphine si presentò il sabato, un giorno dopo il resto degli ospiti. Il suo arrivo, nel primo pomeriggio, fu salutato da un silenzio funebre. Gli altri invitati mormorarono le loro condoglianze una seconda e poi una terza volta e si informarono sulla sua salute. Nel giro di un'ora, però, la gente aveva ripreso le proprie attività: Vic Hewitt aveva posizionato dei bersagli sulla spiaggia e gli ospiti – uomini e donne insieme – si erano messi a tirare frecce in direzione della linea degli alberi più a sud.

La cosa strana, la cosa imbarazzante, era capire cosa farsene di una donna sola che non era lì per essere bella o per intrattenere. Le ballerine e le attrici erano state invitate per il loro aspetto o per il loro potenziale di scandalo, per il brivido erotico che davano alla festa. Stranamente, in loro presenza Alice non si era mai sentita insicura. Era convinta che nessuno ci andasse a letto; era convinta che i giovanotti e le fanciulle che tutti gli anni salivano a Fiducia dormissero solo gli uni con gli altri, e una parte segreta di lei li ammirava. A volte si chiedeva che effetto le avrebbe fatto toccare qualcuno che non fosse suo marito – l'unico uomo che avesse mai conosciuto.

Poi accadde che Delphine fu quasi sempre ignorata, tranne che dai suoi genitori, e durante i pasti si sedeva vicino a loro.

Quando George Barlow era vivo, si tenevano occupati l'un l'altra. Erano la coppia più felice che Alice avesse mai conosciuto; avevano lo stesso senso dell'umorismo e le stesse eccentricità. Dopo aver sposato George, Delphine aveva smesso di occuparsi troppo del suo aspetto e aveva preferito la comodità all'eleganza. Era quasi sempre in pantaloni – anche se non le donavano. Ma George lodava sempre il suo aspetto, non solo con lei ma anche con chi la circondava. Alice notava spesso che durante i pasti si scambiavano delle occhiate, di tenerezza o divertimento.

Adesso che George se n'era andato, però, le bizzarrie di Delphine avevano perso ogni fascino. Inoltre, in assenza di George le mancava l'obiettivo a cui dirigere osservazioni e battute, e pareva quindi che non fosse più capace di filtrare i propri pensieri.

Per esempio: quando le chiedevano come stava dopo la morte del marito, Delphine rispondeva con franchezza. «È orribile» diceva. «Non riesco a dormire».

Cosa poteva farsene la gente di quel candore? si chiedeva Alice. Che risposta potevano darle?

Rimasta vedova così giovane, e senza figli, Delphine era praticamente tornata bambina. Quella sensazione era confermata dal fatto che spesso la si ritrovava a passare il tempo con i piccoli che vivevano nella proprietà: suo nipote Bear, ma anche i figli dei McLellan e Tessie Jo Hewitt – che quell'estate faceva nove anni, e a Delphine sembrava essere particolarmente simpatica. Insegnò loro a giocare a carte e a usare degli stecchini al posto dei soldi. Li portava a fare passeggiate e gli elencava i nomi degli uccelli; aveva sempre al collo il binocolo di George e lo passava ai bambini per inquadrare un passero, una cincia o un falco; e certe volte, quando credeva che nessuno la stesse guardando, cullava dolcemente il binocolo tra le braccia conserte proprio come se fosse suo marito.

Un paio di volte Alice cercò di avvicinarla per chiacchierare del più e del meno, ma Delphine si sottraeva puntualmente e le faceva segno di allontanarsi.

«So che hai tanto da fare» le diceva. «Vai ad aiutare Peter. Va tutto bene, Coniglietto».

E Alice obbediva, lasciava in pace sua sorella e nel farlo provava una specie di colpevole sollievo.

Comunque era vero che le loro giornate erano molto organizzate: e su questo gli amici di Peter lo prendevano parecchio in giro. Frank McLellan, Howie Southworth, Merrill Williams e – prima – George Barlow. Alice sapeva che erano le uniche persone a cui era concesso e si gustava quella parte della settimana, si gustava il fatto che gli altri riuscissero ad articolare in maniera sarcastica ma divertente ciò che rendeva suo marito così difficile. «Ma come fai, Alice» le chiedevano spesso, e lei rideva con loro, in preda al sollievo e alla vertigine, rassicurata al pensiero che i lati di Peter che a volte quasi la spaventavano, be', in fondo forse non erano poi così brutti.

Il primo pasto della giornata era alle dieci e mezza. Peter preferiva mangiare molto prima e si vantava di avere bisogno di pochissime ore di sonno, ma anni di esperienza gli avevano insegnato che era improbabile che gli ospiti rimasti svegli a bere fino alle tre del mattino si presentassero a colazione alle sette.

Dopo colazione, cascasse il mondo, c'era un'attività programmata all'aperto, e diventavano tutte delle competizioni. Le escursioni si trasformavano in maratone; le battute di pesca in gare. Alla fine della settimana la coppia con il punteggio più alto riceveva, con grandi cerimonie, una coppa, che poi doveva portare con sé l'anno successivo. I McLellan, cattolici molto sportivi che vivevano a Manhattan, erano i più difficili da battere e con grande rammarico di Peter avevano vinto già dieci volte.

Alice aveva la sensazione che quello fosse l'ennesimo ambito in cui suo marito la trovava deludente. Era abbastanza atletica, ma la pressione che comportava l'agonismo la faceva annaspare, e vedere Peter lanciarle occhiate cariche di frustrazione le faceva cadere tutto dalle mani.

Quindi era un gran sollievo quando l'attività mattutina si concludeva e veniva servito uno spuntino, dopodiché gli invitati si ritiravano nelle loro stanze per riposare e cambiarsi prima del cocktail sul prato, che cominciava alle cinque in punto.

Da lì in poi, ogni serata diventava sempre più impegnativa. La cena era alle sette; poi si giocava a qualche gioco di società davanti al fuoco, dentro o fuori, a seconda del meteo.

Con i giochi di società tornavano lo spirito competitivo e altre opportunità di guadagnare punti. E secondo Alice questi giochi erano anche peggio di quelli all'aperto. Un paio di volte – per esempio durante le sciarade – era stata prossima a scoppiare in lacrime mentre Peter le urlava dei suggerimenti e poi degli ordini: *Cristo, Alice, prova qualcos'altro!*

Il peggio in assoluto era un gioco che si chiamava Dictionary e che si svolgeva usando un'edizione monumentale dell'*Oxford English Dictionary* risalente agli anni Trenta. Chi veniva scelto doveva trovare, grazie a un rapido sondaggio fra i partecipanti, una parola così difficile che nessuno ne conosceva il significato. Una di queste era stata *Olecrano*. Oppure *Scialbare. Cenestesi.* Il prescelto doveva scrivere la definizione su un pezzo di carta; gli altri scrivevano a loro volta una definizione inventata e poi tutti i foglietti tornavano alla persona prescelta, che li mescolava e leggeva le definizioni ad alta voce; infine ognuno votava quella che riteneva la più corretta. Vinceva chi aveva scritto la definizione più votata.

Alice era un disastro in questo gioco, sotto tutti i punti di vista.

Era convinta di non essere creativa e quindi le sue definizioni erano sempre identiche: una delle sue preferite era *uccello tipico del Sudamerica*, oppure, se sospettava che si trattasse di un verbo, *ridere a squarciagola*. La cosa peggiore era che quando toccava a lei non riusciva mai a trovare una parola che nessuno conoscesse. Quando ne proponeva una tipo *laissez-faire* la leggeva sempre sbagliata e poi, quando ne sentiva la pronuncia corretta scandita da un Peter seccato e imbarazzato, si rendeva conto che la conoscevano tutti benissimo, persino lei.

Agli antipodi rispetto ad Alice c'era Delphine, che – nonostante le fosse stato negato perfino di iscriversi all'università – sembrava conoscere il significato di ogni parola e anche la relativa etimologia, che era in grado di spiegare senza alcun imbarazzo a quel pubblico ben poco ricettivo. Continuava a cassare le parole proposte, confessando allegramente di conoscerle tutte. La quinta volta cominciarono i malumori. La decima, calò un educato silenzio. Alla fine l'espressione di Delphine cambiò: si era resa conto che stava commettendo un grave errore sociale.

Erano già a metà di una mano quando qualcuno si accorse che, quatta quatta, era andata a dormire.

«Dov'è Delphine?» domandò Katherine Southworth, e Howie Southworth rispose: «Si è scialbata», e risero tutti forte e a lungo.

«Tanto meglio» fece Merrill Williams, che era il più sbronzo, e poi, quando lo zittirono, lo ripeté a voce più alta, mettendosi le mani a coppa intorno alla bocca.

«Tanto meglio!» urlò.

Alcuni ospiti trattennero il fiato. E poi altre risate, stavolta soffocate.

«Williams» disse Peter a bassa voce. «Basta così». Merrill alzò gli occhi al cielo, si tirò su in piedi e trotterellò fuori, dirigendosi verso il prato.

Finalmente il gioco fu sospeso.

Per un attimo Alice considerò l'ipotesi di seguire sua sorella. Ma quel momento, il momento in cui i giochi finivano e tutti facevano quel che gli pareva, era il suo preferito della giornata. Era l'unico che passava libera dal peso del giudizio di Peter. Brilla al punto giusto, si sentiva piena di compassione e affetto e contemplava la loro bellissima casa, e dalla finestra la loro bellissima proprietà, poi sgattaiolava nel corridoio silenzioso ed entrava nella stanza silenziosa dove dormiva il suo bellissimo figlio e gli dava un bacio e capiva, davvero, quant'era fortunata ad avere ricevuto tutto questo dalla vita. La sua buona sorte non le appariva mai così evidente come in quelle prime ore del mattino, in cui tutti gli ospiti erano liberi di fare ciò che gli pareva.

Invece di andare da sua sorella, come avrebbe dovuto, si avviò verso la camera di suo figlio e passò in punta di piedi davanti a parecchi ospiti che dormivano della grossa sul divano; ne evitò altri – Peter aveva affibbiato loro un buffo soprannome, gli *artisti-in-residenza* – che stavano correndo al buio verso la spiaggia per spogliarsi e fare una nuotata.

Ma in corridoio fu costretta a fermarsi perché sentì qualcuno che piangeva. Si irrigidì, in attesa. Poi si rese conto che quel rumore arrivava dalla camera di Delphine.

Era abbastanza sbronza da sentirsi coraggiosa e quindi si stese sul pavimento del corridoio e sbirciò sotto la porta; allora vide sua sorella seduta sul letto a testa bassa. Era scossa dai singhiozzi e cercava di soffocarli con le mani.

Alice si alzò, orripilata. Delphine doveva averli sentiti ridere e aver dedotto correttamente di essere l'oggetto di quelle risate. Alice pensò che anche sua sorella provava vergogna, ma per i motivi opposti ai suoi. Perché sapeva troppe cose, non troppo poche. Per una donna nessuno di quei due modi di essere era accettabile. In un impeto di temerarietà, bussò dolcemente alla porta e quando non ricevette risposta girò la maniglia.

Delphine alzò la testa di scatto. Portava una lunga camicia da notte bianca e i capelli scuri le spiovevano sul viso, dandole un'aria spettrale.

«Tutto bene?» chiese Alice.

Delphine la fissò ancora un istante, si asciugò la faccia con la manica e poi diede qualche colpetto al letto, accanto a sé.

«Vieni qui» disse quando vide Alice esitare. A quel punto sua sorella obbedì, si avvicinò lenta e si sedette dove le aveva indicato. Non erano più state così vicine, da sole, da quand'erano adolescenti.

«Scusami, Delphine» disse Alice e poi – con sua grande vergogna – le venne il singhiozzo.

«Di cosa, cara?» chiese Delphine.

«Non sono stati molto carini» rispose Alice.

«Oh, per *quello*» disse Delphine. «Non me ne importa un fico secco». E agitò la mano come a scacciare una mosca. «La gente come loro cerca un bersaglio collettivo e lo fa in maniera quasi automatica. Parlo della gente della nostra classe sociale. Siamo stati cresciuti così. Lo facciamo dalla nascita».

Tacque un istante.

«Be', almeno alcuni di noi».

Allungò la mano verso il bicchiere d'acqua sul comodino.

Bevve e poi, come se leggesse nella mente di Alice, glielo passò. Alice glielo prese dalle mani e lo finì, riconoscente.

«Per cosa piangevi?» domandò poi.

«George» rispose Delphine. «Piango sempre per George. Ecco perché ho accettato l'invito. Pensavo che stare qui mi avrebbe aiutato a sentirlo più vicino».

Alice annuì e singhiozzò ancora.

«Dammelo» disse Delphine e Alice le passò il bicchiere. Delphine si alzò e scomparve un istante dalla stanza, per poi riapparire con dell'altra acqua.

«Bevi» disse. «Domattina sarai felice di averlo fatto».

Alice fece come le era stato detto. Certe volte aveva la sensazione che la sua vita consistesse nell'obbedire agli ordini di chi si trovava in una posizione superiore alla sua, o nell'impartirli ai suoi subordinati. Solo quello che aveva con suo figlio era un legame che esisteva al di fuori di qualunque gerarchia di potere. Lo amava e basta, senza condizioni o complessità. Ed era certa che lui la amasse allo stesso modo.

«Funziona?» disse a Delphine quando ebbe finito di bere.

«Che cosa?».

«Stare qui ti fa sentire più vicina a George?».

«No» rispose Delphine, e rise brevemente. «Non direi».

Poi guardò Alice con un'intensità mai vista prima.

«Sei felice qui, Coniglietto?».

Alice si sentì a disagio. «Certo» rispose.

«Intendo, felice davvero. So che vuoi bene a Bear, che è un tesoro. Questo è ovvio. Ma Peter? Ti tratta bene?».

Alice annuì in silenzio. «Certo» disse, ma stavolta più piano.

Delphine sospirò. «Sai, mi sono sempre sentita in colpa» ammise. «In un certo senso sono stata io a farvi conoscere. Ma è da allora che ho paura che tu sia in difficoltà. Io e George pensavamo che si sarebbe preso cura di te. Adesso però non sono più così sicura che siate una bella coppia».

A quelle parole Alice si irrigidì. «In che senso?».

«Nel senso che so che lui sa essere davvero inflessibile, Coniglietto. E tu sei un tesoro. Spero che ogni tanto tu gli tenga testa. Spero che anche tu ottenga quel che desideri da questa vita».

Non piangere, pensò Alice. Piangere avrebbe significato non superare l'esame a cui sua sorella maggiore la stava sottoponendo. *Non piangere.*

Inutile. Le salirono le lacrime agli occhi, e poi sgorgarono.

«Oh, Alice» disse Delphine. Cercò di prendere una mano della sorella ma Alice si schermì. Voleva andarsene. Voleva alzarsi e uscire da quella camera. Si era sbagliata a sentirsi in colpa per Delphine – in quel momento si ricordò che sua sorella sapeva essere sincera ai limiti della crudeltà.

«Senti» disse Delphine. «La parte migliore dell'essere stata sposata con George per dieci anni è stata imparare che va bene non fare sempre tutto quello che ci si aspetta da te. È un concetto che per me è stato estremamente liberatorio. Siamo state educate – intendo, i nostri genitori ci hanno educate – a pensare di dover essere assolutamente *corrette* in tutto quello che facciamo. Ma non è così, Coniglietto. Capisci? Possiamo avere dei pensieri nostri, una nostra vita interiore. Possiamo fare quel che vogliamo, dobbiamo solo imparare a non dare troppo peso a quel che pensa la gente».

Il disagio di Alice aumentava. Negli occhi di sua sorella si era accesa una luce e aveva un'aria vagamente folle.

Continuò a parlare.

«La cosa interessante di George era che questo l'aveva capito tanti anni fa – l'idea che nella vita uno può fare quel che vuole, e al diavolo le aspettative altrui – eppure non ha mai permesso che questo guastasse la sua amicizia con il vecchio gruppo. Loro, intendo». Inclinò la testa in direzione della sala. «Da quand'è morto» aggiunse «sto cercando di somigliargli di più, in questo senso: essere aperta a tutto. Anche a gente come *quella*».

Altri scoppi di risa lontane. Alice bevve ancora.

«Certe volte» proseguì Delphine «mi ritrovo a studiarli, quasi, invece che interagirci come farebbe un'amica. Come faceva sempre George. Ho questo orribile difetto. Lo sai che per l'autunno mi sono iscritta al corso di Antropologia del Barnard College? È l'unica cosa che mi fa restare viva. Sto pensando di laurearmi, finalmente». Poi Delphine si girò verso di lei. «Alice, ci pensi mai ad andare all'università?».

«Oh» disse Alice. «No, no. Devo occuparmi di Bear».

«Ma quanti anni ha? Cinque? In autunno non va a scuola?».

«Sì» rispose Alice riluttante. «Ma poi... dovrò occuparmi della casa».

«Dovresti rifletterci» disse Delphine. «Sei più intelligente di quanto la gente non sia disposta a riconoscere. Mi ricordo che con la matematica sei sempre stata brava».

Alice restò lì un momento a pensare a quelle parole, senza sapere bene che farsene. Cercò di ricordare se nella vita aveva mai ricevuto un complimento che non fosse relativo al suo aspetto o a com'era vestita.

«Posso chiederti una cosa?» fece Delphine. E prima che Alice potesse rispondere continuò: «Pensi mai che nascere ricche ci abbia penalizzato?».

Alice impallidì.

«Non voglio insinuare niente» disse Delphine. «Solo che... di recente mi chiedevo se avere tutti i bisogni materiali soddisfatti fin dalla nascita sia stata una cosa positiva, per noi. Ho l'impressione che ci sia mancato il desiderio, l'impulso verso le cose. Verso la *ricerca*, come mi piace chiamarla. Quando i genitori o i nonni hanno già cercato e conquistato, alle generazioni successive cosa resta da fare?».

Tacque e rifletté, lo sguardo lontano. «Questa è l'aspettativa che voglio mettere in discussione più di tutte».

Alice era raggelata. Non aveva la minima idea di cosa rispondere. Parlare di soldi era contrario a tutte le istruzioni che aveva ricevuto nella vita. Le sarebbe sembrato di commettere un peccato. Calò un lungo silenzio, finché non fu la stessa Delphine a romperlo.

«Comunque, Coniglietto, rifletticii» disse. «Sulla questione dell'università, intendo. George ha... aveva un caro amico che insegna al Vassar. Quant'è distante da Albany?».

Alice scosse la testa. «A Peter non farebbe piacere» disse. La verità era che non avrebbe fatto piacere nemmeno a lei. Ma a un tratto capì che in quel momento non voleva deludere Delphine e l'idea che sua sorella si era fatta di lei.

Delphine tacque un istante. «Perché no, secondo te?».

«Be', ha le idee molto chiare su quello che dovrei fare, nelle mie giornate» disse Alice. «Probabilmente non si convincerebbe che mi resti il tempo di fare anche quello».

Delphine annuì. «E se tu insisti?».

Alice fu sul punto di scoppiare a ridere. Quando si trattava di Peter, l'idea di insistere su qualcosa era per lei inimmaginabile. Non che avesse paura di lui, non esattamente, anche se c'erano state un paio di occasioni allarmanti. In un certo senso aveva cominciato a vedersi quasi soltanto attraverso i suoi occhi e quindi restare nelle sue grazie era la maniera più semplice di raggiungere una condizione di benessere.

«Io non insisterei» disse, e basta.

«Sai» fece Delphine «Peter mi è sempre sembrato uno che abbaia ma non morde».

E sorrise.

«Ma tu sei grande» disse Delphine. «E lo conosci meglio di me».

Quando Alice uscì dalla camera di sua sorella erano quasi le tre del mattino e in tutta la casa echeggiavano sonore russate. Adesso si sentiva più lucida. Camminò in punta di piedi evitando le assi del parquet che facevano rumore. Passò davanti alla cameretta di Bear e aprì la porta per poter finalmente contemplare la sua sagoma addormentata, e poi continuò verso la stanza che divideva con Peter.

Dentro, trovò suo marito ancora sveglio.

Era steso sulla schiena, le mani dietro la testa, il torace magro nudo e appena visibile alla luce della luna.

Girò lentamente la testa nella sua direzione ma non disse niente.

Alice si spogliò, imbarazzata, avvertendone lo sguardo e il giudizio, nonostante l'oscurità. Sentiva che tutto quel che aveva mangiato e bevuto durante quella settimana di festa si stava già palesando intorno ai suoi fianchi e si ripromise che il giorno dopo non avrebbe mangiato niente – almeno non fino all'ora di cena.

Si infilò la camicia da notte e si sedette sul letto vicino a Peter.

«Dove sei stata?» fece lui.

«In camera di Bear» rispose, automaticamente. «Era agitato». Non sapeva bene perché, ma le sembrava pericoloso dirgli la verità.

Per un lungo istante Peter tacque e lei pensò che forse si era riaddormentato.

Ma poi lui si girò e l'espressione del suo viso era gelida.

«Bugia» disse. «Ho controllato, in camera di Bear. Ti ho cercata dappertutto».

Di scatto si sollevò sul gomito. Alice si irrigidì.

«Dov'eri?» domandò. Nella sua voce lei riconobbe il pericolo.

«Sono andata in camera di Bear» disse. «Due volte. Ma sono anche stata in quella di Delphine».

Peter tacque un istante: forse era stato preso in contropiede. Alice sapeva che non era la risposta che si aspettava.

Quand'erano sposati da poco, a una di quelle feste, mentre era troppo ubriaca per capire cosa stava succedendo, aveva commesso un errore tremendo. Poi aveva capito che l'errore era stato bere troppo. Il resto era stata colpa di qualcun altro. Un ex amico di Peter, che non veniva più invitato alle loro feste.

«Ma perché diavolo eri in camera di Delphine?» disse lui.

«Per vedere come stava» rispose Alice. «L'avevo sentita piangere. E Merrill aveva fatto quel commento orribile».

Peter tacque un momento. Poi si stese di nuovo e la conversazione finì lì.

Alice chiuse gli occhi. Pensò al viso gentile di Delphine, ai suoi capelli scuri, alla sua schiena dritta. Al benessere e alla sicurezza che emanavano dalla sua persona, nonostante il lutto recente.

Peter riprese a parlare.

«So che è tua sorella, Alice. E mi dispiace doverlo dire. Ma se fossi in te le starei alla larga. L'ho sempre trovata molto manipolatrice».

Quelle parole calarono pesanti nella stanza vuota.

«Quando si sono sposati avevamo tutti paura che George cambiasse» disse Peter. «E la sai una cosa? È successo davvero».

Dopo quella frase, tacquero entrambi.

Carl

Anni Cinquanta | **1961** | inverno 1973
giugno 1975 | luglio 1975 | agosto 1975

Nella grande sala di Fiducia-in-se-stessi, Vic Hewitt stava attizzando le fiamme nel caminetto di pietra centrale. Intorno, sedute o in piedi, una decina di persone; nessuno parlava. Avevano tra i venti e gli ottant'anni. A parte i Van Laar, gli unici due che Carl aveva riconosciuto con sicurezza erano i genitori della giovane signora Van Laar arrivati dalla città. La loro figlia – la madre di Bear – non c'era. Forse l'avevano messa a letto. O era chiusa a piangere in un'altra stanza. Nelle ultime settimane di Scotty era quello che aveva fatto anche la moglie di Carl. Ed era andata avanti per un altro anno.

Tutti i presenti sembravano appena rientrati dopo ore nella foresta. Avevano facce disorientate, esauste e imbrattate di terra; i vestiti erano rigidi, appena asciugati dal fuoco dopo la pioggia che era caduta poco prima.

Nella stanza regnava un'immobilità nauseante. La realtà prendeva corpo piano piano. Se li figurò all'inizio della ricerca, nelle prime ore del pomeriggio, alla luce del giorno: nervosi, in preda a risatine isteriche mentre setacciavano la proprietà, sicuri di trovare il ragazzino, lo chiamavano urlando sotto l'acquazzone nella speranza che volesse far loro uno scherzo, e che all'ora del cocktail si sarebbero scambiati aneddoti su quell'avventura con un bicchiere in mano.

E si figurò anche come il loro stato d'animo fosse mutato.

Forse avrebbero dovuto chiamarli prima. Quella era la verità che i quattro volontari in viaggio verso la Riserva non si erano confessati.

Vic Hewitt, però, avrebbe dovuto capirlo. Tutti e quattro i volontari avevano nozioni di localizzazione di base e Ronald, il fratello di Dick, aveva un segugio, Jennie, con un buon fiuto. Ma non erano riusciti a contattarlo, quindi erano partiti senza cane. Tra il temporale e tutti quei piedi che avevano calpestato il terreno, l'indomani traccia e odori sarebbero stati più difficili da seguire. Perché Hewitt non aveva chiamato?

Al loro arrivo, nessuno degli occupanti della sala si era alzato in piedi. Solo quando Vic Hewitt prese la parola qualcuno sembrò notarli.

«Sono arrivati i pompieri» disse rivolto al giovane signor Van Laar. «Nel caso volesse dire qualcosa».

In cucina, lontano dalla folla, il vecchio e il giovane Van Laar stavano davanti ai volontari. Fu allora che a Carl venne in mente che aveva ancora addosso il cappello, un berretto di feltro floscio che gli aveva regalato sua moglie parecchi compleanni prima. Se lo strappò dalla testa e si diede una sistemata ai capelli e alla barba.

Nessuno parlò e allora lo fece lui.

«Bene» disse. Teneva gli occhi puntati a terra, non riusciva a incrociare lo sguardo di nessuno. «Allora. Quand'è stata l'ultima volta che avete visto il ragazzo?».

«Le tre» rispose il vecchio Van Laar.

«E stava... facendo un'escursione?».

«Questo lo sapete già» intervenne nervosamente il giovane Van Laar. «Ci siamo parlati al telefono». A Carl venne in mente che forse credeva che sarebbero partiti per i boschi quella sera stessa. Non sarebbero arrivati lontano; tra tutti e quattro, avevano solo una torcia e una lampada frontale, e quest'ultima aveva le batterie scariche, se ricordava bene. Forse in giro per la proprietà c'erano altre attrezzature, ma... per fare progressi degni di questo nome bisognava chiamare la polizia di stato, pagata dai contribuenti.

«Le dispiacerebbe ripetere le informazioni per gli altri, signore?» domandò Carl. «Nel caso mi sia dimenticato di riportare qualcosa».

«Stavamo facendo un'escursione, sì» disse il vecchio Van Laar. «Bear mi aveva implorato. Siamo partiti dalla villa verso le tre. Abbiamo camminato nel bosco che collega la casa al punto di partenza dei sentieri alla base del monte Hunt; c'è una scorciatoia, lunga circa quattrocento metri. Ma quando siamo arrivati a quel punto Bear mi ha detto di aver dimenticato il coltellino svizzero. È voluto tornare a prenderlo».

«Come mai?» domandò Dick Shattuck, che evidentemente non riusciva più a stare zitto. Carl ne fu sollevato.

«Diceva che voleva farmi vedere una cosa» disse l'anziano signore. «Non so cosa».

Per un attimo a Carl girò la testa. *Legna*, pensò. *Sfusa, leggera e secca.* Voleva spiegargli come capire quale legna andava bene per avviare un fuoco, pensò Carl. E poi pensò, *Gliel'ho insegnato io.* A Bear aveva insegnato molte altre cose: come fischiare con il cappello di una ghianda. Come intagliare una civetta, un orso e un muso di volpe. Come capire se stava per piovere. Le stesse cose che aveva insegnato al suo Scotty.

«E lei gli ha detto va bene» disse Shattuck incalzando Van Laar.

«Sì» rispose lui. «Ero spazientito. Ma ho detto di sì».

«E l'ha visto dirigersi verso la villa» continuò Shattuck.

«Sì».

«Quando l'ha perso di vista?».

L'anziano signore ci rifletté. «Quasi subito» disse. «C'è una curva nel sentiero» e fece il gesto con la mano «a circa trenta metri dal punto di partenza, in direzione della casa. Ho osservato Bear finché non è arrivato a quel punto, poi ha svoltato a sinistra ed è scomparso».

«Com'è questo punto di partenza?» chiese Shattuck.

Carl lo sapeva. C'era stato un paio di volte insieme a Bear, a cui i genitori avevano dato il permesso di arrivare fino alle pendici della montagna ogni volta che lo desiderava, ma non oltre. Il punto di partenza era una svolta in fondo a un viottolo di terra battuta che portava alla Route 29, la principale strada asfaltata che andava in città. Il monte Hunt, per via delle sue dimensioni ridotte, non era tra le cime più popolari delle Adirondack, ma quando c'era bel tempo in genere nel parcheggio si potevano trovare cinque o sei macchine.

«In che senso?» domandò il vecchio Van Laar.

«È un posto frequentato? Animato?».

«In genere no».

«E oggi? Crede che ci fossero altre persone sulla montagna?».

«Non saprei» disse lui. «Il parcheggio era deserto ma non sono mai arrivato su. Sono rimasto lì al punto di partenza ad aspettare Bear, finché non ha cominciato a piovere».

A quel punto, un silenzio carico di disagio.

Carl guardò Bob Lewis. Dei quattro era lui il cinico, il pessimista. Aveva una vena paranoica che certe volte lo spingeva a saltare a conclusioni affrettate su potenziali colpevoli e motivazioni. Per ben due volte aveva parlato di dolo quando non era stato possibile spiegare facilmente la causa di un incendio. (Fino a quel momento nella zona di Shattuck non c'erano stati casi di incendio doloso, o quantomeno non mentre loro erano in servizio).

Sentendosi sollecitato, Bob L. prese la parola.

«Perché siete partiti per un'escursione durante un temporale?» chiese al vecchio Van Laar.

La domanda suonò brusca e Lewis cercò di correggere il tiro. «Se posso chiederglielo».

«Il temporale è arrivato all'improvviso» rispose Van Laar. «Non ce l'aspettavamo. Quando siamo partiti dalla villa il cielo era azzurro. C'era il sole. Neanche una goccia di umidità nell'aria. E poi» disse. E non proseguì.

Dick Shattuck si schiarì la voce. «Signor V.» disse «quanto ha aspettato Bear al punto di partenza, dopo che è tornato verso casa?».

«Difficile dirlo» rispose l'anziano signore. «Quindici minuti, forse. Venti. Quando è partito non ho controllato l'orologio, ma l'ho fatto quando ha cominciato a piovere. Erano le tre e trentacinque. A quel punto ho perso la pazienza e sono tornato anch'io. Il sentiero nel bosco è breve. Come ho già detto. Non avrebbe dovuto metterci così tanto».

La conversazione continuò ma Carl restò in silenzio. Faceva i suoi calcoli. Il signor Van Laar aveva detto che Bear era partito per un'escursione con il nonno alle tre del pomeriggio. Carl quel giorno era uscito dal lavoro prima del solito, alle tre e mezza. Era stato allora che aveva visto il ragazzo chino davanti alla villa, ad allacciarsi la scarpa e pronto per andare da qualche parte.

Se i suoi calcoli erano corretti era possibile che lui, Carl Stoddard, fosse l'ultima persona che l'aveva visto prima della scomparsa.

Rifletté se dirlo ad alta voce. Ma poi decise, per il momento, di non farlo.

I due Van Laar si appoggiarono contemporaneamente al bancone alle loro spalle, improvvisamente sfiniti. Agivano quasi sempre in coppia. Avevano la stessa altezza, gli stessi occhi, gli stessi movimenti sicuri e fluidi. Avevano un fisico allenato che Carl in genere non associava alle persone ricche. Una volta aveva visto Peter III improvvisare una partita di baseball sul prato, durante un Addio Moscerini. Aveva lanciato una palla così lontano che non si era più vista e poi aveva raggiunto le basi segnate alla bell'e meglio con un'andatura rilassata che dissimulava quella che Carl, da ex giocatore di football, aveva subito riconosciuto come uno scatto impressionante.

«Dopo non l'ha più visto nessuno? A parte lei, intendo» disse Shattuck.

«Che io sappia no» rispose l'anziano signore.

«Secondo lei è mai arrivato alla villa?».

«Non è chiaro» intervenne il figlio. Il padre di Bear. «Non l'ha visto nessuno, ma in quel momento la maggior parte degli ospiti stava riposando. O era fuori, immagino».

Carl deglutì a fatica. Avrebbe voluto parlare. Dire, *Io l'ho visto. Si stava allacciando le scarpe. Erano le tre e mezza.* Ma aveva capito che nell'istante della rivelazione sarebbe cambiato qualcosa.

Shattuck proseguì e il momento passò.

«Secondo voi chi c'era in casa?».

Il giovane Van Laar annuì. «Io» disse. «Mia moglie. Alcuni ospiti, come ho già spiegato. Qualcuno del personale».

«E quando avete cominciato a cercare Bear?».

I due Van Laar si scambiarono un'occhiata.

Poi prese la parola il più giovane. «Papà mi ha trovato a casa» affermò. «Verso le quattro meno un quarto. Stavo riposando in camera mia. Mi ha detto che non riusciva a trovare Bear».

Nel pronunciare quel nome alzò la voce.

Carl distolse lo sguardo, a un tratto ebbe paura che sarebbe scoppiato a piangere.

«E poi» disse Shattuck, con più dolcezza.

«Siamo usciti tutti e due sotto la pioggia» intervenne il vecchio Van Laar. «Non volevamo ancora allarmare tutti. Abbiamo cominciato... a chiamarlo. A chiamare Bear. E immagino che la gente ci abbia sentito. Piano piano si è formato un gruppo. Ci siamo sparpagliati. Per un po' abbiamo vagato nei boschi. Ci siamo divisi in gruppi più piccoli. Un gruppo è salito fino al monte Hunt, proprio fino in cima alla montagna. Un altro è sceso alla spiaggia e ha seguito la costa. Un altro ancora ha cercato dentro Camp Emerson, nei bungalow e in tutti gli edifici. Eravamo una ventina, pressappoco. Abbiamo cercato per circa tre ore. E ci siamo inzuppati per bene».

I quattro volontari annuirono tutti insieme.

«Quando l'avete detto alla madre del ragazzo?» domandò Bob Lewis. Ancora una volta la sua sembrò una domanda sbagliata, troppo diretta, troppo delicata.

Fu il giovane Van Laar a rispondere. «Ci ha sentito gridare» disse. «Ed è uscita». La sua voce era tesa.

Carl ormai aveva smesso di guardare in direzione dei Van Laar. Se fosse scoppiato a piangere...

Alla fine si concesse di far riemergere, incerto, il ricordo che da ore minacciava di salire a galla. Era quello di Bear l'estate precedente, piccolo e forte, seduto su un ceppo vicino a lui che piantava dei fiori. Il ragazzino era rimasto lì tranquillo a intagliare qualcosa che era frutto della sua fantasia. Poi, sentendo una roca voce maschile che lo chiamava, si era fermato, tutto rigido.

Carl l'aveva guardato di sottecchi, aspettando che rispondesse.

Ma Bear era rimasto in silenzio.

«È tuo padre che ti chiama?» aveva detto Carl, gentilmente. E poi di nuovo quella voce: «*Bear Van Laar! Peter Quattro!*».

Bear aveva scosso la testa. «È mio nonno» aveva detto. E poi, così piano da essere quasi impercettibile: «Non mi sta tanto simpatico».

Infine aveva chiuso il coltellino svizzero e con un pesante sospiro se l'era infilato in tasca. Si era alzato, le spalle ingobbite, e si era avviato verso Fiducia.

Erano già le 20.45. Era tramontato il sole. Lasciarono la sala ormai buia, che da quand'erano entrati si era un po' svuotata. Dal portone uscirono sul prato, fradicio d'acqua, che sotto i piedi faceva *cic-ciac*. Quella sera c'era una luna pienissima, così luminosa che dietro di loro comparivano delle vaghe ombre. I quattro, insieme a Vic Hewitt, camminarono verso nord, in direzione della scorciatoia tra i boschi che avevano preso il ragazzo e suo nonno quel pomeriggio.

«Sai cos'aveva addosso?» domandò Bob Alcott a Hewitt.

«Se ricordo bene, dei pantaloni corti» rispose Hewitt. «E una maglietta rossa, mi pare. A maniche corte. Almeno, era vestito così quando l'ho visto stamattina».

«Pantaloni lunghi» disse Carl, d'istinto. Se lo ricordava bene. Il ragazzo se li era rimboccati per allacciarsi le scarpe.

Una pausa.

«Eh?» disse Hewitt.

«Mi pare».

«E come mai?».

«Credo... di averlo visto. Fuori, davanti alla villa. Poco prima di staccare».

Vic Hewitt gli lanciò un'occhiata dura. «E a che ora l'avresti visto?».

«Alle tre e mezza, più o meno».

Tutti guardarono verso i boschi.

«Carl» riprese Vic. «C'è qualche motivo per cui non ce l'hai detto prima?».

Carl ci rifletté. «Mi è venuto in mente adesso» disse. «In questo momento».

Armato dell'unica torcia che aveva trovato nel furgone, Shattuck la agitò davanti agli alberi in fila in fondo al prato. A ogni gesto la densità della foresta sembrava più profonda. In alcuni punti pareva proprio fitta. Impenetrabile. L'unica radura era l'accesso al sentiero in questione. L'ultimo posto in cui sapevano che Bear era stato.

«Dobbiamo chiamarlo?» chiese Carl.

Hewitt esitò. «Meglio di no» disse alla fine. «Non abbiamo avuto risposta tutto il giorno. Non mi va di turbare ulteriormente la famiglia. Lasciamoli riposare un po'».

Shattuck annuì. Puntò di nuovo la torcia in direzione del sentiero e poi verso la villa. Infine parlò, in tono pacato.

«Sentite» disse. «Noi quattro potremmo entrare in quei boschi e agitare un po' la torcia. Per vedere se troviamo delle tracce. Oppure possiamo tornare alla villa, cercare altre torce o delle fiaccole. E chiedere a tutti di sparpagliarsi di nuovo. Ma con la quantità di gente che ha calpestato in giro oggi, credo che la cosa migliore sia far arrivare un segugio prima che la traccia del ragazzo scompaia completamente. Che ne dite?».

Vic Hewitt annuì. Non li guardava negli occhi, ma in direzione dei boschi.

«Secondo me» disse Shattuck «la cosa migliore sarebbe chiamare la polizia di stato. Sempre che vogliate il mio parere». Ci aveva pensato anche Carl. E sicuramente lo stavano pensando pure gli altri.

Hewitt non rispose. Ascoltava.

«Vic?» disse Shattuck. «Tutto bene?».

Nei boschi, un fruscio improvviso. L'annaspare frenetico di un animale in trappola. Dal sentiero che portava verso la montagna emerse una figuretta che correva.

Per un istante tutti furono pieni di speranza.

Ma non era Bear. Carl vide che era una ragazzina. Shattuck puntò il fascio di luce nella sua direzione. Era pallida e in preda al panico, la bocca aperta in una specie di urlo muto. Aveva i vestiti umidi, i capelli appiccicati alla testa, la lunga treccia sembrava una corda fradicia che dalla spalla le scendeva sul petto.

«Ma che diavolo» disse Hewitt a bassa voce e solo in quel momento Carl si accorse di chi era.

Hewitt scattò rapido verso sua figlia Tessie Jo.

Gli altri restarono al loro posto.

Carl

Anni Cinquanta | **1961** | inverno 1973
giugno 1975 | luglio 1975 | agosto 1975

Tessie Jo – bocca aperta, occhi chiusi – si gettò tra le braccia di suo padre, poi fu trasportata in sala e giù per il corridoio, dove una delle cameriere le preparò un bagno mentre, nella stanza accanto, suo padre la calmava.

I pochi ospiti rimasti si dispersero. I volontari, capitanati da Carl, si congedarono e tornarono sul prato davanti, dove restarono con le mani in tasca, a chiedersi che fare.

Il primo a parlare fu Bob L. «Credete che abbia visto qualcosa?».

Dick Shattuck: «Speriamo».

Ma Carl la pensava diversamente. «Erano amici» disse. «Buoni amici. Bear la seguiva ovunque. La ammirava. Forse aveva una cotta per lei».

Gli altri tre lo guardarono.

«Forse è solo sconvolta perché è scomparso» continuò Carl.

E in effetti fu questa la spiegazione fornita da Vic Hewitt quando percorse di nuovo a grandi passi il corridoio: la ragazzina era sotto shock. Era stanca, infreddolita e affamata, era rimasta nei boschi senza niente da mangiare o da bere dal pomeriggio, quando ci si era accorti della scomparsa di Bear. Era terrorizzata al pensiero di perdere l'amico – uno dei pochi che aveva, disse Vic, e aggiunse che non era mai andata d'accordo con i compagni della sua piccola scuola. Tessie Jo aveva mangiato la minestra che le era stata offerta ed era stata messa a letto, ancora tremante. Si sperava che non s'ammalasse.

I quattro uomini ascoltarono quelle informazioni e annuirono. Poi Vic disse che sarebbero dovuti rientrare a dormire un poco. Si sarebbe occupato personalmente di montare la guardia quella notte. Il giorno dopo loro cinque avrebbero ricominciato a cercare, insieme alla polizia. E stavolta con dei cani.

Mentre il camion lasciava il viale, videro Vic alla luce fioca proiettata dalla villa. Stava andando verso il capanno. Carl pensò che forse per la sua veglia solitaria si sarebbe acceso un falò; magari la fiamma, o il fumo, avrebbero attirato il ragazzino verso casa.

Fino a quel punto aveva resistito all'emergere di un sentimento rimasto ad aleggiare ai confini della sua coscienza. Ma dal cassone osservò le luci di Fiducia spegnersi una per una e alla fine si concesse di pensarci: se quel ragazzino fosse stato *suo* figlio, se si fosse smarrito di notte nei boschi gelidi – o anche se fosse stato rallentato da una ferita –, be', lui sarebbe rimasto fuori a cercarlo. Ne avrebbe urlato il nome fino a quando il suo corpo non avesse ceduto.

A casa, Maryanne era ancora sveglia. Era seduta al tavolo della cucina e giocava a solitario. Dalla morte di Scotty giocava quasi ogni sera; diceva che l'aiutava a svuotare la mente prima di andare a dormire.

«Trovato qualcosa?» domandò a Carl senza girarsi. Aveva la schiena rigida, tesa.

«No» rispose lui. «Domani ampliano le ricerche. Ci porteremo dietro il segugio di Ron Shattuck». E poi tacque un istante per riflettere.

Non aveva ancora detto a nessuno cosa gli aveva confidato Bear su suo nonno. Com'era cambiata la postura del suo corpo quando si era sentito chiamare con quella voce severa. Per un attimo pensò di confidarlo a Maryanne. Ma in quel periodo non riusciva mai a prevedere le sue reazioni a quello che le raccontava. Una parola sbagliata bastava a scatenarne la rabbia – era l'emozione che manifestava con più prontezza, di recente, come se tutta la tristezza dalla morte di Scotty andasse sostituita con *qualcosa*. Ma fu lei a parlare per prima.

«Vengo anch'io» disse, calma.

«Alla Riserva?».

«Sì».

Carl tacque. Provava per i Van Laar una deferenza così radicata che la sua reazione istintiva fu chiedersi se sarebbe stata la benvenuta nella proprietà. Poi però ci ragionò su; sicuramente desideravano più aiuto possibile. «Sei sicura?» le chiese.

Maryanne annuì e mise un sette sopra un otto. «Alle ragazze può badare mia mamma. Gliel'ho già chiesto».

«Bene» commentò Carl. Era ancora incerto. Alla fine decise per un argomento che in genere era piuttosto sicuro: «Come sono state?».

Maryanne sorrise e fece un gesto con la mano. «Oh, brave. Jeannie è agitata per un voto che ha preso. Margaret è agitata per via di un ragazzo. Antonia è agitata per via di un'amica». Finalmente si girò verso di lui, che per un attimo nei suoi occhi colse un lampo di divertimento. «Se stessero tutte bene mi preoccuperei».

Carl fu invaso da un'ondata di calore. Ebbe l'impulso di andare da lei, da quella sua moglie bella con la schiena diritta, prenderle le braccia e restare lì così, in piedi. Ormai si toccavano di rado. Non facevano l'amore da un anno; l'ultima volta Maryanne, dopo, aveva pianto così forte che lui si era ripromesso di non avvicinarsi più. Almeno non finché lei non glielo avesse chiesto, e fino a quel momento non era successo. Non le si avvicinò neanche quella sera, ma si schiarì la gola e salì le scale, andò in bagno e si lavò prima di andare a letto. Sapeva che dopo una o due ore Maryanne sarebbe entrata in camera in silenzio, con la camicia da notte già addosso, si sarebbe stesa vicino a lui e i loro corpi non si sarebbero nemmeno sfiorati.

La mattina dopo, presto, fu svegliato dal profumo della colazione.

A tavola era già seduta sua suocera, con una tazza di caffè in mano. A parte gli stivali, Maryanne era vestita come quando andava a messa e sembrava proprio un'insegnante di catechismo – abito blu e cappello a cloche – il che era un po' strano per una giornata di lavoro nei boschi. Ma erano i boschi dei Van Laar e nella testa di Maryanne quei vestiti erano un segno di rispetto.

Alle sei del mattino Carl chiamò la caserma dei pompieri per dire a Bob L. che li avrebbe raggiunti in macchina per conto suo, visto che aveva deciso di partecipare anche Maryanne.

«Benissimo» disse Bob L. con voce lamentosa. «Ho appena scoperto che vengono anche le mogli di tutti gli altri».

Forse la decisione delle donne di unirsi a loro era un'avvisaglia, ma le dimensioni dell'intervento dei volontari furono chiare solo dopo l'arrivo di Carl alla Riserva.

Sul prato c'erano quasi tutti i cittadini adulti di Shattuck: parecchie centinaia di persone che attendevano istruzioni. C'era Ron Shattuck con il suo segugio, Jennie, ed erano presenti anche altri cani, guidati da uomini che Carl non conosceva.

Vicino alla villa c'erano quattro autopattuglie con i finestrini aperti.

E proprio in cima alla collina, di fronte al portone di Fiducia, i due Van Laar, padre e figlio. Alla loro destra Vic Hewitt confabulava con i poliziotti.

Per un attimo, contemplando la scena, Carl ebbe un istante di esitazione. La sera prima i quattro pompieri volontari avevano avuto l'impressione di essere al comando; adesso invece si ritrovavano destituiti. Scrutò la folla finché non trovò Dick Shattuck, dall'aria altrettanto perplessa (per una volta nella vita). Con lui c'era anche sua moglie, una donna magra che si chiamava Georgette, a cui Maryanne dava del manico di scopa da quando erano state alle superiori insieme. Maryanne iniziò a schiarirsi la gola e Carl intuì che voleva che lui cercasse in qualche modo di assumere il controllo della situazione.

Così, con sua moglie alle calcagna, si diresse a grandi passi verso quello che sembrava il centro dell'azione. Nel farlo colse le occhiate dei due Bob e di Dick Shattuck, che lo seguirono.

Quando arrivarono al gruppetto di uomini di fronte a Fiducia, nessuno si girò a guardarli.

Con una certa trepidazione Carl prese la parola.

«'Giorno» disse, suscitando l'espressione interrogativa di parecchi agenti e il silenzio di Vic.

«Signori, questo è Carl Stoddard» disse Hewitt. «È il guardiano della proprietà e fa anche il pompiere volontario. Carl, questi sono gli agenti della polizia di stato. Ci aiuteranno nelle ricerche».

«È successo qualcosa stanotte?» domandò Carl, e Vic scosse la testa.

«Mi sono fatto un falò alla bell'e meglio» disse Hewitt. «Nonostante l'umidità. Sono rimasto sveglio tutta la notte. Forse ho dormicchiato un po', a tratti».

«Nessuna novità» dichiarò Carl, anche se era inutile precisarlo.

Hewitt scosse la testa. «Stavo dicendo» continuò «che la cosa più importante è non alterare le tracce che può aver lasciato. O gli odori. O meglio, non più di quanto sia già stato fatto. Facciamo partire per primi gli uomini con i cani. Mentre loro cercano, dividerei il resto della gente e gli insegnerei come ci si muove. Cosa cercare».

Gli agenti annuirono, ascoltando. Interessante, pensò Carl, che nessuno di loro rivendicasse un'autorità; sembrava che riconoscessero tutti di avere un ruolo subordinato alla famiglia che comandava le operazioni, e a Vic. Era anche vero che gli Hewitt erano considerati da generazioni le guide migliori della regione e tutti ritenevano che Vic fosse particolarmente dotato. Alcuni agenti erano ragazzi del posto che di sicuro ne conoscevano la reputazione.

A un certo punto, di botto, Vic si girò e si allontanò lasciando Carl e gli altri soli con gli agenti, che subito formarono un circolo chiuso.

Bob L., che amava molto lamentarsi, fu il primo a dirlo ad alta voce. «È come se noi non ci fossimo».

Gli uomini con i cani furono i primi a partire, come stabilito.

Dieci minuti dopo si aggiunsero anche tutti gli altri, alcuni a bordo di veicoli, verso le destinazioni assegnate da Vic Hewitt. Ai quattro pompieri e alle rispettive mogli fu affidato il compito di setacciare tre chilometri quadrati di foresta sul lato opposto della Route 29; ci andarono in macchina e parcheggiarono formando una fila al limitare del bosco.

Vic – alzando la voce il più possibile per farsi sentire da tutti quanti – aveva detto che l'obiettivo era formare una catena di persone, a intervalli regolari, e avanzare come un sol uomo. Tenete gli occhi a terra, disse. Guardate da destra a sinistra e viceversa. Cercate colori insoliti, strane depressioni del sottobosco. E chiamate il ragazzo ogni trenta secondi.

Poi fu chiaro che quella era la parte più difficile, per Carl. E per tutti gli uomini.

Non erano abituati ad alzare la voce a quel modo, a chiamare in continuazione il nome di una persona.

Fu chiaro anche che le donne erano più inclini a farlo e quindi furono le loro voci a echeggiare tra gli alberi. Erano tutte madri. Tutte abituate a mettere regolarmente da parte il contegno per urlare a squarciagola i nomi dei figli.

Per tutta la Riserva si sentivano altre persone fare lo stesso e il nome del ragazzo risuonava come un'eco.

Passò così un'ora. Due, tre. Non era una giornata calda, ma Carl era comunque tutto sudato. Qualcosa nel sentir invocare il nome di Bear gli stuzzicava la coscienza, gli faceva battere più forte il cuore, faceva scattare lo stesso ricordo che dal pomeriggio precedente continuava a riemergergli nella mente.

«*Bear Van Laar*» aveva gridato il nonno del bambino. E Bear era trasalito, perché non voleva staccarsi da Carl.

Adesso però doveva mettere un piede davanti all'altro. Lo scricchiolio del suolo della foresta ricoperto di aghi di pino. Se fosse stato da solo, si sarebbe tolto la camicia. Si sforzò di tenere gli occhi a terra, come gli avevano spiegato – e come sapeva di dover fare. Ma il paesaggio cominciava a farsi sfocato. Bevve un sorso dalla borraccia d'acqua che teneva appesa al collo.

In genere Maryanne si accorgeva di cose del genere e capiva subito quando lui o uno dei bambini stava male o era nervoso o depresso. Ma quel giorno era concentrata sul suo compito da svolgere. Poco prima si era fatta un nodo all'orlo del vestito, all'altezza delle ginocchia. Ora avanzava a grandi falcate con i suoi stivali, chiamando ad alta voce il ragazzo.

A un tratto Carl inciampò e cadde a terra. Tutta la catena si fermò.

Sentiva una specie di dolore allo stomaco e al petto, qualcosa che stringeva e torceva. Non riusciva a spiccicare parola.

Il nome da chiamare adesso era cambiato. *Carl*, dicevano. *Carl. Carl.*

Fu l'ultima cosa che sentì prima di perdere conoscenza.

III

SE TI PERDI

Tracy

Anni Cinquanta | 1961 | inverno 1973
giugno 1975 | **luglio 1975** | agosto 1975

Aveva paura di usare quel verbo, e anche di pensarlo, ma certe volte Tracy sentiva che stava per innamorarsi di Barbara Van Laar.

L'affascinavano i particolari del suo viso e del suo corpo, gli occhi – dalle ciglia lunghe e perennemente assonnati – e la forma delle gambe forti, le unghie che si rosicchiava fino alla carne viva, i peli chiarissimi degli avambracci e delle cosce, che alla luce del sole sembravano fili d'oro, e facevano spiccare ancora di più il nero artificiale dei capelli. Se si era accorta che Tracy la fissava – e doveva essere capitato – non diceva niente, ma si limitava a sorridere vagamente nella sua direzione, come se fosse abituata a essere l'oggetto di sguardi del genere.

La cosa più importante era che Barbara era la prima amica alla quale Tracy piaceva quanto a Tracy piaceva lei. Intanto, le aveva detto di trovarla divertente: rideva forte e spesso alle cose che Tracy raccontava, attirando gli sguardi curiosi di chi stava lì intorno. Le diceva che era intelligente. Disprezzava le convenzioni senza disprezzare le persone che le seguivano. Anzi, era la persona meno giudicante che Tracy avesse mai conosciuto.

La posizione di Barbara a Camp Emerson era interessante: aveva il fascino di un'estranea, perché quella era la sua prima estate al campo, eppure era inserita in un modo che per gli altri non era neanche immaginabile. Aveva frequentato la proprietà fuori stagione; aveva guardato dentro armadi, ripostigli e cucine che per gli altri ragazzi erano irraggiungibili.

Ma la cosa più straordinaria era che sembrava molto intima di T.J. Hewitt, la direttrice del campo, che per tutti gli altri ragazzi rappresentava un vero e proprio mistero. Certo, dava a chiunque lezioni di sopravvivenza all'aperto, ma anche in quelle occasioni risultava seria e scostante. Le uniche cose che Tracy sapeva della sua vita privata erano incentrate sulla sua storia personale all'interno della proprietà. Era la figlia dell'uomo che per anni aveva diretto il campo, Vic Hewitt, una leggenda la cui fotografia era appesa in mensa al posto d'onore. Si diceva che soffrisse di una qualche malattia. A parte questo, di T.J. non sapevano proprio niente; i coordinatori la veneravano e non spettegolavano mai su di lei. Sembrava più una mascotte che una persona vera; era una di cui si aveva grande rispetto, ma alla quale non ci si rivolgeva mai direttamente.

Quindi la prima volta che Tracy le passò vicino mentre camminava insieme a Barbara, restò stupita nel sentire la sua nuova amica chiamare allegramente la direttrice per nome.

«Cosa fai?» le chiese Barbara.

A differenza di tutte le altre persone al campo, T.J. non indossava l'uniforme. Portava invece dei pantaloncini – in denim o velluto a coste – e una maglietta o una camicia di flanella scozzese, calzettoni lunghi e scarponcini da trekking Danner allacciati stretti fino in cima. I capelli erano tagliati in una maniera così comicamente sghemba che su chiunque altro avrebbero scatenato ilarità. Ma su T.J. quel taglio sembrava indicare solamente una mancanza d'interesse per le questioni mondane. Come la tonsura di un monaco, serviva a separarla dai profani del campo.

Era inginocchiata davanti a uno dei ponticelli sul torrente che separava i bungalow dei maschi da quelli delle femmine e stava prendendo a martellate una fila di chiodi a velocità impressionante. A quelle parole alzò la testa, accigliata.

«Tu dove dovresti essere?» disse.

«E chi se lo ricorda!» rispose Barbara in tono scherzoso. Poi si girò verso Tracy. «Tu lo sai, Tracy?».

«A pranzo» rispose subito lei. «Stiamo andando a pranzo».

«Ah, giusto. Scusa, T.J., sai, sono nuova qui» disse Barbara con un sorrisone. T.J. restò impassibile ma era chiaro che reprimeva un sorriso.

«Fuori dai piedi» disse, e sollevando di nuovo il martello tornò al proprio lavoro.

Proseguirono. A un certo punto Barbara notò l'espressione di Tracy: incredula, a occhi sgranati, in attesa di una spiegazione.

«Cosa c'è?».

Tracy si guardò indietro.

«Oh, T.J.?» disse Barbara. «È innocua. Non capisco perché tutti siano così intimiditi da lei».

«Che cosa fa il resto dell'anno?» domandò Tracy.

«Si occupa di suo padre. E della proprietà. Viene a stare con me ad Albany quando i miei devono andare da qualche parte».

Tracy la guardò. «Vuoi dire che... è la tua *baby-sitter*?». Non riusciva neanche a immaginarselo. Quei lunghi silenzi dovevano essere insopportabili.

Barbara rise. «Non direi. Sta con me e basta, si assicura che stia lontana dai guai. Gli Hewitt sono di famiglia».

Tracy si strinse nelle spalle. «Se lo dici tu» disse.

Quando non stava con Barbara, Tracy cercava di scoprire delle cose su di lei. Intanto era sempre più curiosa del suo passato. Se le compagne di bungalow conoscevano la storia della scomparsa del fratello di Barbara, l'arrivo di quest'ultima aveva fatto calare sulla questione una specie di rispettoso silenzio.

Solo una volta Tracy era riuscita ad accedere a un'informazione di una certa importanza.

A metà estate, stava tornando dai bagni durante una pausa quando incrociò l'altro oggetto del suo amore, Lowell Cargill, seduto a un tavolo da picnic con la faccia affondata in un giornale.

In prima pagina, la data: *13 luglio 1975*. Sotto, la faccia di un uomo con gli occhi puntati sul lettore: aveva gli occhiali, un principio di calvizie e un'espressione seria. La didascalia diceva che si trattava di Jacob Sluiter – che i ragazzi del campo chiamavano *Slitter*, il Tagliagole. Tracy aveva sentito sussurrare qualcosa su di lui nel buio e sapeva che si chiacchierava di un legame tra il Tagliagole e Bear Van Laar; ma non conosceva ulteriori dettagli.

Con l'aria più indifferente possibile si sedette a un altro tavolo, davanti al giornale aperto. Socchiuse gli occhi per leggere meglio l'articolo e tentare di carpire qualche altro particolare. In momenti come quelli si pentiva di non avere gli occhiali. *AVVISTATO*, diceva il titolo. E sotto, parolone come *pericoloso* e *armato*.

«Nervosa?».

Tracy trasalì.

Lowell Cargill la guardava al di sopra delle pagine.

«Qui dice che forse si sta dirigendo a nord, verso i suoi vecchi terreni di caccia» continuò Lowell in tono impassibile.

Poi ripiegò il giornale e accavallò le gambe, appoggiando una caviglia sul ginocchio.

Si accorse della faccia di Tracy e aggiunse: «Non avere paura. Quand'è evaso era a Fishkill. Se è a piedi non può essere già da queste parti. E scommetto che lo troveranno prima che ci arrivi».

Poi tacque.

«A meno che non abbia fatto l'autostop» proseguì, incerto. «Ma chi è che gli darebbe un passaggio?».

«Dove l'hai trovato quel giornale?» domandò Tracy.

«In mensa» rispose Lowell. «Li vendono. Ma in genere la gente non li vuole».

Io sì, pensò Tracy. A casa le piaceva leggere i quotidiani insieme a sua madre. E il fatto che anche Lowell Cargill li leggesse era un'ulteriore prova della loro compatibilità. Era una qualità che considerava non comune in un ragazzo di quell'età.

Di scatto Lowell si alzò e stiracchiò le braccia in alto, mettendo a nudo una fetta di pelle che la eccitò.

«Se vuoi te lo lascio» disse. «Io ho finito».

Lei lo prese, sapendo che l'avrebbe conservato nel suo baule fino alla fine del campo come una specie di reliquia, santificata dal contatto con le mani di Lowell Cargill.

In quel momento con uno scoppiettio gli altoparlanti presero vita annunciando la fine dell'ora di libertà, e Lowell si avviò.

Poi, come se si fosse ricordato qualcosa, si voltò. «Ehi» disse. «Barbara dice che canti bene. Ti andrebbe di cantare con me qualche volta?».

Tracy sentì che tutto il sangue le defluiva dalla testa.

Lowell si accigliò. «Se non vuoi, non c'è problema» proseguì. «Era solo una domanda. Sto cercando di imparare ad armonizzare».

E si allontanò.

Tracy lo guardò maledicendosi per la sua vigliaccheria. E poi, quando lui era già a dieci passi di distanza, si costrinse a dire qualcosa. «Va bene». Poi lo ripeté a voce ancora più alta.

«Ottimo» rispose Lowell. «Ti cercherò io».

In alto sul suo lettino, dopo cena e prima dello spegnimento delle luci, Tracy ripiegò la prima pagina di *The Saratogian* fino a farla diventare un quadratino e poi lesse l'articolo.

Scoprì così tutta la storia di Jacob Sluiter. Lesse che era un famigerato assassino che aveva operato nel parco delle

Adirondack più di dieci anni prima. Era stato incriminato e processato per undici omicidi, tutti verificatisi tra il 1960 e il 1964, l'anno in cui finalmente l'avevano catturato. Quasi tutti gli omicidi erano avvenuti in campeggi o bungalow isolati. Le vittime – coppie, e certe volte donne sole – erano state legate e accoltellate; non erano mai state usate armi da fuoco. Ciò che aveva permesso a Sluiter di evitare la cattura così a lungo era stata la sua profonda conoscenza dei boschi, maturata durante un'infanzia trascorsa tra i monti, in povertà. Era abilissimo nel mettere trappole e nella pesca. Durante ciascuno dei quattro inverni in cui era stato a piede libero, Sluiter si era spostato da un bungalow disabitato all'altro, rubando cibo in scatola e altre provviste lasciate da chi abitava quelle case d'estate; da maggio a settembre, quando la regione si ripopolava e i proprietari tornavano ai loro bungalow, si accampava nelle foreste. Avrebbe potuto anche continuare così per sempre se la sfortuna non gli avesse giocato un brutto tiro: una casetta che aveva ritenuto disabitata per l'inverno era stata in realtà scelta dai proprietari per organizzarci una festa di Natale. Entrando nel vialetto avevano notato il fuoco acceso nel camino. Prima che Sluiter potesse brandire la pistola, il proprietario aveva varcato la soglia e gli era saltato addosso.

Poi, dopo aver legato l'intruso a una sedia, aveva chiamato la polizia. Era il 23 dicembre 1964, data della sua cattura definitiva.

Sluiter non aveva confessato nulla. Continuava a ribadire la sua innocenza, nonostante le prove lo condannassero senza appello: tra le sue cose erano stati trovati oggetti appartenenti alle vittime; su tutte le scene del crimine c'erano le sue impronte; due suoi fratelli avevano testimoniato che manifestava tendenze sadiche; e infine c'era l'identificazione certa di uno dei sopravvissuti a un tentato omicidio. Eppure Sluiter negava. La sua scarsa collaborazione, scriveva il giornalista, portava a ipotizzare che fosse responsabile di un numero di omicidi anche maggiore rispetto a quelli che gli venivano attribuiti. Furono riaperti casi di persone scomparse durante delle escursioni, prima considerate semplicemente smarrite.

Compreso Bear Van Laar? si domandò Tracy. Era lo spaventoso pettegolezzo che aveva sentito ripetere la sua prima notte al campo estivo.

L'articolo proseguiva: dieci anni dopo essere stato catturato e giudicato – ergastolo senza possibilità di libertà vigilata – Jacob Sluiter aveva finto di essere malato per ottenere il trasferimento in un carcere di minima sicurezza. E tre settimane prima era evaso dalla prigione, che si trovava a più di trecento chilometri a sud di Camp Emerson. Quella copia del *Saratogian* era stata stampata la quarta settimana in cui era ormai a piede libero; il titolo riferiva un possibile avvistamento nei pressi di Schoharie, nello stato di New York.

A fianco all'articolo c'era un diagramma, una specie di cartina che indicava i punti in cui si era certi che Sluiter avesse ucciso, e quello della sua precedente cattura. Tracy non poté fare a meno di notare due dei punti che il grafico aveva incluso nella mappa. Uno era la cittadina di Shattuck, che si trovava a meno di dieci chilometri da Camp Emerson. L'altro era la Riserva Van Laar. Tracy usò il dito, e la scala della cartina, per calcolare la distanza tra il punto dove si trovavano e quello in cui Sluiter era stato arrestato. Trenta chilometri, massimo quaranta. Poi tracciò una linea da Camp Emerson all'arresto e fino all'omicidio più vicino, anche quello distante trenta o quaranta chilometri, e il suo gesto produsse un perfetto triangolo isoscele, una freccia orientata verso est sulla cui punta c'era proprio Camp Emerson.

Tracy

Anni Cinquanta | 1961 | inverno 1973
giugno 1975 | **luglio 1975** | agosto 1975

Poi Tracy scoprì che Lowell Cargill non diceva tanto per dire. Dopo una settimana infinita si presentò sotto il portico di Abete balsamico impugnando la custodia della chitarra, e bussò alla porta. Andò ad aprirgli una delle Melisse, sconcertata. Quando Lowell chiese di Tracy, la bocca di Melissa si spalancò ancora di più.

Lowell suggerì di andare a fare le prove nell'anfiteatro e così Tracy si ritrovò a seguirlo muta attraverso tutto il campo. Cercò, senza riuscirci, di farsi venire in mente qualcosa da dirgli. Ma Lowell sembrava comunque a suo agio – fino a quando non arrivarono a destinazione. Si sedette su un ceppo e aprì la custodia della chitarra.

La prima volta che l'aveva sentito cantare Tracy aveva notato che non dimostrava il minimo imbarazzo, cantava davvero, certe volte a occhi chiusi, come se volesse tener fuori il resto del mondo.

Fu proprio ciò che accadde quel giorno. Attaccò la stessa canzone di Ian & Sylvia, quella che conosceva anche Tracy.

Ora che ce l'aveva di fronte era combattuta: una parte di lei si sforzava al massimo di non scoppiare in una risatina isterica, e per impedirselo iniziò a conficcarsi le unghie nel palmo. Ma un'altra parte trovava la passione di Lowell contagiosa e perfino attraente. Il suo viso intenso, dai magnifici lineamenti scolpiti, si muoveva con grande fervore, forse la cosa più erotica che Tracy, dall'alto dei suoi dodici anni, avesse mai visto.

«Okay» disse Lowell quando ebbe cantato tutta la canzone una volta. «Adesso te la insegno».

«La conosco già» rispose lei.

Provarono per un'ora – stavolta fu Tracy a insegnargli come tenere la nota mentre lei teneva la sua. A un tratto sentì la mancanza di sua madre – un'artiera fanatica di ippica, un maschiaccio, crudelmente sincera, alta, con i capelli rossi e le lentiggini come Tracy. Mangiava tutta scomposta, ingobbita sul piatto, rideva forte e camminava con gomiti e ginocchia snodati, dinoccolata, con un'andatura che a Tracy ricordava quella di una marionetta. Era graziosa solamente in groppa a un cavallo. L'anno dopo il divorzio dei suoi, quasi tutta la rabbia di Tracy era stata diretta verso sua madre, la cui vicinanza la rendeva un bersaglio facile. Ma in quel momento, dentro di sé, la ringraziò per una cosa sola: averle insegnato ad armonizzare.

Quella sera tornò al suo bungalow fluttuando come un fantasma. Quando entrò incrociò lo sguardo inquisitore di Barbara, che doveva aver saputo dov'era stata.

Tracy si sedette vicino a lei sul letto di sotto e fissò il pavimento.

«Cos'è successo?» sussurrò Barbara.

Sottovoce, Tracy le disse tutto.

Era la prima volta nella vita che sentiva di avere davvero una bella storia da raccontare. Una storia in cui la protagonista, l'ingenua, era proprio lei, Tracy Jewell. Mentre parlava, Barbara annuiva con aria saggia.

«Ti ha detto che vuole rivederti?» domandò.

«Sì» rispose Tracy.

Barbara ci rifletté. «Be', gli piaci» disse. «Fin qui mi pare ovvio».

Strano a dirsi, ma Tracy sapeva che aveva ragione. Su questo non c'erano dubbi: lei piaceva a Lowell Cargill.

«E adesso?» domandò Tracy.

Barbara si strinse nelle spalle. «Dipende da quanta esperienza ha» disse. «Forse ti inviterà alla festa. Oppure, la prossima volta che suonate insieme ci proverà».

Proverà cosa, si domandò Tracy, ma una parte di lei lo sapeva molto bene.

«Non hai paura, vero?» le chiese Barbara.

«No» disse Tracy. «Non ho paura».

Era pietrificata.

Seguì un lungo silenzio.

«Ascolti mai della musica?» domandò Barbara.

Ne ascoltava, ma non voleva parlarne con l'amica. Ascoltava la musica di sua madre, oppure gruppi e cantanti fotografati sulla copertina di *Tiger Beat*.

Barbara continuò, senza aspettare. «Baciare qualcuno – qualcuno che vuoi baciare, intendo – è come vivere dentro la canzone più bella che tu abbia mai sentito. È la stessa sensazione».

Più tardi, sul letto di sopra, Tracy tirò fuori il diario ed elencò tutte le cose che sapeva sul sesso.

Quali parti anatomiche riguardava: era la prima voce della lista.

Ciò che succedeva tra quelle parti: tecnicamente lo sapeva ma non riusciva ad afferrare bene la meccanica.

Si girò verso la finestra, la luna era quasi piena.

Era l'ultima cosa che ricordava di avere visto prima che, la mattina dopo, le svegliassero con una sirena.

«*Escursione di sopravvivenza*» sussurrò una delle Melisse, e intorno a Tracy le ragazze di Abete balsamico scattarono, pronte all'azione.

Sul letto di sotto, Barbara fu la prima a vestirsi e a uscire dalla porta.

Tracy

Anni Cinquanta | 1961 | inverno 1973
giugno 1975 | luglio 1975 | **agosto 1975**

Tracy sa da un'ora che Barbara è scomparsa. Fino a questo momento non ha dovuto mentire.

Le hanno fatto parecchie volte queste due domande: *Sai dov'è? L'hai sentita uscire?* A entrambe ha potuto tranquillamente rispondere: *No.*

Ora, senza i coordinatori che sono stati chiamati a effettuare le ricerche, i vice hanno il compito di far sì che tutti seguano le solite regole. Mentre si avvia verso la mensa, Tracy escogita un piano. Si attarda in coda al gruppo e poi si nasconde dietro un edificio. Aspetta, respirando forte, che le compagne di bungalow siano sparite.

Deve andare in un posto. Pensa che sarà una cosa veloce, un gioco da ragazzi – per vedere se può escludere il luogo dove pensa sia andata Barbara. Si ripromette che, se non la trova lì, confesserà alle autorità tutto quello che sa.

Non è una decisione da prendere alla leggera. Perché Barbara le ha fatto giurare di non raccontare nulla. E il fatto che abbia avuto fiducia in lei – in lei, Tracy! – al punto da confidarle un segreto così importante la spinge a detestare anche il solo pensiero di tradirla tanto facilmente.

Sa dov'è che va Barbara tutte le notti.

Anche se l'amica non le ha raccontato niente sul suo ragazzo, una volta le ha detto dove si incontrano: un capanno in cima al monte Hunt, un tempo utilizzato da uomini il cui compito era segnalare eventuali incendi boschivi nella zona circostante. Lì vicino c'è una torre di avvistamento antincendi da cui si gode di una vista perfino migliore. Di recente le due strutture sono rimaste vuote perché manca il personale. Ma sono entrambe comodi rifugi in caso di cattivo tempo. O come posti in cui incontrarsi di nascosto.

«Di *notte*?» aveva sussurrato Tracy incredula. E Barbara aveva riso.

«Lo sai quante volte sono salita su quella collina? Potrei farlo a occhi chiusi».

«Ma quanto ci vuole per arrivare su? E come fai a *vederci*?» aveva detto Tracy.

«Mezz'ora. Ci vado di corsa. E mi porto dietro questa». Barbara si era guardata intorno e aveva ficcato una mano tra il materasso e la rete. Ne aveva estratto una torcia – evidentemente sua, diversa da quella che dovevano usare di notte per andare ai bagni.

Oggi la teoria di Tracy è che Barbara si sia addormentata lassù; e vuole escludere questa possibilità. È convinta di riuscire a salire e a ridiscendere dal monte Hunt in un'ora e mezza. Tornerà in tempo per le attività mattutine – e, spera, con notizie di Barbara, o magari anche con Barbara in persona. Sa benissimo di mettersi nei guai, ma non le importa. E comunque Barbara è l'unico motivo per cui le piace il campo estivo.

Parte tutta determinata da dietro gli Alloggi del personale, diretta verso il bosco più vicino, la foresta fitta che si stende tra Camp Emerson e la Route 29, sperando di riuscire a procedere senza farsi vedere.

Non è fortunata: nel giro di venti secondi scorge Lee Towson, uno dei cuochi. È molto bello. In giro si dice che sia amico di Louise.

Trasporta due sacchi di spazzatura e cammina cautamente, senza fare rumore. Quando lo vede, Tracy sussulta e il movimento attira lo sguardo di lui.

Per un attimo restano lì a fissarsi. Poi Tracy si porta un dito alle labbra, sul viso un'espressione implorante, e Lee annuisce e continua per la sua strada.

Secondo Tracy, agosto nelle Adirondack non sembra affatto agosto. Immagina che a Long Island faccia un caldo tremendo. Lì nei boschi invece è piacevole. Pare impossibile aver sete: l'aria stessa sembra piena d'acqua fresca, ed è vellutata sulla pelle. Tracy cammina rinvigorita, attenta a muoversi all'interno della linea degli alberi. Cerca di tenere alla sua destra gli edifici di Camp Emerson.

A questo modo passano cinque minuti e poi si ferma di botto. Davanti a lei c'è il viale che si estende tra la Route 29 e Fiducia-in-se-stessi. Se vuole continuare dovrà attraversarlo, ma non può: vicino a lei sta passando lenta una fila di auto della polizia. Resta nella foresta oscura, in attesa.

Passano quattro auto, e poi cinque.

Incerta, sbircia da dietro un albero finché non può attraversare in tutta sicurezza. Poi entra nel bosco a nord.

Adesso non ha più una linea da seguire.

Alla sua destra, un lungo tratto di foresta si allunga verso Fiducia-in-se-stessi; alla sua sinistra, un altro si allunga verso la Route 29. Tra le cime di alcuni alberi vicini vede la vetta del monte Hunt. Se cammina dritto davanti a sé potrebbe arrivarci in dieci minuti.

Passa il tempo. Il terreno si inclina in una piccola valle e Tracy perde di vista la montagna; ma si ripete che se tiene il sole alla sua destra andrà tutto bene. Il problema è che sta diventando difficile capirlo. I boschi si fanno più fitti e le si stringono intorno. Il sottobosco, che vicino al viale era rado, in certi punti è ormai quasi impenetrabile. Ha già dei tagli sugli stinchi e sui polpacci.

Davanti vede che la terra si impenna ancora verso l'alto e questo la rassicura: secondo lei ha senso incontrare un declivio mentre ci si avvicina al monte Hunt. Sicuramente rivedrà presto la vetta.

Non ha neanche l'orologio. Più tardi capirà che sciocchezza ha commesso, quanto poco rispetto di quei boschi ha dimostrato di avere – credere di poterci entrare con indifferenza, senza orologio né bussola, senza pantaloni lunghi né acqua, trascurando tutte le cose che T.J. Hewitt ha insegnato loro con tanto scrupolo durante l'estate. Ma Tracy, che ha quasi tredici anni, oscilla tra un'estrema insicurezza e un'altrettanto estrema presunzione. Nessuna via di mezzo.

Nella sua testa, comincia a contare per capire quanto tempo è passato. Milleuno, milledue eccetera, finché non sono passati almeno dieci minuti senza vedere il monte Hunt né il sole.

Solo a quel punto Tracy riconosce cos'ha combinato. L'enorme errore che ha commesso.

Si siede – è troppo tardi. Ha camminato troppo. Ormai è quasi un chilometro che si è perduta.

Si siede lo stesso e nella mente sente la voce del coordinatore del primo giorno, la prima persona che le abbia mai rivolto la parola da quelle parti.

E si mette a urlare.

Judyta

Anni Cinquanta | 1961 | inverno 1973
giugno 1975 | luglio 1975 | **agosto 1975: giorno uno**

Judyta Luptack, nata e cresciuta a Schenectady, per anni non era mai stata la prima in niente. In famiglia era la terza dopo due fratelli e veniva prima del quarto. Negli studi, in genere, rimaneva nella media. Quando a ginnastica le chiedevano di partecipare a una corsa di solito arrivava tra i primi, ma non vinceva mai.

Quindi, quando il *Times Union* pubblicò quell'articolo provò una sensazione che non le era molto familiare. Orgoglio? Non esattamente. Più che altro sorpresa.

Ad Albany diplomate le prime agenti della stradale del paese, diceva il titolo. E sotto c'era una foto di loro quattro: Cindy, Linda, Niecy e lei – *Judyta Luptack, 21*, diceva la didascalia.

Suo padre si era girato verso sua madre. «Be', se proprio uno dei miei figli doveva finire sul giornale» aveva detto «mi fa piacere che il motivo sia questo». E i suoi non avevano aggiunto altro, a parte suo fratello Leonard che invece aveva cominciato a chiamare Judyta "la prima del paese".

Sono passati cinque anni e Judy – che ora ne ha ventisei – è molto brava. Ogni anno ha ottenuto i risultati che si è prefissa. Scrive dei rapporti belli e chiari; fa dei buoni arresti. È una che si dà da fare, mica una lumaca. (Secondo il suo ex sergente, gli agenti della stradale si dividono in queste due categorie). E l'anno scorso, dopo una serie di iniziative particolarmente valide, è stata promossa al Dipartimento di investigazione criminale dello stato di New York, diventando così la prima investigatrice dello stato.

Adesso, dopo aver completato i mesi di addestramento richiesti presso il Dipartimento, la prima del paese si trova in macchina sulla New York State Thruway insieme a un investigatore esperto. Lui si chiama Denny Hayes e – senza mai averlo esplicitamente dichiarato – sembra proprio essersi autoeletto mentore di Judy. In quanto tale, sono due settimane che la affianca sul lavoro. Judy sa benissimo di non essere l'unica fresca di nomina nel Dipartimento. Ma naturalmente tutti gli altri sono uomini.

Seduta accanto a lui, Judy accavalla e poi scavalla le gambe, non sa bene quale sia la posizione migliore per dimostrare di avere una natura completamente asessuata. (In realtà non lo è affatto, ma ha capito che sul lavoro essere ritenuta tale sarebbe molto più comodo). Se non altro adesso, in borghese, può indossare i pantaloni.

Vicino a lei, Denny Hayes fischietta. Fischietta parecchio. Lei l'ha inquadrato bene: sulla quarantina, padre, ex atleta, molto popolare alle superiori.

«La Riserva Van Laar» dice Denny tra una canzonetta fischiettata e l'altra. «Sarà molto interessante».

Quella mattina stavano andando a interrogare dei testimoni su un caso di furto aggravato a Long Lake quand'è arrivata una chiamata alla radio: una ragazzina di tredici anni scomparsa in una proprietà isolata sulle montagne vicino alla cittadina di Shattuck. La loro macchina era la più vicina, quindi saranno i primi investigatori del Dipartimento a rispondere.

«Conosci la famiglia Van Laar?» domanda Denny.

Lei dice che li ha sentiti nominare. (Ma non è vero).

«Ti ricordi la storia di quel ragazzino scomparso sulle montagne? È successo circa dodici o quattordici anni fa» continua.

Judy allora era una bambina. Ma ricordare alle persone quant'è giovane le sembra maleducato, quindi dice: «Ah sì, mi pare».

«Be', la cosa interessante» continua Hayes «è che hanno catturato il tizio che ha ammazzato il ragazzino. Un pervertito. Ma ormai è morto. E adesso dallo stesso posto scompare una ragazzina. Chi sarà stato stavolta?». Guarda Judy e le strizza l'occhio, come se le avesse appena raccontato una barzelletta.

Il paesaggio diventa sempre più rurale. Una volta passata al Dipartimento, Judy è stata trasferita alla squadra B, che ha il suo quartier generale a Ray Brook, nelle Adirondack. E sarebbe una cosa buona – anzi, addirittura preferibile – se non fosse che dopo due settimane dalla nomina lei abita ancora con i suoi a Schenectady e questo significa un avanti e indietro quotidiano che rasenta l'impossibile.

Da casa sua a Ray Brook ci vogliono due ore. Ma il trasferimento era l'unico modo per far carriera come investigatrice, come ha spiegato più volte ai suoi. Un giorno li convincerà della necessità di trovarsi una casa tutta sua, più vicina al lavoro; ma nessuno dei fratelli di Judy è mai andato a vivere da solo prima del matrimonio e quindi per ora lei pensa che sia meglio non scombussolarli troppo. Così sono quattordici giorni che punta la sveglia alle quattro del mattino e deve affrontare gli ululati dei suoi fratelli quando ne sentono il suono.

«Eccoci qui» dice Hayes.

Imboccano un lungo viale. A sinistra un gruppo di vecchi edifici agricoli che sembrano inutilizzati. Appare il declivio di un prato e a un tratto si trovano davanti una villa che sembra uscita da uno dei suoi manuali di storia, a scuola.

Mentre si fermano sente Hayes che la guarda di sottecchi. Che cerca di leggerle dentro.

Quello che il suo collega non sa è che Judy è abituata a stare in compagnia dei ricchi. Dall'età di dodici anni ha lavorato – prima in nero, poi in regola – all'Iroquois Golf Club, dove suo padre è ancora capo custode. Ha lavato i piatti, ha sparecchiato i tavoli e poi ha cominciato a fare la cameriera. Ogni tanto anche adesso riceve qualche telefonata da Chick Janowicz, il direttore, che le chiede di coprire un turno se c'è qualcuno che sta male. E ci torna ogni dicembre, per guadagnare qualche soldo in più lavorando alla loro complicata festa di Natale. Lo fa tutta la famiglia Luptack, perfino sua madre.

Hayes parcheggia sul prato, tutto storto. Alcuni agenti della stradale locale sono già arrivati. Ci sono anche quattro veicoli del dipartimento Ambiente e territorio, vuoti: guardie forestali che probabilmente sono già nei boschi a effettuare una ricerca preliminare.

Hayes li osserva un secondo. Poi dice: «Secondo te cos'è successo?».

Judy lo guarda.

«Fai un'ipotesi. Su quel che è capitato alla ragazzina».

«Oh» dice Judy. «Non saprei».

«Secondo me è scappata» dice Hayes. «Quando scompare una ragazzina di quell'età è quasi sempre perché è scappata».

Judy tace.

«Probabilmente mentre parliamo è già su una strada con il pollice in su. Speriamo di trovarla noi prima che la trovi un malintenzionato» conclude Hayes.

Poi, senza aspettare Judy, scende e si avvia verso l'agente più vicino, un tizio massiccio con le sopracciglia bionde, e gli tende la mano.

Judy esita. Scende, si gira lentamente osservando la casa, il lago in lontananza, i boschi circostanti. A sud c'è una specie di struttura, una scuola o un campo estivo: da quella direzione sente provenire delle grida e delle risate acute.

Quando ritorna, Denny Hayes le riferisce i dettagli del caso.

La scomparsa è la figlia dei Van Laar. Una ragazzina di tredici anni della stessa famiglia che più di dieci anni prima ha perso il figlio.

Hayes dice che si chiama Barbara Van Laar, che frequentava il campo estivo che si trova nella proprietà e che l'ultima volta è stata vista la sera prima in un letto del suo bungalow.

Le brevi dichiarazioni degli agenti non lasciano spazio a teorie o piste. La sua scomparsa sembra aver stupito tutti. Nessuno ha la minima idea di dove sia finita.

A complicare le cose, dice, c'è il fatto che adesso è scomparsa anche un'altra ragazzina: la sua compagna di letto, una certa Tracy Jewell, che non ha alcun rapporto con la famiglia. È stata vista l'ultima volta poche ore prima, mentre dal bungalow andava alla mensa per fare colazione. Sono stati avvertiti i genitori, che stanno arrivando.

Alla luce di queste due scomparse, i ragazzi del campo sono stati radunati nell'Aula magna, a cui sono stati assegnati due agenti. I genitori, una coppia dopo l'altra, sono stati chiamati e informati che devono venire a recuperare i figli. Ma con novantuno famiglie e solo due telefoni, il processo durerà parecchio. Nel frattempo, nessuno può entrare o uscire dall'Aula magna senza esibire un documento d'identità. Se necessario, i ragazzi i cui genitori non riusciranno ad arrivare a Camp Emerson in giornata potranno dormire lì, tutti insieme.

«Sai che la famiglia è contraria?» dice Hayes.

«Contraria a cosa?».

«A chiedere ai genitori di venire a recuperare i ragazzi. Due ragazzine scomparse, due episodi separati. E una delle due è figlia loro. Vorrebbero portare a termine il campo estivo. Non vogliono provocare nessun allarmismo ingiustificato».

*

Judy credeva che le sarebbe toccato seguire Hayes quel giorno, ma capisce subito che lui ha in mente di dividersi, per stilare due rapporti separati. Così possono coprire più territorio.

«Per interrogare le persone, puoi farle salire in macchina» dice. «Per avere un po' di privacy». Poi indica il campo estivo. «Lo vedi quell'edificio in lontananza? Quell'edificio lungo e piatto? Un agente con cui ho parlato sostiene che là dentro ci sia un posto adatto. Dice che i Van Laar sono già lì. Se hai bisogno di me, sarò là anch'io».

Si gira verso di lei e le strizza l'occhio.

«Ma non avrai bisogno di me, vero?».

«Vero» conferma Judy. Hayes le dà una pacca sulla schiena. Judy è già piuttosto stanca delle toccatine casuali da parte degli uomini che ha intorno, anche quando – come nel caso di Hayes – sembrano più paterne che lascive. Lui inclina la testa nella sua direzione.

«Stammi a sentire, tesoro» sussurra. «Alle cose toste ci penso io. Agli amici e ai coordinatori della piccola Van Laar. I genitori: se c'è qualcuno da tenere d'occhio, quelli sono loro. Tu occupati della gente qui alla villa. Degli elementi secondari, capisci? Non essere nervosa».

Judy muore dalla voglia di farsi da parte. Di scostarsi da lui. Invece annuisce.

«Ti ricordi cosa devi fare? Ti ricordi l'addestramento?».

Judy annuisce.

«Buona fortuna» dice Hayes e a grandi passi scende la collina verso il campo estivo.

Fuori dalla villa, che si chiama Fiducia-in-se-stessi, Judy Luptack osserva il batacchio di ferro a forma di moscerino.

Solleva e lascia ricadere tre volte il corpo dell'insetto, e nel toccarlo avverte un vago senso di schifo.

Dopo un istante viene ad aprirle una donna. Forse una cameriera, che la esamina un momento prima di parlare. «Prego?».

Per la prima volta Judy pronuncia ad alta voce le parole che è stata addestrata a ripetere: «Sono l'investigatrice Judyta Luptack. Sono qui per coadiuvare nelle ricerche di Barbara Van Laar».

Dentro la sala, sedute e in piedi, ci sono circa dieci persone divise in gruppetti. Non sono come i ricchi che ha conosciuto lavorando al golf club – quelli in genere sono uomini e donne più anziani in rigidi abiti formali che stanno seduti impettiti.

Qui invece sono tutti sbracati, in pigiama e vestaglia. Judy ha la sensazione che non abbiano la minima fretta di cambiarsi. Due signore indossano camicie da notte di seta e in trasparenza si distinguono i profili dei seni. Due ragazze più giovani – probabilmente due domestiche – si danno da fare in silenzio e raccolgono i residui di una festa.

Judy abbassa lo sguardo sul suo blocco, fa finta di essere molto impegnata e intanto si prepara per il primo testimone.

Ha già deciso chi sarà: un uomo anziano, il più somigliante a uno dei membri dell'Iroquois Golf Club. Ha i capelli bianchi, è alto ed è seduto su una panca bassa vicino alla porta ad allacciarsi un paio di grossi scarponi da montagna. Vicino a lui c'è una donna che potrebbe essere sua moglie.

Judy si avvicina, si ferma, si schiarisce la voce. La stanza le sembra silenziosissima. Le conversazioni si sono ammutolite.

La coppia non la sente, oppure non la considera.

«Scusi» dice Judy e a un tratto si sente di nuovo catapultata al suo lavoro al club.

Lentamente l'uomo alza lo sguardo.

«Posso rivolgerle qualche domanda?».

Jacob

Anni Cinquanta | 1961 | inverno 1973
giugno 1975 | luglio 1975 | **agosto 1975: giorno uno**

All'alba, entrando nel bosco che fiancheggia la Northway, aveva trovato un torrente e sentito l'impulso inspiegabile di seguirlo fino alla sorgente. In lui s'era risvegliato un ricordo quasi ancestrale: *conosceva* quel torrente, anche se non sapeva come mai.

Jacob non crede in nessun dio tranne se stesso. Però è superstizioso, incline a sposare l'idea che le coincidenze non esistono, che quando ci si imbatte nell'inatteso o nell'inquietante ciò che conta è spendere qualche minuto a riflettere sul *perché*.

Perché, si era chiesto, *ho incontrato questo torrente proprio nel bel mezzo del mio viaggio verso nord? Perché mi sembra così familiare?* In quella luce fioca, rifletté sulle possibilità che aveva: era il momento giusto di mettersi a dormire, ma il torrente lo attirava prepotente tra i boschi. *In fondo che male può farmi*, pensò, *seguirlo per un poco?*

A quel punto cominciarono ore di cammino e guado e di un leggero sprofondare, a tratti, nel terreno paludoso. Le scarpe si infangarono, si infradiciarono; doveva barattarle il prima possibile con quelle di un estraneo.

I boschi si diradavano: attraverso gli ultimi alberi rimasti intravide una strada di campagna che gli tagliava il passo. Il torrente che aveva seguito scompariva dentro un canale sotterraneo.

Attese un poco e poi – dato che non si vedevano auto – schizzò al di là della strada, trovò il canale dall'altro lato e proseguì.

E lì, proprio davanti a lui: una serie di piccoli bungalow, in successione, in due file che orlavano il torrente. Qui e là, il corso d'acqua era attraversato da ponticelli. Alla sua sinistra, degli edifici più grandi; e ancora più in là, una collina.

In un istante capì perché era attirato dall'acqua e perché l'aveva seguita fino a lì.

In quel posto c'era già stato.

Judyta

Anni Cinquanta | 1961 | inverno 1973
giugno 1975 | luglio 1975 | **agosto 1975: giorno uno**

Dopo aver chiesto al signore che ha di fronte qualche minuto del suo tempo, Judy Luptack aspetta una risposta.

Ricomincia. «Sono l'investigatrice Luptack. Sono qui per aiutare a localizzare Barbara. Posso...».

«Direi di no» risponde l'uomo. E le volta le spalle. Guarda fuori dalla finestra, verso gli alberi.

Per un attimo lei resta lì impalata, non sa cosa fare. Certi vecchi istinti le suggeriscono di lasciar stare – in fondo è il tipo d'uomo che avrebbe potuto servire al golf club. Quelli nuovi, invece, le dicono di essere più incisiva.

«Signore» dice. «Ci vorrà un momento. Solo qualche domanda».

«Aspetto il suo superiore» obietta l'uomo. «Non amo ripetermi».

«Non c'è nessun...» esordisce Judy. *Superiore* non è la parola giusta per la persona che sta sopra di lei al Dipartimento: si tratta di un *investigatore esperto*. Ma non le va di comunicare a chi ricopre quel ruolo – Denny Hayes – che ha già fallito.

Così si limita ad aggiungere: «Per favore».

Sentendo quelle due parole, e l'umiliazione nella sua voce, l'uomo abbassa appena le spalle. La guarda.

«Molto bene» dice. «Una cosa veloce».

«Possiamo andare nella mia macchina».

«Possiamo andare in cucina» dice l'uomo.

La cucina è gigantesca. Davanti a lei, a un tavolo enorme, è seduta la coppia anziana. Il marito, braccia incrociate e gambe accavallate, ha appoggiato la schiena alla sedia.

Judy stringe il blocco note. Non vuole metterlo sul tavolo; non vuole che quei due leggano al contrario cosa c'è scritto.

«Nome?» inizia.

«Peter Wallingford Van Laar Secondo» risponde l'uomo.

«Data di nascita?» domanda Judy.

L'uomo solleva un sopracciglio.

«23 febbraio 1898».

Judy annota tutto nel blocco a righe. E aggiunge: *Atteggiamento: teso.*

«Che relazione ha con la vittima?» domanda Judy.

«Vittima?».

«La signorina Van Laar» precisa Judy.

«Gradirei che evitasse di riferirsi a mia nipote come alla vittima» dice l'uomo.

Judy arrossisce. Ha ragione.

«Comunque, ecco la risposta» continua il signor Van Laar. «Sono il nonno. E questa è la nonna» aggiunge inclinando il capo verso la moglie. «La signora Helen Van Laar. Data di nascita 3 maggio 1898».

Judy annota doviziosa anche questi dati.

Poi si interrompe e aspetta che il suo addestramento le suggerisca come procedere.

«Potete dirmi qualcosa della vostra giornata, oggi? A che ora vi siete svegliati, e cos'avete fatto dopo?».

L'uomo fa un gran sospiro. È il genere di persona che comunica automaticamente disapprovazione. Appoggia le mani conserte sul tavolo.

«Signorina...» dice.

«Luptack».

Investigatrice Luptack, pensa Judy.

«Signorina Luptack, lei mi sembra piuttosto giovane» prosegue il signor Van Laar. La moglie gli lancia una rapida occhiata. «Quanti anni avrà... venti? Ventidue?».

E aspetta. *Ventisei*, pensa Judy. Ma non lo dice.

«Immagino che non faccia questo lavoro da tanto» continua il signor Van Laar. «Mi permetta di aiutarla».

«Peter» interviene la moglie – è la prima parola che pronuncia – ma il marito alza una mano nella sua direzione e lei ammutolisce.

«Nostra nipote è scappata» fa lui. «Lo so perché ha minacciato di farlo quasi ogni giorno, per due anni. In casa di mio figlio, "accontentiamo Barbara", "non facciamo agitare Barbara" è diventato sempre più l'unico argomento di conversazione. È una ragazzina di tredici anni che si comporta come la maggior parte delle tredicenni. Però peggio».

Si interrompe. Tossisce.

«Dov'eravamo noi stamattina non è un tassello importante del puzzle che lei sta cercando di risolvere. Quello che lei e i suoi dovete fare è spedire una bella squadra di ricerca in quei boschi. Perché in questo momento sono l'unico pericolo per Barbara, a parte Barbara stessa».

Si alza di scatto, poi abbassa gli occhi sulla moglie perché vorrebbe che lei lo imitasse. Lei esegue, ma con maggiore incertezza.

«Bene» dice il signor Van Laar. «È là che sto andando adesso, con dei cani. Ed è là che stavo andando quando lei mi ha trattenuto. Se lo annoti nel blocco. Nel caso i suoi superiori mi cerchino». E fa per uscire. Sua moglie guarda Judy un istante, poi lo segue con espressione imperscrutabile.

«Signore» dice Judy. La parola le esce di bocca prima ancora che abbia deciso cosa dire dopo.

Lui si ferma. «Cosa c'è?».

«È solo che... alla luce della scomparsa di suo nipote» dice

Judy. «... dovremmo trattare la scomparsa di Barbara con la stessa cautela».

L'espressione dell'uomo cambia completamente. Quella conversazione l'aveva solo irritato, ma adesso è infuriato. Apre la bocca per parlare e a Judy fa venire in mente un animale che scopre i denti.

«Non mi parli di mio nipote» dice. «Non lo nomini neanche».

E se ne va. La moglie lo segue.

Judy resta seduta un istante, da sola, nella grande cucina. Sembra che la sera prima ci sia stata una festa. Sul bancone ci sono dei contenitori di cibo aperti, cose che dovrebbero stare in frigo. Insalate, dessert al cioccolato.

Judy guarda il blocco. Cancella la parola *teso*.

Atteggiamento: ostile, scrive.

Nel lavello c'è un mucchio di stoviglie impilate in maniera precaria che a un tratto si sposta e il rumore echeggia assordante tra le pareti.

Judy non batte ciglio. Di solito trova confortanti i suoni delle cucine.

Sta pensando alla reazione eccessiva del signor Van Laar quando gli ha nominato il nipote. L'odio nei suoi occhi, il lampo dei suoi denti ingialliti. Ha già visto quell'espressione, in faccia a qualcun altro.

E adesso le viene in mente: forse, sulla faccia della moglie del signor Charles Hanover. A una festa di Natale del golf club di parecchi anni prima, aveva svoltato un angolo e sorpreso la signora Hanover che frugava metodica nelle tasche delle pellicce appese nel guardaroba. Ogni tanto pescava qualcosa, la esaminava e se la infilava nella borsa. Judy l'aveva osservata stupefatta fino a quando la signora non si era girata e l'aveva guardata negli occhi. Poi aveva sorriso, aveva preso la sua pelliccia, l'aveva indossata ed era uscita.

Judy si era precipitata in cucina alla ricerca di Chick

Janowicz, il direttore, che si era passato le mani sulle guance ed era rimasto per qualche secondo a fissare il pavimento. Poi aveva annuito ed era uscito, rassegnato al suo destino.

Dalla cucina Judy aveva sentito le urla di indignazione provenienti dall'ingresso. La porta a vento si era spalancata ed ecco gli Hanover, prima la moglie con un dito furibondo puntato verso Judy e un'espressione identica a quella del signor Van Laar quando aveva sentito nominare il nipote.

«Non hai la minima idea di cos'hai visto» aveva esclamato la signora Hanover. «Piccola...».

«Paulette» l'aveva ammonita il marito.

Il signor Janowicz aveva minacciato di chiamare la polizia e a quel punto la signora Hanover aveva accettato di aprire la borsa. Dentro c'erano cinque portafogli e due portasigarette. Gli Hanover erano stati banditi dal club, ma Paulette Hanover non era mai stata denunciata.

I ricchi, pensa Judy – lo pensava allora e lo pensa anche adesso – *in genere si arrabbiano molto di più quando capiscono che devono rispondere dei loro sbagli.*

Tracy

Anni Cinquanta | 1961 | inverno 1973
giugno 1975 | luglio 1975 | **agosto 1975: giorno uno**

Quel giorno impara la risposta alla domanda che si è fatta sin dall'inizio del campo estivo.

Cosa bisogna mettersi a urlare quando ci si perde? Le istruzioni ricevute non lo precisavano.

Così Tracy comincia a urlare: «Mi sono persa».

Lo urla a ripetizione, in una specie di litania isterica e poi, quando le viene in mente che deve stare attenta a risparmiare la voce, fa delle pause a intervalli sempre più lunghi.

All'inizio, mentre grida quella frase ridicola, trasuda umiliazione e imbarazzo, sicura di essere a due passi dal limitare del bosco, sicura che di lì a poco arriverà un ragazzino di dieci anni con l'uniforme del campo che pieno di disprezzo le indicherà la direzione giusta. Però continua a gridare, rassegnata al suo destino. *Meglio uscirne il prima possibile*, pensa.

È un po' che ha sete. Adesso le sta anche venendo fame. Basta questo a convincerla che forse è passato troppo tempo. E sta anche calando la luce? *Impossibile*, pensa. È partita che era mattina presto. Ma nei boschi il tempo sembra scorrere in maniera strana. È entrata in una realtà diversa da quella che conosce.

«Mi sono persa» urla, senza fermarsi.

Il mondo intorno a lei è verde e sfocato. Si maledice per la sua vanità, per l'orgoglio che le ha impedito di mettersi gli occhiali che le sono stati prescritti proprio quell'anno.

Non è più un'avventura. Alla fine arriva la paura vera e lei si mette a urlare. Non dice *Mi sono persa* o *Aiuto*; si limita a ululare, dei latrati rochi e primitivi intervallati ogni tanto da «*Mamma, papà*» – e la cosa la stupisce. Tracy si considera indipendente, nonostante l'età. E invece eccola lì, assetata, affamata, in lacrime, che invoca urlando i suoi genitori, i quali ormai non si rivolgono neanche più la parola.

Dopo essere andata avanti per un po', Tracy ammutolisce nel bel mezzo di un latrato per ascoltare, con tutto il corpo teso. Trattiene il fiato. Sente un rumore, sembrano dei passi.

Aspetta.

«Chi è?» dice.

Per un istante, nulla; poi risente il rumore.

«Chi è?».

Si alza da terra. Si gira piano. Finalmente nota una faccia che la sbircia da dietro un albero.

Poi compare qualcuno.

Louise

Anni Cinquanta | 1961 | inverno 1973
giugno 1975 | luglio 1975 | **agosto 1975: giorno uno**

Dietro il palco dell'Aula magna ci sono tre camerini improvvisati, un guardaroba e una porta che si apre verso l'esterno. Per il momento, gli agenti della stradale arrivati per primi sulla scena hanno trasformato la sala nel loro Posto di comando e il dietro le quinte funziona da stanze per gli interrogatori.

Dentro il primo camerino – il più piccolo –, seduta su una sedia di vinile, c'è Louise.

Un'ora prima, la sua vice – che si è accorta dell'assenza di un'altra delle loro ragazzine – ha corso come una pazza per tutto il campo urlando il suo nome e ha trovato Louise mentre stava andando dagli Alloggi del personale allo Chalet del direttore.

«È scomparsa anche Tracy!» le ha detto Annabel, senza fiato – e un agente lì vicino è intervenuto: «Chi?».

Sono state rapidamente accompagnate all'Aula magna da un drappello di agenti.

Più volte, lungo la strada, Louise ha cercato di intercettare lo sguardo di Annabel. *Ricordati*, voleva dirle con quelle occhiate. *Ricordati della promessa.*

Ma Annabel non l'ha guardata.

Adesso Annabel è nel camerino vicino a quello di Louise. Oltre la parete sottile che le separa, Louise sente dei suoni soffocati che forse sono singhiozzi.

Sente anche la voce infuriata di un'altra donna, e di un uomo; immagina che si tratti dei signori Southworth. I genitori di Annabel. Che questa settimana sono ospiti dei Van Laar.

Qualcuno bussa piano alla porta, che si spalanca prima che Louise possa rispondere.

Entra un uomo sulla quarantina, calvizie incipiente. Si ferma e la fissa un istante, come se si rendesse conto di qualcosa. Non porta l'uniforme, ma una camicia gialla a maniche corte con una cravatta rossa. Tiene appesa al gomito la giacca del completo marrone.

«Louise Donnadieu?».

Lei annuisce.

L'uomo sorride. È magro e senza muscoli.

«Ti ricordi di me?» dice.

Solo in quel momento Louise lo guarda in faccia e capisce che ha qualcosa di familiare.

«Denny Hayes» fa lui. «Vivevo a Shattuck. Conosco tua mamma».

«Oh» dice lei. «Signor Hayes».

Lui alza una mano e scuote la testa. «Per favore» dice. «Dammi del tu. Adesso sei una donna, no?».

Quelle parole la sconvolgono, anche se tecnicamente sono vere.

«Come sta?» dice Denny Hayes.

«Chi?».

«Tua madre».

Louise tace un istante. «Bene, immagino. Non ci parliamo molto».

Lui annuisce una volta. Ha voglia di cambiare argomento quanto lei.

Se Louise ricorda bene, Denny Hayes era uno dei molti uomini che giravano intorno a casa sua subito dopo che suo padre se n'era andato. Gli guarda la mano. Nota la fede. Se era sposato anche allora, lei non lo sa – ma la cosa non la stupirebbe.

Ormai nulla di quello che sua madre ha fatto o fa la stupisce più. Neanche quand'è rimasta incinta di Jesse che lei aveva undici anni. Neanche quando ha confessato di non sapere bene chi fosse il padre.

Dio, pensa Louise, *ti prego, fa' che questo tizio non sia il padre di Jesse.*

«E tu?» domanda Denny. «Sei sposata o cosa? Hai figli?».

«No» risponde Louise. «Lavoro e basta».

«Io ne ho due» dice Denny. «Un maschio e una femmina. Il terzo in arrivo. Me ne sono andato da Shattuck sette anni fa, quando mi hanno promosso. Adesso vivo a North Elba. Vicino al lavoro».

Louise annuisce.

«Ti dispiace se mi siedo?» dice Denny.

Il camerino è minuscolo e pieno di luce, le uniche due sedie sono fianco a fianco. I due inclinano imbarazzati le ginocchia per distanziarsi. Per i gusti di Louise, sono troppo vicini. Nello specchio lo vede frugarsi nel taschino alla ricerca di un taccuino e una penna.

«Allora» dice Denny. «Sei la sua coordinatrice, della ragazzina dei Van Laar?».

Louise annuisce.

«Hai qualche idea di dove potrebbe essere?».

«No» risponde Louise. Piano.

Denny le lancia un'occhiata. «La donna là fuori» dice controllando gli appunti. «T.J.? Quella con i capelli corti?».

«È la direttrice» dice Louise.

«Esatto. Sostiene che stamattina sei stata la prima a riferire la sua scomparsa. È vero?».

Louise annuisce.

Denny la guarda per un po'. Sta decidendo se dire qualcosa.

«Non te ne sei accorta?» domanda. «Non hai sentito la porta o qualcosa del genere?».

Louise si sente stringere la gola – anche se è impossibile che stia per scoppiare a piangere. Non riesce a ricordare l'ultima volta che le è successo.

«Sei stata nel bungalow tutta la notte?» la incalza Denny.

Louise apre la bocca per produrre una risposta ma non ne esce neanche un suono.

A quel punto Denny mette giù il taccuino. E delicatamente ci posa sopra la penna.

«Senti» dice. «In realtà non dovrei darti dritte. Ma lo voglio fare lo stesso, per una vecchia amica».

Si protende verso di lei e abbassa la voce.

«Non cacciarti nei guai» continua. «Non dire niente che poi non potrai ritrattare. Perché se racconti una bugia adesso» aggiunge «più tardi diventerà un problema».

Louise lo guarda. È a trenta centimetri dalla sua faccia. I baffi sembrano umidi.

«Nella stanza accanto c'è una ragazza» continua lui. «Lavora con te, credo. Dopo vado a parlarci. Se viene fuori che avete due versioni diverse, be', non farà una bella impressione. Arriveranno delle domande».

«Capisco» dice Louise.

«Quando ti ho conosciuto eri una ragazzina per bene» fa Denny. «Mi sei sempre piaciuta. Ho sentito che crescendo qualcuno ti ha dato filo da torcere, si dicevano in giro delle cose su di te eccetera. Io non ci ho mai creduto».

Louise aspetta. «Grazie» dice alla fine. In quel momento lo odia. Odia le sue insinuazioni. Perché quello che si diceva in giro di lei aveva a che fare con delle tresche inventate, con altri studenti. E una volta con un professore.

«Quindi voglio darti un consiglio».

Denny si alza e mette via taccuino e penna.

«Chiedi un avvocato. E non dire che sono stato io a suggerirtelo».

Louise parla senza riflettere.

«Ne ho già uno».

La fa sentire bene, pronunciare quelle parole e osservare la sua espressione farsi per un momento incerta.

«Okay, allora» dice lui. «Quindi non dovremo trovarti un pro bono. Dovesse essercene bisogno».

Lei lo guarda con occhi vuoti.

«Lo sai cos'è un pro bono?».

Silenzio.

«Un avvocato gratis» dice Denny. «O magari un difensore d'ufficio. Mi sembra che tu non ne abbia bisogno».

Solo in quel momento Louise si rende conto di cos'ha fatto.

Alice

Anni Cinquanta | 1961 | inverno 1973
giugno 1975 | luglio 1975 | **agosto 1975: giorno uno**

Una guardia forestale gentile ha messo un asciugamano sulle spalle di Alice; dopo un po' ne prende un altro e le mette intorno anche quello. È l'una del pomeriggio, Alice è seduta su una sedia da giardino in un punto soleggiato e rabbrividisce così forte che le battono i denti. Si ricorda che aveva fatto così anche quand'era scomparso Bear. Allora qualcuno le aveva spiegato che era lo shock.

«Non si preoccupi, signora» dice la guardia forestale accovacciandosi e mettendole una mano sul ginocchio. «La troveremo, okay? Siamo addestrati per questo».

Alice annuisce una volta. Vuole che l'uomo resti con lei.

Parecchie altre guardie forestali con i cani stanno pattugliando il campo estivo alla ricerca di piste. Prima le hanno chiesto di consegnare delle mutandine usate di Barbara per aiutare i cani. Lei ha guardato l'uomo che gliele chiedeva, orripilata, finché non si è scusato.

«Per i cani è l'indumento più utile» si è giustificato lui.

Alice non è riuscita a provvedere da sola e ha chiesto di chiamare una coordinatrice. Potevano frugarci da soli nelle cose di Barbara.

Ora Peter si trova in uno degli edifici del campo insieme a una detective. Le ha detto di non parlare con nessuno fino a quando da Albany non arriverà il capitano LaRochelle. Lo stesso che ha seguito il caso di Bear.

Peter si fida di lui.

O meglio, non si fida di nessun altro.

Alice guarda verso il lago. La verità è che non ha idea di dove possa essere Barbara. Tutti sembrano insinuare che probabilmente è scappata, ma Alice ha paura che possa trattarsi di qualcos'altro.

Barbara è sempre stata una ragazzina difficile.

Da piccola, ad Albany, faceva dei capricci così violenti che Alice aveva paura di cos'avrebbero pensato i vicini. A sei anni ancora non accennava minimamente a smettere: a placarla non servivano le urla, i tentativi di corruzione, le sculacciate e perfino gli schiaffi – Peter ci aveva provato, un rapido colpo sul viso quando la situazione sfuggiva veramente di mano. Ma Barbara si metteva a urlare ancora più forte, grida tremende che ti impedivano anche solo di pensare.

Bear non aveva mai fatto così.

Alla fine erano stati quegli episodi a convincerli a spedirla in collegio il prima possibile. A sette anni l'avevano iscritta alla Emily Grange, dove a detta di tutti non aveva mai creato problemi – almeno all'inizio.

Ma di recente c'era stata una novità.

A metà dell'ultimo anno scolastico avevano ricevuto una telefonata dalla direttrice della scuola, Susan Yoder. Una donna straordinaria – secondo Alice, lesbica – che passava per progressista. Alice non conosceva altre donne che si facevano chiamare "signora" indipendentemente dal loro stato civile. La signora Yoder aveva invitato lei e Peter al campus per un incontro di persona: non si erano mai sentiti rivolgere una richiesta del genere prima di allora.

Peter era scandalizzato. «Con la cifra che paghiamo» aveva detto «credevo che questa persona fosse in grado di capire che razza di pretesa sia chiedere a un uomo di sottrarre del tempo alla sua giornata lavorativa».

*

La signora Yoder aveva iniziato la conversazione con un commento sulla "compassione" – parola che usava di frequente – e che prima di quel giorno Alice non aveva mai sentito pronunciare nel bel mezzo di una conversazione.

Poi aveva proseguito descrivendo il comportamento di Barbara all'interno della scuola, comportamento che lei definiva "inappropriato".

«Di recente» disse la signora Yoder «è stata... scoperta in camera sua insieme a un ragazzo del paese».

Vicino ad Alice, Peter strinse ancora più forte il bracciolo della poltrona.

«In che stato» disse.

«Prego?».

«In che stato era mia figlia» disse lui «quand'è stata sorpresa?».

«Oh» rispose la signora Yoder, arrossendo. «Era vestita e tutto quanto».

«Ma» disse Peter.

«Ma... be', la realtà è che non possiamo essere sicuri di cos'ha combinato prima che nella stanza entrasse la signora Burke. Un ragazzo nella camera di una ragazza, senza supervisione, è... certamente non è l'ideale».

E fece un sorrisino nel tentativo di dissipare un po' di tensione. *Sono ragazzi!* sembrava voler dire la signora Yoder.

Ma Peter rimase di pietra. Alice aveva capito che nella sua testa stava prendendo forma una decisione.

«Signor Van Laar, mi permetta di rassicurarla, non siamo troppo preoccupati. Questo comportamento è abbastanza normale per una ragazzina dell'età di Barbara» continuò la signora Yoder. «Vogliamo solo essere sicuri...».

Peter la interruppe.

«E chi sarebbe il responsabile di questa disattenzione?».

La signora Yoder si accigliò, confusa. «Quale...».

«Chi è il responsabile, chi ha permesso che il ragazzo entrasse nel dormitorio?».

«Be', Barbara» rispose la signora Yoder.

Per un attimo Alice ebbe paura. Peter era capace – non spesso, ma comunque – di esplosioni di rabbia. In quel momento però lasciò che le parole della signora Yoder restassero sospese nell'aria.

«Chi è il ragazzo?» chiese poi.

«Non saprei dire come si chiama» rispose la signora Yoder. La sua espressione era leggermente cambiata, aveva assunto un'aria sprezzante. Forse anche lei aveva un brutto carattere? si domandò Alice. In genere la preoccupava talmente quello di Peter che di rado le succedeva di far caso a quello degli altri.

«Quanti anni ha?» domandò Peter.

«Non saprei dire» rispose la signora Yoder. «Ma la signora Burke della West House non sembrava preoccupata, se è questo che vuol sapere».

Peter non aveva finito. «Me lo descriva» intimò.

La signora Yoder sospirò. «Non c'ero, non l'ho visto. Ma la signora Burke ha detto che era magro e con i capelli scuri». Aggiunse che l'aveva visto solo di schiena perché era scappato dalla finestra – la camera di Barbara era al primo piano – ed era corso verso i boschi prossimi alla scuola.

«Cosa indossava?» chiese Peter.

«Temo di non saperlo».

«Ha detto niente?».

«La signora Burke non me ne ha parlato».

«E Barbara?».

«Ha detto che era un amico che stava in città».

Peter sbuffò. Poi calò un lungo silenzio.

Alice si concentrò sugli oggetti presenti nella stanza. Una statuetta di marmo della dea della Giustizia, bendata. Sugli scaffali, una serie di libri bene ordinati, senza sovraccoperta e divisi per altezza. Sulla parete, la foto incorniciata di una squadra di hockey femminile di molti anni prima. *Forse la squadra della signora Yoder quand'era giovane*, pensò Alice.

Non si era accorta che Peter si era alzato. «Grazie, *signorina* Yoder» disse.

La donna si accigliò.

«Temo che la discussione non sia finita qui» disse. «In situazioni del genere, di solito si prendono dei provvedimenti disciplinari».

«Faccia lei» rispose Peter. «Alice, andiamo».

Alice si alzò. Ma prima che uscissero la signora Yoder parlò ancora.

«Signora Van Laar» disse guardando proprio lei. Con aria eloquente. «Ha delle domande da farmi?».

Anche se Alice avesse avuto delle domande, non sarebbe riuscita a formularle. Così scosse la testa e in silenzio seguì il marito fuori.

Mentre raggiungevano la macchina, Alice gli chiese se voleva aspettare Barbara e parlare direttamente con lei. Peter scosse la testa.

«Tanto mi mentirebbe» disse. «Ed è una cosa che non tollero».

In macchina, tornando ad Albany, tacque mentre Alice, seduta lì accanto, si tormentava in cerca di qualcosa da dire.

Di recente si era accorta di aver adottato l'atteggiamento della madre di Peter, che nella maggior parte delle occasioni si sedeva in disparte con un sorriso grazioso e lasciava che fosse il marito a gestire la situazione. Quando l'aveva conosciuta, Alice si era interrogata sulla sua intelligenza. Ma nelle rare circostanze in cui si erano ritrovate sole, la signora Van Laar aveva dimostrato una capacità di conversazione molto superiore a quella del marito. A modo suo sapeva anche essere spiritosa.

«È presto per il fogliame autunnale» disse alla fine. E Peter concordò con lei.

Quella sera Peter andò da Alice e le disse di aver preso una decisione. La scuola Emily Grange non era in grado di gestire Barbara. Dovevano iscriverla da qualche altra parte.

Più tardi, dopo essersi consultato al telefono con un amico, emerse dalla sua stanza con un annuncio. L'anno successivo avrebbero mandato Barbara a Élan, una scuola per ragazzi con problemi di disciplina che si trovava nel Maine. Disse che avevano un "programma di condizionamento comportamentale".

Avrebbero trascorso l'estate insieme alla Riserva e poi Barbara sarebbe partita.

«Dillo tu a Barbara, ti dispiace?» disse in tono indifferente. Alice sussultò.

«L'idea non le piacerà».

«Non importa» proseguì Peter. «Quel che conta è metterla sulla strada giusta. Impedirle di commettere un errore irreversibile. Prova solo a immaginare» continuò, ma poi si interruppe.

Alice capì. Un ragazzo nella camera di Barbara alla Emily Grange implicava la possibilità del sesso – se non l'aveva già fatto, presto sarebbe accaduto. E il sesso significava la possibilità di una gravidanza.

Prima di sposare un Van Laar, Alice non aveva mai incontrato una famiglia così ossessionata dalla propria reputazione. Peter gliel'aveva spiegato una volta, in maniera concisa, quand'erano più giovani e Bear aveva quattro o cinque anni.

«Una banca è un'attività fondata sulla fiducia» aveva detto. «Se vogliamo che i clienti si fidino delle nostre decisioni riguardo ai loro soldi, allora devono fidarsi del nostro giudizio in ogni ambito». Secondo Peter era uno dei motivi per cui Peter Uno aveva fondato la Riserva e Camp Emerson; il loro interesse per l'ambiente era sincero ma era anche una scelta avveduta, perché avrebbe migliorato la loro reputazione nella zona. Le amicizie che si erano coltivati nel tempo con persone con ottimi agganci erano altrettanto avvedute. Accorte. I Van Laar erano molto attenti a selezionare chiunque entrasse nelle loro vite e irremovibili con coloro che decidevano di tagliare fuori.

Il fatto era che Alice non aveva ancora informato Barbara dei loro progetti per l'autunno. Ogni volta, quando rifletteva sulla confusione che avrebbero suscitato, si fermava. Barbara si sarebbe infuriata e avrebbe fatto una scenata. In lei c'era qualcosa di violento, qualcosa di intrinsecamente aggressivo che Alice aveva notato sin da quand'era nata. A parte i capricci che aveva fatto da bambina, la Barbara adolescente sembrava sempre corrucciata, sempre pronta a sferrare un pugno brutale al minimo equivoco.

Quindi, quando chiese di trascorrere l'estate a Camp Emerson, nella testa di Alice quella diventò l'ennesima scusa per rimandare l'annuncio.

Poi decise di dirglielo alla fine dell'estate. Era l'opzione migliore, pensava Alice. Una cosa veloce e netta e poi partenza per Élan. Forse poteva comunicarglielo addirittura una volta in macchina con le valigie pronte per il rientro alla Emily Grange. Quando fossero state sicure a bordo, con l'autista al volante.

Aveva pianificato tutto.

Barbara, le avrebbe detto – a bassa voce. *C'è stato un cambio di programma.*

*

A un tratto Alice viene strappata ai suoi pensieri da un rumore in lontananza.

Sembra una ragazzina che urla.

«Lo sentite anche voi?» dice.

Gira la testa ma la guardia forestale incaricata di badare a lei non c'è più.

Judyta

Anni Cinquanta | 1961 | inverno 1973
giugno 1975 | luglio 1975 | **agosto 1975: giorno uno**

Dalla finestra della cucina Judy osserva i vecchi signori Van Laar attraversare il prato in direzione dei boschi. Lui ha una falcata rapida e aggressiva; lei lo segue affannata, ogni due o tre passi deve accennare una corsetta per tenergli dietro. *È come se agli uomini di quel genere non piacessero le loro mogli*, pensa Judy. Era così al club, e anche qui. Invece suo padre – che con i figli è severissimo – non solo rimette ogni decisione a sua madre, ma praticamente la venera. Una volta, al loro venticinquesimo anniversario di matrimonio, le ha letto una poesia tremenda scritta da lui, con il foglio che vibrava nelle mani tremanti, mentre Judy e i suoi fratelli cercavano di non mettersi a ridere.

Ancora una volta Judy raccoglie le energie prima di girarsi verso la grande sala con il caminetto. Lì intorno ci sono ancora uomini e donne giovani, non molto più grandi di lei. Non sa bene che ruolo abbiano di preciso nella vicenda, ma sa che è suo compito scoprirlo. Trova che siano tutti vestiti in maniera informale e quindi inappropriata, e che abbiano un atteggiamento offensivamente rilassato.

Esita un secondo, con gli occhi sul blocco come se stesse leggendo un appunto importante.

«Agente» dice una voce femminile, in tono ironico e derisorio.

Investigatrice, pensa lei prima di voltarsi. Una ragazza stesa su un divano, con i piedi appoggiati allo schienale, la guarda. Tiene la testa in grembo a un ragazzo. Ha l'aria familiare – un'attrice? Una cantante? Judy ha la sensazione di averla vista alla televisione.

«Quale sarebbe la vostra teoria?» dice la ragazza.

Il giovanotto su cui riposa si mette una mano sulla bocca, come se volesse soffocare una risata.

Judy la ignora e abbassa di nuovo gli occhi sul blocco.

«Chi sarebbe il principale sospettato?» continua la ragazza, mettendosi a sedere.

«Chiudi il becco, Polly» dice un'altra ragazza all'altro capo della stanza, una riccia che si strofina gli occhi pieni di sonno.

Polly guarda il giovanotto vicino a lei. «Perché ridi?».

«Per come l'hai detto» risponde lui. «Eri così... presa!». E si lascia scappare la risata che stava reprimendo.

«Scusi» dice poi guardando Judy. «So che è una faccenda seria. È che ieri sera ho bevuto troppo».

«A me interessa» riprende Polly. «Vorrei saperne di più».

Judy detesta quella gente. E poi ripensa al suo addestramento e si sente in colpa per la facilità con cui sta cedendo all'odio.

Senza batter ciglio, quasi stupita di se stessa, attraversa la sala ignorando tutti e imbocca un corridoio. Prima di interrogarli deve mettere in ordine i pensieri.

Una parte di lei sa che sta camminando in quella direzione, allontanandosi dalla gente che dovrebbe interrogare, per curiosità personale – si è sempre chiesta come siano le case delle persone che serve al golf club, e questa, ne è sicura, è perfino più imponente – ma si ripete che se viene sorpresa da un collega ha tutto il diritto di dirgli che sta semplicemente cercando altri soggetti da interrogare.

Nel corridoio, alcune porte sono aperte e altre chiuse. Si limita a quelle aperte, infila dentro la testa e bussa piano.

Sono quasi tutte in disordine. Letti sfatti, valigie spalancate con il contenuto che trabocca.

In una trova un uomo ancora addormentato, che russa forte

apparentemente inconsapevole o disinteressato alla confusione che regna nella proprietà.

Prosegue. La porta successiva è chiusa ma non a chiave.

Lei appoggia un dito e spinge. Dentro, un vago odore di vernice fresca. Le pareti sono di un rosa pallido che le suscita una smorfia.

Sul pavimento c'è una valigia aperta.

Judy avanza incerta, mettendo tutto il peso sui talloni.

Dentro la valigia ci sono oggetti femminili ammassati senza cura: vestiti, sottovesti, tacchi alti e un bikini arancione vivo, ancora umido dopo un bagno. Judy – essendo molto ordinata – deve reprimere l'istinto di appenderlo da qualche parte.

Appare chiaro che le pareti della stanza sono appena state ridipinte, e in tutta fretta. Un piccolo gesto da parte dei padroni di casa per far sembrare tutto a posto prima dell'inizio dei festeggiamenti, ipotizza Judy. Probabilmente sua madre avrebbe fatto lo stesso.

I suoi pensieri sono interrotti da un rapido bussare alla porta d'ingresso. Le voci nella sala grande ammutoliscono.

Judy va a investigare.

Louise

Anni Cinquanta | 1961 | inverno 1973
giugno 1975 | luglio 1975 | **agosto 1975: giorno uno**

Poi si scopre che Annabel ha una versione diversa.

Sola nel suo camerino – Denny Hayes si è congedato e le ha detto di aspettare –, Louise non sente più quegli incomprensibili scoppi d'angoscia che hanno punteggiato i primi trenta minuti trascorsi lì dentro. Al loro posto, ogni tanto sente Annabel ridere. Adesso è calma. Fuori pericolo. Denny Hayes sta facendo lo spiritoso con i suoi genitori.

Che frignona, pensa Louise. *Che spiona.*

Non ha il minimo dubbio: Annabel ha parlato.

Finalmente qualcuno bussa.

Denny Hayes entra senza aspettare risposta. In mano ha qualcosa che Louise riconosce.

Non dice niente. Appoggia il sacchetto di carta marrone sulla postazione trucco a sinistra di Louise. Poi si siede di fronte a lei e la guarda in silenzio.

Louise si spazza via dal grembo dei frammenti d'unghia.

La puzza del vomito di Annabel dentro il sacchetto delle patatine arriva fino a lei, e ha un conato. Ma cerca di dissimulare.

Ma perché diavolo, pensa, *ho incaricato proprio lei di eliminare quella prova? Perché non ci ho pensato io?*

Denny si schiarisce la voce.

«Ho trovato il tuo sacchetto» dice.

Louise fa una mezza risata. «È di Annabel».

«Non è quello che sostiene lei».

Louise ci mette un attimo a capire. Si aspettava che Annabel cedesse – che confessasse che erano state tutte e due fuori quella notte, che era uscita a far festa mentre avrebbe dovuto sorvegliare le ragazzine. Che si era ubriacata e aveva fumato. Che la mattina dopo aveva vomitato. Louise non ne sarebbe rimasta stupita. Le Annabel cedono sempre.

Però non si aspettava quella bugia clamorosa.

«Annabel ci ha raccontato della tua serata» dice Denny.

«La *mia* serata?» fa Louise. «E della *sua*, Annabel ha detto niente?».

Denny si alza e si avvicina allo specchio, apre il sacchetto. A Louise viene ancora da vomitare. Invece Denny non tradisce nulla. Se l'odore lo disgusta, non lo dà a vedere.

Dal sacchetto tira fuori la bottiglia di birra, il mozzicone di uno spinello e un sacchetto più piccolo che contiene della polvere bianca. In quantità considerevole.

«Ma che roba è?» fa Louise. Però lo sa; certo che sa cos'è. Esce con John Paul da quattro anni. Ed è da quasi altrettanto tempo che quella sostanza è per loro due oggetto di discussioni.

«L'hai trovata qui» dice Denny «oppure a Shattuck?».

«Non è mia» afferma Louise. «Se era là dentro ce l'ha messa Annabel».

Louise sta cominciando a capire che Annabel non è la ragazzina innocente che aveva creduto.

«Non ho mai sniffato coca in vita mia» aggiunge.

Denny fa una pausa. «Eppure sai com'è fatta».

Louise tace.

«L'avvocato di cui parlavi» dice. «Riesci a contattarlo?».

Accompagnata da Denny Hayes, Louise risale lentamente la collina verso la villa. Le manca il fiato ed è una sensazione che non conosce: anni di lunghe corse su per pendii scoscesi le hanno rallentato i battiti cardiaci e le hanno conferito un atteggiamento che in genere è calmo. Ma adesso respira in fretta, le narici dilatate e le ascelle umide.

Pensa che John Paul le deve almeno questo.

Quattro anni insieme. Quattro anni della sua vita. Il loro è un rapporto serio, si ripete. E fa bene a fare quel che sta per fare. Non è una cosa strana chiedere aiuto al proprio fidanzato in caso di emergenza.

Ecco qual è la sua intenzione: in cima alla collina, vuole bussare al grande portone di Fiducia e chiedere di parlare con John Paul McLellan.

John Paul, il cui padre fa l'avvocato.

Quando Denny le ha chiesto dove stavano andando lei ha omesso i dettagli. Ha detto solo che su alla villa c'era un suo amico di famiglia.

«Davvero?» ha chiesto Denny. Era scettico.

Davanti alla villa si è radunato un gruppetto di ragazze dell'età di Louise, che parlano a voce bassa. La guardano di sottecchi. Per via dell'uniforme da coordinatrice.

È Denny che solleva il batacchio di ferro a forma di moscerino e lo fa sbattere sulla porta tre volte.

Louise è dietro di lui con il cuore a mille, e ripete tra sé le prime parole che dirà.

Dopo un attimo viene ad aprire una giovane donna con addosso una specie di camicia da notte di seta. È di una bellezza sconvolgente e Louise sbatte le palpebre cercando di capire se è famosa.

Anche Denny sembra confuso. Per un attimo resta lì impalato, a bocca aperta.

«Sì?» dice la donna.

Con piglio melodrammatico Denny fa un passo indietro e un ampio gesto con la mano, come a dire a Louise che tocca a lei.

«C'è John Paul?» chiede Louise. «John Paul McLellan?».

La donna la fa entrare. Louise è a disagio. Si sistema i pantaloncini dell'uniforme che le risalgono le gambe.

«Padre o figlio?» domanda la donna. Nella sua voce Louise coglie un accento. Forse italiano.

«Figlio» risponde.

La donna annuisce e scompare in un corridoio. Louise chiude gli occhi e immagina cosa dirà quella persona – *C'è una* coordinatrice *per te, John Paul*, con una specie di ghigno sul bellissimo viso – e per un istante prova una gelosia istintiva. Nonostante tutto.

Nota che Denny Hayes si tiene a distanza, per rispetto.

Non ricorda molto di lui nell'anno o negli anni in cui usciva con sua madre, ma pensandoci in effetti le viene in mente che era gentile. O almeno non crudele.

Si domanda se in quel momento anche Denny, come lei, davanti alla facciata maestosa di una casa in cui non sono i benvenuti, si senta piccolo piccolo.

Ecco dei passi: la donna ritorna insieme a John Paul. Si chiede quanto si ricorderà della notte prima. In altre occasioni, dopo un litigio, è stato contrito, conciliante, ha giurato di smettere di bere e poi ha ricominciato con entusiasmo nell'istante in cui ha ritrovato i compagni di scuola.

Spera che quella mattina vada com'è sempre andata. Spera che si senta più in colpa che arrabbiato, per la notte prima.

Ma quando i passi in corridoio si fanno più vicini e poi si fermano, vede che la persona che è arrivata non è John Paul.

Ma suo padre.

L'avvocato McLellan è preoccupato, pallido, molto diverso da com'era l'ultima volta, oltre un anno fa; allora era brillo, tutto rosso e tracannava liquori forti in un ristorante scelto da John Paul. Quand'erano arrivati Louise aveva capito che i McLellan non si erano aspettati di incontrarla. Aveva creduto che lo scopo della cena fosse annunciare il loro fidanzamento, ma l'argomento non era mai venuto fuori e tornando a casa infatti avevano litigato. In quell'occasione il padre era stato carino – più della moglie e della sorella, almeno. Ricorda che i McLellan avevano parlato tutto il tempo di politica – di cui Louise qualcosa sa, in effetti. Anzi, in proposito ha opinioni ben precise. Ma nessuno l'aveva interrogata in merito.

Lì davanti a lei, l'avvocato McLellan non dà segno di riconoscerla. Ha un'espressione vuota.

«Avvocato McLellan» inizia Louise. E poi non riesce a dire altro.

«Sì?» fa il padre di John Paul, distrattamente. «Cosa posso fare per lei?».

«Non so se si ricorda di me» dice Louise. «Sono... conosco John Paul».

McLellan la guarda con la testa appena inclinata. Cerca di ricordarsi di lei ma non ci riesce. E poi, dopo un istante, la sua espressione cambia.

«Oh cristo» esclama. Ma a bassa voce, e lo sente solo lei. «Sei tu il motivo per cui se n'è andato?».

Louise sbatte le palpebre. «*Andato?*» ripete. Ma l'avvocato McLellan la ignora.

«Eri con lui?» domanda.

A quelle parole lei esita – non per paura, ma perché è confusa. «Più o meno. Per un po'».

L'avvocato McLellan sembra impaziente.

«Ecco cosa so» dice. «Aveva un'aria spaventosa quand'è entrato in casa a notte fonda. Noi eravamo tutti in sala a chiacchierare quando è arrivato: aveva la faccia distrutta, ha rischiato la vita. Gli sanguinava un labbro. Ci ha detto qualcosa di una ragazza – immagino sia tu – e poi si è avviato barcollando in corridoio. Ubriaco marcio». L'avvocato McLellan scuote la testa disgustato. «Ed è successo tutto davanti ai nostri *amici*. Poi stamattina non c'era più. Nessuna traccia di lui né della sua macchina».

La guarda come se si aspettasse delle scuse. Quando vede che non ne arrivano, continua.

«C'è qualcosa che dovrei sapere di ieri notte? Se sì, voglio sapere tutto. Subito».

«No» dice Louise. «Cioè, non proprio. Abbiamo litigato. Lui...». E tace perché deve scegliere le parole. *Mi ha minacciato*, vorrebbe dire. «Era arrabbiato con me. Il mio amico è dovuto... intervenire. È per questo che John Paul si è fatto male».

«Il tuo amico» ripete l'avvocato. E la guarda.

«Non so dove sia John Paul» dice Louise. «Sono venuta a cercarlo. Gli devo parlare. Non avevo la minima idea che se ne fosse andato».

L'avvocato McLellan annuisce lentamente. Louise nota che i suoi occhi sono molto simili a quelli di John Paul: un verde chiaro chiaro, che alla luce del sole è bellissimo. Ma quelli dell'avvocato McLellan sono solcati da capillari che sembrano moltiplicarsi con il procedere della conversazione.

«Lo capisci cosa penseranno?» dice a Louise in tono basso e maligno. «Adesso che è scomparso. Lo capisci cosa penseranno, visto che è scomparsa anche Barbara?».

Louise ha capito. Perché l'ha pensato anche lei.

Denny si schiarisce forte la voce, è pronto ad andarsene.

L'avvocato McLellan fa come per tornare dentro ma si ferma.

«Ti arrestano per qualcosa?» dice.

«Sì» risponde Louise.

«Cosa?».

«Droga» dice Louise. «Ma non è mia».

Per un attimo le passa per la testa la vaga speranza che l'avvocato McLellan si offra di assisterla.

Ma McLellan si limita a fare un passo indietro e sprofonda nelle ombre della casa, come attirato da una forza invisibile.

«Buona fortuna» dice, si gira e lascia che la porta gli si chiuda alle spalle.

Tracy

Anni Cinquanta | 1961 | inverno 1973
giugno 1975 | luglio 1975 | **agosto 1975: giorno uno**

La figura sconosciuta non parla. La figura sconosciuta resta a dieci metri da lei. Senza occhiali, per Tracy tutto quello che si trova a più di sei metri è sfocato.

«Ciao» dice Tracy.

La figura che ha davanti non risponde. Però si porta un dito alle labbra, fa un gesto – una specie di onda come ad attirarla a sé – e poi si mette a camminare silenziosa nella direzione da cui apparentemente è venuta.

I suoi capelli grigi luccicano nella luce fioca che filtra dagli alberi soprastanti. Si muove come un fantasma e per un istante Tracy pensa a Scary Mary – uno dei leggendari spettri della Riserva – che viene sempre descritta così. Una signora dai capelli grigi, immobile nei boschi. I ragazzi del campo hanno riferito di averla scorta solo in lontananza; poi si allontana sempre.

Il problema di quella teoria è che la figura sconosciuta secondo Tracy cammina più come un uomo che come una donna.

La figura si gira e aspetta. Tracy riflette se fermarsi. Ma la fame e la sete l'aiutano a prendere una decisione. E così avanza in direzione della figura.

Camminano forse per venti minuti, Tracy sempre dietro. Non sa se la figura la stia guidando verso la salvezza o il pericolo.

E poi vede una radura tra gli alberi e a un tratto ritrova l'orientamento.

La figura indica muta la direzione di Fiducia e poi arretra di nuovo nella foresta.

Davanti a Tracy, sul prato, un brulichio di attività. Tutte le auto della polizia che quella mattina hanno attraversato la strada mentre se ne andava, adesso sono parcheggiate un po' a caso sul prato, insieme a quattro pick-up e a un'ambulanza. Tracy si chiede se nella confusione che circonda la scomparsa di Barbara ci sia la possibilità che la sua assenza sia passata inosservata. Con questa idea in testa punta a sud e inizia a camminare verso Camp Emerson. Tiene la testa bassa e accelera il passo.

È quasi arrivata alla cresta che poi precipita bruscamente verso il campo quando sente le urla di una donna. «Eccola!».

In quella voce c'è qualcosa di familiare.

«Barbara?» grida qualcuno.

«No» urla di rimando la donna. «Tracy! Tracy è tornata».

E a un tratto, la schiena rivolta verso Fiducia, Tracy si rende conto del perché le sembra di conoscere quella voce: appartiene a Donna Romano.

Judyta

Anni Cinquanta | 1961 | inverno 1973
giugno 1975 | luglio 1975 | **agosto 1975: giorno uno**

Per cinque minuti Judy è rimasta in piedi in un angolo della sala a guardare un uomo di mezza età parlare a bassa voce con una giovane sulla porta d'ingresso. La donna è bellissima e minuta, ha lunghi capelli scuri con la riga in mezzo. Indossa una polo di Camp Emerson e guarda l'uomo alto davanti a sé con un'aria quasi disperata. Judy non sente cosa si dicono.

La ragazza fa un passo indietro, l'uomo anche, la porta si chiude. Un istante dopo entra Denny Hayes. Incrocia il suo sguardo e le fa cenno di avvicinarsi.

«Stammi a sentire, tesoro» dice Hayes quando ha Judy davanti. «Ho con me la coordinatrice di Barbara Van Laar. La devo portare al commissariato di Wells. Per vedere se riesco a cavarle altro. Torno tra un'ora o due».

Lei si acciglia. Le sembra strano.

«Non ti preoccupare» dice lui. «Non resterai sola per molto. Sta arrivando un'altra decina di agenti del dipartimento. Viene anche il capitano, da Albany».

Poi sgrana gli occhi. «La famiglia ha gli agganci giusti. Insomma, lo sai».

Lei annuisce.

«Chi era quell'uomo?» domanda. «Quello sulla porta».

Denny guarda il suo blocco e cerca il nome. «John Paul McLellan padre» dice. «L'avvocato dei Van Laar. La ragazza diceva di essere un'amica di famiglia».

Denny e Judy si scambiano un'occhiata, registrando l'improbabilità di quell'affermazione.

«Cos'hanno detto i genitori?».

«I genitori?» ripete Hayes. È stato preso alla sprovvista.

«I Van Laar» spiega Judy. L'ultima cosa che lui le ha detto quella mattina quando si sono separati era che avrebbe condotto gli interrogatori dei genitori nell'Aula magna, giù dalla collina.

«Oh» fa lui, tutto rosso. «Sono tornati alla villa. Volevano aspettare il capitano LaRochelle. Credo che si conoscano».

Si riprende e continua. «Se hai fame, quelli della forestale hanno portato dei panini. Sono sul prato».

Judy non ha fame. Ma deve fare pipì. Dopo le parecchie tazze di caffè al commissariato, quella mattina, le scappa praticamente da quand'è arrivata.

Non sa bene quale sia la procedura. Durante l'addestramento non si è mai imbattuta in quella precisa situazione: cosa si fa quando ci si ritrova in casa altrui per ore, senza accesso al mondo esterno? Soprattutto se è la casa di un ricco. Non vuole chiedere niente a quella gente. Se fosse un uomo piscerebbe nei boschi.

Si è avviata appunto in quella direzione quando sente una voce.

«Scusi».

Si gira. È una donna giovane in camicia da notte di seta. Judy l'ha notata anche prima, quand'è entrata.

«Ha un minuto?» aggiunge la donna, e nella sua voce Judy coglie un accento.

Annuisce e tira fuori il blocco.

«Vorrei dirle una cosa» continua la donna. E poi si guarda alle spalle.

«Prego».

«Stamattina molto presto un uomo è rientrato in casa dopo essere stato fuori quasi tutta la notte. E aveva l'aria di aver fatto a botte. La sua faccia era... in condizioni tremende. Sanguinava».

Judy prende appunti.

«Adesso se n'è andato» continua la donna. «Quando la coordinatrice e l'altro poliziotto sono venuti a cercarlo sono stata io ad aprire la porta. Mi hanno chiesto di chiamarlo ma non sono riuscita a trovarlo. Ho fatto il giro di tutta la casa». Solleva le sopracciglia e mostra le mani con i palmi sollevati, in un gesto che Judy interpreta come, *Capisce cosa intendo?*

«Sa come si chiama?».

«John Paul McLellan» dice la donna. «Sono in due. Io parlo del più giovane. Il figlio. Invece ho trovato il padre e la sorella. Mi hanno detto che se n'è andato sul presto. Suo padre ha parlato con la coordinatrice».

Judy annuisce. Corrisponde a quello che le ha raccontato Denny.

«Sa come faceva la coordinatrice a conoscerli? I McLellan?».

«No».

«Qualche idea su come avesse fatto il figlio a ridursi così?».

«No. Non ne parla nessuno. Io lo trovo strano. E lei?». La donna si avvicina. «Pare che il padre sia un caro amico della famiglia. Credo che lavori per la banca».

Judy la guarda cercando di decidere se è degna di fiducia.

«I genitori di Barbara hanno visto cosa si è fatto alla faccia? Il signore e la signora Van Laar?».

«No» risponde la donna. «Stavano già dormendo». Esita un secondo e poi continua: «Credo che in caso contrario avrebbe già quest'informazione».

Judy se lo appunta.

«Be', grazie» dice. «Ha altro da aggiungere?».

«Mi è sembrato ubriaco. Quand'è entrato in casa puzzava d'alcol. Ma questa gente... bevono tutti troppo» afferma la donna agitando una mano come a indicare tutti gli ospiti della casa. «E poi» dice «ha una Trans Am blu».

Judy alza gli occhi sorpresa dalla precisione di quell'informazione. Non l'avrebbe mai creduta un'esperta di modelli di auto.

«Come fa a saperlo?» domanda.

La donna la guarda dritto negli occhi. «Ci sono salita» dice.

Judy arrossisce. Poi abbassa lo sguardo e riprende a scribacchiare.

«E lei si chiama?».

«Preferirei non dirlo» risponde la donna. «Se non è un problema». Guarda a terra e poi guarda Judy.

«Non conosco bene queste persone» spiega. «È stata un'amica a propormi di venire. Una ragazza che ho conosciuto a New York mentre facevo delle audizioni per uno spettacolo a teatro. Mi sembrava una cosa divertente. Qui il paesaggio è bellissimo, ma la gente è... tremenda. Non vedo l'ora di tornare a Los Angeles».

Judy annuisce.

«O a Roma» continua la donna. «Forse dovrei tornare proprio a Roma. Là trovavo sempre lavoro. Qui non direi».

E poi, come se si fosse accorta di aver detto troppo, sorride a Judy e Judy – suo malgrado – arrossisce.

«Come ti chiami, tesoro?».

«Judyta» risponde Judy. Non *investigatrice Luptack*. Non *Judy*. E neanche *Giu-dí-tah*, come dicono gli americani quando sono costretti a pronunciare il suo nome. Invece lo pronuncia come fa sua madre – *Iu-dí-ta* – e la donna, che è italiana, sospira come se avesse appena ascoltato declamare una poesia e le dice che è bellissimo.

Louise

Anni Cinquanta | 1961 | inverno 1973
giugno 1975 | luglio 1975 | **agosto 1975: giorno uno**

A Wells, nello stato di New York, c'è una succursale del commissariato di polizia ed è lì che Denny Hayes porta Louise. Lungo la strada la intrattiene con la storia della sua vita e le descrive i due figli che ha avuto dalla donna che ama. Le parla dei loro hobby e dei piccoli guai che di recente gli hanno causato – niente di serio.

Poi aspetta, forse una risposta. O almeno un cenno. Louise rimane impassibile e alla fine lui tace.

Il commissariato di Wells è un posto minuscolo e severo, un edificio di cemento il cui unico ornamento è un telefono a gettoni attaccato al muro.

A una scrivania è seduto un agente. Per il resto, il palazzo sembra deserto.

«Hai una monetina?» le chiede Denny. Louise scuote la testa e allora lui si fruga in tasca e ne trova una, poi indica il telefono.

«Vai» dice, si ritira in un angolo e china rispettosamente la testa fingendo che quel gesto basti a impedirgli di sentire tutto quello che lei dirà.

Louise infila un dito nella ghiera. Esita. Non vuole chiamare sua madre ma non sa a chi altro rivolgersi.

Alla fine, riluttante, compone il numero della casa dove ha trascorso l'infanzia, chiudendo gli occhi davanti ai ricordi evocati da quel gesto: essere dimenticata troppe volte a casa di un'amica; chiamare dall'infermeria scolastica, febbricitante e sudata, ben sapendo che non avrebbe risposto nessuno. Adesso come allora il telefono squilla parecchie volte, ma all'altro capo sente una vocetta che coglie Louise di sorpresa.

«Pronto?».

«Jesse?» dice Louise. «Jesse?».

Lui non risponde neanche. È così timido che non riesce a dire niente: caratteristica di cui sua madre si lamenta a ogni occasione.

«Jesse, stai bene?».

«Louise» dice Jesse. «La mamma sta male».

«Male in che senso?».

«È a letto».

«È sveglia?» chiede Louise. «Respira? Jesse?».

All'altro capo della stanza Denny alza la testa.

«Sta bene» dice Jesse. «Solo che è un po' che non esce da camera sua».

Louise chiude gli occhi.

«Hai mangiato oggi?» gli domanda, piano. Vorrebbe avere un po' di privacy. Volta le spalle a Denny.

All'altro capo della linea sente un respiro rapido e tremante: Jesse sta cercando di non piangere. Riesce quasi a vederlo, con gli angoli della bocca piegati all'ingiù.

«Senti» fa Louise. «Stammi a sentire. Vai da Shattuck's. Compra un paio di cose e mettile sul mio conto. Non su quello della mamma» aggiunge. «Sul mio».

«Oh, Lou» dice Jesse, e lei quasi lo sente arrossire al solo pensiero. Per suo fratello, interagire con un adulto che non sia un familiare è quasi impensabile.

«Vai» dice Louise. «Jesse, ci devi provare, fallo per me. Non puoi soffrire la fame».

Jesse esita. Alle sue spalle Louise sente Denny schiarirsi la gola.

«Cosa dovrei comprare?» chiede il ragazzino alla fine.

A un tratto un'altra voce: la centralinista che chiede altre monete. Louise non ne ha.

«Roba che costi poco e riempia la pancia» dice in fretta. «Pane e formaggio. Quel formaggio fuso che vendono nei barattoli. Prendi anche della carne in offerta speciale. Quel che c'è».

«Okay» risponde Jesse piagnucolando. «Ci provo».

Un istante di silenzio. E poi: «Louise? Perché hai chiamato?».

Ma si sente un *clic* – il tempo è scaduto – e la centralinista mette bruscamente fine alla conversazione.

Louise resta lì con il telefono in mano e si fa coraggio prima di girarsi di nuovo verso Denny – che ovviamente ha sentito tutto. Che si ricorda di sua madre e senza dubbio l'ha vista nei suoi momenti peggiori. *Magari gli fa anche pena*, pensa Louise. Se c'è una cosa che detesta è l'idea di fare pena a qualcuno – soprattutto a una persona come Denny Hayes, che è penoso sotto così tanti punti di vista da non poterli neanche contare.

E ovviamente, quando riattacca e trova il coraggio di guardarlo, lui la contempla con un'espressione seriosa, le labbra una riga orizzontale di compassione, vera o finta che sia. Louise sostiene il suo sguardo con aria di sfida.

«Cosa c'è?» dice.

«Stai bene?» fa lui. Ha in mano qualcosa. È un bicchiere di carta pieno di caffè. Glielo offre. Lei non lo prende.

«Certo» risponde. «Solo che sono in arresto per qualcosa che non ho fatto. Questa è l'unica cosa che non va».

La faccia di Denny si indurisce.

«Forza» dice, la fa entrare in uno dei due stanzini sul retro e sedere vicino a un tavolo su cui posa il caffè con un gesto brusco. Uno schizzo le scotta la mano. Le spiega che tra poco verrà a parlare con lei un altro investigatore. Lui deve tornare alla Riserva.

Poi chiude la porta e gira la chiave.

Alice

Anni Cinquanta | 1961 | inverno 1973
giugno 1975 | luglio 1975 | **agosto 1975: giorno uno**

Alice è seduta a schiena dritta e cerca di sentire di nuovo quel suono. Era la voce di una ragazzina, urlava. Non è riuscita a distinguere le parole ma dal tono ha capito che era spaventata.

Non era Barbara. Riconoscerebbe le voci dei suoi due figli ovunque.

Non si muove. Chiude gli occhi, cosa che ogni tanto la aiuta a sentire meglio. Rimane tutta rigida sulla sua sedia da giardino, in ascolto di quella voce.

«Alice».

Era convinta che fosse la giovane guardia forestale incaricata di badare a lei. Però lì in piedi vicino alla sua sedia non c'è la guardia forestale, ma suo marito che la osserva con aria quasi disgustata.

«Perché fai così?».

«Ho sentito gridare una ragazzina» dice Alice. «Stavo ascoltando».

Peter la guarda scettico. «Barbara?».

«No. Non Barbara».

«Ne hanno trovata un'altra» ammette Peter. «La compagna di bungalow di Barbara. Pare che fosse andata a cercarla».

Alice annuisce. Ora ha capito.

«Qualcuno ti ha chiesto di rispondere a delle domande, dall'ultima volta che ci siamo parlati?».

«No».

«Bene».

Alice si alza malferma dalla sedia da giardino. È così profonda che deve oscillare un paio di volte prima di trovare l'equilibrio. Peter non fa il minimo gesto di aiutarla e la guarda impassibile.

«Da Albany sta arrivando il capitano LaRochelle» dice. «Papà ha richiesto personalmente il suo intervento. Quando arriverà comunicheremo soltanto con lui».

«Vorrà parlare con me?» chiede Alice.

«No» risponde Peter. «Sei troppo agitata».

«Cosa vorresti dire?».

«Sei troppo agitata. Devi metterti di nuovo a letto».

Alice tace. Vorrebbe poter prendere una pillola.

«Forza» dice lui. «Ti aiuto a rientrare in casa».

Due pillole. Nelle orecchie le echeggiano come sempre le parole del dottor Lewis: *Nelle giornate molto storte.*

E quella cosa sarebbe, se non una giornata molto storta?

Ne prenderò due, pensa quando arriva a Fiducia.

IV

VISITATORI

Carl

Anni Cinquanta | **1961** | inverno 1973
giugno 1975 | luglio 1975 | agosto 1975

Quando riprese conoscenza Carl Stoddard era steso sul cassone del pick-up di Dick Shattuck e guardava il cielo. Sotto, il cassone vibrava; sopra, il mondo correva a tutta velocità. I rami degli alberi che pendevano su di lui erano diventati una macchia verde e sfocata. Batté lentamente le palpebre cercando di capire com'era finito lì. Poi sentì la voce di Maryanne.

«Grazie a dio» stava dicendo. «Grazie a dio».

Si chinò su di lui, il viso capovolto, la testa che oscillava ogni volta che prendevano una buca.

Premendogli dolcemente uno stetoscopio sul petto nudo, il dottor Treadwell disse che era un'aritmia. Il suo era un ambulatorio locale, equipaggiato praticamente solo per il primo soccorso e per mettere al mondo qualche neonato la cui madre non era riuscita ad arrivare a Glens Falls. Il dottore aveva ottant'anni e conosceva i propri limiti, che gli precludevano la possibilità di una diagnosi più articolata.

«Temo che dovrà andare all'ospedale» disse.

Carl lanciò un'occhiata a Maryanne. Sapeva che pensavano la stessa cosa: il pronto soccorso era una soluzione molto più costosa di un medico di provincia. Stavano ancora lavorando per pagare la montagna di fatture delle cure mediche di Scotty.

«Si tratta davvero di un'emergenza?» disse Carl. «Non... non potrei prendere appuntamento con qualcuno? Non sento dolore».

In realtà sentiva un po' di dolore – ma solo quando faceva uno sforzo.

«Carl» si intromise Maryanne.

Il dottor Treadwell si schiarì la gola e si sedette. «Professionalmente non posso consigliarle di aspettare» disse. «Ma se proprio *deve*, io al suo posto mi muoverei il meno possibile, resterei a letto e berrei molta acqua. Eviterei le sigarette, il caffè e...». Guardò Maryanne. «Tutte le attività che fanno accelerare il battito cardiaco».

A casa, Maryanne lo aiutò a salire le scale che portavano alla loro camera. Accese una luce e gli tenne una mano sulla schiena mentre lui armeggiava per mettersi a letto, con ancora un dolore sordo al petto.

Quando si fu sistemato lei si sedette sul bordo del materasso. Come sempre Carl ebbe la sensazione che gli leggesse nel pensiero.

«Stai tranquillo» disse Maryanne. «La tua presenza in quella proprietà non farà la differenza tra trovare il ragazzino e non trovarlo».

Lui alzò gli occhi al soffitto.

«Conosco la zona» disse.

«Lo sai chi altro la conosce? E anche meglio di te?».

Carl annuì.

«Vic Hewitt» continuò Maryanne.

«Perché non ci torni tu?» disse Carl. «Sono sicuro che hanno bisogno di una mano».

Maryanne lo scrutò bene in faccia. «E a te chi ci bada?».

«Sto benissimo» rispose Carl. «L'ha detto il dottore. Io riposo. Mi aiuterà Jeannie».

«La *nostra* Jeannie?» disse Maryanne. «O un'altra?».

Lui sorrise. Ormai gran parte delle loro battute di spirito consistevano in bonarie prese in giro delle figlie rimaste. Era una cosa banale, che li faceva ripensare a prima, a quando la fragilità dei corpi dei loro bambini non occupava così tanto la loro mente. Una volta, subito dopo la morte di Scotty, Maryanne gli aveva confessato la paura di non riuscire a sopportare di perdere di vista le ragazze anche solo per un attimo. Ridere di loro, con garbo, era un modo di ricordarsi di trattarle con leggerezza.

Maryanne gli mise una mano sulla guancia. Era il contatto più ravvicinato che gli concedeva da un anno a quella parte. Poi gli scostò i capelli dalla fronte. Lui sbatté rapidamente le palpebre per impedirsi di scoppiare a piangere.

«Sei un brav'uomo» gli disse.

Lui le prese la mano, se la portò alla bocca e la baciò.

«Va bene» concesse Maryanne. «Ci vado».

Qualche ora dopo si svegliò al rumore dei passi di lei. Erano diversi da quelli delle figlie, che da quando sua moglie era uscita si trascinavano per casa in maniera molto melodrammatica.

Si sedette issandosi sul gomito, calcolando che effetto gli faceva, e poi, quando le vertigini non minacciarono più di farlo cadere, mise giù le gambe dal letto e si alzò lentamente finché non fu in piedi.

«Maryanne?» chiamò, incerto.

Non ricevendo risposta, avanzò piano verso la porta della stanza. La casa – la loro casa – apparteneva alla famiglia di Maryanne da centocinquant'anni. Le stanze erano piccole e i soffitti bassi ed era fatta per l'altezza modesta dei suoi antenati. Di fronte alla loro, nel corridoio del piano di sopra, c'era la porta della camera condivisa dalle tre figlie; Scotty aveva dormito di sotto, in una ex veranda che Carl aveva imperfettamente isolato. Adesso gli Stoddard ci si avventuravano di rado, nonostante la casa fosse piccola.

Quindi fu una sorpresa scendere la scala e trovare Maryanne quasi immobile sulla soglia. Per un attimo lui fissò quella schiena rigida racchiusa nell'abito della domenica, le mani premute sugli stipiti come se volesse puntellarsi per resistere a una tempesta.

Pronunciò il suo nome a bassa voce per non spaventarla, ma lei trasalì comunque.

«Cosa ci fai fuori dal letto» gli chiese. «Dovresti essere sotto le coperte».

«Mi sento meglio» rispose Carl, ma era una mezza verità. Scendere le scale gli aveva fatto girare la testa.

Si avvicinò e insieme contemplarono il portico chiuso. Lungo una parete c'era un lettino, ma il resto della camera era spoglio, ogni oggetto era stato inscatolato e spostato nel seminterrato: ci aveva pensato Maryanne. Gli aveva chiesto più volte di fare qualcosa in quella stanza, di riutilizzare lo spazio in qualche modo, un istinto che secondo Carl parlava più di un desiderio di proteggersi che di freddezza.

«Forse possiamo riaprirla» disse Carl, immaginando che fosse quello il pensiero nella mente di Maryanne. «Rimettere le zanzariere. Sarebbe carino mangiare qui fuori, d'estate».

Ma Maryanne tacque.

Carl stava cominciando a sentire il bisogno di sedersi. Spostò il peso da una gamba all'altra.

«Com'è andato il resto della giornata?» domandò. «Hanno trovato qualcosa?».

Maryanne annuì.

«Cosa?».

«Carl» disse Maryanne. «Conoscevi bene quel ragazzino?».

Lui si accigliò. «Oh, un poco» disse. «Gli piaceva stare all'aperto. Veniva sempre a farmi delle domande sulle piante che mettevamo giù. Una volta gli ho insegnato a fare un falò».

«Carl» disse Maryanne «perché ne parli come se fosse morto?».

Lui tacque. «Cosa vuoi dire?».

«Hai detto *gli piaceva*» riprese Maryanne. «Hai detto *gli piaceva* stare all'aperto».

«Non lo so».

«Qualcosa hanno trovato» disse Maryanne. «A qualche metro dal sentiero che porta all'inizio del percorso, sotto dei cespugli. Il cane di Ron Shattuck ha trovato una piccola scultura, un orso bruno. Molto simile a quelle che sai fare tu».

«Okay» disse Carl.

«È strano» proseguì Maryanne. «Tu non lo trovi strano?».

«Non direi» rispose Carl. «Una volta gli ho insegnato a intagliare. A Bear, intendo. Un paio di cose gliele ho insegnate. E forse intagliare era una di quelle».

«Lo sa qualcun altro?».

«Non ne sono sicuro. Forse Vic Hewitt, credo. Il ragazzo girava anche intorno a lui».

E poi si corresse: «Gira».

«Li ho sentiti parlare» disse Maryanne. «La cosa li incuriosisce. Vorrebbero trovare la persona che l'ha intagliata. Lo dicevano quelli della polizia, e la notizia ha cominciato a spargersi. Dopo un'intera giornata di ricerche, è tutto quello che siamo riusciti a mettere insieme. I cani sono inutili per via della pioggia. Non c'è niente. Continueranno a cercare, ma...».

Si interruppe. E poi, di scatto, voltò le spalle alla porta della camera di Scotty, andò in cucina e cominciò ad aprire gli armadietti. Cercava qualcosa da preparare per cena.

«Vuoi una mano?» disse Carl.

«No» rispose Maryanne. «Tu torna a letto. Non dovresti neanche essere qui giù».

Rifletté un istante e poi aggiunse: «Perché pensi se la sia portata dietro?».

«Non saprei» disse Carl. «Forse gli piaceva».

«E perché pensi che l'abbia lasciata cadere?».
«Non saprei».

Carl fece gli scalini uno alla volta e tra l'uno e l'altro riposava per parecchi secondi. Con la coda dell'occhio notò che le figlie lo guardavano in silenzio dal tavolo della sala da pranzo, dove avrebbero dovuto studiare. Le salutò con la mano. *Tornate ai vostri compiti.*

Sul pianerottolo si concesse di ammettere perché parlando di Bear Van Laar aveva usato il passato. La verità era che aveva pensato a Scotty. Nella sua mente, i due ragazzi erano sempre più vicini.

Carl

Anni Cinquanta | **1961** | inverno 1973
giugno 1975 | luglio 1975 | agosto 1975

Il giorno dopo, e anche il successivo, Maryanne contribuì alle ricerche. Ogni sera riferiva gli eventi della giornata: la voce si stava diffondendo, e nella proprietà c'erano sempre più persone. Il secondo giorno cento. Il terzo cinquecento. L'intera cittadina di Shattuck aveva sospeso le attività giornaliere per contribuire alla causa: tutti i maggiori di diciotto anni e anche qualche bambino. Per due giorni interi, l'alimentari restò chiuso mentre gli Shattuck e i loro dipendenti cercavano Bear, e questo significava che chiunque fosse a corto di latte o pane o carta igienica doveva farsi mezz'ora di strada in macchina per procurarseli.

Secondo Maryanne, fino a quel momento a capo delle operazioni c'era stato Vic Hewitt; ogni giorno spediva delle piccole squadre sempre più lontano, in ogni direzione. Però ancora nessuna traccia di Bear.

Quello che Vic urlava alle sue squadre la mattina era formale e pieno di speranza, ed era diretto ai ricercatori ma anche alle orecchie dei genitori del ragazzo.

Quello che Maryanne venne a sapere dai sussurri delle altre mogli era un po' diverso.

Dicevano che i segugi avessero perso la traccia di Bear già il primo giorno. Era stata Jennie, il cane di Ron Shattuck, a trovare la statuina dell'orso, a metà tra la villa e l'inizio del percorso; dopo non aveva più segnalato nulla per il resto della giornata.

Il problema era stato l'acquazzone il giorno della scomparsa del ragazzo. *Se non fosse stato per la pioggia*, dicevano – ma nessuno finiva la frase.

«Vic sta perdendo le speranze» affermò Maryanne la sera del terzo giorno. «Si capisce benissimo. Da come si muove».

Carl annuì. Era difficile immaginare un ragazzino dell'età di Bear capace di sopravvivere così a lungo nella foresta. Anche se aveva una certa esperienza.

«La gente fa delle ipotesi?» domandò.

Maryanne esitò un momento prima di rispondere.

«Sì» disse, cauta. «Un sacco di persone pensano che se ne sia andato e basta. Per curiosità o rabbia, nessuno lo sa. Non è possibile sapere a che distanza possa essere arrivato un ragazzino della sua età e della sua corporatura prima di rendersi conto di essersi perso» disse. «E poi, be', se si è fatto male potrebbe essere rimasto vittima del gelo notturno».

Carl annuì. Quella era anche la sua teoria – quantomeno la principale. Detestava ammetterlo, e anche solo pensarlo, ma sembrava la più probabile. Però...

Maryanne continuò. «Ma, Carl» disse «la gente pensa anche un'altra cosa».

Lui capì ancora prima che lei continuasse.

«La statuina» disse.

«No» fece lei. «Non quello».

«E allora cosa?».

Maryanne esitò. «Gira una storia» disse. «Che tu sia stato l'ultimo a vedere Bear vivo».

Dopo un istante Carl annuì.

«È vero. L'ho visto proprio prima di andarmene. Era seduto sui gradini davanti alla villa. Si stava allacciando le scarpe».

Lei lo guardò sbattendo le palpebre. «Ma perché caspita non me l'hai detto?».

«Devo dirti anche un'altra cosa» continuò Carl.

Maryanne si prese il viso tra le mani.

«No, Maryanne» disse Carl. «Assolutamente no. Mio dio». Le prese una mano e la strinse.

«Bear aveva paura di suo nonno» disse.

«E tu come lo sai?».

Descrisse il cambiamento nell'espressione del ragazzo quando si era sentito chiamare e ripeté cos'aveva detto. *È mio nonno. Non mi sta tanto simpatico*. Non disse subito cos'aveva in testa ma Maryanne invece sì.

Poi si mise a piangere.

«Cosa c'è, Maryanne?».

«Niente» disse lei.

«Dai».

Lei si asciugò il naso. «Va bene» disse. «Piango perché penso che tu abbia ragione».

Se ne stava tutta ingobbita, disperata. Teneva la testa bassa. «E perché penso che nessuno ti crederà» aggiunse.

Non riuscirono a dormire. Maryanne continuò a girarsi e rigirarsi. Carl restò immobile a fissare il soffitto buio, a sentire il cuore dolorante tamburellargli dentro. Era riuscito a farsi dare un appuntamento da un medico di Glens Falls per il lunedì mattina. Fino a quel momento, il suo unico compito era mantenere la calma: impresa sempre più difficile.

A un certo punto sentirono bussare alla porta. Maryanne scattò a sedere e si mise in ascolto: bussarono di nuovo, più forte. Carl non sapeva che ora fosse. Mezzanotte o l'una, probabilmente.

«Dovrei andare ad aprire» disse. Ma ancora una volta quando cercò di mettersi a sedere scoprì di avere la visione laterale sfocata.

«Tu resta qui» disse Maryanne. Aprì lo sgabuzzino e dallo scaffale in alto prese un fucile che era stato di suo padre. Lo caricò e andò ad aprire.

«Maryanne» sussurrò Carl, sentendosi impotente. «Chiunque sia, può tornare domattina».

Ma lei lo ignorò.

Carl tese le orecchie. La porta si aprì. Sentì delle voci maschili, basse, che sussurravano. Si mise a sedere e si sforzò di ascoltare meglio.

Una pausa, seguita da alcuni passi sulle scale – tanti passi – il che significava che Maryanne non stava salendo sola.

Carl si passò le mani sulla faccia e intorno alla bocca. Tre giorni senza radersi gli avevano reso il mento ispido. Portava una maglietta della salute bianca, ingiallita intorno al collo e alle ascelle.

Poi nella stanza entrò Maryanne, seguita da Dick Shattuck, Bob Lewis e Bob Alcott.

I tre uomini, grandi e grossi, occupavano tutto lo spazio nella stanzetta dal soffitto basso. Carl, che li guardava dal letto, si sentiva un bambino.

«Carl, questi uomini devono dirti una cosa» disse Maryanne.

La polizia sarebbe venuta a prenderlo la mattina dopo. I suoi amici avevano voluto avvertirlo.

«Secondo noi non hai niente a che fare con la scomparsa del ragazzino» disse Dick Shattuck. «Vogliamo che tu lo sappia. Credo che sia questo il motivo per cui siamo qui».

Carl si mise una mano sul petto.

«Cosa dovrei fare?».

Si rese conto di sembrare patetico.

«Scappa» rispose Bob L. «Quei trogloditi ti rovineranno».

«Bob» disse Shattuck in tono di rimprovero.

«Scusa, Maryanne».

«Non lo so, Carl» disse Shattuck a testa china. «Vorrei potessimo fare qualcosa».

Per un attimo nella stanza calò il silenzio.

«Non hanno la minima prova» disse Bob Alcott. Erano le prime parole che pronunciava. Era un uomo tranquillo, insegnava storia alla scuola centrale. «Hanno solo degli indizi. In tribunale non reggerebbero».

Carl non era sicuro di sapere bene cosa volesse dire, ma erano le prime frasi che gli davano una certa consolazione.

Quando gli uomini se ne furono andati ebbero una breve conversazione sulla possibilità di una sua fuga. Maryanne era pro. Carl era contro. Il petto gli faceva più male che mai; doveva ricordarsi di non toccarselo, perché ogni volta che lo faceva Maryanne sembrava sul punto di scoppiare a piangere.

Alla fine, alle tre del mattino, lo abbracciò, tenendolo stretto come un bambino, e si addormentarono in quella posizione.

Alle sette qualcuno bussò di nuovo alla porta.

Alice

Anni Cinquanta | **1962** | inverno 1973
giugno 1975 | luglio 1975 | agosto 1975

Voleva amare la nuova creatura.

Per tutto il travaglio, quasi insopportabile, Alice si era ripetuta quelle parole come una preghiera: *Amerò la nuova creatura. Amerò la nuova creatura.*

Naturalmente Peter non c'era. Gli altri padri erano in sala d'aspetto a leggere il giornale – ma suo marito no, perché aveva un appuntamento irrinunciabile. Quand'era nata la bambina era arrivato in macchina dalla banca. Gliel'avevano messa in braccio. Poi era tornato al lavoro, la piccola era stata portata in reparto e finalmente Alice aveva potuto dormire.

Durante il travaglio non era riuscita a immaginare altro: il momento del riposo.

Amerò la nuova creatura, pensò.

Con Bear non era andata così. Aveva capito che lo avrebbe amato dal momento in cui le aveva sferrato il primo calcio. Aveva diciotto anni ed era sposata da pochi mesi. Dentro la casa nuova, con Peter fuori tutto il giorno, non aveva niente da fare. I primi movimenti lievi del bambino furono come un dono per lei.

Dopo esserselo portato dentro quasi dieci mesi come una perla, lo mise al mondo e a quel punto non fu più solo suo. Quando venne a casa con lei, la gente cominciò a portarglielo via.

Prima sua madre, che glielo tolse dalle braccia appena fu entrata dalla porta della casa di Albany. E ordinò ad Alice di salire a lavarsi i capelli.

Poi i Van Laar, soprattutto il padre di Peter, che esaminò Bear come si fa con il bestiame ed espresse dei giudizi riguardanti le dimensioni della testa e la lunghezza delle gambe, da lui ritenute ragguardevoli. A quel punto il bambino le fu restituito.

Infine, le due tate – un'idea di Peter. Una per il giorno. Una per la notte.

Peter aveva fatto i colloqui in privato, quindi lei le aveva conosciute solo quando si erano presentate al lavoro. Quella del giorno, Francine, era una signora magrissima con i capelli grigi che lavorava con silenziosa efficienza, sorrideva spesso e si occupava di Alice quanto di Bear, soprattutto nei mesi dopo il parto. Ad Alice piaceva moltissimo e lo disse a Peter.

Ma quella della notte, Sharon, era molto diversa. Aveva i capelli rossi, era massiccia e non tanto più grande di Alice. Alice era convinta che fosse cattolica: abitava ancora con i genitori. Raccontava spesso di essere la maggiore di dieci fratelli, con una sfumatura d'orgoglio nella voce che spesso diventava autoritaria quando Alice metteva in discussione il suo operato.

La cosa peggiore era che spesso Peter prendeva le sue parti.

«Ha freddo» diceva Alice quando sentiva Bear piangere di notte. «Gli mette sempre dei pigiamini leggeri. La casa è piena di spifferi».

E Peter rispondeva: «Una temperatura corporea più bassa favorisce il sonno».

«Ha fame» diceva Alice. «Non ha cenato abbastanza».

«Se comincia a mangiare la sera poi ne vorrà sempre di più».

Sharon rimase con loro per anni dopo la nascita di Bear, sorda alla disapprovazione di Alice verso quasi tutte le sue scelte. Lo metteva a letto canticchiando piano tra sé e mentre Alice la guardava moriva dalla voglia di stringere il corpicino morbido di suo figlio avvolto nel cotone; moriva dalla voglia di sentire quel peso tra le braccia.

«Forse» disse una volta a Peter «forse la sera Bear potrei metterlo a letto io, e poi se si sveglia perché è agitato potrebbe pensarci Sharon».

Peter, che stava leggendo, la guardò seccato. «Sinceramente, Alice» disse. «Ma perché la paghiamo, allora? Perché venga qui a dormire? Dovrebbe essere lei a pagarci» aggiunse. «L'affitto».

I momenti più belli della giornata di Alice erano le due ore tra la partenza di Sharon la mattina e l'arrivo di Francine, e le due ore a fine giornata, quando si riscambiavano. Durante quelle quattro ore, con nessuno a guardarla o correggerla, giocava con suo figlio, gli leggeva qualcosa oppure stavano distesi insieme sul letto e lei lo osservava. Secondo Alice era intelligente – quella era la cosa più importante. Aveva cominciato a parlare presto e faceva delle osservazioni sul mondo che la sconvolgevano per la loro limpidezza. Aveva cominciato anche a contare presto. E poi cantava con una vocetta dolce tutte le canzoni che gli aveva insegnato lei – ad Alice piaceva cantare – e certe volte le ripeteva per Peter, quando Alice glielo chiedeva. Anche Peter sorrideva, in quelle occasioni.

Quando piangeva era facile consolarlo, diceva Sharon. Alice di notte lo sentiva – lo sentiva sempre – ma lui smetteva in fretta.

Quando compì due anni, però, e iniziò a dire qualche parola, a un tratto cominciò a invocare Alice di notte. *Mami*, prese a dire.

La prima notte che successe, Alice scattò a sedere nel letto.

«Cosa c'è?» domandò Peter assonnato.

In fondo al corridoio Bear la chiamò ancora. *Mami*.

«Non l'ha mai fatto prima» disse Alice. Peter si strinse nelle spalle e si rigirò.

«Sharon è lì con lui» commentò. «Se c'è qualcosa che non va ci avvertirà».

I pianti si interruppero subito, ma Alice non riuscì a dormire per un'ora. E se la stava chiamando perché Sharon aveva fatto qualcosa? E se in qualche modo gli aveva fatto del male?

La notte dopo successe la stessa cosa, e quella dopo ancora. Fino a che una volta, in tono chiaro e lamentoso, lo sentì dire *Mami, mi senti?*

Alice saltò giù dal letto con un'ansia mai provata prima. Tutto il suo corpo era in preda alle fiamme del desiderio di andare da suo figlio. Alle sue spalle, Peter la chiamò ma lei non si fermò.

Spalancò la porta della nursery e fece entrare la luce del corridoio. Sharon era ancora distesa sul lettino d'angolo, sveglia ma immobile. Quando vide Alice si mise seduta. Aveva la camicia da notte rimboccata intorno alle ginocchia e i capelli stretti nei bigodini.

«Signora Van Laar, cosa fa?» disse, ma Alice era già alla culla di Bear. Eccolo lì il suo bambino, con il pigiama di cotone morbido e le braccine tese verso di lei, tutto sorridente per la sorpresa di vedere sua madre a notte fonda. Lo tirò fuori e lo strinse forte a sé e quel corpo la ricompensò, infondendole la calma che provava ogni volta che ritrovava suo figlio.

«Signora Van Laar» disse Sharon e Bear esclamò: «Mami!» tutto felice. Poi si portò le manine alle guance e lei avvicinò la fronte alla sua.

Dalla soglia sentì arrivare un'altra voce. Quella di Peter. Era infuriato.

«Alice» disse. «Ma cosa ti è saltato in mente?».

Lei si girò, il bambino ancora tra le braccia. «Mi ha chiamato» rispose.

Peter tese una mano con il palmo verso l'alto in direzione di Sharon. «Qui c'è la sua tata» disse. Sharon annuì una volta, con aria ferma e vittoriosa. «Dallo a Sharon» aggiunse. «Alice».

Il bambino si aggrappò ancora di più a lei.

«Alice» ripeté Peter. Poi si avvicinò e le tolse dolcemente il bambino dalle braccia – Bear si mise subito a piangere – e lo consegnò a Sharon, con la camicia da notte e i bigodini, poi la prese per il gomito e la fece uscire dalla stanza.

Le urla di Bear proseguirono. Urlò a pieni polmoni per dieci minuti chiamando Alice.

Fu una tortura: un dolore fisico più grande di qualsiasi altro dolore avesse mai provato. Pianse anche lei. «Ha bisogno di me» disse. «Peter, mi sta chiamando».

«Mettiti della cera nelle orecchie» rispose lui. «Legati all'albero maestro».

Alice non sapeva di cosa stesse parlando. Spesso diceva cose incomprensibili, o faceva riferimenti a opere letterarie o alla storia che lei non capiva. Alice sapeva che questo gli procurava un certo piacere – sfoggiare l'istruzione che lui aveva ricevuto e di cui lei era priva. O almeno non di quel livello. Durante la giornata e le lunghe ore che passavano tra le mattine e le sere con Bear, certe volte si sforzava di leggere i libri della biblioteca di Peter, che lui aveva conservato dall'università. Ma in genere si annoiava e così usciva a passeggiare oppure leggeva dei romanzi sconci che trovava negli scatoloni fuori dalla biblioteca cittadina.

Mami? chiamò Bear dal fondo del corridoio – l'ennesima volta, con una sfumatura di sconfitta nella voce –, l'ennesima invocazione rimasta senza risposta, e finalmente tacque.

«Non ce la posso fare» sussurrò Alice. Era sicura che Peter dormisse. Non si muoveva da un bel po'.

Poi però parlò. «Invece puoi» disse.

Intendeva, *Devi*.

Ora, nel bel mezzo del secondo travaglio, Alice cercava di reprimere l'istinto di spingere.

Se solo potessi resistere, pensava – se solo potessi proteggerlo o proteggerla dal mondo per un altro minuto ancora.

Ma quell'istinto stava diventando insopportabile e alla fine fecero entrare un dottore con pochi capelli che, armato di una maschera, gliela piazzò sulla faccia senza tante cerimonie. Se lo ricordava da quand'era nato Bear. *Lo trovo molto scortese*, pensò Alice, e a un tratto non ebbe più parole.

Fu a quel punto che si sentì chiamare per nome – non *Alice*, ma *Mami*, un lamento pieno di paura che riconobbe all'istante: era suo figlio.

Bear era arrivato.

Era in un angolo, aveva otto anni e un'espressione che di rado gli aveva visto sul bel faccino. Lo vide da dietro le spalle dell'infermiera e lanciò un grido.

«È qui» disse. «È proprio qui».

Perché nessuno si era accorto di lui? «È tornato» disse Alice. Le ricerche erano finite.

Cercò di indicarlo con il dito ma l'infermiera la fermò.

«La prego» implorò Alice. «La prego, me lo porti. Non voglio che se ne vada di nuovo».

Bear baluginava come la fiamma di una candela.

«Vada da lui» disse Alice. «La prego, per favore. Se ne sta andando».

Dovette alzarsi. Doveva raggiungerlo. Se non l'avesse raggiunto subito sarebbe scomparso. Iniziò a dondolare avanti e indietro.

«Signora Van Laar» disse il dottore. «Signora Van Laar, deve stare ferma».

Con tutta la forza che aveva strappò le caviglie dalla stretta del dottore e scese dal lettino. Cercò di mettere a terra le gambe.

Nell'angolo, Bear tendeva le mani come un neonato che vuole essere preso in braccio. Era insopportabile – insopportabile – non riuscire a raggiungerlo.

Il dottore urlò qualcosa che lei non capì. Piangeva, e non ci vedeva bene, ma era quasi arrivata all'angolo dove c'era Bear. Lui allungò le mani e lei si protese. Stava per toccarlo. Ne sentiva quasi la pelle. Le loro mani annaspavano cercando di afferrarsi.

Qualcuno la fermò. Fu costretta ad arretrare verso il lettino. Le furono immobilizzate braccia e gambe da delle mani, e poi da delle corde.

Ora urlava, senza freno, urla assordanti che le scuotevano tutto il corpo, e l'infermiera le mise una mano sulla fronte ripetendole che sarebbe andato tutto bene e che il bambino sarebbe arrivato presto.

Il mio bambino è lì, pensò Alice. *Nell'angolo. Proprio lì.*

Ne gridò il nome più volte. *Bear. Bear*. E quel nome diventò una litania o un mantra, assumendo in un colpo tutti i significati che aveva nella sua lingua. *Attenersi. Sopportare. Reggere. Accettare. Trasportare. Creare. Dare la vita.*

Pensò che forse, se l'avesse ripetuta abbastanza, quella parola l'avrebbe sospinto nella sua direzione.

Ma era troppo tardi: lui svanì in un lampo. Non c'era più.

L'aveva abbandonata di nuovo. Il punto dov'era stato, nell'angolo, era vuoto.

Le piazzarono bruscamente la maschera sul viso, stavolta più a lungo.

Poi dormì.

«È una bambina, signora Van Laar» disse il dottore.

Aprì gli occhi. Li richiuse. La luce sul soffitto era troppo luminosa. *Bear*, pensò, e si sedette meglio che poté, ma lui non c'era comunque più.

«Mio figlio» disse, ma invece delle parole le uscì un suono roco.

«Sua figlia» disse il dottore portandole la bambina. Era avvolta in una coperta. Il dottore gliela porse tutto entusiasta, ma le braccia di Alice rimasero pesanti lungo i fianchi.

«Signora Van Laar» disse il dottore. Era giovane, nonostante la stempiatura, e sembrava spaventato. «Sta bene?».

Nella stanza c'era una finestra che dava su un cortile. Oltre il vetro Alice riusciva a vedere un albero molto verde che agitava i rami. Dietro l'albero, un altro edificio e poi il cielo.

«Signora Van Laar?».

Venne un'infermiera che le afferrò un braccio.

«Questo le farà andare via il latte» disse. E prima che Alice potesse reagire le fece un'iniezione. Non aveva allattato Bear. Aveva in testa la vaga idea che le sarebbe piaciuto provarci, una volta, con quella bambina.

Dei mormorii in corridoio. La voce di Peter; era arrivato dal lavoro.

Dopo un attimo entrò nella stanza con in braccio la nuova bambina. Si sedette sul letto. Aveva alle spalle due infermiere e si girò verso di loro, parlando in tono secco.

«Un po' di privacy, per cortesia» disse, e quelle sparirono. Poi si rivolsc ad Alicc.

«Peter» disse lei, angosciata. «Ho visto Bear. Era proprio lì». E indicò l'angolo della stanza. Riusciva ancora a vederlo: alto per la sua età e molto bello, capelli troppo lunghi, con addosso la sua maglietta blu preferita. Aveva le unghie sporche per il troppo amore per i boschi. Gli mancava un dente da latte.

«Dobbiamo trovarlo» disse. «È vivo, Peter. Era qui».

Ma Peter scuoteva la testa. «È stato il gas che ti hanno dato».

«No» ribatté Alice. Alzò la voce e capì che avrebbe pianto. «L'ho visto».

Peter scuoteva la testa.

«Credo che sia un segno» disse Alice. «Anche se non era davvero qui. Credo che sia un segno che è vivo».

Si prese la faccia tra le mani, per nascondersi. Peter detestava i pianti.

Da dentro il buio dei palmi lo sentì sospirare. Di lì a poco si sarebbe messo a urlarle contro.

E invece percepì la sua mano su una guancia. L'afferrò.

«Guardami» disse Peter, con sorprendente dolcezza. «Guardami. Se n'è andato per sempre».

«Come fai a saperlo» disse Alice.

Peter fece una pausa. «Dobbiamo vivere la nostra vita come se lo fosse, Alice». Guardò la bambina che teneva tra le braccia, che a un tratto allungò la mano verso l'alto e poi la lasciò ricadere.

«Barbara» disse Peter. Scandì quelle tre sillabe. *Bar-ba-ra.* «Mi piacerebbe chiamarla Barbara».

Alice fu presa alla sprovvista. Nell'ultimo mese aveva tentato per due volte di affrontare con lui l'argomento nome. Se fosse stato un maschio a lei sarebbe piaciuto Darien – da ragazza aveva conosciuto un bambino con quel nome e l'aveva sempre trovato bellissimo – e per una femmina, Charlotte. Ma ogni volta che gliel'aveva chiesto Peter l'aveva zittita dicendole che aveva da fare.

Adesso invece era lì accanto a suggerirle un nome che lei non aveva mai minimamente preso in considerazione. *Barbara.* Conosceva parecchie persone che si chiamavano così – tutte dell'età di Peter. Era un nome che associava più alla generazione di lui che a quella della bambina.

«Se per te va bene» aggiunse Peter alla fine.

«Perché Barbara?» domandò Alice.

«È un nome che mi è sempre piaciuto e basta» disse Peter. «Trovo che abbia un bel suono. *Bar-ba-ra Van Laar*».

E abbassò lo sguardo su sua figlia con una tale improvvisa tenerezza che Alice rispose che piaceva anche a lei. Aveva sentito dire che era importante lasciare che il proprio marito si sentisse coinvolto nella vita dei bambini. Qualsiasi interesse avesse espresso, andava ricompensato.

Solo più tardi, quando furono tornati nella casa di Albany dopo una settimana in ospedale, Alice trovò il libro dei nomi che aveva comprato in una libreria. Allora stava aspettando Bear – il cui nome era stato anche quella volta scelto senza consultarla.

Lo aprì alla parte dei nomi femminili e poi alla pagina di Barbara.

"Dalla parola greca *barbaros*" diceva il libro "che significa 'straniero', 'selvatico' o 'strano'".

Alice trasalì. *Che cosa orribile*, pensò, *che cosa tremenda chiamare una bambina "strana"*.

Il paragrafo proseguiva. "*Barbaro* deriva dalla stessa radice" spiegava allegramente.

Alice rabbrividì. Ma lo sapevano tutti cosa voleva dire *Barbara*? Spesso faticava a capire quali nozioni fossero comunemente note e quali fossero considerate sconosciute.

Chiuse il libro di scatto, rassegnata. Non ne avrebbe parlato con Peter – proprio non poteva. Il nome era stabilito, il certificato di nascita era stato compilato. Pensò che si sarebbe rassegnata. In fondo, di Barbare famose ce n'erano tante.

Alice

Anni Cinquanta | **1962** | inverno 1973
giugno 1975 | luglio 1975 | agosto 1975

Dopo il ritorno a casa di Barbara, per due mesi le cose sembrarono migliorare. Un nuovo nato distraeva Alice dal lutto – che a quel punto era ormai diventato divorante.

Non avrebbe voluto restare incinta così in fretta dopo Bear. Era stato Peter a insistere perché provassero. *Non diventiamo certo più giovani*, aveva detto.

E poi, aveva aggiunto, *così avrai qualcosa da fare*.

Ma la situazione cambiò durante il terzo mese della piccola; nelle prime ore del mattino Alice si svegliò perché si sentì chiamare da una voce infantile.

Razionalmente sapeva che una neonata dell'età di Barbara non avrebbe mai potuto pronunciare la parola che usava Bear. *Mami*.

Si mise a sedere. Restò immobile. Ascoltò.

Rieccola.

Mami.

La nursery era buia e silenziosa. Ci entrò in punta di piedi. La nuova tata, Lorraine, dormiva accostata a una parete. Barbara all'altra. Per due minuti Alice rimase ad ascoltare, in piedi in camicia da notte al centro della stanza. Ma c'era solo silenzio.

Uscì di nuovo in punta di piedi e mentre si stava chiudendo la porta alle spalle la risentì. *Mami*.

Si girò di scatto. Poi tornò verso la nursery in cui aveva dormito Bear. Mise una mano sulla maniglia.

«Alice».

Trasalì.

In fondo al corridoio c'era Peter, corrucciato.

«Torna a letto» le disse.

Continuò a succedere. Sentiva quella voce tutte le notti. Certe volte sembrava provenire da dietro la finestra. Altre da un piano inferiore. Spesso dalla nursery.

Nonostante la tata, Alice dormiva pochissimo.

Peter se ne accorse e chiamò il medico di famiglia, lo stesso anziano dottore che aveva curato tutti i Van Laar da quando il padre di Peter aveva vent'anni.

Si chiamava dottor Lewis e la prima pillola che prescrisse ad Alice avrebbe dovuto aiutarla a dormire.

Ma la voce superò anche le pillole e popolò i suoi sogni di immagini oscure e angoscianti. *Mami, mami*, chiamava.

Non poteva parlarne con Peter. Non poteva parlarne con la sua famiglia. Tutte le persone della sua vita la incoraggiavano ad andare avanti, a passare oltre, dando per scontato che Bear non sarebbe mai stato trovato.

Ma per Alice questo era un compito impossibile.

Finché non ebbe la prova del contrario, si concesse di immaginare che suo figlio potesse ancora esistere da qualche parte nel mondo, in un luogo nascosto, come un attore dietro le quinte che può entrare sul palcoscenico in qualsiasi momento.

Più tardi si sarebbe chiesta se era stata quell'idea a impedirle di accettare totalmente Barbara. Una parte di lei temeva che Bear – ovunque si trovasse, in questo mondo o nell'altro – avvertisse quella scissione nel cuore di sua madre e per questo potesse svanire o soccombere.

E così tutte le notti, prima di cadere sotto l'incantesimo delle pillole del dottor Lewis, non pregava che la voce che la chiamava tacesse, ma che continuasse a venire da lei, all'infinito. Che Bear, sotto ogni forma possibile, continuasse a farle visita per il resto della vita.

Il problema nacque quando le visite di Bear si fecero più prolungate.

Alice

Anni Cinquanta | **1962** | inverno 1973
giugno 1975 | luglio 1975 | agosto 1975

Era un posto carino, e molto discreto.

Erano le due parole che usavano tutti quando lo descrivevano.

Erano stati i suoi genitori a portarcela, probabilmente su richiesta del marito e del suocero. Erano rimasti in silenzio per tutte le tre ore di viaggio. Non avevano neanche acceso la radio.

Quando immaginava l'ospedale, Alice si era raffigurata qualcosa di antico – qualcosa in realtà non troppo diverso da Fiducia. Magari circondato dalla natura. Un bell'edificio antico, dove le avrebbero concesso del tempo per riposarsi. Invece, l'edificio sulla costa settentrionale di Long Island era nuovo di zecca, in stile brutalista, fatto di cemento giallo che con la pioggia si scuriva. Il parco era spoglio, privo di alberi. Qua e là c'erano delle panchine occupate da personale in uniforme e pazienti semi addormentati.

Forse è il posto sbagliato, pensò Alice. Invece no, ecco il cartello: ISTITUTO DUNWITTY. Fondato da un amico del dottor Lewis, che gliel'aveva raccomandato.

Suo padre, che era seduto davanti, si girò verso sua madre e cercò senza riuscirci di attirare la sua attenzione. Sicuramente anche loro avevano visto quel che aveva visto lei; di certo si erano resi conto di avere commesso un errore. Ma poi sua madre era scesa dall'auto senza dire una parola e suo padre, dopo un secondo, l'aveva seguita. E aveva aperto lo sportello ad Alice.

Non aveva compagne di stanza. Almeno questo. Un'infermiera le disse che le avevano accordato quel privilegio grazie ai legami della sua famiglia con il dottor Dunwitty. L'infermiera – una signora sottile e accigliata ben oltre la mezza età – glielo spiegò con aria di disapprovazione, schiarendosi la gola dopo aver parlato, come se volesse togliersi quel sapore dalla bocca.

Non erano permessi i libri. E neanche la televisione.

Le uniche attività concesse erano rompicapi di vario tipo: puzzle, parole crociate, acrostici. Dietro c'era una teoria, senza dubbio; pigramente, Alice si domandò quale potesse essere.

Quello che detestava di più era che lì Bear non veniva a trovarla. La prima notte pregò che lo facesse: sarebbe stato carino avere un po' di compagnia.

Invece, fu visitata solo dagli incubi che la riportavano a quei terribili primi giorni di ricerche, quand'era stata scombussolata più volte da forze o persone che non era in grado di controllare. Quand'erano bambine, Delphine li chiamava sogni *sempre-in-ritardo*: visioni di treni ed esami mancati, ingorghi che bloccavano la macchina poco prima della partenza di una nave. Era tutta la vita che Alice li sognava, ma nessuno poteva essere paragonato a quelli che faceva all'Istituto Dunwitty.

Per un mese nessuno venne a trovarla e non le fu permesso di telefonare.

Il trentunesimo giorno, nella sua camera entrò un'infermiera che le disse di seguirla. Alice obbedì, confusa, e imboccò un lungo corridoio che non aveva mai visto prima. In fondo c'era un telefono. L'infermiera le diede una moneta.

Alice la guardò.

«Be'?» disse l'infermiera. «Forza».

Ma lei si rese conto che non c'era nessuno che avesse voglia di chiamare.

Infilò la moneta. Fece un numero che ricordava dall'infanzia. All'altro capo rispose una voce di donna.

«C'è Geraldine?» domandò Alice. Il nome di un'amica di Brearley, che non sentiva da quando aveva sposato Peter.

Una pausa. «Posso chiederle chi parla?».

«Sono Alice, signora DeWitt. Alice Ward».

«Oh, Alice» disse la signora DeWitt. «Alice, mi è tanto dispiaciuto...».

Riattaccò subito.

Una settimana dopo le dissero che aveva visite.

Se avesse saputo chi era, non sarebbe emersa dalla sua camera. Ma non fece domande e fu così che si ritrovò davanti a un tavolo apparecchiato per una partita a scacchi, faccia a faccia con sua sorella Delphine.

Alice si girò verso l'infermiera. «Voglio andare via» disse. «Non voglio stare qui. Vorrei tornare in camera mia, per favore».

Ma l'infermiera disse: «Su, è sua sorella, ha fatto tanta strada».

Delphine fece un sorriso tirato, prima all'infermiera e poi ad Alice. «Non la tratterrò molto, infermiera» disse Delphine usando il tono più pomposo e spiritoso che le riuscì. E l'infermiera, obbediente, uscì dalla stanza praticamente inchinandosi.

Per qualche minuto restarono sedute lì in silenzio. Secondo Alice, l'unico modo di sopravvivere a quella situazione era immaginarsi in un mondo diverso. E così, proprio come aveva fatto da piccola, chiuse gli occhi tenendo la schiena ben diritta, e lasciò il mondo terreno.

Sei fuori dalla cameretta di Bear, pensò. *Tra poco lui si sveglierà. Ti chiamerà.*

«Alice» disse sua sorella.

Mami, pensò Alice.

«Alice. Mi senti?».

Mami.

«Mi dispiace» disse Delphine.

V

RITROVAMENTI

Judyta

Anni Cinquanta | 1961 | inverno 1973
giugno 1975 | luglio 1975 | **agosto 1975: giorno uno**

Judy è fuori, le mani sui fianchi, e osserva le auto nel parcheggio vicino alla casa. Quasi tutte imponenti Cadillac, Oldsmobile e Lincoln. Cerca di immaginare, lì in mezzo, una Trans Am blu. Spiccherebbe parecchio.

Si gira descrivendo un cerchio. Due solchi scuri e profondi nel vialetto di terra battuta indicano che un'auto ha fatto marcia indietro con energia, e poi si è diretta verso la Route 29.

Sa che le informazioni che adesso possiede su John Paul McLellan figlio sono importanti. Il fatto che sia rientrato tardi, la faccia piena di lividi, la scomparsa di quella mattina: tutte insieme, lo rendono come minimo un indiziato. Ma visto che è una semplice investigatrice, non è autorizzata a fare nulla senza l'approvazione del suo superiore.

Controlla l'orologio chiedendosi quando tornerà Denny Hayes.

Dopo qualche minuto rientra nella villa. Mentre aspetta Hayes, sa che dovrebbe continuare a isolare e interrogare tutte le persone che trova.

I giovani allampanati stravaccati su tutti i mobili della grande sala sono le persone con cui ha meno voglia di parlare. Guardandoli viene da immaginarli mentre si imboccano a vicenda con grappoli d'uva; sembrano giovani divinità – almeno, questo pensano loro. Comunque si avvicina e chiede educatamente a ciascuno se abbia voglia di parlare con lei e poi li accompagna in un salottino vuoto che ha scoperto girando per la casa.

Rivolge loro le solite domande: nome, età, occupazione, luogo di residenza principale – al che tutti rispondono *Manhattan* o *Los Angeles*.

L'ultima persona che interroga è una ventitreenne magra dall'aria severa. È l'unica che spiega a Judy che alloggia nella villa e non in uno degli edifici esterni.

Dice di chiamarsi Marnie McLellan.

Quando sente pronunciare quel cognome Judy tace un istante, e resta immobile.

«Occupazione?» chiede poi.

«Gallerista».

Judy non sa cosa voglia dire. Si annota quella parola e si ripromette di cercarla più tardi.

«Rapporto con i Van Laar?» chiede.

«Figlioccia».

«Siete molto in confidenza?».

Marnie McLellan alza il mento. «Estremamente».

Judy tiene la penna sospesa sul blocco. Sa che a questo punto deve muoversi con cautela.

Rivolge alla ragazza la stessa serie di domande che ha rivolto agli altri e riceve risposte simili – era alla festa, è rimasta alzata fino a tardi, c'era molto rumore, si è bevuto parecchio. È andata a letto alle quattro del mattino. Conosce bene Barbara – le due famiglie hanno trascorso molto tempo insieme, hanno anche fatto le vacanze insieme; ma non ha idea di dove possa essere ora la ragazzina.

«Come descriverebbe Barbara?».

«Oh, tristissima» risponde Marnie. «Una persona proprio infelice».

Judy annuisce. Nel blocco scrive: *Non le piace B.*

«E come mai?» chiede.

«Be', ha sempre creato parecchi guai alla sua famiglia. So che ha avuto problemi a scuola. Pare che sia piuttosto precoce per la sua età. E usa dei vestiti e un trucco che...». Qui Marnie fa una pausa e cerca le parole giuste per descriverli. «Che sono tremendi. Tutto nero. Dei cerchi neri intorno agli occhi. Degli aculei alle orecchie. Proprio sgradevole, se devo dire la mia. Il prodotto di una mente disturbata».

Judy questo non l'ha ancora sentito dire, di Barbara.

Annota: *B. si veste in maniera strana.*

Finalmente riesce ad arrivare alle domande che aspettava di fare.

«Anche gli altri componenti della sua famiglia alloggiano qui nella proprietà?».

«Sì».

«Può dirmi i loro nomi completi?».

«Perché?».

«Sto cercando di mettere insieme un elenco di tutti gli ospiti. Per essere sicura di aver fatto quel che devo fare prima che arrivi il mio capo» aggiunge. Poi sorride, rispettosa.

Marnie resta impassibile.

«Mio padre» dice «è John Paul McLellan. Mia madre si chiama Nancy McLellan».

Judy la guarda. «Occupazioni?».

«Mia madre è casalinga» risponde Marnie. «Mio padre è socio in affari dei Van Laar».

«Banchiere?» domanda Judy.

«Avvocato. Rappresenta la famiglia e la banca».

Judy annuisce e prende nota. Poi, imponendosi la calma, chiede: «Ha fratelli o sorelle?».

«Un fratello, John Paul McLellan».

«Occupazione?».

Marnie sbuffa e poi si ricompone.

«Non saprei» risponde. «Si è laureato l'anno scorso. Un

giorno la banca passerà a lui. Se mai riuscirà a rimettersi in carreggiata».

Judy riflette. «Cosa glielo fa pensare?».

Marnie la guarda come se fosse scema. «I Van Laar non hanno un maschio. O quantomeno non più. Ma noi sì».

«Capisco» dice Judy. E annota. «E sa dove potrei trovarli?».

«Chi?».

«Gli altri componenti della sua famiglia. I suoi genitori e suo fratello».

«Non ne ho idea» risponde Marnie dopo un istante.

«Stamattina li ha visti?».

Marnie esita un momento. «Ho visto solo mio padre» dice. «Ma non saprei dove possa essere adesso».

Cinque minuti dopo Judy esce di nuovo dalla porta principale, quella con il batacchio a forma di moscerino. Dall'alto della collina guarda verso il campo estivo. Gli indizi sempre più numerosi contro John Paul McLellan figlio ormai sono troppi per poterli ignorare.

Sul prato c'è un agente della stradale, solo.

«Mi scusi» dice Judy. «È già arrivato il capitano LaRochelle?».

Lui la guarda senza capire.

«Sono l'investigatrice Luptack» prosegue Judy. «Mi hanno detto che stava per arrivare. Per parlare con la famiglia».

Lui scuote la testa. «No. Laggiù ci sono un paio di altri tizi del dipartimento, ma il capitano ancora non c'è».

Judy lo ringrazia. Poi, decisa, torna nella cucina di Fiducia, dove ha visto un telefono a muro. Si guarda le spalle, solleva la cornetta, chiama il commissariato e dirama un'allerta: tutti gli agenti della regione vengono informati via radio che devono cercare una Trans Am blu.

È troppo importante per attendere il ritorno di Denny

Hayes. Se la sua valutazione è errata, più tardi ne affronterà le conseguenze.

Dopo aver interrogato tutte le persone che ha trovato in casa, Judy torna davanti alla villa e per un momento si appollaia sull'orlo di una sedia da giardino, scribacchiando frenetica sul blocco. Vuole annotare bene tutte le parole e le frasi che riesce a ricordare.

Da una certa distanza sente una voce: «Signora?».

Non alza la testa.

«Signora?» ripete la voce, stavolta più vicina. Sente dei passi e si gira.

Vede avvicinarsi una guardia forestale sulla cinquantina, barbuta; qualche passo dietro di lui c'è una ragazza enorme con un asciugamano intorno alle spalle. Sembra più alta di Judy di almeno trenta centimetri. È anche più alta della guardia, che non è certo un uomo basso.

Li segue una coppia: un uomo sulla cinquantina e una donna che pare della stessa età di Judy. Che sia la sorella della ragazza?

«Sto cercando qualcuno del dipartimento» dice la guardia forestale.

Judy abbassa lo sguardo sul completo che indossa, che la distingue evidentemente dagli agenti della stradale, dai forestali e dagli ospiti.

«Eccomi» dice alla fine. «Investigatrice Luptack».

La ragazza insieme alla guardia sembra agitata. Arriva alla fila di poltrone da giardino davanti alla casa e si lascia cadere pesantemente su una. Poi pianta i gomiti sulle ginocchia.

«Questa è Tracy Jewell» dice l'uomo. «Dormiva nel letto sopra quello di Barbara Van Laar. Deve raccontarle delle cose».

Tracy

Anni Cinquanta | 1961 | inverno 1973
giugno 1975 | luglio 1975 | **agosto 1975: giorno uno**

Tracy è seduta fuori su una sedia da giardino, beve un bicchier d'acqua e mangia un panino che le ha portato qualcuno. Vicino a lei c'è una donna poliziotto – la prima che Tracy abbia mai conosciuto, o visto.

Almeno, *pensa* che quella donna sia una poliziotta. Non ha l'uniforme, solo un completo. Sembra giovane, ma il blocco e la penna le conferiscono una certa autorità.

In silenzio, aspetta che la ragazza parli.

«Può ripetere?» domanda Tracy.

«La persona che hai incontrato nel bosco. Puoi darci qualche dettaglio?».

«Oh» dice Tracy. «Non saprei».

«Sai se era un uomo o una donna?».

«Credo fosse un uomo» dice Tracy. «Ma non sono sicura. Dovrei mettermi gli occhiali, però non lo faccio mai».

Ci riflette. «Aveva i capelli grigi» aggiunge.

«E quella persona ti ha detto qualcosa?».

Tracy scuote la testa. «Niente. Mi ha solo fatto un gesto con la mano. Mi ha mostrato la strada per uscire dal bosco».

La donna annuisce. Poi scarabocchia veloce sul blocco.

«Stanno cercando quella persona?» chiede Tracy. «Le guardie forestali?».

«Credo di sì» risponde la donna.

«Stava provando ad aiutarmi» dice Tracy. «Chiunque fosse».

«Ma certo» risponde la donna. «Vogliamo soltanto parlarci. Capire se ha visto qualcosa di cui dovremmo essere informati».

Una pausa. «Tracy» aggiunge poi. «Perché sei entrata nel bosco?».

Tracy tace.

«Non ti va di dirmelo?».

Lei addenta il panino. Mastica. Beve dell'acqua. Si stringe meglio addosso l'asciugamano.

Poi – rompendo una promessa fatta a Barbara e mantenendone una fatta a se stessa – racconta all'investigatrice Luptack perché Barbara andava nel bosco.

«Tutte le notti?» dice l'investigatrice guardandola negli occhi. «Barbara ci andava tutte le notti?».

«Quasi» replica Tracy. «Tranne una volta che si è fatta male».

«E andava sempre al capanno in cima alla montagna?».

«Così mi ha detto».

«Ma non ti ha mai detto chi era il suo ragazzo».

Tracy scuote la testa. «No».

L'investigatrice Luptack annuisce. «Grazie, Tracy. Ci sei stata molto utile. C'è qualcos'altro che pensi possa servirci? Ti ha mai detto niente del suo rapporto con i suoi?».

Tracy esita.

«Andava d'accordo con i suoi genitori?».

Tracy scuote la testa. «No» mormora.

«E hai un'idea del perché?».

«Credo... erano molto severi con lei. O almeno, suo padre lo era. Sua madre non interveniva molto».

L'investigatrice annuisce. «E sai se di recente è successo qualcosa che può averla spaventata, o turbata, o fatta arrabbiare?».

Tracy ci pensa. Sta per dire di no – Barbara non è mai stata molto specifica quando si lamentava della sua famiglia – ma poi le viene in mente una cosa.

«Sì» dice. «Le hanno ridipinto le pareti».

La faccia dell'investigatrice Luptack cambia.
«Qui, in questa casa?».
«Sì. Sua madre gliele ha fatte fare rosa».
«E perché questo dovrebbe averla turbata?».
«Non lo so» risponde Tracy. «Forse il colore non le piaceva».

Judyta

Anni Cinquanta | 1961 | inverno 1973
giugno 1975 | luglio 1975 | **agosto 1975: giorno uno**

Venti minuti dopo che la ragazzina è stata affidata alle cure della coppia composta, a quanto pare, da suo padre e dalla fidanzata di lui, Judy si trova dentro la villa, nel corridoio davanti alla camera rosa, ed esamina la porta. Potrebbe aprirla, pensa. Dentro non c'è nessuno. Ma non è sicura di quali potrebbero essere le conseguenze di quel gesto e quindi resta lì fuori, e aspetta.

In fondo al corridoio sente dei passi.

Si apre un'altra porta e ne escono un uomo e una donna. L'uomo è alto, elegante e ha i capelli scuri striati di grigio. La donna, che lo segue, è così incredibilmente magra che sembra malata.

L'uomo si ferma e per un istante fissa Judy. È a circa dieci metri di distanza. Poi scuote la testa appena, imperscrutabile, e apre alla donna la porta di una delle altre camere.

Che siano i genitori? Il signore e la signora Van Laar?

Quando l'uomo esce è solo, e se ne va senza guardare verso di lei.

«Judy» chiama qualcuno, e lei trasalisce.

È Denny Hayes.

«Vieni» dice Hayes. «Ti stavo cercando. Il capitano è appena arrivato. Sta per cominciare una riunione, giù al campo estivo. Puoi aggiornarmi su questa mattina mentre camminiamo».

E si avvia. Judy lo segue trotterellando appena per stargli dietro.

Parte dalle cose più importanti: che la compagna di letto di

Barbara le ha raccontato che aveva un ragazzo; che tutte le notti usciva di nascosto per incontrarlo al capanno in cima al monte Hunt.

Gli riferisce delle pareti ridipinte della camera – e che per questo Barbara era turbata.

Poi gli dice quel che ha saputo su John Paul McLellan: la faccia insanguinata, il rientro a notte fonda, la scomparsa, sua e della Trans Am blu.

Lascia come ultima informazione l'allerta che ha già diramato per la macchina.

Per un attimo Denny si ferma e si gira verso di lei e Judy ha paura che la sgridi per non avere chiesto il permesso di un superiore. Invece le dice: «Judy. In realtà stai facendo davvero un ottimo lavoro».

Judy si acciglia. Trova che quell'*in realtà* sia superfluo, ma se ne farà una ragione.

«Durante la riunione prendi la parola tu, okay?» dice Denny Hayes. Poi, senza aspettare una risposta, riprende a camminare.

Judy viene a sapere che su ordine di LaRochelle il Posto di comando è stato spostato da dietro le quinte dell'Aula magna allo Chalet del direttore: hanno bisogno di avere sempre accesso a un telefono.

Questo significa che T.J. Hewitt – la direttrice, che ci vive – è stata trasferita in una stanza vuota negli Alloggi del personale.

Alle cinque del pomeriggio, dentro lo Chalet del direttore, il capitano LaRochelle è sull'attenti davanti alla parete più lunga. È un uomo imponente. Taglio militare, postura diritta.

Intorno a lui, seduti o in piedi, ci sono circa dieci investigatori. Metà sono del secondo turno e si fermano fino a tardi; gli altri sono del terzo turno e sono appena arrivati. Judy e Hayes sono gli ultimi a entrare mentre LaRochelle comincia a parlare consultando i suoi appunti.

«Indiziati finora» dice. E con le dita li spunta dall'elenco. «Il giovane John Paul McLellan. Figlioccio della famiglia Van Laar. Rientrato ieri notte con la faccia insanguinata, stamattina introvabile. Ancora irreperibile. Diramata allerta».

Judy resta di stucco. Sta ancora cercando di capire come vengono trasmesse le informazioni da persona a persona dentro il dipartimento. Non sa bene come faccia il capitano LaRochelle a saperlo già.

Lui prosegue. «Louise Donnadieu. Coordinatrice di Barbara. Attualmente in custodia per accuse non relative al caso, ma non sappiamo quanto possiamo trattenerla. Su questo» e consulta i suoi appunti «sta lavorando l'investigatore Lowry».

Una pausa.

«Pare che nei boschi vicino alla proprietà si aggiri una persona sconosciuta» dice «almeno secondo una ragazzina, Tracy Jewell, compagna di letto di Barbara. Non abbiamo descrizioni della persona, a parte che è alta, perché Tracy non portava gli occhiali. Ma ancora non abbiamo individuato nessuno. E nei boschi vicini non abbiamo nemmeno trovato tracce di Barbara. I segugi ne hanno individuato una, ma sembra che si tratti di un percorso da lei seguito parecchi giorni fa durante un'escursione».

Alza gli occhi. «Praticamente siamo alla nona ora di ricerca e non siamo neanche vicini a dove dovremmo essere».

Interviene un altro investigatore. «Signore, i genitori hanno detto niente di interessante?».

«Non direi» risponde LaRochelle. «Ho appena parlato a lungo con il signor Van Laar. Mi ha descritto Barbara come una ragazzina infelice e problematica. Sospetta che sia fuggita. Ma non ha idea di dove possa essere andata».

«Qualche ragione per sospettare di lui?».

«Non che io sappia, in questa fase» dice LaRochelle. «Ma ovviamente lo sorveglieremo con attenzione».

Indica uno degli investigatori appena arrivati per il terzo turno. «Sto parlando di te» dice. «Tocca a te tenere d'occhio i genitori nel corso della notte».

Un istante di silenzio. Poi lo stesso investigatore che ha chiesto dei genitori riprende la parola. «Signore» dice. «Non trova sospetto che il padre non abbia voluto parlare con nessuno di noi? Che abbia voluto aspettare lei?».

LaRochelle ci riflette. «Non lo definirei necessariamente un comportamento sospetto» dice. «Ho lavorato a stretto contatto con loro per il caso del figlio. Forse è una questione di fiducia».

Judy trova la cosa discutibile. Ma essendo l'investigatrice più giovane nella stanza, si guarda bene dal dirlo ad alta voce.

«Cos'altro avete per me?» domanda LaRochelle, e Hayes le dà un lieve colpo col gomito.

Judy si schiarisce la gola. Alza la mano.

Poi racconta a LaRochelle quel che le ha detto Tracy Jewell: il ragazzo, gli incontri notturni al capanno, le pareti ridipinte.

LaRochelle sgrana gli occhi. «Nessun altro ha sentito parlare di un ragazzo?».

Nella stanza tutti scuotono la testa.

Lui indica un investigatore. «Tu. Trova una guardia forestale. Chiedigli se sono già stati su al capanno. Se risponde di no, digli che si diano una mossa».

Una pausa. «Sappiamo dove andava a scuola Barbara Van Laar?».

Un investigatore alza la mano. «La Emily Grange. Vicino a Latham».

«Tu» dice LaRochelle all'investigatore. «Vacci. Fatti dare i numeri delle amiche di Barbara. Informati se esiste un ragazzo».

«Tu» continua indicando un investigatore arrivato per il terzo turno con mezzo panino che gli esce dalla bocca. «Vai a casa Van Laar ad Albany. Controlla la camera di Barbara e vedi se c'è qualcosa di rilevante. Scatta delle Polaroid, se riesci».

Una pausa.

«Domande?».

Un momento di immobilità e poi dal fondo della stanza si alza una mano. È un investigatore che Judy non aveva ancora notato, forse la persona più anziana lì presente.

«Che valga la pena prendere in considerazione Jacob Sluiter?».

L'atmosfera nella stanza cambia. Per un attimo regna l'incertezza; sembra che LaRochelle aspetti che l'investigatore si spieghi, porga le sue scuse o elabori un ragionamento.

Ma non accade.

LaRochelle incrocia le braccia. «Immagino sia possibile» dice. «Visto che è latitante. Ma personalmente la trovo la spiegazione meno probabile» conclude.

L'investigatore annuisce, anche se dalla sua espressione si capisce che non è completamente soddisfatto.

«Che fosse lui lo sconosciuto nel bosco? Quello che ha accompagnato la ragazzina verso la villa?».

LaRochelle si acciglia. «Proviamo a rifletterci» dice. «Un assassino stupratore evade e trova nei boschi una ragazzina sola e smarrita. La porterebbe in salvo? Oppure coglierebbe l'occasione per fare quel che ha sempre fatto in passato?».

L'investigatore anziano tace. I due uomini si guardano come se si stessero mandando dei messaggi muti che gli altri non possono sentire.

«Non sto dicendo che sia da escludere» conclude LaRochelle. «Dico solo: quando sentite degli zoccoli, non pensate subito a una zebra».

Judyta

Anni Cinquanta | 1961 | inverno 1973
giugno 1975 | luglio 1975 | **agosto 1975: giorno uno**

Sono quasi le sei del suo primo giorno alla Riserva. A Judy il conto non torna. Le sembra di essere lì da un anno.

Hayes sta rientrando verso nord al quartier generale del dipartimento di Ray Brook. Da lì, lei proseguirà il suo lungo viaggio verso Schenectady. Il solo pensiero le fa venir voglia di piangere.

«Stanca?» chiede Hayes.

«Un po'».

«Preparati» dice lui. «In casi come questi si lavora ventiquattr'ore su ventiquattro».

Abbassa il finestrino. Ha in mano un pacchetto di sigarette, che scuote per offrirne una a Judy. Lei rifiuta.

«Non fumi?».

«No».

«Brava» dice Hayes. «Il mio vecchio ci è morto, mi sa. Non lo chiamava cancro, ma è morto tossendo». Fa un tiro. Poi soffia una nuvola di fumo di lato, fuori dal finestrino aperto. «Io fumo solo in macchina. È il compromesso che ho trovato tra me e me».

Judy ride senza convinzione. Quel tanto da fargli capire che ha sentito.

«Posso chiederti una cosa?» dice Hayes e Judy si irrigidisce aspettandosi una domanda personale. Passerà molto tempo prima che si senta abbastanza a suo agio con i colleghi da divulgare qualsiasi informazione riguardante la sua famiglia o il suo passato. Ma Hayes continua e non è una domanda strana: «Perché hai deciso di lavorare in polizia?».

Lei riflette sulle possibili risposte. *Volevo aiutare gli altri* suona banale. *Ho pensato che poteva essere interessante* è troppo vago.

Alla fine, con suo stesso stupore, dice la verità.

«*Mod Squad*».

«*Mod...*» fa Hayes come se non avesse sentito bene.

«*Mod Squad*» ripete Judy. «Era il mio programma preferito».

Hayes inizia a ridere. E continua finché non arriva un colpo di tosse, poi fa volare la sigaretta fuori dal finestrino. «Che mi prenda un colpo» dice. «È la prima volta che sento una cosa del genere».

Judy fa un gran sorriso.

«*Mod Squad*» ripete Hayes e ride finché sull'auto non cala un silenzio soddisfatto.

A quel punto la radio, con un crepitio, prende vita.

John Paul McLellan, con la sua Trans Am blu, è stato avvistato e fermato. Si trova quindici chilometri più a sud, sul ciglio della superstrada.

Denny Hayes la guarda. Poi guarda l'orologio. «Le sei» dice. «Noi abbiamo già staccato. Potremmo andare a casa». Le lancia un'occhiata. «Che ne dici?».

Judy scuote la testa.

Hayes risponde alla radio, attacca il lampeggiante magnetico sul tettuccio dell'auto, fa inversione caracollando sull'erba dello spartitraffico e torna indietro.

Quando arrivano, l'agente della stradale che ha fatto accostare John Paul McLellan gli ha già messo le manette. È seduto sull'erba vicino alla macchina. L'hanno preso a pugni. Molti pugni, a giudicare dalle labbra gonfie e dall'occhio nero.

L'agente fa rapporto: McLellan è chiaramente ubriaco.

Anzi, quella è stata la prima cosa che ha notato. L'avrebbe fermato comunque, anche senza l'allerta. È positivo all'etilometro, e di parecchio.

«È tutto vostro» dice.

«Sono stato in un ristorante» dice McLellan, da dov'è seduto.

Probabilmente "ristorante" significa bar. L'odore di alcol nel suo fiato è percepibile a parecchi metri di distanza. E anche quello di marijuana.

Hayes apre lo sportello del passeggero e inizia una perquisizione.

«Non può farlo» dice McLellan. «Non ho concesso l'autorizzazione».

«Sfortunatamente per te» replica Hayes, con voce tesa e soffocata perché è piegato dentro l'auto «dal momento che all'interno del veicolo è presente l'aroma di una sostanza illegale, io ho il diritto di eseguire un controllo».

In rapida successione trova una pinzetta per spinelli, due lattine schiacciate di birra Genesee e quello che sembra un residuo di cocaina sul cruscotto. E non ha ancora toccato il bagagliaio.

È grazie a queste prove, e al fatto che McLellan è chiaramente ubriaco, che lo dichiara in arresto.

Intanto Judy porta patente e libretto all'auto civetta e con la radio detta i numeri al quartier generale di Ray Brook.

Da dietro il volante, mentre aspetta l'intervento della centralinista, osserva con attenzione McLellan. Tira su con il naso, la bocca e la faccia si muovono in maniera strana. All'inizio lo attribuisce alla coca; lei non l'ha mai provata, ma alle superiori ha visto gente che la sniffava, soprattutto maschi, e sportivi. Ma quando McLellan rivolge il viso verso l'alto, verso il sole, si rende conto che sta piangendo.

Ora Hayes inizia con il bagagliaio. Lo apre.

Le volta le spalle. Si è infilato i guanti e sta estraendo da quel piccolo spazio un numero improbabile di oggetti, che poi posa attentamente a terra. Mazza da golf. Mazza da golf. Sacco a pelo. Borsone. Libro. Scarpa. Libro. Scarpa.

Infine, tira fuori un sacchetto di carta.

Judy vede che McLellan non alza la testa e fissa il terreno.

Il colore del sacchetto, che Hayes maneggia con cautela, sembra strano. È diverso dagli altri sacchetti di carta che Judy ha già visto.

Poi capisce: il fondo è più scuro di quel che dovrebbe.

Tenendo bene d'occhio McLellan per essere sicura che stia seduto, Judy scende dalla macchina e si avvicina a Hayes, che è accovacciato a terra e guarda dentro il sacchetto. Mentre lei si avvicina, comincia a sollevare gli oggetti che contiene, usando le due dita di una mano guantata.

Mutande, calzoncini, una maglietta. Piccola, bianca e blu.

È un'uniforme. Coperta, a quel che si capisce, di sangue.

Judy guarda McLellan, che tiene sempre la testa bassa.

Poi guarda Denny Hayes, che sta dicendo qualcosa che Judy non riesce a sentire. *Merda. Merda.*

La sua faccia ha perso ogni colore. Nonostante tutta la sua spocchia, sembra completamente impreparato. A Judy viene in mente che è padre: in fondo, anche lui ha dei figli.

Mentre viaggiano verso il commissariato restano tutti e tre in silenzio, finché Denny non prende la parola.

«L'hai ammazzata?» dice, e il suono di quella frase è come una pallottola. Judy sente perfino l'aria muoversi intorno alla macchina che sfreccia.

Lancia un'occhiata a McLellan nello specchietto retrovisore. Lui sta guardando fuori dal finestrino, imperscrutabile. Per un attimo pensa che non dirà niente – finché invece non accade il contrario.

«Mi appello ai miei diritti contro l'autoincriminazione» dice.

Che eloquio, pensa Judy, *è proprio figlio di un avvocato.*

A Ray Brook sbrigano rapidamente tutte le pratiche e lo mettono in una cella provvisoria. Può fare una telefonata. Judy non ha dubbi su chi ci sarà all'altro capo del filo.

E ha ragione: dalla bocca del ragazzo esce un tremolante «*Papà?*».

E poi la mano sale alle sopracciglia, nascondendo delle lacrime di autocommiserazione.

Non dice niente di sorprendente: si è messo nei guai e ha bisogno d'aiuto. Ha bisogno che suo padre lo raggiunga.

Entra Hayes. Dice: «Judy, vai a casa».

Ormai sono le otto. Arriverà a Schenectady non prima delle dieci.

Louise

Anni Cinquanta | 1961 | inverno 1973
giugno 1975 | luglio 1975 | **agosto 1975: giorno uno**

È quasi mezzanotte. Louise è in una cella provvisoria da dieci ore.

Le hanno dato da bere ma niente da mangiare.

Le gira la testa, non si sente bene. Vorrebbe respirare un po' d'aria fresca.

Vede un bicchiere di caffè ormai freddo – in genere non ne beve – e ne assaggia un sorso.

Alla fine qualcuno bussa forte alla porta. E la apre senza aspettare risposta.

È un uomo sulla cinquantina, con occhiali spessi, un gilè di maglia e una cravatta marrone. Louise pensa che sembra un professore d'inglese. In mano ha una lattina di Coca-Cola. L'unico segno che lavora in un corpo di polizia è il distintivo. Si siede davanti a Louise e accavalla le gambe.

Louise si prepara. Ha deciso che gli dirà semplicemente la verità: ieri notte è stata fuori. E anche Annabel. La droga nel sacchetto è di Annabel, non sua.

L'uomo non si presenta, ma beve un sorso di Coca-Cola e comincia.

Nel suo aspetto e nel suo abbigliamento, qualcosa le fa pensare che sarà gentile, ma il tono della voce è severo.

«Che rapporti hai con John Paul McLellan?» dice. E la guarda dritto negli occhi. Non ha un blocco su cui annotare le risposte.

La domanda la coglie di sorpresa: non era quello di cui si aspettava di discutere.

«Sono la sua fidanzata» risponde quasi in automatico. «Siamo fidanzati. Stiamo insieme da quattro anni».

«Ah» dice l'uomo.

Lei attende, circospetta, che aggiunga qualcos'altro. E si costringe a tacere.

«Non è quello che dice lui» fa l'uomo.

Louise si muove appena sulla sedia. *Non fare domande*, si ripete; Louise, *non fare domande*. Ma non ce la fa.

«Come sarebbe?».

L'uomo si estrae un frammento di sporco da sotto un'unghia. Tira su con il naso e gli occhiali dalla montatura spessa gli scivolano un poco più giù.

«Dice che andavate a letto insieme» spiega. «Un po' di tempo fa. Dice anche che è finita ma che tu continui a stargli addosso».

«Balle» esclama Louise senza riflettere.

«Dov'è l'anello?».

Louise arrossisce. È sempre stato argomento di discussioni tra lei e John Paul. Lui sostiene che gliene vuole regalare uno bello, bellissimo – e che non potrà farlo finché non avrà un lavoro vero.

«Oggi non l'ho messo» dice Louise. «Al campo non lo metto. È troppo prezioso».

«Senti, io non so dove stia la verità» fa l'uomo. «Questo è quel che ha detto lui. Te lo sto solo ripetendo».

Louise lo guarda in tralice. «Lei come si chiama» dice.

L'investigatore sbatte le palpebre.

«Sa come mi chiamo io» prosegue. «E lei come si chiama?».

«Lowry».

«Non dovrei parlare con lei, Lowry».

«E chi è che te l'ha consigliato?».

Muta, si ripete Louise. *Non dire niente.*

Per un minuto i due restano in silenzio. L'uomo si lascia andare contro lo schienale della sedia, le mani dietro la testa. Si mette bello comodo. Alza gli occhi e guarda fuori dalla grande finestra.

Questo abbigliamento da professore, pensa Louise, è uno stratagemma. Un trucco che usa per mitigare i sospetti. Quell'uomo è identico a tutti gli altri poliziotti che ha già conosciuto.

A un tratto lo stomaco le brontola così forte che il rumore riempie la stanza.

«Hai fame» dice l'uomo. È un'affermazione, non una domanda.

Si alza ed esce. Torna con una mela e un coltellino. Sbuccia la mela, l'affetta e poi le offre le fette a una a una. Louise non rifiuta.

«Perché mi sta chiedendo di John Paul?» domanda quando la mela è quasi finita.

«Non l'hai ancora capito?».

Louise tace.

«Lo sai perché sei qui, vero?» chiede l'uomo. Ci riprova. Ma Louise non dice nulla neanche stavolta. «Sei in arresto per un reato minore. Mentre parliamo stiamo per ottenere un'udienza per la cauzione. Probabilmente per domani al più presto. Ma sei qui anche per un'altra ragione».

Silenzio. Louise aspetta. L'uomo la osserva, attento. La sua espressione non le piace: è convinto che lei sia impressionabile, credulona, una provinciale mai uscita di casa. Se solo sapesse, pensa Louise; se solo sapesse in che ristoranti è stata con John Paul, che film ha visto. Che libri ha letto, su consiglio di John Paul e per curiosità. *Sono diversa da quella che credi*, vorrebbe dirgli. Ma l'avvertimento di Denny – *non parlare senza un avvocato* – le resta bene in testa.

L'uomo si protende.

«Sappiamo» dice «che sai cos'è successo a Barbara Van Laar».

Louise viene colta di sorpresa.

«No» ribatte prima di poterselo impedire. Ma per qualche motivo quella parola suona falsa perfino a lei: una sillaba acuta, con una venatura lamentosa.

«Anche questo è diverso» dice l'uomo.

«Diverso da cosa?».

«Da quel che ha detto il tuo ragazzo».

Alice

Anni Cinquanta | 1961 | inverno 1973
giugno 1975 | luglio 1975 | **agosto 1975**

Ecco per cosa è stata costruita Fiducia-in-se-stessi, pensò Alice. Alle dieci del mattino era in piedi al centro della grande sala e girava lentamente in tondo mentre la villa risorgeva. Non facevano una festa – Addio Moscerini o altro – dalla scomparsa di Bear. Ma a Peter il centesimo anniversario della casa sembrava un'occasione propizia per recuperare quella tradizione. «Fa bene agli affari» aveva detto. Voleva invitare diversi potenziali clienti.

L'ostacolo principale era la quantità di lavoro necessario. Quasi tutte le camere di Fiducia erano chiuse da prima che Barbara nascesse. Adesso venivano scoperchiate, i teli antipolvere tolti dai mobili e le finestre aperte. Arrivavano fiori recisi dal fioraio di Albany. Su ordine di Peter, fiori selvatici: mazzi di acetoselle, false violette e arisaeme, in vasi disseminati per tutta la casa e sui comodini di tutte le stanze. Peter aveva fatto ritappezzare il divano e le poltrone della sala grande e aveva comprato anche dei mobili nuovi: una trentina di poltrone di legno da giardino, fabbricate in loco, montavano la guardia disposte in un preciso semicerchio sul prato che digradava verso il lago Joan. Quelle vecchie, scheggiate e decrepite, erano state sfasciate per essere usate come legna da ardere da qualche membro del personale.

Non venne rifatta solo la casa. Nelle ultime settimane, dalla partenza di Barbara per il campo estivo, Alice si occupò di se stessa e della propria persona per la prima volta da anni. Un cambiamento positivo. La festa e la sua organizzazione rinvigorirono un suo lato fondamentale, il carattere. Certo, non si lasciò mai andare, non del tutto – ma non era stata attentissima a vestiti, pelle e unghie. Una volta portava i capelli acconciati in un caschetto voluminoso che le arrivava alla nuca. Le avevano sempre detto che era molto chic. Ma dopo la scomparsa di Bear aveva smesso di andare dal solito parrucchiere perché non voleva rispondere a domande infinite. I capelli le erano cresciuti in maniera vergognosa. Per nasconderne la lunghezza se li appuntava in uno chignon basso.

Una settimana dopo la partenza di Barbara per Camp Emerson aveva chiesto a un loro dipendente di accompagnarla in macchina ad Albany per un appuntamento dal parrucchiere. Era tornata con i capelli sciolti e lisci, lunghi sulla schiena, appena tinti per nascondere i fili grigi alle tempie. In mano aveva un sacchetto di Whitney's con dentro sette completi nuovi, tra cui due minigonne e un bikini. La commessa, esageratamente giovane, l'aveva incalzata: «In fondo il personalino ce l'ha» aveva detto.

Era sabato mattina – il giorno in cui doveva cominciare la festa – e Alice era davanti al suo armadio per decidere cosa mettersi.

«Signora Van Laar» disse qualcuno.

Lei si girò. Era un giovanotto che sulle prime non riconobbe. *Uno dei domestici stagionali che ha assunto Peter*, pensò. Comunque portava l'uniforme.

«Cosa c'è?».

«Qualcuno alla porta» disse il ragazzo.

«Un ospite?» domandò Alice, in preda al terrore. *È troppo presto*, pensò. Erano solo le undici del mattino. L'arrivo degli ospiti era previsto dopo il tardo pomeriggio.

«Non saprei» rispose il ragazzo. «È una coppia. Sono...» disse restando sul vago.

E in quel momento Alice sentì la voce di sua madre, familiare e spaventosa insieme, impaziente e di cattivo umore.

Sbatté le palpebre, rigida. Non era assolutamente pronta al loro arrivo.

«Grazie» disse al ragazzo, che se ne andò. E poi, riluttante, tirò fuori dall'armadio un pullover a collo alto e una minigonna di velluto a coste, e se li mise.

«Santo cielo, Alice» esclamò sua madre, nella sala grande. Poi squadrò la figlia dalla testa ai piedi: i capelli stirati con la piastra, la gonna corta, le gambe e i piedi nudi. E poi sentenziò: «Sei *smunta*».

Era e non era un insulto.

«Mamma» disse Alice. «Sei in anticipo».

«Be', ho pensato che forse avevi bisogno di una mano» rispose sua madre guardandosi intorno con un'aria che la diceva lunga.

Certe volte Alice restava colpita dalla creatività delle sue critiche, dalla terminologia poetica che usava per descrivere tutto ciò che nel mondo circostante non era all'altezza. Una figlia diversa avrebbe preso le distanze molti anni prima, o almeno avrebbe deciso di riderci sopra. Ma Alice aveva ormai quarant'anni e faticava ancora – con imbarazzo, se ne rese conto in quel momento – a prevenire e respingere le sue rimostranze, una tempesta di osservazioni fatte per sembrare oggettive ma in realtà una più letale dell'altra.

«Vai a prepararti» disse la signora Ward. «Ci penso io a dirigere gli altri».

Alice raggelò. Poi provò a dire: *Sono già pronta.*

«Grazie, mamma» disse invece. Evitò di incrociare lo sguardo di suo padre. Se l'avesse fatto sarebbe scoppiata in lacrime, perché sapeva che la guardava con un'aria più o meno impietosita. Perché permetteva che tutto questo la toccasse? A quell'età? Peter glielo diceva da anni – be', quel che diceva lui non aveva importanza. Peter era parte del problema.

Alice arretrò nel corridoio, imbarazzata dal proprio corpo e dalle proprie gambe nude. Si sentiva trafitta dallo sguardo cocente di sua madre.

In camera, aprì la porta del suo armadio e ci restò davanti troppo a lungo, guardava ma non elaborava ciò che vedeva. C'erano colori, tessuti e capi di lunghezze diverse.

E poi, sopra l'asta, un pezzo di stoffa attirò la sua attenzione, e cercò di afferrarlo.

Durante la sua assenza – era così che chiamavano il suo soggiorno all'Istituto Dunwitty – il dottor Lewis aveva insistito con gli altri Van Laar perché rimuovessero tutto ciò che apparteneva a Bear dalla casa di Albany e anche da Fiducia. E quindi le due stanze erano state completamente rifatte. Le pareti – un tempo rivestite, con grande gioia di Bear, da una carta da parati con sopra stampate mappe del mondo – erano state intonacate di bianco. I vestiti erano scomparsi. Anche i giocattoli e i libri. Secondo il dottor Lewis era la maniera giusta per far guarire Alice; e in casa Van Laar i consigli del dottor Lewis – amico di Peter II dai tempi di Yale – venivano seguiti alla lettera.

Ma c'era una cosa di Bear che non avevano notato.

Quand'era nato, qualcuno le aveva regalato una copertina per lui, azzurra, orlata con un nastro di seta decorato con la luna e le stelle. Crescendo, il bambino se n'era separato raramente. Ma quando, a quattro anni, se la trascinava ancora dietro per tutta la casa, Peter aveva ordinato che gliela togliessero. Alice aveva obbedito e l'aveva nascosta su quello scaffale del suo armadio, anche se il bambino l'aveva invocata piangendo ogni sera, all'ora di andare a letto, per una settimana intera.

Quand'era tornata dopo la sua assenza e aveva scoperto che tutti gli oggetti di Bear erano stati portati via, aveva saggiamente nascosto il proprio disappunto. (Preferiva stare in una casa senza Bear piuttosto che in quell'altro posto). Quando smettevano di tenerla d'occhio, si chiudeva in camera sua e apriva la porta dell'armadio.

Ed eccola lì: la copertina che gli aveva sottratto tanto tempo prima.

Alice si premette la copertina contro la faccia e si passò sulle guance gli orli sfrangiati, che Bear aveva l'abitudine di stuzzicare leggermente con le dita.

Decise che non si sarebbe cambiata. Che non avrebbe detto nulla a sua madre. Non si sarebbe cambiata e basta.

Si stese la copertina sulla faccia. Per un po' restò sdraiata sul letto in quella posizione. Da quand'era stata ad Albany non aveva più preso le pillole del dottor Lewis. I preparativi per la festa l'avevano distratta. *Per una volta ho qualcosa da fare*, pensò. Con tutto quello che doveva organizzare non si era mai soffermata a pensare se aveva o meno una giornata molto storta.

Sentì sua madre impartire degli ordini chissà dove. *Lì*, stava dicendo. *Lì. No. Sì. No.*

Meccanicamente la mano destra di Alice si protese verso il comodino, aprì il cassetto e all'interno tastò la confortante superficie curva del flacone, sentì il confortante tintinnio delle pillole e se ne mise in bocca una, e poi due, e poi tre, e poi quattro. Le masticò. Quindi si stese di nuovo sulla faccia la copertina di Bear. *Un sudario*, pensò, *una sindone*, e poi scoppiò in una risatina.

Quando riaprì gli occhi sentì delle voci fuori, sul prato. Molte voci. Cercò di mettersi seduta ma non ci riuscì. C'era buio, sopra e intorno a lei. Da bambina evitava i riposini, perché svegliarsi le causava una disperazione anormale. Anche Bear era così: le uniche volte in cui rimaneva stordito era dopo il sonnellino pomeridiano.

Se ne rese conto anche in quel momento. Nonostante la calura del pomeriggio, si raggomitolò sotto le coperte.

Dopo un minuto, o un'ora, si alzò.

Poi il comodino, il cassetto e le pillole. Altre due. Tre.

Camminò con la mano sul muro. Avanzò a tastoni lungo il corridoio fino in cucina, dove frugò nella credenza alla ricerca di un bicchiere e fece scorrere l'acqua del lavello. Veniva da un pozzo e aveva un dolce sapore di terra.

Dal lato della bocca le sfuggì un rivoletto di liquido e per fermarlo si passò una mano sotto il mento. E poi notò qualcosa: ai confini del suo campo visivo, una forma umana, esitante. Si girò. La nuova cuoca. La ragazza del paese. Quella senza nome.

«Cosa c'è» disse Alice.

«Niente».

«Niente, *signora*» precisò Alice ma la ragazza si limitò a guardarla sbattendo le palpebre.

Le credenze. La parete. I due gradini che portavano nella sala grande. Piano, piano. Lo schienale del divano. Un lato del caminetto centrale, piacevolmente ruvido.

Si fermò poco prima della porta a vetri che dava sul prato. Lì davanti c'erano i suoi ospiti – *sono anche miei*, pensò, *mica solo di Peter*.

Quindi avevano iniziato senza di lei. Nessuno aveva pensato di svegliarla – nemmeno suo marito. Fuori, al sole, tutti svuotavano il bicchiere buttando indietro la testa, allegri.

Scrutò la folla alla ricerca di Peter e vide che parlava con i McLellan: marito, moglie, figlia, figlio. *Tutti tremendi, ognuno a modo suo*, pensò Alice.

Fece per mettere una mano sulla porta a vetri scorrevole ma scoprì che era aperta. Così uscì incerta e a tre metri da lì c'era una donna che urlò tutta felice il suo nome – «Alice!» – e poi tacque.

La folla, sentito quel saluto, si girò – e poi ammutolì.

Alice si rese conto di una cosa: aveva in corpo troppe pillole. Soprattutto perché era una settimana che non ne prendeva. Ed era un giorno che non mangiava. Si portò una mano ai capelli e scoprì che erano in disordine, lunghe ciocche le pendevano sulle orecchie. Si portò una mano ai vestiti, alla gonna corta, e scoprì che ce l'aveva troppo alta in vita.

I suoi occhi nuotarono verso quelli di Peter. Era troppo lontano. Stava dicendo qualcosa ai McLellan, qualcosa che la riguardava: lo vide muovere la bocca. Il figlio dei McLellan, John Paul junior, era diventato un uomo. Si diceva che avrebbe ereditato la banca e si vedeva: aveva già la stessa aria di tutti gli altri. L'aria di qualcuno a cui è dovuto qualcosa. Tutto.

Attraverso la nebbia dei farmaci, ebbe una sensazione di déjà vu: quella di vivere una precisa serie di scene per la seconda volta nella vita.

Dovette portarsi una mano al viso per essere sicura che fosse tutto a posto.

Poi si ritirò.

In casa, nell'ombra, giù lungo il corridoio fino alla camera di Bear, si stese sul letto che non era più di suo figlio e si raggomitolò formando un nodo stretto d'ossa e carne nel punto in cui, parecchie ore dopo, due ospiti la ritrovarono profondamente addormentata.

Fuori le voci dei suoi invitati si facevano ancora più sonore e allegre.

La festa sarebbe andata avanti senza di lei.

Louise

Anni Cinquanta | 1961 | inverno 1973
giugno 1975 | luglio 1975 | **agosto 1975: giorno uno**

Louise si sente male.

«Non le credo» continua a ripetere.

«Padronissima» risponde il detective. Lowry. Lei ha la sensazione di avergli già detto più di quanto avrebbe dovuto. Ma se c'è una cosa che la fa infuriare è che si menta sul suo conto. È tutta la vita che la gente racconta bugie su di lei. Oggi è già successo due volte: prima Annabel e adesso questo. È paonazza dalla rabbia, dall'ingiustizia di tutta la situazione. È piena di rancore. Non riesce a tacere.

«Lei si sta inventando tutto» dice, con il cuore che le batte fortissimo.

«No» risponde Lowry con una sicurezza e una calma che le fanno venir voglia di sporgersi sul tavolo e...

«Quand'è cominciata?» dice Lowry.

«Vaffanculo» fa Louise.

«Bene» dice Lowry. «Resta pure seduta qui un altro po'. Tanto io non ho impegni».

A detta di Lowry, John Paul è stato sorpreso con un sacchetto pieno di vestiti di Barbara. Insanguinati, ha aggiunto – mentre pronunciava quella parola ha tenuto gli occhi fissi in quelli di Louise.

Non aveva idea di cosa ci fosse nel sacchetto, ha aggiunto.

Ma a suo dire era stata Louise a chiedergli di disfarsene per suo conto.

«Sai cosa mi fa venire in mente?» le ha detto il detective. «L'altro sacchetto di cui hai chiesto a qualcun altro di disfarsi, stamattina».

Louise lo guarda senza incertezze, il viso che brucia di rabbia. Cerca di tenere la voce ferma ma non ci riesce.

«Mi stia a sentire» dice. «Io non ho avuto niente a che fare con quei due sacchetti. Sapevo di quello di Annabel. Ma dentro c'era roba *sua*. Non mia».

Lowry soppesa le sue parole.

«Capisco» dice. «Barbara dimostrava molto più dei suoi tredici anni».

A Louise viene la nausea. È abituata a sentire esprimere spesso quel concetto, di solito nei suoi confronti.

«No, non li dimostra» dice. Fa bene attenzione a usare il presente, a scansare quella che pensa sia una trappola grammaticale tesa dal detective. «Sembra una tredicenne con l'eyeliner nero. Si vede che è una ragazzina».

Lowry annuisce. «Capisco anche questo» dice. «Ha senso, in realtà».

Louise non abbocca.

Lui ci riprova. «Da quanto conosci Lee Towson?».

Lei tace. Pensa a Lee che, con il suo grembiule, la guarda dalla cucina della mensa. Si domanda dove sarà ora.

«È stata una sua idea, no?» dice Lowry. «Ti ha chiesto di portargliela?».

L'assurdità di quell'accusa la innervosisce ma capisce, di nuovo, che Denny Hayes aveva ragione quando le ha consigliato di trovarsi un avvocato. E che niente di ciò che dirà può giocare a suo favore.

«Ma perché mi tiene qui» dice alla fine. La fame è diventata nausea.

Lowry la guarda stupito.

«Non potete tenermi qui» dice Louise. «Non posso andarmene?».

«No» risponde Lowry scuotendo la testa. «Tecnicamente sei stata accusata di possesso di sostanze stupefacenti» aggiunge.

«Anche questa è una bugia» dice Louise.

«Be', ancora non lo sappiamo. Sappiamo solo che è quello di cui sei stata accusata. Quindi finché per quest'accusa non stabiliscono una cauzione e tu la paghi, resterai con noi».

«Ma non è il vero motivo per cui mi tenete qui» dice Louise. «Questo me l'ha già detto».

Lowry sorride. «Davvero?».

Louise tace.

«Louise» riprende Lowry. «Se non vuoi più parlare con noi, benissimo. È un tuo diritto. Ma stammi bene a sentire. Adesso ti dico una cosa che credo ti aiuterà».

Fa una pausa e beve un sorso di Coca-Cola. Dalla tasca interna della giacca tira fuori un biscotto all'avena e uvetta, avvolto nella plastica e ammorbidito per il caldo, toglie lentamente l'involucro, lo tuffa nel caffè e inizia a mangiare.

«Il massimo della pena per possesso di sostanze stupefacenti è di cinque anni» dice masticando.

Louise sbianca. Tra cinque anni suo fratello Jesse ne avrà sedici. Sarà praticamente adulto. Tra cinque anni sarà troppo tardi.

«Ma se hai informazioni su dove si trova Barbara Van Laar – qualunque cosa possa aiutarci – saremo nella posizione migliore per aiutare anche te».

Louise guarda il tavolo. Ha paura che se alza gli occhi possano scenderle le lacrime che sta cercando di frenare. Preferisce morire o finire in galera piuttosto che farsi vedere piangere da quell'uomo.

«In ogni caso adesso potrei fare una telefonata» dice Lowry. «E vedere di combinare un'udienza per la cauzione. Ma».

Controlla l'orologio con fin troppa enfasi.

«Ormai è tardi. Il giudice potrebbe non essere disponibile fino a domattina».

Ed esce dalla stanza.

Louise resta sola.

Per un po' tace e lascia che quella catastrofe le piombi addosso.

La prima emozione è l'orrore: al pensiero che John Paul possa avere fatto una cosa crudele come quella. Che possano credere a lui invece che a lei.

Una cosa è vera: ha sempre avuto una tendenza alla cattiveria e alla vendetta. Lei ha visto quel suo lato, soprattutto con il prossimo, soprattutto con altri ragazzi alle feste, quand'erano tutti ubriachi e fatti.

Solo una volta ha usato quel suo lato contro di lei.

Louise

Anni Cinquanta | 1961 | **inverno 1973**
giugno 1975 | luglio 1975 | agosto 1975

Era il suo secondo inverno al Garnet Hill Lodge. Era un lunedì, che era comunque un giorno lento, e faceva un freddo terrificante, al punto che erano saltate tantissime prenotazioni e il suo capo le aveva detto che poteva staccare prima. Quindi Louise, annoiata e sola, ne aveva approfittato per prendere in prestito un'auto aziendale e andare all'Union College.

Quell'anno John Paul abitava in una casa che condivideva con altri ragazzi – uno dei quali aprì la porta quando sentì Louise bussare.

«John Paul è fuori» disse dopo qualche istante per mettere a fuoco la sua faccia.

«Oh» fece Louise. Alle spalle del ragazzo si sentiva il rumore di quella che sembrava una festa. Sentì una nota bassa e vibrante – era un disco che saltava. Una ragazza rideva allegra. Il disco fu sistemato. Un ragazzo esultò.

Lei riconobbe la voce.

«Steven» disse. «Secondo me è in casa».

Dentro, una decina di persone divise in gruppetti con in sottofondo la musica degli Zeppelin.

Quasi tutte erano ragazze che non aveva mai visto. Giovani: probabilmente matricole. Tutte eleganti, in abiti da sera, i capelli lavati e messi in piega. *Dove andranno, in questa notte gelida?* pensò Louise – e poi si rese conto che la destinazione era proprio quella casa lì, e i ragazzi che ci abitavano erano il motivo per cui si erano tanto prese cura del proprio aspetto. Louise, con il suo parka e il berretto, sembrava un simpatico pupazzo di neve.

All'altro capo della stanza John Paul oscillava appena, in preda a un'ubriachezza che le strinse il cuore. Aveva in mano una birra ed era a torso nudo, nonostante il freddo. La pelle di petto e spalle era tutta arrossata. Aveva un fisico magro e attraente, una bella testa folta di capelli e denti bianchissimi, e in genere Louise lo trovava stupendo. Ma il modo migliore di rendere brutto un uomo bello è farlo bere troppo. Gli uomini ubriachi le facevano paura. Aveva imparato da giovanissima a blandirli, a ridere delle loro battute scadenti abbastanza da evitare che si offendessero, ma non tanto da incoraggiarli. In agguato sotto una superficie di umorismo c'erano forza e cattiveria, due pistole pronte a sparare.

«Louiiiiiise» esclamò John Paul quando la vide. Attraversò la stanza barcollando e le circondò le spalle con braccia così pesanti che rischiarono di cadere tutti e due.

«*Ma chi è questa gente?*» sussurrò lei.

«Nuovi amici» biascicò lui. «Ti piaceranno. Vieni».

Ma non ci fu nessuna presentazione e così Louise dovette restare seduta a lungo sul divano senza niente da bere, con addosso una polo con lo stemma del Garnet Hill Lodge, la maledetta uniforme che le avevano dato al lavoro, a guardare la gente che aveva intorno ubriacarsi, mentre la musica si faceva sempre più assordante e l'atmosfera di promessa sessuale sempre più pesante e ovvia.

Le ragazze le ricordavano qualcosa, o qualcuno, e d'improvviso si rese conto che erano come le ragazzine di Camp Emerson. Non solo per via della loro ricchezza e del loro atteggiamento, ma anche per la loro età; la più piccola dimostrava sedici o diciassette anni. Due di loro cominciarono a ballare strusciandosi, malferme, e lei si accorse che John Paul le osservava, e fu a quel punto che salì in camera sua senza neanche augurare la buonanotte.

Fumava raramente sigarette, ma vide quelle di John Paul sul comodino e vicino al pacchetto un accendino d'argento, con inciso su un fianco JPM, se ne accese una e la fumò. Le piaceva sentirne il calore nei polmoni.

Si infilò l'accendino in tasca. Voleva tenersi qualcosa di suo.

Spense la sigaretta e restò distesa a lungo. Vicino al letto c'era una finestra, guardò fuori e vide che la luna era quasi piena. Da sotto sentì che la musica scemava, che mettevano qualcosa di più tranquillo. Non sapeva bene che ora fosse.

Si svegliò quando qualcuno spalancò la porta. Si mise a sedere di scatto, una mano sul cuore. Era John Paul, un'ombra sulla soglia.

Sotto, la gente chiacchierava ancora.

«Dove sei andata» fece lui, a bassa voce. Non capì se era più sobrio o più ubriaco di quando era venuta in camera.

«A letto» rispose.

«Non trattarmi da scemo» replicò lui – una delle sue frasi preferite quando litigavano. Non era scemo. E voleva che tutti lo sapessero. «Perché non me l'hai detto?».

Louise sentì la rabbia che le saliva in gola. In genere rifletteva sempre molto bene su tutto ciò che stava per dire a John Paul, ma quella sera abbassò la guardia.

«Non volevo starti tra i piedi» disse.

«Cos'hai detto?».

«Ho pensato che senza di me ti saresti divertito di più».

John Paul si chiuse la porta alle spalle e fece ripiombare la stanza nell'oscurità. A un tratto non lo vide più. In lei si risvegliò qualcosa che le fece paura.

«John Paul» disse, e poi sentì addosso le sue mani, che la

tastavano senza delicatezza, che la tiravano su dal letto tenendola per i vestiti.

«Chi hai scopato» disse, con voce troppo forte. Lei fece una smorfia. Di sotto le voci si interruppero – stavano ascoltando.

«*Shhh*» gli disse – ma le venne in mente troppo tardi che essere zittito era una delle cose che John Paul non sopportava, suggerirgli di abbassare la voce era peggio che prenderlo a schiaffi. Gliel'aveva spiegato lui proprio con queste parole.

«Non mi zittire» urlò. «Ti ho fatto una domanda. Chi. Hai. Scopato».

Dal piano di sotto arrivò una risatina.

«Nessuno, nessuno» sussurrò Louise, angosciata. John Paul le stringeva sempre più forte una spalla.

«Sicura?» disse. «Perché io lo so come sei fatta. Ti ho vista».

Una volta, pensò Louise. Una. La prima settimana che stavano insieme. Il secondo mese che lei era all'Union. Era così ubriaca che se ne ricordava a malapena. Troppo ubriaca.

«John Paul» disse. «Sono venuta a letto. Ero stanca».

Lui la tenne ferma qualche altro secondo, respirandole in faccia. Poi, lentamente, allentò la presa. Lasciò ricadere le braccia e fece un passo indietro, barcollando.

Gli occhi di Louise si stavano abituando. Gli occhiali di John Paul scintillavano alla luce del lampione che arrivava da fuori. Si mise le mani sui fianchi e per un attimo tenne la testa china. Poi la spinse da parte e crollò sul letto, in diagonale, occupando troppo spazio. Per lei non ce n'era abbastanza.

Lo guardò. Non voleva svegliarlo. Non voleva suscitare di nuovo la sua ira. Poteva dormire sul pavimento. Oppure poteva uscire di nuovo al freddo, prendere la macchina aziendale sperando che partisse e che ci fosse un distributore aperto a quell'ora. Poteva tornare al Garnet Hill Lodge e lasciarselo alle spalle per sempre.

Nel ventre le ardeva una fiammella di rabbia.

«Spero che tu muoia» gli disse prima di poterselo impedire.

Le fu addosso. Le afferrò la maglietta con la sinistra. Con la destra le mollò due pugni mentre lei agitava le braccia cercando di proteggersi il viso. Gli diede un calcio, poi cadde a terra. Si raggomitolò, proteggendosi la testa e cercando di schermarsi la pancia. Lui le sferrò un calcio forte nella schiena.

Non urlare, si ripeté. *Non urlare.*

Era un istinto malato, che la spingeva a sacrificare il corpo per salvare l'orgoglio. Non sopportava il pensiero di quelle ragazze di sotto, nei loro vestiti da sera, che sentivano che la picchiava.

Sopra di lei, John Paul ansimava.

«Ripetilo» disse.

Lei tacque.

Aspettò il tanto che bastava. Nella mente ripercorse una specie di elenco: le chiavi della macchina sul tavolo appena dentro l'ingresso. La borsa sul pavimento vicino al letto. Era troppo difficile trovarla al buio.

«Di' *Spero che tu muoia, John Paul*» disse John Paul. «Dillo».

Lei lasciò trascorrere qualche altro istante di silenzio e poi lo placcò all'altezza delle ginocchia con tutta la forza che aveva. Era più piccola di lui ma aveva il vantaggio della sobrietà e quello della gravità. Lo placcò e lui piombò a terra, con violenza, e lei balzò in piedi – immutati il dolore al viso e alla schiena – e si precipitò giù per le scale. Afferrò le chiavi dal tavolino e sentì i propri passi rimbombare sugli scalini.

Sentì delle facce che la guardavano dal soggiorno. Non si girò. Spalancò la porta e quasi ci rimase perché scivolò sui gradini ghiacciati, ma riuscì a rimettersi in piedi. Salì in macchina e cercò di far partire il motore una volta, poi due e tre. Quando era freddo era difficile da avviare.

John Paul irruppe fuori, si lanciò giù per la scala e fu il ghiaccio a salvarla. A differenza di Louise lui cadde, facendosi male, e restò a terra. Fu allora che la macchina partì: fu allora che lei fece rapidamente retromarcia nella strada buia e vuota e poi innestò la prima, la seconda, la terza, la quarta.

Il cuore le batteva ancora fortissimo. La lancetta della benzina segnava un quarto di serbatoio, forse un pochino meno. Non le sarebbe bastato per tornare al Garnet Hill Lodge, questo era certo. E la borsa era rimasta vicina al letto di John Paul.

Gli occhi le si stavano gonfiando, il sinistro era quello messo peggio. Abbassò il finestrino e dalla parte superiore dello specchietto staccò un pezzetto del ghiaccio che si era formato. Se lo premette contro un occhio e poi sull'altro.

Quando arrivò all'uscita per Shattuck aveva un ottavo del serbatoio. Il Garnet Hill Lodge era a mezz'ora di superstrada da lì, e poi altri quarantacinque minuti di strada normale. Poteva tornare a casa, entrare di soppiatto e uscire di soppiatto la mattina dopo, presto, e sperare che Jesse e sua madre non vedessero la sua faccia devastata. *Ma se succede?* pensò. *Se mi vede Jesse?*

Imboccò l'uscita. Non aveva scelta.

E poi, mentre aspettava al semaforo in fondo alla rampa, le venne un'idea.

Non era mai stata alla Riserva Van Laar in inverno. Non aveva idea di quanto fosse stata spalata la neve. Sulle Adirondack, in genere si accumulava in fretta e si scioglieva raramente, quindi in marzo, nelle zone in cui non c'erano privati a occuparsene, ci si poteva ritrovare sepolti fino alla vita. Però aveva sentito dire che la famiglia ci andava a trascorrere il Natale, e da allora non aveva nevicato molto.

Infatti, quando ci arrivò alle due del mattino, l'ingresso era sgombro. In fondo al viale l'enorme villa buia se ne stava acquattata, dormiente. Spense i fanali e aspettò che gli occhi si abituassero. Non vide traccia di persone nella proprietà. Quella notte la luna splendeva e la neve ne rifletteva bene la luce. Vedere era facile, anche a quell'ora. Scese dalla macchina.

Quando entrò nel bungalow Abete balsamico non sentiva più i piedi.

Appena dentro cercò a tastoni la torcia che veniva lasciata su una mensola per tutta l'estate e quando le sue dita la sfiorarono ne fu felice.

Passando davanti alla mensa aveva preso, dalla catasta sotto il portico, tutti i pezzi di legna che riusciva a trasportare, e altrettanti rametti secchi. Si avvicinò al caminetto in disuso che si apriva in una delle pareti del bungalow – una delle poche tracce del suo passato di casino di caccia.

Puntò la torcia su per la canna fumaria, che era abbastanza pulita, e costruì un bel fuoco con l'accendino rubato a John Paul, pregando che i rametti prendessero.

Trascinò uno dei lettini il più vicino possibile alle fiamme evitando di scottarsi. Si sfilò gli scarponi e i calzini fradici e ce li mise davanti, poi ci appoggiò anche i piedi, lasciandoli arrostire. Prese un secondo materasso sottile e floscio da un altro lettino e se lo mise addosso.

Così si addormentò.

Quella notte fu svegliata per la seconda volta.

«Alzati» disse una voce.

Louise era disorientata. Al calore del fuoco i suoi occhi si erano così gonfiati da essere quasi completamente chiusi e riusciva a intravedere solo una figura che reggeva un oggetto in ciascuna mano. Uno era a forma di pistola e un braccio teso lo puntava nella sua direzione.

«Alzati» disse di nuovo la voce.

Il dolore alla schiena e alle costole la costrinse a muoversi lentamente, ma riuscì almeno ad alzarsi.

La figura abbassò il braccio.

«Louise Donnadieu?» disse dopo una pausa.

Poi, con l'oggetto nell'altra mano – scoprì che si trattava di un estintore – schizzò un getto di schiuma verso le fiamme per un tempo che le sembrò lunghissimo, fino a quando nel bungalow non furono tornati il buio e il freddo e Louise ricominciò a rabbrividire.

A un certo punto, durante quel minuto trascorso in silenzio, capì che si trattava di T.J. Hewitt.

«Non credevo fossi tanto stupida da accendere un fuoco in un camino così vecchio» disse T.J. «Rischiavi di incendiare il bungalow».

«Non sapevo che abitassi qui tutto l'anno» disse Louise.

«E dove altro dovrei abitare?» chiese T.J.

«Credevo abitassi in città» disse Louise.

«E quale?».

Louise tacque. In lei si stavano insinuando la vergogna e il rimorso. Tra tutti, quello era il lavoro che preferiva e adesso l'avrebbe sicuramente perso.

«Chi ti ha conciato così?» domandò T.J.

Louise non disse niente. Si alzò e si girò verso la sua capa, ormai appena visibile in assenza di fuoco.

«Hai della benzina?» chiese.

Nello Chalet del direttore – Louise realizzò in quel momento che era dove la sua capa abitava – T.J. accese un fuoco ben fatto. Luci e ombre si alternarono sulle parenti circostanti. T.J. le aveva messo sulla faccia una bistecca fredda, dicendole che l'avrebbe aiutata con il gonfiore. Con l'altro occhio, quello aperto, Louise capì per la prima volta la storia di quel bungalow: i libri sugli scaffali, i romanzi e i manuali; le fotografie appese alle pareti foderate di legno, stampe scolorite di orsi e uccelli e tranquille mattine su laghi immoti. Su una parete, una cartina di tutto il Parco Adirondack. Su un'altra, un poster sulle tracce lasciate dagli animali.

T.J. entrò nel cucinino e si mise ai fornelli, a rimestare qualcosa in una pentola. Louise la guardava. Quell'anno aveva una lunga treccia che le scendeva sulla schiena. Il suo corpo era appena più largo di quella treccia, ma forte: su questo non c'erano dubbi. I muscoli di braccia e gambe erano completamente esposti tutta l'estate, sopra i calzini, sotto le maniche della maglietta. Louise l'aveva vista trasportare con indifferenza una lunga canoa di legno reggendola sopra la testa: impresa che sarebbe stata difficoltosa perfino per un uomo.

Le aveva detto di avere della benzina, ma si trovava oltre la villa e a dire la verità lei era stanca. Per quella notte avrebbe dato a Louise un posto in cui dormire. La mattina dopo avrebbero pensato all'auto.

Tornò con in mano una scodella di minestra e nell'altra un bicchiere d'acqua e li mise su un tavolino basso davanti a Louise. Poi le prese la bistecca dalla faccia. La tenne distrattamente con le mani unite, mentre quella colava sangue, e guardò Louise che cominciava a mangiare e bere.

«Cosa c'è?» disse Louise a cui non piaceva essere esaminata da vicino e certo non con la faccia in quello stato.

«Stavo valutando se hai bisogno di un dottore oppure no».

«No» disse Louise.

«Hai qualcosa di rotto? Ti ha preso a calci?».

Louise tacque e riconobbe la trappola. Era in grado di schivarla. *Chi è che mi avrebbe preso a calci?* Ma, sicura di avere comunque perso il lavoro e che dopo quella notte non avrebbe mai più rivisto T.J., annuì.

«Sì» disse. «Ma non credo di avere niente di rotto. Mi fa più male la faccia».

T.J. annuì. Tornò in cucina a mettere via la bistecca. Louise sapeva che apprezzava l'onestà. Era uno degli argomenti su cui si dilungava ogni estate all'inizio del campo: *Onestà. Integrità. Prudenza.*

«È stato il tuo ragazzo?» le domandò T.J. senza girarsi.

«Sì» disse Louise.

«Vuoi che lo ammazzi?» chiese T.J. e Louise sorrise; poi fece una smorfia di dolore.

A un tratto T.J. prese il corridoio e Louise si domandò se stesse andando a dormire. Ma tornò un momento dopo, portandole qualcosa. Una grande foto senza cornice.

Per guardarla bene Louise dovette tenersi l'occhio aperto con due dita. Era la foto di un gruppo di persone sulla riva del lago di Fiducia, divise in tre file. Davanti, seduti, c'erano dei bambini di età diverse; alle loro spalle, degli adulti. Sembravano tutti allegri. Il fotografo li aveva immortalati mentre parlavano, ridevano e si muovevano. Solo alcuni sorridevano rivolti all'obbiettivo.

Louise girò la foto. Dietro, in inchiostro nero, c'era scritto: *Addio Moscerini. 1961.*

Guardò T.J., perplessa.

T.J. si sedette sul divano accanto a lei e guardarono la foto insieme. Le indicò una ragazza magra e alta, di dodici o tredici anni, in piedi in fondo alla seconda fila.

«Sono io» disse. «Avevo più o meno l'età dei ragazzi del campo». Poi indicò l'uomo alto accanto a lei, che le teneva una mano sulla spalla. «Questo è mio padre».

«Sembra simpatico» disse Louise.

«*Simpatico* non è la parola giusta» rispose T.J. «Ma è un brav'uomo».

Poi fece scorrere il dito sulla foto e arrivò a un ragazzino di dieci anni circa seduto a gambe incrociate per terra, nella fila davanti. Era biondo e sorrideva malizioso, una spalla più in basso dell'altra.

«Lo riconosci?» chiese.

A Louise pareva di sì, vagamente, ma non seppe dire perché.

«È il tuo ragazzo» disse T.J.

Louise inclinò la testa e spalancò la palpebra gonfia. L'occhio le lacrimava. Cercò di trovare un'angolazione che le permettesse di vedere più chiaramente.

Ma certo: era John Paul. Aveva già visto una sua foto a quell'età, sulla scrivania della sua camera all'Union College. Nella foto era con un altro ragazzino. Una volta gli aveva chiesto chi fosse e lui aveva glissato. «Un vecchio amico» si era limitato a dire.

«John Paul McLellan» disse T.J. Pareva che stesse rimuginando qualcosa. Oppure che stesse recuperando dei ricordi – sgradevoli.

«Come lo sai che è il mio ragazzo?» domandò Louise.

«Come credi di aver avuto questo lavoro?» disse T.J.

Quella frase per un po' la fece tacere. Non le piaceva pensare a sé come a una persona con dei contatti. Tutto quello che aveva se l'era guadagnato – fino a quando non aveva conosciuto John Paul.

«L'ho sempre detestato» disse T.J. «Non sono stata io ad assumerti. È stata la sua famiglia».

Poi si alzò di scatto e si allontanò verso il corridoio. Ma stavolta non fece ritorno.

Louise mise la foto sul tavolino che aveva davanti. Rifletté un poco.

Un attimo dopo la riprese.

1961, diceva la scritta sul retro: cioè l'anno che era scomparso il figlio dei Van Laar.

Esaminò la foto più attentamente. Nella fila dietro c'erano dodici persone; quattordici in quella centrale, compresi da un lato T.J. e suo padre; e dieci bambini seduti a terra nella fila davanti. Di fianco a John Paul c'era una ragazzina che probabilmente era sua sorella Marnie, accigliata e seccata per qualcosa – la stessa espressione che aveva quando Louise era uscita a cena con loro.

Ma dall'altro lato di John Paul c'era l'elemento più interessante: un bambino un poco più piccolo. Di circa otto anni. Con un gran sorriso e le braccia alzate. Nella fila dietro una donna – Louise pensò che doveva essere sua madre – gli stringeva le mani e gli sorrideva, la testa china nella sua direzione.

A un tratto lo riconobbe.

Era il bambino nella foto sulla scrivania di John Paul. *Un vecchio amico*, le aveva detto, e non aveva voluto aggiungere altro.

Era Bear, il figlio scomparso della famiglia Van Laar, l'oggetto di tante storie sussurrate a Camp Emerson. Non aveva mai visto una sua foto.

Il fuoco alle sue spalle scoppiettò forte e lei trasalì.

La mattina dopo si svegliò che la foto non c'era più e la sua ospite le stava porgendo il telefono.

«Che ore sono?» domandò Louise.

«Le dieci e mezza. Hai dormito bene».

«Merda» esclamò. «Merda».

Doveva tornare al Garnet Hill Lodge entro mezzogiorno. Aveva ancora la macchina dell'azienda, ma senza benzina.

Saltò in piedi con una smorfia. Cominciò a cercare gli scarponi.

«Louise» disse T.J. calma. «Rifletti un secondo».

«Devo andare» disse Louise. «Devo lavorare».

«Cosa gli dirai quando ti vedranno conciata così?».

Louise tacque un istante. «Che sono andata a sciare di notte. Che sono andata a sbattere contro un albero».

«Be', in quello stato non ti faranno lavorare» osservò T.J. «E con quell'occhio gonfio non dovresti guidare. Tanto vale che li chiami e trovi una scusa piuttosto che dirglielo di persona».

Louise non aveva mai perso un giorno di lavoro in vita sua. Per lei era una questione d'orgoglio. *È una delle cose che T.J. ha capito di me*, pensò; *una delle ragioni per cui le sto simpatica.*

«Forza» disse T.J. «Ti do io il permesso».

Furono interrotte da un colpo di tosse improvviso proveniente dal fondo del corridoio, così forte da far trasalire Louise.

«Oh» disse T.J. «È mio padre. Avrei dovuto avvisarti che c'era anche lui».

«Abita con te?» domandò Louise. L'estate prima aveva saputo che il direttore precedente era ancora vivo, anche se era stato deposto; ma mai una volta l'aveva visto all'interno della proprietà.

«Sì» rispose T.J.

Louise ci rifletté. «Se resto qui e tu esci» disse «pensi che avrà bisogno di qualcosa?».

«No» rispose T.J. «Abbiamo un sistema piuttosto collaudato. Torno un paio di volte al giorno per occuparmi di lui. Altrimenti, da solo sta benissimo. Non ha bisogno di molto».

Louise tacque.

«Sembri spaventata» disse T.J. con un gran sorriso. «È timido ma non morde».

Louise rimase da T.J. per una settimana. Dal momento che T.J. si occupava di suo padre solo nella sua camera – gli portava dei cibi morbidi su un vassoio da tè, e venti minuti dopo tornava con la scodella vuota – Louise incrociò Vic Hewitt soltanto due volte: la prima mentre usciva dal bagno dopo la doccia, e vide T.J. emergere dalla stanza insieme a suo padre. Gli camminava dietro e lo sosteneva con attenzione: le braccia sotto le ascelle, le mani ben intrecciate davanti.

Louise trasalì prima di poterselo impedire e poi disse: «Scusate, scusate».

C'era qualcosa di così intimo in quel momento che Louise si sentì in colpa anche solo per avervi assistito. Chinò la testa.

«Non c'è problema» disse T.J. «ma adesso togliti di mezzo che devo portarlo dentro».

E Louise arretrò nell'altra stanza per farli passare.

Non l'aveva quasi visto in faccia.

La prima volta era stata casuale; la seconda fu voluta. Una mattina che T.J. era uscita Louise la guardò dalla finestra finché non fu a cento metri, una figuretta scura nella neve. Poi si irrigidì: dal fondo del corridoio credette di sentire delle voci sommesse provenire dalla camera di Vic.

Imboccò il corridoio trattenendo il fiato, con passi sempre più leggeri. La porta del signor Hewitt era chiusa ma non a chiave; vide che c'era una sottilissima apertura e ci avvicinò la faccia, poi la aprì un poco, piano piano, finché riuscì a vedere dentro.

Vic Hewitt era sdraiato su un mucchio di coperte, indossava un paio di pantaloni di velluto a coste e un maglione e aveva i piedi nudi. Era di una magrezza quasi dolorosa – molto diverso dalla figura alta e muscolosa che T.J. le aveva indicato sulla foto in bianco e nero scattata meno di quindici anni prima. Fissava il soffitto sbattendo le palpebre.

Louise si rese conto che le voci che aveva sentito provenivano da una grossa radio a destra della sua testa. Un annunciatore pronunciò uno slogan che riconobbe immediatamente: *WNBZ, dal lago Saranac*. Era l'unica radio che la cittadina di Shattuck riusciva a ricevere.

Spinse la porta e l'aprì di qualche altro centimetro, cercando di sentire le notizie, quando a un tratto il signor Hewitt parlò.

«Salve» le disse senza girare la testa.

Louise era convinta che non l'avesse sentita.

«Salve» rispose.

«Chi sei?».

«Louise» disse.

Silenzio.

«Ha bisogno di qualcosa?» domandò Louise. Ma lui non disse altro e alla fine Louise si ritirò.

Di giorno, quando T.J. era fuori, Louise leggeva i libri sugli scaffali, quasi tutti manuali e guide, ma altri erano classici della letteratura americana e britannica, il genere di libri in programma l'unico anno che aveva frequentato l'università. Per noia lesse *Walden* e scoprì che Thoreau la irritava: la sua autostima, il suo senso di superiorità, la maniera in cui propinava consigli così ovvi da essere offensivi. Secondo Louise era un ricco che si divertiva. Esistevano persone povere molto più ingegnose e autonome di lui; ma avevano l'eleganza e la modestia di non andare in giro a vantarsene.

«Hai letto questo?» domandò a T.J. quando tornò. Lei annuì e Louise le parlò senza remore dei suoi sentimenti al riguardo.

T.J. stava aprendo gli armadietti della cucina alla ricerca di pentole e padelle.

«Oh» disse. «Non era poi così male, dai». Ma sorrideva e Louise si convinse che fosse d'accordo con lei.

La sera giocavano a carte – soprattutto a pinnacolo – quasi sempre in silenzio, finché Louise non si sentì abbastanza a suo agio e abbastanza irrequieta da cominciare a farle delle domande sulla sua vita. Ad alcune T.J. rispondeva con prontezza; altre le evitava. Tra le cose di cui non parlava c'erano: i Van Laar, i figli dei Van Laar, gli ospiti che venivano a trovare i Van Laar. Tra le cose di cui era ben felice di parlare c'erano: l'organizzazione di Camp Emerson, la sua passione per la caccia e la pesca, manutenzione e riparazioni, il calendario del giardinaggio e – soprattutto – suo padre. Di Vic Hewitt T.J. era ben felice di parlare all'infinito. Raccontò a Louise aneddoti sulla sua intelligenza, la sua abilità e il suo umorismo silenzioso.

Di tutte le storie che raccontò, quelle su suo padre contenevano qualche sorta di rivelazioni sui Van Laar, perché spesso riguardavano Vic che correggeva o preveniva qualche errore di gestione della proprietà. Ma Louise si accorse che T.J. non li chiamava mai per nome; anzi, sembrava che preferisse fingere che non esistessero.

Ogni sera T.J. beveva esattamente un quarto di bicchiere di rye whiskey. Ne offriva sempre anche a Louise. Le prime tre sere rifiutò perché era ancora dolorante. Ma la quarta accettò.

Una cosa che ammirava di T.J. era la sua moderazione in fatto di alcolici. Beveva sempre e solo quel bicchierino, e poi basta.

Si ripropose di adottare anche lei quell'abitudine. In futuro, quando avrebbe avuto una casa sua, quando e se fosse diventata madre: se avesse deciso di bere alcolici, lo avrebbe fatto proprio così.

La sera in cui prese quel bicchiere di whiskey tra le mani la sua lingua si sciolse e parlò liberamente, avventurandosi in territori che fino ad allora aveva evitato.

«Hai un ragazzo?» chiese a T.J., che rispose di no ridendo.

«Sei una tipa intelligente» disse Louise. «Ti consiglio di lasciar perdere».

«Va bene» rispose T.J. «Te lo prometto». E con un dito si disegnò una piccola X sul petto. Louise capì che T.J. la trovava divertente – che lei volesse esserlo o meno. Questo le suscitò il desiderio di fare un po' la buffona, di tirar fuori una parte di sé che era quasi estinta. Con John Paul doveva sempre essere seria.

«Dove vorresti essere» le domandò «tra dieci anni?».

«Cos'è, un'intervista?». T.J. si appoggiò bene alla sedia, a ginocchia divaricate, il mento basso e le carte rivolte verso il pavimento.

«Sì» disse Louise e ripeté la domanda, stavolta tenendo in mano un microfono invisibile, che poi fece scattare in direzione di T.J.

«Okay» disse T.J. Appoggiò la sua mano di carte a faccia in giù sul tavolo. «Vorrei vivere a nord. Vorrei mangiare quello che coltivo. Per un po' almeno mi piacerebbe provarci».

«Da sola?» domandò Louise nel microfono invisibile.

T.J. annuì.

«In una casa. Una tenda? Una caverna?».

T.J. si mise a ridere. «Metti via il microfono».

Louise scosse la testa. «Temo di non potere» disse. «I miei produttori non sarebbero d'accordo».

«Chi sarebbero i tuoi produttori?».

«Mike e... Chuck». Louise prese il bicchiere di whiskey quasi vuoto con la mano libera e lo finì. Ne voleva ancora. Nella sua pancia stava succedendo qualcosa che riconobbe: era desiderio. La cosa la turbò. Non aveva mai desiderato una donna prima, non sul serio, ma percepiva T.J. come qualcosa di diverso da una donna o da un uomo, qualcosa di nettamente distinto da quelle due parole. Aveva un viso interessante, zigomi alti, labbra turgide e una mandibola forte. Spalle larghe e un fisico alto e asciutto. Quanti anni aveva? In base alla foto che le aveva fatto vedere, e a un paio di calcoli, doveva avere meno di trent'anni. Forse cinque o sei più di lei. Era più grande anche di John Paul.

«Okay» disse T.J. «Ti dirò tutto. Ma in via confidenziale».

Si alzò di scatto e si diresse verso la cucina, sempre parlando.

«Ho un bungalow su un lago, a nord. Dentro il parco» disse.

Aprì e chiuse un armadietto. Tornò in soggiorno con la bottiglia di whiskey, e se ne versò un poco. Era la prima sera che se ne serviva più di un quarto, ma Louise non si preoccupò: la cosa invece la rallegrò e le diede un piccolo brivido d'energia lungo la spina dorsale.

«L'ha costruito la mia famiglia molto tempo fa. Ed è sempre stato nostro» aggiunse T.J. Andò alla parete dov'era appesa la cartina del parco delle Adirondack. Indicò un laghetto a circa ottanta chilometri a nord; era segnalato da una puntina. Poi tornò a sedersi al suo posto davanti a Louise. Lasciò il whiskey sul tavolino.

«Ci andavamo due volte l'anno, a caccia. Io e mio papà. Non è granché, ma ha quattro muri, un tetto e una stufa per l'inverno. Ci si arriva solo in canoa e prima bisogna trasportare la canoa su un sentiero lungo quasi due chilometri che ormai è piuttosto infestato dalla vegetazione».

«È su un'isola?» domandò Louise.

T.J. annuì.

«Perché l'hanno costruito su un'isola?».

«Si pesca bene» disse T.J. «Ed è un buon punto d'osservazione».

«Per avvistare gli indiani?». Era quasi tutta la vita che Louise sentiva storie sugli algonchini e gli irochesi che arrivavano in quella regione per cacciare. Nessuno di loro si era fermato e aveva coltivato le Adirondack; i primi idioti a farlo erano stati gli europei, scoraggiati dal sovraffollamento in New England e invogliati da una bugia governativa sulla presenza di un sacco di terreni arabili.

«No» disse T.J. guardandola in modo strano. «Per cacciare».

Louise cercò di immaginare quali animali commestibili potessero esserci, su un'isola.

«C'è una popolazione di cervi che va e viene» disse T.J. quasi leggendole nel pensiero. «Sono ottimi nuotatori. E gli uccelli acquatici. E se proprio abbiamo fame, gli scoiattoli. Ma in genere peschiamo e basta».

«Perché parli al *plurale*?» domandò Louise e, vedendo cambiare l'espressione di T.J., se ne pentì immediatamente. Aveva pensato a suo padre e alle cose che facevano insieme, prima che avesse l'ictus.

T.J. bevve un sorso del suo whiskey. Louise notò che non faceva mai smorfie; teneva il liquido in bocca per un po' prima di deglutirlo senza far rumore.

«Bene» disse T.J. «Mi sa che è meglio che vada a dormire».

«No» si oppose Louise.

T.J. la guardò sgranando gli occhi.

«Ti va di fermarti ancora un poco?» disse Louise. «Io ho ancora il bicchiere pieno».

T.J. annuì. I suoi occhi si soffermarono un attimo su quelli di Louise, poi si alzò interrompendo il contatto. Andò in cucina e aprì il rubinetto. Aggiunse dell'acqua al suo whiskey. Infine si girò e si appoggiò al bancone, lontano da Louise ma in modo che la potesse vedere.

Nelle rare occasioni in cui si ubriacava, oppure era anche solo brilla, Louise diventava consapevole del proprio aspetto fisico in maniera eccitante o inquietante, a seconda della compagnia. A volte il suo corpo e la sua faccia erano una risorsa, a volte un ostacolo. Quella sera era felice che fossero così com'erano, nonostante l'occhio nero. O forse proprio per quello. Le piaceva sentire su di sé lo sguardo di T.J., che la sbirciava da sopra l'orlo del bicchiere. Louise sapeva che si stava comportando in maniera irresponsabile. Ma quella sera provava il desiderio impellente di fare quel che non avrebbe dovuto.

Si alzò e si stiracchiò, lasciando che la maglietta le salisse sulla pancia, e andò in cucina.

T.J. era proprio accanto al lavello e quando Louise si avvicinò non si mosse.

«Dovrei farlo anch'io» disse Louise. Lasciò che l'acqua fresca le riempisse il bicchiere e poi la fece traboccare. Il suo fianco sfiorava quello di T.J. Si girò e anche lei si appoggiò al bancone, troppo vicina a T.J. per fingere che quella prossimità fosse casuale. Fianchi e braccia di entrambe si toccavano.

«Louise» disse T.J. Poi scosse la testa e guardò per terra.

«Cosa c'è?».

Tra loro si avvertiva una corrente elettrica, una vibrazione che faceva avanti e indietro tra i due corpi. Louise la sentiva benissimo. Era certa, senza sapere il perché, che la sentisse anche T.J. *Siamo animali*, pensò – e quasi scoppiò a ridere. Gli esseri umani sono animali. Avevano gli stessi istinti, la stessa capacità di comunicare oltre il linguaggio, e indipendentemente da esso.

Louise si girò in modo da guardare il profilo di T.J. Dolcemente, le mise una mano in fondo alla schiena. Era il primo gesto che faceva che non lasciava adito a dubbi.

«Sono la tua capa» disse. «Sono la tua datrice di lavoro».

Louise tacque.

Bruscamente, T.J. si scostò dal bancone e imboccò il corridoio. Infilò la testa nella camera di suo padre, gli diede un'occhiata, poi proseguì e infine si chiuse alle spalle la porta della sua stanza. Le luci si spensero.

Louise restò distesa sul divano a guardar morire le ultime fiamme del fuoco. Chiuse forte gli occhi. Cercò di non piangere. Se era fortunata, T.J. le avrebbe permesso di dimenticare quant'era stata stupida.

Ormai dietro la griglia erano rimaste soltanto le braci.

Presto la stanza sarebbe precipitata nel buio. E poi sarebbe stata mattina.

Anni Cinquanta | 1961 | **inverno 1973**
giugno 1975 | luglio 1975 | agosto 1975

T.J. non parlò mai più di quella notte.

Trascorsero il resto della settimana insieme, per lasciare che la faccia di Louise guarisse, e poi lei tornò al Garnet Hill Lodge. A metà primavera avrebbe ricevuto una telefonata di T.J. che le chiedeva conferma della sua partecipazione al campo di quell'estate, e lei fu felice di dargliela. L'unica differenza sarebbe stata che T.J. ogni tanto l'avrebbe invitata nello Chalet del direttore per fare quattro chiacchiere.

La cotta di Louise in un certo senso diminuì e in un altro si fece più intensa. In T.J. sentiva due forze contrapposte: rabbia e capacità di controllo. Contro ogni buonsenso, le trovava egualmente attraenti.

A volte, quando si distraeva, la sua mente vagava verso pensieri di una vita insieme a T.J. Gestire il campo con lei. Occuparsi, se gliel'avesse chiesto, di suo padre. *A Shattuck ci sono due donne così*, pensò Louise: due ex professoresse di città che si erano stabilite appena fuori dal centro. Una portava i capelli raccolti in due lunghe trecce grigie; a volte Louise la vedeva all'alimentari. Nessuno faceva loro molte domande. E nessuno ne parlava mai.

Ma le fantasie che Louise alimentò su quella vita furono di breve durata.

Perché una sera, due settimane dopo l'episodio con John Paul, tornando dopo la cena al Garnet Hill Lodge, l'uomo alla reception le consegnò una busta.

Per aprirla aspettò di essere rientrata nella sua stanzetta. Si sedette sul lettino duro e la lesse tutta: appena l'aveva vista aveva capito che era di John Paul.

La implorava di perdonarlo.

È da quella sera che non bevo neanche una goccia, scriveva. *Non riesco a credere di averlo fatto. Mia madre si vergognerebbe come una ladra di me. Voglio comportarmi meglio.*

Concludeva chiedendole di vederla per scusarsi di persona. Ma l'avrebbe capita, se lei avesse deciso di non rivederlo mai più. Però doveva almeno chiederglielo.

In fondo alla pagina aveva disegnato una freccia. Girò la lettera. *P.S.*, c'era scritto. *Non ti preoccupare – non ho raccontato niente a nessuno.*

Louise posò la lettera sul letto.

Non gli avrebbe risposto. E se andava tutto bene, la cosa sarebbe finita lì.

Una sera di quella settimana qualcuno bussò alla porta. Aprì e vide una delle istruttrici di sci. Sogghignava.

«Hai visite» le disse. «Ti aspetta nell'atrio del personale».

John Paul era solo. Era seduto al tavolino tondo vicino alla caffettiera. Era chino in avanti, i gomiti sulle ginocchia e una gamba gli vibrava per il nervosismo. Quando Louise entrò, raddrizzò la schiena.

Aveva una faccia spaventosa. Anche peggio di lei. Erano passate due settimane e le ferite erano guarite. Le costole e la schiena non le facevano più male, anche se su un fianco aveva ancora un grosso livido, ormai di un viola pallido. Invece John Paul aveva delle borse scure sotto gli occhi. I capelli erano un disastro.

«Oddio» disse vedendola. Si prese la faccia tra le mani. Quel gesto le fece pensare a suo fratello Jesse quando cercava di non piangere. E in effetti, quando John Paul tolse le mani, lungo le guance gli scorrevano liberamente le lacrime. Si tolse gli occhiali e se le asciugò.

Si alzò e Louise, agitata, si mise dietro una sedia. Aveva lasciato apposta la porta aperta. Si guardò un istante alle spalle, chiedendosi quanto forte avrebbe dovuto urlare per far arrivare di corsa qualcuno.

Ma John Paul, che forse aveva captato la sua paura, si rimise lentamente a sedere.

«Possiamo parlare da qualche parte in privato?» disse.

«No» fece Louise.

«Possiamo almeno sederci?».

Con riluttanza, lei prese la sedia lì di fronte.

Le disse praticamente quel che le aveva scritto nella lettera. Aggiunse che era andato a una riunione – un programma che si chiamava *Alcolisti Anonimi*, lei ne aveva vagamente sentito parlare, anche se non ricordava bene dove.

Continuò: Louise era la parte migliore della sua vita. La rispettava più di chiunque altro conoscesse. Più della sua famiglia. Gli piacevano la sua autonomia, la sua natura intraprendente. Secondo lui era la ragazza più intelligente che avesse mai incontrato.

Voleva che gli desse un'altra possibilità. Gliela chiedeva in ginocchio. Disse che avrebbero ricominciato con calma, ma che con lei faceva sul serio. Aveva in mente di sposarla. Disse anche che insieme potevano avere una vita piena di valore e significato. E dei figli. Una bella casa.

Disse che suo fratello Jesse poteva andare a vivere con loro.

Per la prima volta Louise si domandò se avesse letto i suoi diari. Aveva articolato le sue speranze più segrete con tanta precisione da lasciarla attonita.

«Non devi rispondermi subito» disse John Paul. «Ti chiedo solo di pensarci».

Louise taceva.

«Insieme possiamo avere una bella vita» disse lui alla fine.

Poi si alzò, le spalle spioventi e la testa china, e tirò su due sacchetti di carta posati sul pavimento lì accanto. «Ecco» disse. «Ti ho portato da mangiare».

Uscendo, chiuse piano la porta.

Maledizione, pensò Louise.

Problema: erano pietanze troppo complicate. Erano bellissime e costose, il genere di cose che probabilmente la madre di John Paul gli comprava quand'era piccolo. Dentro i sacchetti c'erano una bistecca con l'osso, broccoli, gamberi e tre arance bellissime. Una forma di pane, e del burro impacchettato in una maniera che Louise non aveva mai visto prima, e un grosso contenitore di latte. E c'era anche un dolce, un soffice ciambellone agli agrumi, dentro una scatola bianca.

Aveva fame. Prese un pezzo di dolce e restò lì seduta a masticare.

Guardò il lavello e le due piastre elettriche che costituivano la cucina in condivisione. Avrebbe potuto preparare un intero banchetto per gli altri dipendenti dell'albergo. Ma quella sera non era di turno, quindi le venne un'idea migliore.

La casa di sua madre era un rettangolo bianco: uno spazio piccolo di sopra e uno spazio piccolo di sotto, impilati l'uno sull'altro con al centro una scala ripida. Quando arrivò, alle sei e mezza, era buia e silenziosa. Da una finestra del primo piano vide il baluginio azzurro del televisore. Da una finestra del secondo, una lampadina accesa. La camera di Jesse.

Entrò e mise la spesa sul tavolo della cucina. Dieci minuti

prima aveva dovuto inchiodare a un incrocio, i gamberi erano usciti dal loro incarto ed erano finiti sul pianale dell'auto. Aveva inserito la prima e li aveva raccolti, sapendo che poteva ancora cucinarli.

Jesse non li aveva mai assaggiati in vita sua.

Così riempì d'acqua una grande scodella e ce li mise a bagno.

Mentre lavorava si rese conto di sentire un odore.

Lo seguì intorno alla scala – passò accanto a sua madre addormentata nella poltrona reclinabile – e poi salì.

Ti prego, no, pensò.

Aprì senza bussare la porta di Jesse.

Lui l'aveva sentita entrare, di sotto. Aveva aperto una finestra e messo via in fretta quel che stava fumando, ma in quel momento la guardò con aria colpevole, gli occhi privi della consueta curiosità e socchiusi per via delle sostanze chimiche che gli galleggiavano nel sangue.

«Dov'è» disse Louise.

«Cosa?» fece Jesse.

«Non mi raccontare balle» disse Louise. «Non farlo mai. Non sono la mamma. Io sono dalla tua parte».

Lui non disse niente. Era seduto sul letto con le braccia intorno alle ginocchia.

Louise guardò nel cestino vicino alla scrivania e lo trovò subito: uno spinello mal rollato, spento in tutta fretta, ancora tiepido. Comunque, sempre in grado di dare fuoco al contenuto del cestino.

«Idiota» disse – parola di cui si pentì immediatamente, perché quando si girò vide che suo fratello piangeva. «Oddio» si scusò, e corse da lui, gli si sedette vicino e lo abbracciò. «Jesse, ma dove l'hai preso?».

Lui si strinse nelle spalle. Lei lo allontanò tenendolo per le braccia. Era tutto rosso. Jesse allungò una mano e avvicinò due dita all'occhio sinistro di lei, quello ferito, ancora vagamente livido e gonfio. Fu solo allora che a Louise venne in mente che anche lei aveva delle spiegazioni da dare.

«Vieni» gli disse. «Tanto dorme».

Di sotto, lo fece sedere a tavola e gli diede un bel bicchierone d'acqua.

«Bevi» gli disse.

Poi cominciò a cucinare. Mise su una pentola per lessare i broccoli. Salò e pepò la bistecca e la fece scottare in padella con un pezzetto di burro. In un'altra mise i gamberi puliti.

«Hai mai assaggiato i gamberi, Jesse?» disse tutta orgogliosa e lui: «Sì».

«Chi te li ha fatti?».

«La mamma di Howie».

Howie: un compagno di scuola i cui genitori non lo facevano più giocare con Jesse.

«Non saranno stati meglio dei miei» disse Louise – anche se mentre lo diceva sapeva che non era vero.

Si girò, vide che il bicchiere di Jesse era vuoto e lo riempì di nuovo.

L'unica cosa bella di un ragazzino di nove anni strafatto era quanto piacere ricavava dal cibo che lei gli aveva cucinato. Mentre masticava, Jesse chiudeva gli occhi e buttava indietro la testa, e tra un boccone e l'altro faceva dei rumorini di soddisfazione. Dall'ultima volta che l'aveva visto era diventato ancora più magro e dal rapido inventario fatto in cucina aveva capito perché.

«Da quant'è che fumi quella roba?» disse Louise.

«Non tanto» rispose Jesse. «Un mese o due».

«Dove l'hai presa?».

«Un ragazzo a scuola».

«Lo conosci?».

«No».

«Quanti anni ha?».

«Non saprei. È uno in terza media».

«Conosco i suoi?».

«No. È di Minerva».

Louise masticò. La bistecca era deliziosa. Era felice di non averla bruciata.

«Jesse» disse. «Come fai a permettertela?».

Lui tacque.

«Non spaccerai mica, vero?» domandò.

«No» disse Jesse. «No, Louise. Te lo giuro».

Decise, per il momento, di credergli. Jesse era timido al punto da diventare inetto. Non riusciva a immaginarlo impegnato in una vendita, di qualunque genere. Ma che uno di terza media gli desse qualcosa gratis non le tornava affatto.

A quel punto sentirono un rumore in corridoio e alzarono tutti e due gli occhi. Sua madre: le mani sugli stipiti, come a sostenersi. Aveva i capelli sporchi e sbatteva le palpebre per via della luce appesa sopra al tavolo con una catenella. Faccia pallida, labbra imbronciate. Si avvicinò lentamente, reggendosi alla cucina, poi virò verso gli armadietti, che aprì l'uno dopo l'altro alla ricerca di qualcosa da mangiare.

Prese una scatola di cracker vecchi e se ne mise in bocca un paio. Andò al lavello, aprì il rubinetto e bevve con la mano a coppa.

Infine, senza dire una parola ai figli, tornò lentamente in direzione della poltrona reclinabile del soggiorno, che era la sua casa per quasi tutta la giornata.

Louise guardò Jesse, che si stava riprendendo. Il cibo e l'acqua avevano contribuito. Era meno rosso. Gli occhi si stavano aprendo. Non riusciva a guardarla; spostò lo sguardo verso il muro e poi il tavolo.

«Jesse» disse lei. «Smettila di rivolgere la parola a quel ragazzo. Smettila anche di fumare l'erba che ti regala».

«Perché?» fece lui. Si mise a raccogliere qualcosa dalla tovaglia.

«Perché ti porto a vivere con me» disse. «E se sei in galera non posso farlo».

«Quando?» disse Jesse.

«Molto presto».

«Come?» disse Jesse. Era incredulo.

Ci fu una lunga pausa in cui Louise rifletté se dirglielo o meno. Se l'avesse fatto poi non avrebbe potuto fare marcia indietro. Aveva sempre cercato di non dare a suo fratello false speranze. Di mantenere le promesse, a differenza del resto degli adulti che aveva conosciuto.

Prese un gambero dal proprio piatto. Ne staccò la coda e tolse la vena dalla carne traslucida. Al ristorante, John Paul le aveva raccontato cos'era in realtà quella vena.

Masticò.

«Sono fidanzata» disse.

Jesse la guardò.

«Con John Paul?».

«Con chi altro potrei essermi fidanzata?».

Jesse non riusciva a guardarla negli occhi.

«Jesse?» disse Louise.

Jesse si alzò e portò il piatto al lavello.

«Be', non mi fai le congratulazioni?».

«Congratulazioni» disse Jesse. E poi uscì dalla cucina lasciandola sola.

«Promettimelo, Jesse» disse Louise. «Basta con l'erba». Ma capì subito che l'autorità che un tempo aveva esercitato su di lui era diminuita, o addirittura completamente scomparsa.

VI

SOPRAVVIVENZA

Judyta

Anni Cinquanta | 1961 | inverno 1973
giugno 1975 | luglio 1975 | **agosto 1975: giorno due**

Le suona la sveglia.

Judy apre gli occhi e poi li richiude. *Solo un momento*, pensa.

«Cristo santo, Judy!» urla qualcuno dall'altra stanza. È suo fratello, che è fuori di sé. «Sono le quattro e mezza del mattino!».

Così comincia la sua giornata.

Deve cambiare casa. Lo sa benissimo. Ha i soldi; ha solo bisogno di trovare il fegato di dire ai suoi che ha intenzione di contravvenire a una regola non scritta. Nelle famiglie polacche di Schenectady, New York, una ragazza che esce di casa prima del matrimonio è nel migliore dei casi una stranezza, e nel peggiore uno scandalo.

L'anno prima, con i suoi soldi, ha comprato un Maggiolino verde Volkswagen con il tettuccio apribile. Le è costato un sacco e suo padre sostiene che sia poco pratico ma le dà una sensazione di indipendenza. E ha anche una bella radio, accessorio che ora è felice di aver preteso, perché la tiene sveglia nelle due ore necessarie a raggiungere la Riserva.

Alle sette, quando arriva, scopre di avere anticipato Denny Hayes. Tecnicamente il secondo turno comincia alle otto, il che significa che ha un'ora per prepararsi alla giornata.

Un agente della stradale sonnecchia appena su una sdraio

davanti allo Chalet del direttore, che ora è diventato il Posto di comando.

Judy mette la mano sulla maniglia di ferro battuto, la abbassa e apre la porta prima che l'agente si svegli.

«'Giorno» gli dice Judy.

«Oh» esclama l'agente, alzandosi. «Distintivo».

Il Posto di comando è stato allestito nel giro di una notte. I mobili sono stati spostati lungo le pareti o spinti in cucina; al loro posto sono arrivati dei tavoli pieghevoli e qualche sedia.

Su un muro è stata appoggiata un'enorme lavagna su ruote.

Qualcuno ci ha disegnato al centro una riga verticale. A sinistra della riga, in cima, c'è scritto BEAR VAN LAAR. A destra: BARBARA.

Judy resta per un po' in mezzo alla stanza e si guarda intorno.

Alle pareti, piccole stampe di cani che compiono azioni umane: giocare a poker, andare a caccia e corteggiarsi. Le immagini sono avvizzite e stropicciate per via di una lunga battaglia contro l'umidità del vicino lago. È una casa che ha l'aria di essere stata attentamente e accuratamente arredata trent'anni prima, e poi mai più toccata. Una capsula del tempo della Seconda guerra mondiale.

L'unica immagine non incorniciata e non canina è una cartina del parco delle Adirondack. Qualcuno ha conficcato una puntina dove si trova Fiducia-in-se-stessi, sulla riva del lago Joan, vicino al monte Hunt.

In un angolo c'è uno schedario – Judy immagina che l'abbiano portato quelli del dipartimento – vicino ad alcuni contenitori con dentro cartelle, fogli e penne – e scatole di cartone. Cinque. Etichettate con parole che da quella distanza non riesce a leggere.

Judy è sola dentro il Posto di comando e si avvicina. Poi si china.

PETER "BEAR" VAN LAAR IV, dicono le lettere scritte sulla scatola.

Solleva il coperchio e, per quasi un'ora, legge i documenti che contiene.

In fondo ci sono decine di foto. Parecchie sono di Bear, di come dev'essere stato l'anno prima della sua scomparsa. Nelle foto sorride da un orecchio all'altro, reggendo un pesce appena pescato; o guarda pensieroso in lontananza dando la mano a una donna che, Judy la riconosce, è sua madre.

Suo malgrado, Judy si ritrova a dover ricacciare indietro le lacrime, a deglutire il nodo strettissimo che le si è formato in gola. Qualcosa nell'espressione della signora Van Laar le ricorda sua madre, che ama i suoi figli con tanto impeto da risultare, qualche volta, pesante.

Alle 7.50 rimette in ordine il materiale e il coperchio sulla scatola appena prima che entri il capitano LaRochelle.

La prima cosa che fa durante la riunione del mattino è indicare la lavagna dove sono stati scritti i nomi dei due ragazzini.

«Chi è stato?» dice.

Tutti si scambiano occhiate. Nessuno confessa.

«Forse uno di quelli del primo turno» dice qualcuno.

Il capitano LaRochelle si acciglia. «Chiunque sia stato» dice «non fatelo più».

Prende un cancellino e si mette al lavoro. «Stiamo cercando Barbara Van Laar» dice. «Il caso Bear Van Laar è chiuso».

Suo malgrado, Judy guarda verso l'angolo dove ci sono le scatole piene di prove.

Sulla lavagna pulita, LaRochelle comincia a scrivere.

Il principale sospettato – a questo punto si tratta sempre di John Paul McLellan – è fuori su cauzione e aspetta l'udienza per guida in stato di ebbrezza e possesso illegale di sostanze. Il giudice, considerandolo sospettato di un altro reato, ha acconsentito a includere nell'istanza di rilascio una clausola che gli impedisce di lasciare il paese; è costretto a risiedere in un hotel in zona fino alla prossima udienza.

Louise Donnadieu – che secondo John Paul gli ha chiesto di disfarsi del sacchetto di vestiti – è ancora in cella a Wells, New York. Oggi ci sarà l'udienza per la cauzione. Anche nel suo caso LaRochelle chiederà al magistrato di tenere conto, nel fissare la cifra, che è sospettata di avere un ruolo nella scomparsa di Barbara Van Laar.

Lee Towson, l'altra persona citata da John Paul, non è stato ancora trovato; è stata diramata un'allerta per la sua auto negli stati di New York e Colorado, dove pare sia diretto.

Le guardie forestali non hanno ancora individuato lo sconosciuto nel bosco, quello di cui ha parlato una ragazzina del campo estivo, Tracy Jewell.

«Potrebbe anche essere un escursionista» dice LaRochelle. «La ragazza non era lontana dal monte Hunt, quando lo sconosciuto le ha offerto il suo aiuto. Ma stiamo cercando di rintracciarlo».

Judy ascolta e cerca di prestare attenzione. Ma l'essere andata a letto tardi ed essersi svegliata presto stanno avendo la meglio su di lei, quindi si mette i pugni sotto il mento per tenerlo su. All'altro capo della stanza, Denny Hayes la guarda e lei raddrizza la schiena.

Poi LaRochelle elenca i risultati del lavoro fatto durante la notte da quelli del primo e del terzo turno. Dice che hanno degli indizi su chi possa essere il ragazzo di Barbara: una certa Susan Yoder, preside della scuola Emily Grange, ha dichiarato che Barbara aveva ricevuto in camera sua la visita di un ragazzo. E che questo l'aveva messa nei guai. Secondo una testimone era un ragazzo di fuori città, ma Barbara non ne parlava. L'investigatore del terzo turno che ha raccolto l'informazione continuerà le indagini.

«Poi» continua LaRochelle «chi è stato a suggerirmi l'indizio delle pareti riverniciate?».

Judy, vagamente imbarazzata, alza la mano.

«Ottimo lavoro» dice LaRochelle. «Guardate qui». Si avvicina a un tavolo su cui ci sono una scatola e dei guanti. Si infila i guanti e tira fuori dalla scatola un oggetto recuperato nella casa di Albany. Si tratta di un album di schizzi. I disegni sembrano quasi tutti privi di significato: scarabocchi a forma di cuore e note musicali, lune e stelle. Ma verso la fine c'è qualcosa di interessante.

Solleva l'album in modo che possano vederlo tutti.

Sulla pagina c'è il disegno sorprendentemente accurato di una stanza con parecchi mobili. Un letto, una toeletta, un comodino. Dietro il letto c'è un muro; sul muro c'è quello che sembra un affresco.

Judy si acciglia e cerca di ricordare perché il disegno le sembra familiare. E poi le viene in mente: quella è la camera di Barbara a Fiducia.

La stanza con le pareti appena ridipinte.

Il capitano LaRochelle lo conferma agli altri investigatori. Poi dice: «Non abbiamo notato niente di sospetto sul foglio che vi ho appena mostrato. È difficile capire cosa raffiguri l'affresco, essendo così piccolo. Ma speriamo che rimuovere la vernice rosa dalle pareti della camera di Barbara possa permettere di scoprire qualcosa di significativo».

Dice che hanno trovato una restauratrice della Hyde Collection che può venire a dare un'occhiata. Nella speranza che riesca a rimuovere uno strato di pittura senza danneggiare quello sottostante.

«Un'ultima cosa» dice LaRochelle. La notte prima il dipartimento ha ricevuto una lista completa, redatta da uno del personale, di tutti gli ospiti presenti nella proprietà, e una lista completa fornita da T.J. Hewitt, direttrice di Camp Emerson, di tutti i ragazzi e il personale del campo estivo. LaRochelle alza un fascio di buste avana. Ha fotocopiato i documenti per tutti. Chi è già stato interrogato ha una X vicino al nome. Gli altri, dice LaRochelle, saranno interrogati metodicamente, di persona o – nel caso di ragazzini già prelevati dai genitori – al telefono. Oggi a ogni investigatore presente verrà assegnato un segmento della popolazione del campo da indagare.

Distribuisce le cartelline.

«Voglio dei buoni rapporti» dice. «Leggibili. Voglio delle dichiarazioni firmate, se riuscite a farvele dare. E voglio che facciate in fretta. Sono già passate più di ventiquattr'ore dalla scomparsa di Barbara Van Laar». Si ferma davanti a Denny Hayes. «Hayes» dice. «D'ora in poi tu dirigi le operazioni».

L'ultima cartella la consegna a Judy. Ma quando lei guarda i fogli all'interno, non riesce a trovare il suo nome vicino a nessun segmento, in nessuna lista. Si domanda se dirlo. Prima che possa decidersi LaRochelle riprende la parola.

«Investigatrice Luptack» dice. «Oggi il tuo lavoro è costruire una mappa della villa e della proprietà. Ed etichettare tutte le strutture e le stanze con il nome degli occupanti durante le ore della scomparsa di Barbara».

Prima che lei esca dal Posto di comando, Denny Hayes incrocia il suo sguardo.

«Aspetta» dice. «Ti accompagno».

Insieme si dirigono verso Fiducia. Judy si è ficcata sottobraccio la cartellina e trascina leggermente i piedi.

Lui la guarda. «Stanca?».

«No».

«Sai, non devi per forza arrivare così presto» dice. «Non ci guadagni mica dei punti extra».

«Okay» fa lei.

«Hai detto che vivi con i tuoi?».

«Sì».

«Dove?».

Lei esita. Non ha raccontato a nessun collega quanta strada deve fare e ha paura che rivelare la gravità della situazione li faccia dubitare della sua capacità di svolgere il lavoro.

Decide per una risposta: «Schenectady. Ma sto per trasferirmi».

Denny lancia un fischio. «Schenectady? Ecco perché lì dentro stavi per addormentarti».

«Non è vero». Judy si rende conto di essersi messa sulla difensiva, e ricomincia. «Sto benone. Non ho mai avuto bisogno di dormire tanto».

Denny sembra scettico. «Okay».

Per un attimo camminano in silenzio, poi Judy gli chiede una cosa su cui si interroga sin dalla riunione di quella mattina.

«Come mai McLellan è stato rilasciato prima della coordinatrice? Prima di Louise?» domanda, e Denny risponde: «Tu che ne dici?».

Contatti. Soldi. Un padre che fa l'avvocato. Hayes ha scoperto un'altra cosa: a parte fare da consulente per la banca dei Van Laar, McLellan padre è l'avvocato che ha rappresentato la famiglia durante la scomparsa di Bear Van Laar, nel 1961.

Judy si acciglia. «Non è strano?» dice. «Che un avvocato aziendale si occupi di un caso penale?».

Hayes si stringe nelle spalle. «La gente ha il diritto di essere legalmente rappresentata da chi vuole. Ho visto gente farsi da avvocato da sola. Gente arrogante».

Guardano entrambi in su, verso la grande villa di fronte.

Poi Hayes dice: «Per chi tifi?».

«Intendi chi penso sia stato?».

«Sì».

Ci riflette. «McLellan».

«Anch'io».

Ha avuto meno di un'ora per guardare i documenti del caso Van Laar del 1961, prima che Hayes arrivasse, ma è stata sufficiente a solleticare il suo interesse su un punto.

«Mi chiedevo una cosa» dice. Poi si ferma e riformula la frase. «Ieri, quando l'investigatore ha fatto il nome di Jacob Sluiter».

«Sì?».

«Be', stamattina ho sfogliato la documentazione del caso Bear Van Laar e ho visto che era sospettato anche allora».

Hayes si ferma. Judy lo guarda in faccia.

«Una bella coincidenza» dice.

Per un attimo ha l'impressione che Hayes la congederà. Cos'ha detto LaRochelle l'altro giorno? *Non pensate a una zebra.*

Invece Hayes sospira.

«Già» dice. «Ci stavo pensando anch'io». Poi aggiunge: «Detto tra di noi, sono io che ho tirato fuori quei documenti su Bear. Quelli che tu hai sfogliato. Sono stato io a scrivere il suo nome su quella lavagna. E penso che LaRochelle si sbagli completamente, che sia fuori strada a considerare chiuso il caso di Bear. Tutti quelli che erano in quella stanza – *tranne* LaRochelle – pensano la stessa cosa».

Judy lo guarda.

«Secondo lei perché LaRochelle la pensa diversamente?» domanda.

«LaRochelle era tenente, durante quel caso» dice Hayes. «È stato lui ad appoggiare la teoria che alla fine la famiglia e la stampa hanno sposato. Risolvere il caso Bear Van Laar gli ha fatto fare carriera. Dopo è stato promosso capitano. Probabilmente non vuole che il suo lavoro venga smantellato. E poi» continua «la famiglia Van Laar è soddisfatta dell'esito di quella vicenda. Perché pensano di avere trovato il colpevole. Si sono messi il cuore in pace, capito? È difficile fare marcia indietro su una cosa del genere».

Judy annuisce. Ha capito – più o meno. Ma se lei fosse nei panni dei Van Laar, vorrebbe conoscere la verità. E lo dice ad Hayes.

«Sono una famiglia strana» spiega lui. «Troppe generazioni con troppi soldi. Ti rovina il cervello. Hai mai notato che i figli dei ricchi non sono mai intelligenti come i genitori? Non sono mai altrettanto ambiziosi, altrettanto di successo? Nella vita bisogna dover lottare per qualcosa. Almeno, così la penso io».

Continuano a camminare.

«Sai» riprende Hayes «ti dico un'altra cosa. Non mi piace che LaRochelle sia sul posto tutti i giorni. Quello che deve gestire la situazione dovrei essere io. E non lo dico per egocentrismo. È solo che non è buona norma avere qualcuno del suo livello che controlli le operazioni quotidiane in un caso come questo».

«Come mai?».

«Certi funzionari come LaRochelle sono svegli» dice. «Ma adesso si occupano di dirigere. Hanno perso la mano. Un sacco di loro non lavora a un caso da dieci anni. Quando arrivano i grossi nomi la famiglia può sentirsi rassicurata» conclude «ma è rischioso».

Hayes si gira e torna verso il Posto di comando, dove deve organizzare e numerare gli indizi.

Judy deve preparare la mappa da sola.

Un elicottero sta volando in cerchio sopra la sua testa, scrutando il terreno alla ricerca di segni di vita. Alla sua destra, una squadra di sommozzatori si prepara a immergersi nel lago Joan.

Si avvicina alla villa. Fuori, si inginocchia e appoggia il blocco sull'altra gamba. Abbozza una piantina della casa a memoria e mette dentro ogni stanza gli ospiti che ha interrogato il giorno prima.

Quando ha finito si alza e passa davanti all'ingresso principale.

Il giorno prima l'ha trascorso a parlare con gli ospiti; adesso, pensa, è ora di parlare con le persone che li servono.

Per la prima volta bussa alla porta della cucina. Viene ad aprirle una donnina in grembiule che impugna un mattarello infarinato.

«Buongiorno» dice Judy. La donna si pulisce lentamente le mani sul grembiule e non risponde.

«Tutto bene?» fa Judy.

«È un'agente di polizia?» domanda la donna.

«Investigatrice» dice Judy. «Sono l'investigatrice Luptack».

«Ma è con la polizia?» chiede la donna.

Judy annuisce.

La donna torna dentro, si avvicina a un piano di lavoro e ci appoggia il matterello.

«Ha un momento per parlare?» dice Judy.

La donna si guarda di nuovo intorno. «Un momento ce l'avrei» risponde a voce bassa. «Ma dev'essere una sua idea, quella di parlare, non mia. E non qui dentro».

Judy le fa strada fuori e si ferma su un lato della casa.

«Andiamo avanti» sussurra la donna. «Le finestre sono aperte».

Fanno altri venti passi finché non raggiungono la riva del lago. Poi Judy tira fuori il blocco.

Sopra di loro, l'elicottero ha cominciato a diffondere annunci dall'altoparlante: *Barbara, i tuoi genitori sentono la tua mancanza. Barbara, raggiungi una radura. Barbara, mettiti in un punto sopraelevato. Barbara, se senti questo messaggio mettiti a gridare*. Quel suono le fa venire i brividi.

La donna la guarda in attesa. «Non mi fa delle domande?».

«Oh» fa Judy. «Nome».

«Jeannie Clute».

«Data di nascita?».

«12 giugno 1947».

«Occupazione?».

La donna fa una pausa. «Al momento, cuoca» dice. «Prima, casalinga».

Judy alza gli occhi.

«Ha figli?».

«Sì. Tre. Un quarto in arrivo».

Judy abbassa per un attimo gli occhi e guarda la pancia piatta della donna.

«Un marito?».

«Sì».

«Perché ha accettato questo lavoro?».

La donna si volta dall'altra parte. A un tratto gli occhi le si riempiono di lacrime che traboccano. Se le asciuga. È infuriata.

«Stupidità» risponde. «Ho sbagliato ad accettare».

Judy tace un momento. Nello stomaco sente qualcosa che non ha mai provato prima: la sensazione che un pezzo di un rompicapo più grande abbia trovato il suo posto.

«Perché?» chiede.

«È brutta gente» dice la signora Clute.

«In che senso?».

«Quando il figlio è scomparso hanno incolpato l'uomo sbagliato» dice. «Gli hanno rovinato la reputazione».

Ha finito di piangere. Al posto delle lacrime c'è uno sguardo duro, si mette a fissare Judy negli occhi, sicura.

«Come si chiama?» domanda Judy.

«Chiamava» precisa la signora Clute. «È morto».

«Come si chiamava?».

«Stoddard» dice la signora Clute. «Come me».

La mente di Judy comincia a ingranare. È un nome che conosce, l'ha letto sui fogli che ha esaminato quella mattina, quelli della scatola. «Carl Stoddard era suo...».

«Padre».

Judy prende nota. In realtà non sa quali parole sta scrivendo – ma ha bisogno di tempo per formulare con attenzione la domanda successiva. Per evitare di spaventare la donna.

«Clute è il nome di suo marito?».

La donna annuisce spazientita. Sta guardando la casa, è sempre più nervosa, aspetta che si accorgano di lei.

«Qui lo sanno che lei è una Stoddard?» domanda Judy.

«Oddio, no» dice la signora Clute.

«Perché ha accettato questo lavoro?».

La donna è a disagio. «Disperazione» risponde. «Bocche da sfamare. Avrà sentito che la fabbrica di camicie ha chiuso».

Judy non lo sapeva. Non sa di che fabbrica stia parlando la signora Clute ma annuisce comunque.

«Be', a Shattuck altro lavoro non c'è. O questo, o traslocare» dice la signora Clute. «Ma dove andremmo?».

«Il resto della sua famiglia lo sa? Parlo degli Stoddard».

La signora Clute annuisce.

«Le mie sorelle hanno capito» dice. «Ma mia madre non mi parla più. Diceva che tutta la famiglia era marcia. Che me ne sarei pentita». La signora Clute si volta verso il lago. «E guarda un po', aveva ragione».

«Signora Clute» dice Judy. «Ha idea di dove possa essere andata Barbara?».

Stavolta la donna risponde subito. «Non ne ho la minima idea» dice. «Davvero. Ma scommetto che la sua famiglia lo sa».

Ancora quella sensazione... istinto, pensa Judy.

«Perché?».

«Adesso dico qualcosa che non dovrei dire» continua la signora Clute «ma quando Bear Van Laar è scomparso la famiglia ha complicato le ricerche dall'inizio alla fine. Intanto non hanno chiesto aiuto per ore, dopo la scomparsa del ragazzo. E a quel punto c'erano impronte dappertutto, e aveva piovuto, e si è persa ogni speranza di ritrovarlo. Ha reso tutto più difficile anche per i cani».

Mostrò il pollice della mano destra come se si preparasse a elencare tutti gli errori della famiglia.

«Poi» continuò «hanno permesso a noi di Shattuck di dare una mano, ma dopo una settimana ci hanno congedato. Al nostro posto hanno fatto arrivare dei cercatori dalla Sierra Madre. Hanno affittato un aereo privato e tutto quanto. E da quel che so li hanno anche pagati profumatamente».

«Hanno pagato anche i locali?».

La signora Clute sbuffa. «Non direi» risponde. «Sono stati trattati come se fossero alle dipendenze della famiglia. Anche quelli che hanno perso delle giornate di lavoro per aiutarli. E la cosa buffa è che i cercatori della California non avevano la minima idea di quel che stavano facendo. Non avevano mai visto un territorio come il nostro. Non avevano mai visto una boscaglia così fitta. Hanno fatto dietrofront e se ne sono andati senza trovare neanche una traccia del ragazzo».

Sorride quasi trionfante e poi si rende conto.

«Mi stia a sentire» dice la signora Clute. «Mi dispiace enormemente per la famiglia. Se sono innocenti – e potrebbe anche essere – hanno sbagliato in buona fede, visto quel che hanno passato. Ma non gli perdonerò mai di non avere riabilitato il nome di mio padre. Dopo la sua morte non hanno fatto niente – *presumevano* che fosse stato lui a uccidere Bear. E che probabilmente il ragazzino non l'avrebbero mai più ritrovato, visto che non si possono fare domande a un morto». Si guarda alle spalle e poi continua. «Nella proprietà ho visto qualcuno che qui c'è già stato, quando Bear è scomparso. Si chiama LaRochelle. Me lo ricordo da quando hanno cominciato ad accusare mio padre. È un bugiardo. Se fossi in lei, non mi fiderei».

Judy tiene la testa immobile. Annuire, anche appena, le sembrerebbe scorretto. Ma capisce quel che sta dicendo la donna.

La signora Clute prosegue: «Lei ha figli?».

«No».

«Bene. Be', se ne avrà si ricordi di questa conversazione» dice la signora Clute. «Si ricordi delle mie parole. E si domandi: io avrei interrotto le ricerche così presto come hanno fatto loro?».

Judy abbassa gli occhi, improvvisamente in imbarazzo per l'intensità dell'emozione nello sguardo della signora Clute.

«L'avrebbe fatto anche lei?» insiste la donna.

Tacciono entrambe.

«Adesso devo rientrare» dice la signora Clute. «Ho molto da fare».

Judy annuisce. «C'è qualcos'altro che vorrebbe dirmi? Qualcos'altro che dovrei sapere?».

La signora Clute ci riflette. «L'unica cosa che mi viene in mente è che in quella famiglia la ragazzina non piace a nessuno. Barbara, intendo. Io parlerei di abbandono. Prima che andasse al campo estivo veniva sempre in cucina in cerca di qualcosa da mangiare. Sembrava persa, ed era casa sua. Quando potevo gliene davo. Ma a sua madre questo non piaceva. Mi diceva sempre di smetterla di darle da mangiare. Io annuivo e facevo finta di ascoltarla, ma le visite di Barbara mi facevano piacere. È una ragazzina strana, si veste in maniera assurda, ma qui è l'unica che si è presa la briga di imparare il mio nome. Secondo me è una brava bambina».

«Grazie» dice Judy.

La signora Clute annuisce.

Judy ripensa alle parole di Hayes di poco prima. Ha preso appunti, ma vuole essere certa di essere in possesso dei dati corretti.

«Signora Clute, le dispiacerebbe se cercassi di trascrivere esattamente tutto quello che mi ha raccontato? Poi può rileggere e firmare, se trova che corrisponda».

La donna la guarda terrorizzata. «Manco morta» risponde.

«Non mi pento di averle detto quel che le ho detto. Ma è l'unico aiuto che posso darle».

Judy pensa che al momento tutto questo le sembra più importante della piantina. Torna al Posto di comando per cercare Hayes. Fuori, due investigatori sono seduti sui gradini e scrivono i loro rapporti su dei blocchi.

«Hayes è dentro?» domanda Judy. Uno dei due annuisce.

«Fossi in te non entrerei» dice. «Sono dieci minuti che LaRochelle gli sta dando una bella strigliata».

Judy tace. Dalla porta arrivano delle urla soffocate.

Non c'è posto per sedersi.

«Quando hanno finito potete dirgli che lo sto cercando?».

«Certo, tesoro» risponde l'altro senza neanche alzare gli occhi.

«Sono l'investigatrice Luptack» dice Judy.

«Perfetto».

Mentre aspetta Hayes, Judy gira per Camp Emerson per fare il lavoro che LaRochelle le ha assegnato quella mattina. Si è portata dietro il blocco e la penna. Si ferma davanti a tutti gli edifici che riesce a vedere e fa uno schizzo della pianta come se li guardasse dall'alto. Di quelli di cui è chiaro l'uso scrive il nome.

Quando ha finito si gira verso nord-ovest e una serie di edifici agricoli in disuso.

Sa che sono stati perquisiti con attenzione. E a quanto le risulta, non ospitano nessuno.

Però – visto che fino a quando LaRochelle e Hayes non avranno finito non ha niente da fare – si avvia in quella direzione con il blocco ficcato sottobraccio.

Ci sono quattro strutture. Judy non sa niente di agricoltura, ma una le sembra una stalla per vacche; il grande portone è spalancato per lasciar entrare l'aria. Dentro, i box hanno ancora quell'odore animale, anche se sembra siano stati abbandonati da molto tempo. Sopra la stalla c'è un fienile; grazie a una scala traballante Judy sale quel tanto da riuscire a sbirciare dentro e a notare i resti di diverse balle di fieno impilate contro le pareti.

Poi scende.

Vicino alla stalla c'è una casetta su palafitte, senza finestre. Chissà qual era il suo scopo, in origine, ma poi è stata usata per riporre attrezzature agricole ormai arrugginite. Ci entra solo un attimo, poi si sposta verso l'edificio a ovest.

All'inizio resta perplessa anche dall'interno di questa terza costruzione: pavimenti di cemento inclinati verso uno scarico. Forse ci lavavano i cavalli dopo averli portati fuori? Dentro c'è un odore che non riesce a identificare, ma che le fa rizzare le antenne.

Poi alza gli occhi.

Da un'estremità all'altra del soffitto corrono cinque sbarre di metallo. A queste sbarre sono appese file di ganci.

A quel punto l'odore acquista un senso: quel posto era un mattatoio.

Judy resta lì un altro istante, il corpo tutto teso.

Poi, il rumore: sopra la sua testa, dei passi.

Tracy

Anni Cinquanta | 1961 | inverno 1973
giugno 1975 | **luglio 1975** | agosto 1975

L'Escursione di sopravvivenza non veniva mai annunciata in anticipo. Piombava su di loro in questo modo: alle 5.30 del mattino, poco dopo il sorgere del sole, suonava una sirena.

Era tutta l'estate che si preparavano. A quel suono saltavano giù dai letti, si infilavano i vestiti, non facevano la doccia e correvano all'asta della bandiera più in fretta che potevano. Chi arrivava primo riceveva provviste extra; chi arrivava ultimo non riceveva niente.

Barbara si alzò e si vestì prima di chiunque altro nel loro bungalow.

«*Mettiti dei vestiti caldi sopra l'uniforme*» sussurrò a Tracy, e poi scomparve.

Tracy non arrivò all'asta per ultima del suo gruppo, ma ci mancò poco. E quindi dentro lo zaino che le fu consegnato da un coordinatore c'erano solo quattro scatolette di fagioli e una borraccia piena d'acqua. Si guardò intorno: Barbara e Lowell Cargill stavano esaminando teli impermeabili, bussole e coltellini svizzeri. E i due più piccoli del gruppo, arrivati proprio per ultimi, aprirono gli zaini e li trovarono completamente vuoti. Tracy guardò le loro facce: cercavano di fare gli spavaldi, ma avevano il mento rigido per lo sforzo di trattenere le lacrime.

Alla base dell'asta T.J. Hewitt sovrintendeva impassibile quella confusione. Quando ciascun ragazzo ebbe il suo zaino, si arrampicò per un breve tratto sul palo e, piantando la suola degli scarponcini sul fermo, sollevò un megafono e parlò.

«Gruppi di sopravvivenza» disse. «I vostri coordinatori verranno subito da voi. Ma ricordate: sono lì solo per le emergenze. Altrimenti, non vi aiuteranno in nessun modo. In generale» disse, guardandosi intorno a lungo, quasi a voler intercettare lo sguardo di ogni ragazzino per volta «sarete soli. Buona fortuna».

Dal centro dell'area i coordinatori cominciarono a dirigersi verso i gruppi che erano stati loro assegnati. Tracy li guardò cercando di capire chi avrebbero avuto.

Fu la stessa T.J. Hewitt a farsi avanti.

«Voi siete con me» disse.

Partirono cinque minuti dopo.

Li guidava T.J. Poi c'erano i ragazzini più giovani del gruppo. Si misero in fila dietro la capa come degli anatroccoli, ma lei ogni tanto si girava quasi fosse sorpresa o seccata dalla loro presenza.

«Fate finta che sia invisibile» continuava a ripetere. Allora serravano di nuovo i ranghi, ma un istante dopo tornavano al fianco di T.J.

Barbara, Tracy, Lowell e il suo amico Walter – il più grande – camminavano insieme. Ogni tanto Tracy lanciava delle occhiate in tralice a Lowell, ripensando a com'era stato armonizzare insieme a lui, e bastava il solo pensiero a farla arrossire violentemente.

Camminavano verso nord e passarono davanti alla villa, Fiducia-in-se-stessi. Alle finestre Tracy ebbe l'impressione di vedere qualcuno che si muoveva e lo disse a Barbara, che si strinse nelle spalle e guardò dritto davanti a sé.

«Si stanno preparando» disse.

«Per cosa?».

«Fanno una festa. È il centesimo anniversario della casa».

«Ti hanno invitata?».

Barbara scosse la testa.

«Tanto non ci volevo andare» disse.

Attraversarono la strada principale e camminarono un'altra ora, finché T.J. non li fermò.

«Qui va bene» disse, e poi si allontanò.

Fu Barbara a rompere il silenzio. «Aprite gli zaini» disse.

Tra tutti e dodici avevano: sessantadue scatolette di cibi diversi, dodici sacchetti di frutta secca, dodici borracce d'acqua, quattro flaconcini di tintura di iodio, nove teli impermeabili, quattro apriscatole, parecchi coltellini, un rotolo di filo di rame per trappole, dieci corde e – ultimo oggetto a uscire dall'ultimo zaino, e quello che suscitò i sospiri di sollievo più grandi – una scatoletta di fiammiferi.

Barbara si alzò, ispezionò gli oggetti e fece dei calcoli su come utilizzarli. Poi lanciò un'occhiata a T.J. che era appoggiata a un albero, un ginocchio piegato e la suola dello scarponcino premuta contro la corteccia.

«Non guardate me» disse. «Sono invisibile. Non ci sono».

Si girò e si issò lo zaino sulle spalle, poi fece dieci metri su per una salita ripida, dove trovò un punto relativamente piatto e cominciò a montare la tenda. In un lampo aveva preparato il fuoco, legato un'amaca tra due alberi e iniziato a leggere un libro mentre aspettava che bollisse l'acqua per il caffè.

A mezzogiorno anche i ragazzi si misero in moto, con Barbara al comando. Non per la prima volta, Tracy restò stupefatta dalla grazia con cui si muoveva, da quanto conosceva i boschi. Fu lei a trovare dell'acqua corrente, un ruscello, a condurre un piccolo gruppo a rifornire le borracce e a disinfettarle con lo iodio; fu lei a usare corde e teli per fabbricare delle tende approssimative, a sgombrare un pezzetto di terra e a creare uno spazio circolare con delle pietre. Poi mandò i bambini a cercare la legna più secca che riuscissero a trovare, e anche un po' di ramoscelli.

Non era molto più grande di loro – anzi, era più giovane di Walter e Lowell – ma quel giorno sembrava una donna adulta, pensò Tracy.

Dal suo accampamento sopraelevato, ogni tanto T.J. alzava gli occhi dal libro, li osservava impassibile e non diceva niente.

Quando non eseguiva gli ordini di Barbara, Tracy si sedeva a terra e giocava a un gioco inventato da uno dei più piccoli, un ragazzino di nome Christopher che sembrava dolce e un po' spaventato. Aveva otto anni: era il più giovane del gruppo. «Il più piccolo di tutto il campo» commentava lui mogio.

La sera, dopo cena, si raccontavano storie di fantasmi – evitando di menzionare Jacob Sluiter, il Tagliagole: lui era troppo verosimile per essere divertente. Lowell raccontò quella di Scary Mary, la donna dai capelli grigi, il fantasma più amato presente sulla proprietà. «Un ragazzo del mio bungalow dice di averla vista, l'altra notte» raccontò – fino a quando una delle ragazzine più piccole scoppiò a piangere e Lowell ritrattò. Così si misero a cantare delle canzoni e poi Lowell intonò a cappella una canzone triste e bellissima su un marinaio che si era perduto in mare.

Stava succedendo qualcosa di pazzesco: Tracy se n'era resa conto. Sì, T.J. era lì sopra quella collinetta, ma manteneva la sua promessa di restare invisibile. Quindi erano i bambini a comandare: tutti quanti, ma soprattutto Barbara. Se la cavavano senza adulti, e Tracy ne era molto orgogliosa.

Le tende fatte di teli impermeabili furono assegnate da Barbara. Lei e Tracy avrebbero dormito nella prima; Lowell e Walter nella seconda; i ragazzini più piccoli nella terza – quando protestarono brevemente per l'ingiustizia, Barbara li fissò finché non tacquero – e le ragazzine più piccole nella quarta.

Alle dieci di sera, lontano dal fuoco faceva freddo.

Quella mattina, obbedendo alle istruzioni di Barbara, prima di correre all'asta della bandiera Tracy si era infilata sopra l'uniforme dei pantaloni della tuta, una maglietta a maniche lunghe e un maglione pesante. Quasi tutti i ragazzi avevano ricevuto lo stesso consiglio da parte di coordinatori e amici, ma Christopher, il più piccolo, era in maglietta e shorts e rabbrividiva.

Barbara lo notò, si tolse la felpa e gliela lanciò.

«Mettitela» gli ordinò.

Sul minuscolo Christopher sembrava un vestito, ma da lì dentro lui sorrise, confortato.

Durante l'escursione non erano previsti sacchi a pelo; nessuno ne aveva ricevuti. Parte del loro compito era sopravvivere a un certo livello di scomodità.

«Statemi a sentire» disse Barbara. «Se vi svegliate di notte e vedete che il fuoco si sta spegnendo, tocca a voi riattizzarlo o aggiungere nuova legna». Fece una pausa per farglielo vedere, per indicare dov'era la catasta. L'aveva avvolta nei teli rimasti, in caso di pioggia. «Ma non allontanatevi» aggiunse. «Se vi perdete al buio è un danno per tutti».

Fece una pausa per riflettere.

«Un'altra cosa» disse. «State insieme. E con questo intendo: durante la notte rimanete vicini. Così starete molto più caldi».

Alcuni dei più giovani brontolarono.

«Benissimo» commentò Barbara. «Morite pure di freddo, se volete. A me non interessa».

Qualcuno ridacchiò e tutti guardarono nella direzione del suo braccio teso.

Christopher, il più piccolo, si era raggomitolato per terra, le ginocchia dentro la felpa di Barbara. Dormiva profondamente.

Barbara batté le mani. «Tutti tranne me, Tracy, Walter e Lowell» disse. «Andate nelle vostre tende. È ora di dormire».

Il campo piombò nel sonno. Anche T.J., sul suo spuntone, sembrava essersi ritirata: aveva lasciato che il fuoco si riducesse, evidentemente nel sacco a pelo che si era portata c'era abbastanza caldo.

Quando i quattro ragazzi più grandi ebbero finito di riordinare l'accampamento, Walter fece loro cenno di avvicinarsi alla tenda che avrebbe occupato insieme a Lowell.

«Ho portato una cosa» sussurrò. Mentre sorrideva, alla luce fioca delle fiamme Tracy vide lo scintillio metallico del suo apparecchio.

Dentro la tenda, si sedettero a formare un piccolo cerchio, tremando di freddo. I denti di Tracy battevano tutte le volte che non li digrignava. Poteva solo immaginare come si sentiva Barbara, che aveva uno strato in meno perché l'aveva ceduto a Christopher.

Se ne accorse anche Walter, un quattordicenne nervoso e dall'aria infantile, perché si tolse la felpa e la offrì a Barbara.

«No» disse lei.

«Prendila» ribatté Walter. «Ho sempre questa». E indicò la maglietta a maniche lunghe che portava sotto. «E poi» aggiunse «stanotte posso abbracciare Lowell».

E mise un braccio sulle spalle dell'amico, che ghignando lo spinse via.

«Cosa volevi farci vedere?» disse Barbara.

Walter tolse il braccio dalle spalle di Lowell e sollevò la maglietta che gli era rimasta. Si era legato a un fianco una fiaschetta.

Tracy capì immediatamente cos'era. Suo padre ne aveva

una che si portava sempre all'ippodromo. La teneva in una tasca interna della giacca e ogni tanto beveva un sorsetto, senza vergogna. Una volta, dopo che un suo cavallo aveva vinto una corsa, l'aveva offerta a Tracy e lei era stata così curiosa che aveva assaggiato. Ricordava ancora il bruciore di quel liquido che le scendeva in gola.

«Notevole» disse Barbara.

«Grazie» rispose Walter. Svitò il tappo e bevve un sorso.

«Cosa c'è dentro?» domandò Barbara.

«Crème de menthe» disse Walter. «È l'unico alcolico che mio padre non tiene sotto controllo».

Poi la passò in giro. Bevvero tutti. Tracy all'inizio mandò giù un sorso piccolo, e poi uno più grande. Era dolce rispetto alla roba che beveva suo padre e anche più disgustosa.

Tossì.

«*Shhh*» disse Barbara. Strappò la fiaschetta a Tracy e bevve un lungo sorso, poi si asciugò la bocca con il dorso della mano.

Nel giro di pochi minuti la tenda diventò più calda. Tracy sorrideva nel buio. A un tratto tutte le sue preoccupazioni le sembrarono lontanissime.

Aveva Barbara a destra, Lowell davanti, vicino a lui c'era Walter. Tracy fece avanzare il piede, dentro la scarpa da ginnastica, in quella che credeva fosse la direzione del piede di Lowell, anche se non vedeva bene. Immaginava che cos'avrebbe provato sentendo la bocca del ragazzo sulla sua. Quando la sua scarpa toccò quella di Lowell si fermò e fu come avere inserito una spina in una presa.

«Che noia. Facciamo un gioco» disse Walter.

«Qui dentro è buio pesto» disse Tracy. Pensava alle carte, o agli scacchi, o allo shanghai che aveva creato per Christopher.

«Non importa. Obbligo o verità».

Barbara rise piano.

Tracy sapeva cos'era solo dai libri e dai telefilm. Sapeva che era un gioco a cui i ragazzi della sua età giocavano quando dormivano tutti insieme a casa dell'uno o dell'altro, ma a lei era capitato solo con le sue cugine, oppure con Debbie Finley, una ragazza del quartiere la cui madre faceva i turni di notte. Questa era una situazione completamente diversa.

In parte provava una sensazione di pericolo: tutti quanti, Tracy ne era certa, immaginavano che Jacob Sluiter si trovasse al limitare del loro accampamento, appena evaso, affamato e arrabbiato. Ma nessuno di loro l'avrebbe mai nominato: sarebbe stata una mancanza di rispetto nei confronti di Barbara. Del ricordo di suo fratello e delle chiacchiere secondo cui Sluiter era in qualche modo coinvolto nella sua scomparsa.

«Inizio io» disse, sentendosi temeraria. E tese la mano verso la disgustosa crème de menthe.

«Obbligo o verità?» disse Walter. Quella frase sembrava quasi una formula magica.

«Verità» rispose Tracy, bevendo.

«Chi ti piace?» disse Walter.

Tracy capì immediatamente che avrebbe mentito. Pensò a tutti i ragazzi della sua età della scuola di Hempstead.

«Philip DiGiacomo» rispose, nominando il ragazzo universalmente considerato il più carino.

«Uffa, così non vale» disse Walter. «Chi ti piace *al campo estivo*».

«Troppo tardi» rispose Tracy, felice. «Tocca a te. Obbligo o verità».

«Obbligo» disse Walter.

Tracy rifletté un secondo. Voleva farsi venire in mente qualcosa di creativo, di divertente. Voleva far ridere gli altri.

«Bene» disse. «Walter: devi andare davanti alla tenda di T.J. e fare dei versi da orso».

I ragazzi ridacchiarono. Sentì che la testa di Barbara, lì vicina, si girava di scatto nella sua direzione.

«Non è una buona idea» disse.

«Perché no?» fece Lowell. «Io lo trovo esilarante».

Barbara fece una pausa lunga e misurata. E poi: «Ha un fucile».

Gli altri tre ammutolirono.

«Ce l'ha eccome» disse Barbara.

«Per cosa?» domandò Lowell.

«Proprio per questo» spiegò Barbara. «Per gli orsi e roba del genere».

«O per i Tagliagole» disse Walter.

Lungo silenzio.

«Secondo voi è per lui che quest'anno ci hanno fatto accompagnare dai coordinatori?» domandò Walter. «Perché è a piede libero?».

«No» rispose Barbara. «Credo che sia solo perché tanti genitori si sono lamentati. T.J. dice che questa generazione è diversa dalle precedenti. Dice che i genitori si spaventano di più».

Altro silenzio, mentre i quattro meditavano. Secondo Tracy i suoi genitori non avevano paura. Ma quando pensava alle madri delle altre ragazze – con i loro vestiti a portafoglio con motivi fantasia e i loro mocassini – allora sì.

«Be'» disse Walter. «Quindi questo no. Altre idee?».

Tracy si scervellò. Pensò di chiedergli di finire la fiaschetta, ma voleva qualcosa di più. Pensò di chiedergli di baciare uno degli altri o di spogliarsi e correre in giro per l'accampamento, ma aveva paura che creasse un precedente – lei stessa era terrorizzata all'idea che le domandassero di togliersi di dosso un capo di vestiario – e quindi disse: «Devi raccontarci il più grande segreto di Lowell».

Non vedeva bene le facce degli altri, ma sapeva che Walter stava pensando a come risponderle.

«Facile» disse lui alla fine. «Quand'è a casa dorme con la luce accesa perché ha paura del buio». Si girò verso Lowell. «Ma non ti preoccupare» aggiunse. «Ti proteggo io».

Tracy capì immediatamente due cose: che quello non era il segreto più grande di Lowell e che Walter gli sarebbe stato fedele a ogni costo. Le si strinse il cuore. Non aveva avuto intenzione di essere scortese.

Passarono trenta minuti. Un'ora. Erano tutti brilli e più caldi di prima. A Tracy era tornato il buonumore grazie alle confidenze che si erano scambiati: dopo avere esaurito le sfide accettabili, avevano cominciato a scegliere verità e nel breve tempo trascorso avevano imparato più cose l'uno dell'altro che in tutta l'estate. *È meraviglioso*, pensò Tracy, *avere degli amici così, che sembrano vedere le parti di te che ti sforzi di nascondere, le riportano alla luce e le celebrano con una specie di tenera ironia che più che umiliare diventa entusiasmante.* Aveva scoperto che Lowell aveva *davvero* paura del buio; che nonostante le sue doti fisiche detestava gli sport, con orrore di un padre appassionato di football; che Walter era pessimo a scuola, aveva qualcosa che si chiamava *dislessia* e un padre che era andato ad Harvard e si aspettava altrettanto da lui. Lei, Tracy, aveva rivelato quanti pochi amici avesse a casa, e che le sue compagne delle medie non le somigliavano affatto; che suo padre aveva lasciato sua madre per Donna Romano, che faceva la cameriera all'Adelphi Hotel, e che dopo quel cambiamento sua madre era diventata più silenziosa e meno sfacciata.

Ogni volta che raccontavano una verità esultavano e bevevano. Facevano a turno per riattizzare il fuoco quando la fiamma si abbassava.

L'unica persona che sembrava voler restare riservata era Barbara. Rideva piano insieme a loro; pareva coinvolta, ma quando arrivava il suo momento di dire la verità Tracy sentiva che si censurava.

È così liberatorio, pensò, *scambiarsi confidenze con gli amici in que-*

sto modo; quasi le dispiaceva che Barbara vivesse un'esperienza diversa. E quindi, quando fu il suo turno, Tracy la scelse. E Barbara scelse verità.

Senza batter ciglio, Tracy le fece le domande che si era posta per tutta l'estate.

«Come si chiama il tuo ragazzo?».

Silenzio.

In sottofondo il fuoco scoppiettò forte e Tracy trasalì.

«La verità» disse Barbara alla fine «è che non posso dirvi la verità».

Nella sua voce c'era della rabbia: che fosse diretta a lei o al suo ragazzo o al mondo, Tracy non riuscì a capirlo.

Barbara strappò la fiaschetta dalle mani di Walter e se la rovesciò completamente in bocca. La finì.

Poi disse: «Lowell. Obbligo o verità».

Lowell ci pensò. Alla fine scelse obbligo.

«Devi baciarmi» disse Barbara.

Alla base del collo Tracy avvertì una sensazione di gelo che riconobbe: era paura.

Alla luce debole del fuoco, vide le spalle ampie di Lowell, le sue braccia incrociate sopra le gambe piegate. Il ragazzo sciolse le braccia e poi, molto determinato, si inginocchiò e si protese verso Barbara. Le mise le mani ai lati del viso, avvicinò la faccia e la baciò, e Tracy capì immediatamente che aveva già baciato parecchie ragazze e che quello non era un bacio banale, che qualcuno gli aveva ordinato. Era invece un bacio pieno di sentimento, di desiderio. Avrebbe voluto girarsi dall'altra parte ma non lo fece. *Questa è la mia punizione*, pensò, *per aver abbassato la guardia*. Se lo meritava. E sopportò.

Quando il bacio si concluse Walter lanciò un piccolo *Oooh*, ma la cosa finì lì.

Poi Barbara disse che era stanca e Lowell si dichiarò d'accordo, e i quattro si separarono bruscamente: i ragazzi per andare un'ultima volta ad attizzare il fuoco, le ragazze per avviarsi verso la loro tenda.

Dentro, Tracy sentì ancora freddo. Tremava. Si mise su un fianco, infilò le ginocchia piegate sotto la felpa e restò così, raggomitolata come un neonato.

Dopo un istante sentì Barbara avvicinarsi; poi la sentì stringerle intorno le braccia, da dietro.

«No» disse Tracy.

«Scusami» disse Barbara. «Non so cosa mi è saltato in testa. Scusami, Tracy».

Non voleva piangere ma a un tratto si ritrovò in lacrime. Piangeva più di vergogna che di rabbia: vergogna per aver pensato che uno come Lowell Cargill potesse interessarsi a una come lei.

«Non piangere, Tracy» disse Barbara. «Ti prego. Scusami».

Tracy chiuse gli occhi. Adesso almeno si era riscaldata; Barbara aveva ragione quando diceva che stare vicini vicini era utile per conservare calore.

«Ti piace?» sussurrò Tracy.

«No».

«Perché l'hai fatto?».

Barbara tacque.

«Certe volte faccio delle cose brutte» disse poi. «Ho questo problema. Penso... qual è la cosa peggiore che potrei fare in questo momento? E poi la faccio. È come se non riuscissi a fermarmi».

Suo malgrado Tracy capiva cosa voleva dire. Anche lei aveva avuto dei pensieri del genere – la differenza era che aveva troppa paura di passare all'azione. Ed era convinta che succedesse lo stesso quasi a tutti.

«Dovresti farti visitare» disse, e Barbara fece una risatina. Tracy sorrise. Nonostante tutto le piaceva far ridere Barbara.

«Oh, ma l'ho fatto» disse Barbara. «Mio padre mi costringe ad andare da uno strizzacervelli da quando ho cinque anni».

«Sempre lo stesso?».

«Tutti diversi. Ogni anno uno nuovo. Quest'anno è il turno della dottoressa Brady. Io la chiamo dottoressa Bradipo, perché somiglia proprio a un bradipo. E parla anche come un bradipo. Così» disse Barbara, e imitò una persona lenta e ottusa. «Almeno è una donna» continuò dopo una pausa. «Le donne le preferisco».

«Anch'io» disse Tracy – anche se non era sicurissima che fosse vero.

«Secondo la dottoressa Brady che cos'hai che non va?».

«Controllo degli impulsi» rispose Barbara. «Non ne ho abbastanza, secondo lei. Anche mio padre la pensa così».

«Non ci vai d'accordo, con lui».

«Eh» disse Barbara. «L'eufemismo dell'anno».

«È per quello che quest'estate sei venuta al campo?» disse Tracy. «Per stare lontana da lui?».

«In parte».

«E l'altra parte?».

Barbara tacque.

«Per stare lontana da tutti loro» disse. «Quest'estate hanno la festa di cui ti parlavo, e non volevo restare lì. Hanno degli amici orrendi, non me ne piace neanche uno».

Tracy aveva un'altra teoria.

«È più facile vedere il tuo ragazzo, stando al campo estivo?».

Barbara annuì. Tracy sentì il mento che si muoveva su e giù contro la sua nuca.

«È più facile scappare fuori» disse Barbara. «Su alla villa c'è sempre qualcuno sveglio».

«E tua madre?». Non avevano mai parlato così tanto della famiglia di Barbara. In genere cambiava discorso. «Che tipo è?» domandò Tracy, insistente.

Una pausa.

«Inutile» rispose Barbara. «Non fa praticamente niente».

«Cosa le è successo?».

Il braccio di Barbara intorno a Tracy si rilassò un poco.

«È scomparso mio fratello» disse, piano. «E non è più tornato. Credo le sia successo questo. Perché ho visto delle sue foto quand'era giovane e sembrava una tipa a posto. Era una persona completamente diversa».

Tracy le prese la mano e la strinse. Sentiva che con il freddo le stava passando la sbronza. Aveva la sensazione che il giorno dopo tutto questo, o almeno una parte, le avrebbe suscitato imbarazzo; che sarebbe stato difficile guardare Lowell, Walter e Barbara. Ma in quel momento usò quel che restava del coraggio dato dall'alcol per intrecciare le dita con quelle di Barbara e stringersi intorno il suo braccio ancora più forte.

«Tu lo sapevi, di mio fratello?» chiese Barbara. «Lo sanno tutti?».

Tracy annuì. «Mi dispiace» disse.

Silenzio.

«Mia mamma è convinta che tornerà» disse Barbara. «Ma non lo dice a mio padre. Cose di questo genere le dice solo a me. Mio padre impazzisce al solo sentirla nominare Bear».

«Tu credi che tornerà?» domandò Tracy.

«No» disse Barbara. «Non ci credo».

Al buio Tracy la sentì aprire e chiudere la bocca.

«Cosa c'è?».

«Penso molto a lui. Mi dispiace che se ne sia andato» disse Barbara.

«Vorresti averlo conosciuto?».

«No. Cioè, in parte sì» ammise Barbara. «Ho visto delle sue foto e sembrava un bravo ragazzo. Lo dicono tutti».

Tacque un istante. Tracy trattenne il fiato, non voleva dissipare l'incantesimo.

«Quand'ero più piccola» disse Barbara «immaginavo sempre di parlarci. Facevo finta che abitasse ancora con noi, immaginavo di avere un fratello maggiore che badava a me. Che mi proteggeva dai nostri genitori quando litigavano, o quando si arrabbiavano con me».

Tracy annuì. Anche lei, che era figlia unica, aveva delle fantasie simili.

«Ma se non fosse scomparso» disse Barbara.

Poi non finì la frase.

«Cosa?» disse Tracy.

«Io non sarei mai nata» continuò Barbara. «E forse sarebbe stato meglio».

Tacquero entrambe a lungo.

Tracy sapeva che un adulto si sarebbe preoccupato e avrebbe sostenuto che la vita vale la pena di essere vissuta. Ma Tracy, che aveva quasi tredici anni, lesse quella dichiarazione non come un grido d'aiuto, ma come un dato di fatto. E quindi non disse nulla e le due ragazzine respirarono insieme per un bel po' di tempo, fino a quando ciascuna pensò che l'altra si fosse addormentata.

A un tratto Barbara riprese la parola.

«Che ora è, secondo te?».

Tracy alzò il polso con l'orologio, piegandolo in maniera che intercettasse la luce del fuoco.

«Mezzanotte» disse.

«Merda» sussurrò Barbara.

«Cosa c'è?».

«Devo andare».

E scattò subito a sedere.

Accanto a lei anche Tracy si mise seduta.

«*Andare?*» ripeté.

Barbara stava frugando dentro il suo zaino.

«Dove vai?» le domandò Tracy.

«Dove vado tutte le notti».

E tirò fuori una piccola torcia.

«Dove l'hai presa?».

«Al bungalow».

«Ma come fai a sapere dove vai?» domandò Tracy incredula.

Barbara sbuffò.

«Non ti preoccupare per me» disse. «Conosco questi boschi come le mie tasche».

E poi si avviò, superò il fuoco e cominciò a scendere la collina. Tracy la guardò finché non vide solo il raggio della torcia. Finché anche quello non fu scomparso.

Tracy dormì male, fu svegliata spesso dal freddo e dal rumore di uno degli altri campeggiatori che riattizzava il fuoco. A un certo punto aprì gli occhi e scoprì che fuori c'era luce e che nella tenda era ancora sola.

Scattò a sedere, spaventata. Stavano dormendo tutti. Si avvicinò in punta di piedi alla tenda di Lowell e Walter e si chinò vicino a Lowell, sussurrando il suo nome finché lui non aprì gli occhi.

«Barbara non c'è più» disse. «È scomparsa».

Lowell sbatté le palpebre per la luce, si strofinò gli occhi e si stiracchiò.

«Ma cosa dici?» disse. «L'ho appena vista. È andata a prendere dell'altra legna».

E infatti: da dietro un folto d'alberi comparve Barbara, le braccia cariche di rami, che radunava un po' di ramoscelli per il falò del mattino.

Guardò Tracy con un gran sorriso. *Buongiorno*, sillabò muta.

Il programma della giornata prevedeva di allestire delle semplici trappole per scoiattoli, come T.J. aveva insegnato loro durante le lezioni di sopravvivenza. Barbara, ovviamente, sovrintendeva alle operazioni.

Quando scese la sera le trappole erano vuote, non c'erano né esche né scoiattoli. Qualcuno aveva trovato dei cespugli di bacche, ma la strada per arrivarci costava più energia di quella che le bacche avrebbero fornito.

L'atmosfera era cambiata. Non avendo niente da fare attesero l'ora di cena e le piccole porzioni di fagioli in scatola e frutta secca che Barbara aveva destinato al pasto serale. I più giovani dicevano di avere fame; i più grandi erano scocciati.

Barbara, determinata, partì di nuovo alla volta dei boschi per controllare le trappole. E dopo un istante sentirono un urlo.

Tracy si alzò. Vide che anche Lowell si era alzato, all'altro capo dell'accampamento. E poi lui si mise a correre in direzione della voce di Barbara.

I due emersero un minuto dopo, sorridenti e reggendo sulle spalle due trappole. Dai pali pendevano oscillando i cadaveri di tre scoiattoli rossi. Tracy si accorse con orrore che uno di questi si agitava e annaspava ancora.

«Barbara!» gridò. «Barbara, uno è vivo!».

Barbara annuì.

«Prendi un sasso» le disse.

«*Io?*» fece Tracy.

«Sì, tu».

Tracy si guardò intorno. Vide subito un sasso dall'aria solida e lo alzò perché Barbara potesse esaminarlo.

«Bene» disse Barbara. «Adesso togliti un calzino e mettici dentro il sasso».

A Tracy si strinse lo stomaco.

«Forza» disse Barbara. «Dai, Tracy. Se metto giù il palo scappa».

Qualcosa nel suo sguardo disse a Tracy che quella era una prova e che fallirla sarebbe stata una catastrofe per la loro amicizia. E così obbedì, si sedette per terra, si tolse scarpa e calzino e ci mise dentro il sasso.

Con un piede nudo zoppicò verso lo scoiattolo impazzito. Gli altri ragazzi piombarono nel silenzio. Lei prese la mira e calò l'arma come una mazza sul cranio dello scoiattolo finché non si mosse più.

Alla fine alzò la testa e vide che la stavano osservando; non solo gli altri ragazzi, ma anche T.J. Hewitt che se ne stava in piedi sulla sua altura, mani sui fianchi, e le rivolgeva un sorriso di approvazione.

«Brava» disse.

Era la prima parola che pronunciava da quando si era dichiarata invisibile.

Poi, rapidamente, voltò loro le spalle e si accovacciò per rientrare nella tenda.

Fu Barbara a macellare gli scoiattoli, china su un telo impermeabile steso a terra.

Quando ebbe quasi finito di spellarli, si mise in grembo una carcassa e cominciò a staccare la pelle rimasta con un coltellino.

Gli altri restarono a guardare.

Più tardi, nessuno ebbe la certezza di com'era successo – neanche Barbara –, a un tratto lei si immobilizzò: sul ginocchio destro lo scoiattolo mezzo spellato, e dentro la coscia sinistra la punta del coltellino che stava usando.

La sua mano ne impugnava ancora il manico. Di riflesso, lo estrasse con un movimento altrettanto rapido, e poi disse: «Non avrei dovuto farlo».

Ovviamente, la ferita restò intatta per tre secondi, come se esitasse, e poi ne emerse un fiotto di sangue che traboccò.

«Non avrei dovuto tirarlo fuori» disse Barbara. «Avrei dovuto lasciarlo dentro».

Portava un paio di shorts e quindi aveva la gamba completamente esposta. Rivoli di sangue le scorrevano all'interno della coscia e finivano schizzando a terra, sotto di lei.

Alcuni ragazzi fecero un passo indietro, la testa tra le mani; altri si avvicinarono.

«Dovremmo dirlo a T.J.» disse Lowell.

«No» replicò subito Barbara.

«Perché no?» intervenne Walter. «Ce l'ha detto lei. Ha detto che l'unico motivo per chiamarla dev'essere un'emergenza».

«Non è un'emergenza» ribatté Barbara. «Ce la faccio da sola».

Si guardò intorno. Il sangue che le colava dalla gamba sgocciolava a terra facendo *tic-tic*.

«Christopher» gridò. Era scappato via alle prime gocce e in quel momento emerse timido dalla tenda.

«Ho bisogno della mia felpa» disse Barbara. «Scusami».

Lui se la tolse in fretta e corse da lei. Con il coltello, Barbara tagliò una manica e se l'avvolse stretta intorno alla gamba. In un batter d'occhio, il tessuto da bianco diventò rosa.

Barbara la portò per un'ora o due e continuò a fare quel che stava facendo, apparentemente imperturbabile.

Per cena mangiarono scoiattolo, ciascuno ricevette più o meno un boccone di carne, e questo sollevò il morale di tutti, anche se non diminuì la fame.

A tarda sera, Tracy notò che Barbara sembrava più silenziosa del solito. Certamente aveva perso un sacco di sangue; aveva dovuto sostituire la manica della felpa per due volte, con altri tessuti.

«Tutto bene?» le domandò Tracy.

«Alla grande» rispose Barbara.

Ma era pallidissima. Tracy la guardò un secondo di troppo.

«Cosa c'è?».

Alle sue spalle, Tracy sentì gli sguardi degli altri ragazzi volgersi verso di loro. L'accampamento era piombato nel silenzio.

«Dobbiamo dirlo a T.J.» disse Lowell. Guardò Barbara e la scrutò. «Sono serio. Hai perso troppo sangue. Non va bene».

«Sto benissimo» ripeté lei, debolmente.

Ma Lowell non volle sentire ragioni e marciò in direzione della tenda di T.J. Barbara lo richiamò una volta, ma la sua voce era troppo fioca per essere sentita.

Dieci secondi dopo T.J. si precipitò giù dalla discesa tra il suo accampamento e il loro, portandosi dietro una grossa pentola. Si inginocchiò di fronte a Barbara, che si era distesa sulla schiena perché non riusciva più a tenersi diritta. Dopo averla esaminata si rimise in piedi e si guardò intorno per valutare la situazione. Identificò in Lowell Cargill la persona che con più probabilità sarebbe stata d'aiuto in un momento di crisi, gli porse la pentola e gli ordinò di riattizzare il fuoco e poi di farci bollire dell'acqua. Prese abilmente Barbara tra le braccia e si avviò il più rapida possibile su per la collinetta.

«Chiamatemi quando bolle» gridò.

Lei e Barbara scomparvero dentro la tenda.

Prima di sera Barbara fu pulita, suturata, nutrita, dissetata, vestita con più strati, e si rifece rosea in viso. Era anche tornata all'accampamento insieme ai compagni, e già cercava di minimizzare la gravità di quello che era trapelato.

Più tardi, nella loro tenda, Tracy e Barbara si accoccolarono di nuovo vicine.

«Barbara» disse Tracy.

«Sì?».

«Sono felice che stai bene».

Barbara sbuffò. «Non sarebbe successo niente».

«Non lo so» disse Tracy. «Non avevi una bella cera».

«Potevo farcela da sola. Se per caso fossi peggiorata sarei tornata a piedi a Camp Emerson. Potevo andare e tornare per conto mio. Non c'era bisogno di coinvolgere T.J.».

Stranamente Tracy le credette.

«Dove hai imparato tutte quelle cose?» le domandò.

«Quali cose?».

«Lo sai benissimo. Mettere le trappole, piantare le tende eccetera. Fare a pezzi quegli scoiattoli. Il primo soccorso».

«Dove le hai imparate tu» disse Barbara. «Alle lezioni di T.J.».

Tracy scosse la testa. «Io non so le cose che sai tu. E non credo che le sappia nessun altro».

Un attimo di silenzio. «La mia famiglia» disse Barbara.

Poi tacquero. Tracy aveva capito che non era tutto lì, ma non insistette.

«Stanotte vai via di nuovo?» sussurrò Tracy.

«Non penso di farcela» rispose Barbara. Si mosse appena. «Non penso di riuscirci, con questa gamba».

E sospirò.

«E se non ci vai va bene lo stesso?» disse Tracy.

Fu cauta nel pronunciare quelle parole: non voleva ripetere l'errore di far arrabbiare Barbara insistendo su un tema di cui chiaramente non aveva voglia di parlare.

Barbara tacque così a lungo che Tracy pensò si fosse addormentata. Gli abiti che le aveva dato T.J. scaldavano tutte e due e anche Tracy sentì che si stava assopendo.

Poi, al buio, sentì Barbara sospirare.

«Probabilmente no» disse piano. «Probabilmente non va per niente bene».

Alice

Anni Cinquanta | 1961 | inverno 1973
giugno 1975 | luglio 1975 | **agosto 1975: giorno due**

Il secondo giorno dell'assenza di Barbara, Alice si sveglia con il deserto in bocca.

Ha dormito tutta la notte girata sulla pancia. Una macchia umida si è allargata sul copriletto a partire dalle sue labbra.

Sa che è successo qualcosa di brutto. La sensazione indugia; non è ancora arrivata la conferma. Si mette a sedere. Prende il bicchiere di gin dal comodino e lo beve, a fatica.

Si alza.

Barbara.

Ecco. Sua figlia manca da ieri mattina.

Cinque minuti dopo Alice è nella veranda. Guarda dalla finestra: una settimana prima del previsto, arrivano altri genitori a recuperare i figli.

Alcuni – quelli che abitano ad Albany, o a Niskayuna, o nel Vermont – sono venuti già ieri.

Altri – quelli della costa ovest, del Colorado, o quelli che devono prendere un aereo – arrivano oggi ed entrano nella Riserva tutti affannati nelle loro macchine a noleggio, terrorizzati al pensiero che i loro bambini abbiano dovuto trascorrere una notte intera in un posto dove meno di ventiquattr'ore prima è scomparsa un'altra ragazzina.

Ma lei capisce. Ricorda di essersi sentita così, con Bear: avrebbe fatto qualsiasi cosa per proteggerlo. Avrebbe aggredito fisicamente chiunque si fosse anche solo sognato di fargli del male. Aveva bisogno di lei – ecco perché. Lui aveva bisogno di lei, come mai nessuno prima. Le si aggrappava – abitudine che Peter considerava patologica. Ma nella sua vita non era mai stata la protettrice di qualcuno e quella sensazione le piaceva, e quand'erano soli ne godeva in segreto.

Alle sue spalle, qualcuno entra nella veranda.

Non deve girarsi per sapere chi è.

Sa che oggi la porteranno ad Albany. Come al solito, i Peter la vogliono fuori dai piedi.

Bene. A lei piace stare ad Albany.

Là riesce a sentire meglio la voce di suo figlio.

Alice

Anni Cinquanta | **1961** | inverno 1973
giugno 1975 | luglio 1975 | agosto 1975

Bear non stava nella pelle. Alice lo guardava attraverso i vetri della veranda: il primo giorno dell'Addio Moscerini si piazzava sempre sul prato davanti, moriva dalla voglia che arrivasse un po' di compagnia. Si era messo a fare le capriole e a lanciare in aria una palla da baseball, a ripetizione. Cantava una canzone che Alice non conosceva, doveva averla imparata a scuola. A volte le pareva assurdo che fuori casa avesse una vita tutta sua, di cui lei non sapeva niente. Di recente era diventato proprio una *persona*, diceva a Peter; e Peter alzava gli occhi al cielo come se non sapesse cosa intendeva. Però lo sapeva. Lo sapeva bene.

A otto anni era divertente, intelligente, curioso, buffo e sempre più indipendente. Molto al di sopra delle sue aspettative; ora certe volte ne sentiva la mancanza, della sua presenza costante, della sua voce acuta e cristallina che chiamava *Mami* diciotto volte al minuto.

Ma Peter era entusiasta. Per il bambino non aveva sperato di meglio: fiducia in se stesso. E una delle cose più belle era il modo in cui aveva riavvicinato lui e Alice. Adesso potevano stare seduti fermi, insieme, a guardare quel figlio come se fosse uno spettacolo. Avevano cominciato a godere della reciproca compagnia come non era mai successo. Innanzitutto, lei era più vecchia: quell'anno ne faceva ventisei. Finalmente un'età rispettabile.

Ogni tanto ad Alice veniva l'idea eccitante che suo marito si stesse innamorando di lei – per la prima volta, in realtà. La rattristava pensare alla giovane Alice, alla diciottenne che non sapeva niente del mondo; ma in quel periodo era felice per se stessa. Trovava buffo il pensiero di quante relazioni fosse possibile avere con lo stesso uomo, nel corso di una vita insieme.

All'evento di quell'anno Peter e suo padre avevano invitato più ospiti che mai: trentasette, Alice li aveva contati. Erano state assegnate tutte le camere e anche tutte le stanze di tutti gli edifici esterni. A causa del numero di uomini e donne soli, avevano dovuto perfino requisire alcune stanze degli Alloggi del personale; per i domestici che avevano dovuto spostare, avevano affittato due case estive vuote otto chilometri più a sud, e avevano procurato loro delle auto.

Arrivò il primo ospite e Bear corse verso il viale per salutare. Dal suo posto in veranda, Alice riconobbe immediatamente la macchina: era quella di sua sorella Delphine.

Erano passati tre anni dalla morte di George e Delphine aveva continuato a venire sola; arrivava sempre con quella sua Buick molto pratica che si rifiutava categoricamente di vendere.

«Bear!» esclamò Delphine. Dal vetro Alice la vide formare quel nome con la bocca. Lei e il ragazzino avevano sempre avuto un legame speciale, una bella amicizia. A ogni festa estiva lei lo trattava come un suo pari, gli portava carta e colori e stavano seduti insieme per ore a parlare di quel che imparava a scuola.

Alice entrò nell'ingresso e poi nella sala, dove Peter e i suoi genitori leggevano vicino al caminetto.

«È arrivata Delphine» disse.

Quell'anno il gruppo degli ospiti era piuttosto eclettico. C'erano i soliti: le famiglie di Peter e Alice; i Southworth, con la figlia piccola, Annabel; i McLellan e i loro figli più alcuni clienti, e ovviamente qualche artista.

Tutti si complimentarono per la cucina. Tutti si complimentarono per tutto, in realtà; le decorazioni e i fiori e i musicisti che avevano fatto arrivare, e i vestiti di Alice e l'intelligenza e il buonumore di Bear, e anche la sua bellezza.

Per tutta la settimana Alice ebbe l'impressione che Peter fosse diverso: aveva tirato fuori i suoi lati migliori. Era più felice, più entusiasta. Perfino rilassato. Certe volte lo sorprendeva seduto sul prato a leggere il giornale. In altri anni le era sembrato che non si sedesse mai.

Un giorno in cui quasi tutti gli ospiti erano andati a fare un'escursione sul monte Hunt, Alice restò a casa. Era stanca perché la sera prima aveva fatto tardi e pensava di riposare.

Andò in camera sua ma poi si fermò di botto.

Nel suo letto c'era Peter – sveglio.

La guardò. Sembrava sorpreso. Poi sorrise.

«Niente escursione?».

«No» rispose Alice. «Ho pensato di riposare un poco».

Aspettò, lievemente innervosita. Per Peter, la parola *riposo* era una bestemmia; riposare non gli piaceva e non gradiva che lo facessero le persone che aveva intorno.

Invece la stupì: «Vieni a riposare qui con me» disse.

Il primo anno del loro matrimonio il sesso era stato un requisito indispensabile, sempre circondato da un vago imbarazzo, da entrambe le parti: dal primo momento che erano rimasti soli insieme lei non aveva mai veramente provato desiderio per suo marito, ma qualcosa di più simile a un senso del dovere, o a una specie di caritatevole condiscendenza.

Quando Bear aveva compiuto un anno Peter aveva fatto arredare delle stanze separate per lei, sia nella casa di Albany sia a Fiducia. Non l'aveva coinvolta nella decisione; gliele aveva semplicemente offerte, dicendo che erano necessarie per via della sua insonnia.

Da allora Alice aveva dormito da sola.

Era ancora giovane e certe volte avvertiva un desiderio così forte da non sapere che farsene. Concupiva amici, sconosciuti per la strada. Ma dopo una serie di rifiuti da parte di Peter, così brutali da farla scoppiare in lacrime, aveva smesso di tentare di sedurlo. Aveva quindi risolto da sola, chiedendosi se ci fosse un'altra donna sul pianeta che faceva quel che faceva lei.

Quel giorno però Peter l'aveva abbracciata con una tenerezza mai vista prima. Era stato dolce e forte insieme. Dopo, era rimasta distesa sul letto accanto a lui, stupefatta. Si mise a piangere; una cosa che raramente si concedeva di fare davanti a lui.

«Cosa c'è?» le chiese con gentilezza.

Lei rispose che piangeva perché lo amava. E in quel momento era vero: amava lui e la loro vita insieme. Ma piangeva anche per tutto quel che le era stato negato fino ad allora.

«Che sciocca» disse lui, ma c'era dell'affetto nella sua voce. E lei si lasciò andare tra le sue braccia.

Pensò che era quel che aveva desiderato per tutta la vita.

Finalmente l'aveva ottenuto.

Fu tutto diverso. Per il resto della settimana non fecero che fantasticare l'uno sull'altra. Ogni volta che potevano si cercavano. Peter dormiva nella camera di Alice – quella che le aveva fatto preparare. Entrava nella propria, dall'altro lato del corridoio, solo la mattina, per cambiarsi e vestirsi.

Se ne accorse anche Bear: un giorno venne da loro e prese le mani di entrambi nella sua, sorridendo e guardandoli in faccia, come se potesse sentire il loro amore.

In genere l'Addio Moscerini si teneva da un sabato all'altro. Quell'anno, alla solita cena d'addio – una grigliata di pesce organizzata dal personale come da tradizione, sulla spiaggia – Peter si alzò e chiese l'attenzione di tutti.

«Domani non partite» disse. «Restate un giorno in più».

Si guardò intorno come se solo in quel momento si fosse reso conto delle implicazioni di quell'idea. «Warren!» gridò – il nome del cuoco di allora. «Warren, abbiamo abbastanza da mangiare per domani, no?».

Esitante, Warren annuì. Alice sapeva che questo significava altri viaggi in città e un cambio di programma per tutti i membri del personale, che erano stati assunti per una sola settimana.

Ma Peter aveva già deciso. Gli ospiti avevano già esultato.

La cena sembrava pronta a procedere, fino a quando qualcuno ai margini della festa non prese la parola.

«È tutto a posto, allora?» disse Delphine. Tutti si girarono verso di lei. «Warren, avevi altri programmi?».

Silenzio.

Tutti sulla spiaggia ebbero ben chiaro quant'era sconveniente quella conversazione. Che diritto aveva Delphine – una vedova che partecipava da sola alla festa – di rivolgersi direttamente a un membro del personale dei Van Laar?

A un tratto il padre di Peter – che di solito lasciava che fosse il figlio a dirigere le celebrazioni – si alzò dalla profonda sedia di legno in cui era seduto, con una prontezza che sarebbe stata stupefacente in qualsiasi altro uomo della sua età.

Poi si rivolse a tutti gli ospiti.

«Warren sarà ben felice di occuparsi di voi» disse. «E noi altrettanto. Grazie per il suo interessamento, signora Barlow».

Quella sera, a letto, il buonumore di Peter era scomparso, sostituito da una rabbia muta.

«Ma cosa le è saltato in testa» continuava a ripetere. Alice immaginò che parlasse di Delphine.

«Aveva buone intenzioni» disse. «È solo che... è sempre stata diversa. Fin da quand'eravamo piccole».

Peter taceva.

«Ha anche dei pregi. È molto brava con Bear» continuò Alice pensando freneticamente a cos'avrebbe potuto aggiungere per placare il marito. «È sempre stata così carina con lui. Sai, gli fa spesso compagnia. Ogni volta che viene gli porta dei giocattoli».

«La presunzione di quella donna» sbottò Peter. «So che è tua sorella, Alice, ma non sono sicuro che possiamo continuare a invitarla».

E si voltò.

Esitante, lei gli mise una mano sulla spalla. Lui se la scrollò di dosso. Poi si alzò. Si mise la vestaglia. Uscì dalla camera, attraversò il corridoio ed entrò nella sua.

Lei non voleva che l'atmosfera incantata di quella settimana svanisse. Non voleva tornare alla vita che avevano sempre fatto.

Quella settimana aveva bevuto meno del solito; era stata ben felice di farsi distrarre dalle attenzioni di Peter. Ma l'ultimo sabato dell'Addio Moscerini – quando si rese conto che Peter non sarebbe più uscito dalla sua camera – a pranzo bevve un bicchiere di vino e continuò a riempirlo in cucina ogni volta che aveva un momento per sé.

Alle quattro l'odore dell'aria era cambiato. Tutti dicevano che stava per piovere.

Il personale era stato indaffarato l'intero giorno a portare in casa sacchi di provviste comprate in città.

A un certo punto qualcuno propose una gita al lago Joan:

l'ultima possibilità di un'uscita in barca prima del temporale. E quindi la decisione fu presa e tutti si ritirarono nelle loro stanze per cambiarsi.

A Bear piacerà, pensò Alice. E si mise a cercarlo.

Per quasi tutta la settimana non aveva fatto che correre in giro insieme a John Paul e Marnie McLellan; Alice restava ore senza vederlo. Non l'aveva mai trascurato tanto come quella settimana; mai nulla era riuscito a distrarla come c'era riuscito Peter. Ma pensò che non era un problema. In fondo anche Bear si stava divertendo.

Del loro gruppo faceva parte anche Tessie Jo Hewitt. Era leggermente più grande degli altri e sembrava che fosse lei il capo. Alice non ne era certa, ma riteneva possibile che Vic Hewitt avesse incaricato sua figlia di fare da baby-sitter agli altri bambini.

Alice non trovò Bear nella sua stanza né in quelle dei McLellan.

Andò a vedere in spiaggia e nella rimessa delle barche, dove due membri del personale stavano preparando diverse imbarcazioni per l'escursione di quel pomeriggio.

«Avete visto Bear?» domandò, ma ricevette risposta negativa.

Lasciò per ultima la camera di Peter. Trovava improbabile che suo figlio fosse lì: di recente lui e suo padre si erano avvicinati, ma Bear in fondo era soltanto suo. Era come se Peter lo guardasse sempre da lontano, anche quand'erano nella stessa stanza.

Percorse il corridoio rivestito di moquette di Fiducia, pronta a cogliere voci di bambini, la voce di suo figlio.

Si fermò davanti alla porta di Peter e vi appoggiò l'orecchio.

Non sentì niente, e quindi girò la maniglia.

Judyta

Anni Cinquanta | 1961 | inverno 1973
giugno 1975 | luglio 1975 | **agosto 1975: giorno due**

Judy è in piedi, muta, dentro il mattatoio abbandonato.

Ascolta: altri passi. Cinque, sei, sette di fila.

Verso il fondo della sala piena d'ombre vede una scala che porta di sopra, nel buio. *Se fossimo in un film*, pensa, *andrei in quella direzione*. Ma durante l'addestramento ha imparato che non bisogna assolutamente dirigersi verso una potenziale minaccia, e quindi esce arretrando dall'edificio.

Alla luce del giorno, si mette a correre verso Camp Emerson.

Quindici minuti dopo è sul viale, vicino a Denny Hayes e al capitano LaRochelle. Davanti a loro, una pattuglia di sei agenti della stradale – armi spianate, schiena al muro – entra a due a due nella struttura.

«Non mi sembra necessario» sussurra Judy.

Denny si gira e la zittisce. «Ordini del capitano» dice.

Quando l'ultimo agente è scomparso dentro, Judy sente sulle spalle il peso di quel che ha fatto.

Per tre lunghi minuti guarda il cielo. Poi guarda per terra.

Quanti passi ha sentito, in realtà? Pochi, pensa. Ed erano forti? Non particolarmente. Che siano stati qualcos'altro? Un albero che sbatteva contro il tetto. Delle ghiande che cadevano. Le vengono in mente decine di possibilità, finché gli agenti escono in fila dal mattatoio, ormai rilassati.

I primi due attraversano il viale per andare a parlare con il capitano LaRochelle.

«Trovato il colpevole» dice uno.

«Famiglia di scoiattoli» dice l'altro con un sorrisone.

LaRochelle si schiarisce la gola. «Tutto qui, eh? Sicuri?».

«Sì. Abbiamo perquisito il piano di sopra».

LaRochelle tace. Poi, senza guardare Judy, si gira verso Hayes.

«Sono stato interrotto durante una conversazione con il signor Van Laar» dice. «Credo sia meglio che torni da lui».

E si allontana a grandi passi.

Judyta

Anni Cinquanta | 1961 | inverno 1973
giugno 1975 | luglio 1975 | **agosto 1975: giorno due**

Di ritorno al Posto di comando nello Chalet del direttore, Denny Hayes si piazza al centro della stanza pronto a riprendere da dove si è interrotto con il gruppetto di investigatori riuniti davanti a lui.

Dice che finora il commissario non è contento dei risultati ottenuti. La Squadra di ricerca e salvataggio delle Adirondack – un gruppo di volontari civili – è stata appena inviata a compiere una Ricerca di tipo Tre nei boschi circostanti, visto che ieri le guardie forestali non sono riuscite a individuare niente e nessuno.

«Stamattina avete trovato qualche indizio?» domanda Hayes.

Gli altri investigatori si guardano intorno. Le loro espressioni sono chiare: non molto.

Uno dice: «Un paio di ragazzini sostiene di aver visto una donna nei boschi, in passato. Quest'estate e anche le altre. Pare che sia una leggenda locale. Una roba tipo storia di fantasmi».

Hayes sbatte le palpebre.

«Un fantasma donna. Okay» afferma. «Qualcuno mi sa dire qualcosa di più sull'aspetto di questa donna?».

Lo stesso investigatore risponde: «Anziana. Magra. Capelli grigi. Non so altro. A parte come la chiamano».

«E cioè?».

L'investigatore, infastidito, si mette a consultare platealmente i suoi appunti. Poi legge: «Scary Mary».

«Scary Mary» dice Hayes.

L'investigatore annuisce.

«C'è altro?» dice Hayes.

Silenzio.

«Dicono tutti che Barbara era molto amata» interviene un altro investigatore. «Non ha mai litigato con nessuno, che io sappia».

Hayes sembra più disperato che mai.

Ancora umiliata dal suo precedente errore al mattatoio, Judy riflette se rivelare in quel momento le informazioni fornite dalla signora Clute, la cuoca. Immagina che nella proprietà tutti parlino già di lei. Che la ritengano un'incompetente. Preferirebbe riferire a Denny Hayes in privato. Ma Hayes sembra pronto a chiudere l'incontro e quindi alza la mano.

«Metti giù la mano, Judy» dice Hayes. «Sei un'investigatrice, mica una studentessa. Parla».

Lei arrossisce.

«Alla villa c'è una cuoca che voleva parlarmi» esordisce. «Ho scoperto che è la figlia dell'uomo che è stato accusato di avere rapito Bear Van Laar».

Per un istante nessuno dice niente.

Poi un investigatore che non ha ancora parlato azzarda: «Carl Stoddard?».

Judy annuisce. L'ha riconosciuto: è il più anziano nella stanza. Quello che ieri ha chiesto a LaRochelle se per la scomparsa di Barbara avevano preso in considerazione Jacob Sluiter.

«A quel caso io ci ho lavorato» dice, confermando quello che tutti avevano ipotizzato.

Judy si ripromette di parlarci a quattr'occhi, se ci riesce.

«Ma perché diavolo» dice Hayes «la figlia di Carl Stoddard lavora per i Van Laar? Non ha senso. Da qualunque verso la guardi. Di certo loro non la vorrebbero mai tra i piedi. E probabilmente neanche lei desidera stare qui».

«Usa il suo nome da sposata» spiega Judy. «Clute. Mi ha detto che i Van Laar non sanno chi è. Dice che ha accettato il lavoro per necessità, perché suo marito è rimasto disoccupato. Hanno un sacco di figli. E uno in arrivo».

«E cos'aveva da dirti sulla scomparsa di Barbara?».

Judy riflette su come formulare la frase. «Ha detto che la famiglia di Barbara non l'ha mai trattata bene. Che la trascurava, più o meno. Ma non ha delle teorie su dove possa essere andata».

«Niente di... inappropriato? Niente che vada oltre la trascuratezza?».

«Lei non me ne ha parlato» dice Judy. «Ma immagino che possa non sapere tutto. È la prima estate che lavora qui».

«E cosa ti ha raccontato su suo padre?».

È come se l'intera stanza trattenesse il fiato.

«Ha detto che Carl Stoddard è stato incastrato» dice Judy. «Che non può essere stato lui. Ma è morto d'infarto prima ancora di essere scagionato, e la famiglia Van Laar ha lasciato che si continuasse a ritenerlo colpevole, anche se c'erano solo pochi indizi». Una pausa. «Immagino che il capitano LaRochelle fosse d'accordo. E che questa sia la storia che hanno fatto credere all'opinione pubblica».

Silenzio.

Judy lancia un'occhiata all'investigatore che ha lavorato al vecchio caso.

«Goldman» dice Hayes e l'uomo si gira. «Tu che ne pensi?».

Goldman pensa.

Poi si lancia un'occhiata alle spalle per timore che ci sia LaRochelle.

«Stoddard non mi ha mai convinto, come colpevole» dice. «Ma non chiedermelo davanti al capitano».

«La signora Clute ha firmato una dichiarazione?» fa Hayes voltandosi verso Judy. «È disposta a testimoniare?».

«No» risponde subito Judy. «Quando gliel'ho chiesto è praticamente scappata via».

«Comunque» dice Hayes «grazie, investigatrice Luptack. È la cosa più interessante che ho sentito oggi. Dev'essersi fidata di te per raccontarti una cosa del genere». E la guarda dritto negli occhi. Poi: «C'è altro?».

A un tratto la porta si spalanca. Entra il capitano LaRochelle.

Nella stanza cambia subito l'atmosfera. Goldman si mette a sfogliare dei dossier. Due investigatori escono. E Judy si rende conto che tutti insieme hanno preso una decisione muta: non diranno più nient'altro in presenza di LaRochelle – non senza prima parlarne con Hayes in forma privata.

Il capitano non fa domande su cosa sia successo mentre lui non c'era.

Judyta

Anni Cinquanta | 1961 | inverno 1973
giugno 1975 | luglio 1975 | **agosto 1975: giorno due**

LaRochelle annuncia che la Squadra di ricerca e salvataggio delle Adirondack ha trovato qualcosa vicino alla torre di avvistamento in cima al monte Hunt. Dentro e fuori il capanno sono state raccolte moltissime bottiglie di birra. E da lì sono state prelevate delle impronte utilizzabili. Cinque corrispondono a quelle di John Paul McLellan.

Ma c'è di più.

Un anonimo ha chiamato il quartier generale di Ray Brook: pare che si sapesse che John Paul McLellan abitava nei pressi della Riserva Van Laar non solo per la settimana della festa, ma per tutta l'estate. Dunque è probabile che il ragazzo che Barbara Van Laar andava a trovare ogni notte nel capanno fosse proprio McLellan.

«Quindi ci siamo» dice Goldman. «Questo, e l'uniforme insanguinata. McLellan è il nostro uomo?».

C'è un problema, dichiara LaRochelle. Perché McLellan e suo padre, l'avvocato, hanno avanzato un'accusa diversa: è stata Louise Donnadieu, la coordinatrice di Barbara, a chiedere a McLellan di disfarsi del sacchetto.

Il contenuto del quale, continua LaRochelle, è attualmente esaminato dalla scientifica che stabilirà il gruppo sanguigno.

«Quindi noi puntiamo su McLellan» dice Goldman. «E McLellan punta sulla Donnadieu?».

«E un ragazzo che si chiama Lee Towson» prosegue LaRochelle. «Uno sguattero. McLellan sostiene che lui e la Donnadieu stavano insieme».

Nella stanza, parecchi colpi di tosse.

«Comunque» continua LaRochelle. «Finché non arrivano i risultati delle analisi seguiamo le piste che abbiamo».

Nel Posto di comando, gli investigatori si alzano in piedi. LaRochelle torna alla villa.

Lentamente la stanza si svuota. Quando non c'è più nessuno Hayes si volta verso Judy.

«Fammi vedere la mappa» dice.

Judy prende il blocco dalla parete a cui l'ha appoggiato. Hayes esamina le numerose pagine su cui lei ha disegnato: la casa, il campo estivo, gli edifici esterni. Sopra a quelli dove ci sono delle persone ha annotato tutti i nomi.

Hayes le chiede una penna. Scrive *Vuoti* sugli edifici agricoli. Judy arrossisce. Per parecchio Hayes rimane in silenzio. Poi indica un punto a nord su una delle mappe. «Qui mettiamoci il capanno» dice. «E possiamo aggiungere il nome di McLellan».

«Perché Louise Donnadieu non sapeva che McLellan era nella proprietà da tutta l'estate?» dice Judy. «Non stavano insieme?».

«Non ne ho idea» risponde Hayes. «Forse le ha raccontato una balla».

«Dove pensava che fosse?» domanda Judy.

«Non saprei» dice lui. «Ma possiamo scoprirlo. È ancora a Wells, finché non la trasferiscono ad Albion. Ci passo».

Judy annuisce. «E McLellan?» dice. «Lo state sorvegliando?».

Hayes conferma. Un investigatore per ogni turno ha il compito di piazzarsi nel parcheggio dell'hotel dove alloggia e tenere d'occhio lui e i suoi genitori.

«Il problema» dice Hayes «è che per quante prove possiamo accumulare, senza un cadavere, o la ragazzina viva, è impossibile arrestarlo. Possiamo incriminarlo solo per reati minori.

Guida in stato di ebbrezza. Possesso di sostanze. Con un padre avvocato, lo perderemo di vista presto».

«Ma l'uniforme» dice Judy.

«Potrebbe essere stata la Donnadieu a chiedergli di disfarsi del sacchetto che la conteneva».

Ormai sono quasi le sette e Judy, esausta, raggiunge finalmente la sua macchina.

Con il Maggiolino percorre il lungo viale d'accesso di Fiducia e poi svolta a sinistra sulla Route 29, diretta verso sud. Adesso che è sola, niente può impedirle di tornare sull'umiliazione di poche ore prima e per un attimo al solo pensiero chiude forte gli occhi. Esclama più volte *Porca miseria*. Tutti quegli agenti. E il capitano LaRochelle. Hayes. Tutti che la guardavano, scettici. Hanno perfino riso.

Se solo avessi salito quelle scale, pensa. *Se avessi ascoltato un po' di più.*

Sente gli occhi pesanti. È stata una giornata lunga, e afosa. Quando l'hanno promossa investigatrice non si è resa conto di quante interazioni umane avrebbe dovuto sopportare. Quand'era agente della stradale le piacevano i lunghi periodi di solitudine concessi dalle soste lungo l'autostrada.

Accende la radio e alza il volume al massimo sopportabile. Van McCoy, con la sua *The Hustle*, le ordina di sbrigarsi. Assonnata, cerca di obbedire.

Judy si sveglia di soprassalto. È buio pesto. È sempre sulla Route 29. Tiene le mani in grembo. La macchina è spenta. È ancora viva.

Evidentemente ha accostato e si è addormentata, ma non ricorda assolutamente di averlo fatto. E non ha messo la sicura agli sportelli.

Un improvviso lampo di adrenalina e terrore.

Oddio, pensa. *Chissà se non avessi accostato*.

Ormai è sveglissima, mette la freccia, controlla nello specchietto e riprende il viaggio.

Più avanti nota un cartello: SHATTUCK, 10 CHILOMETRI.

E sotto due piccole icone: cibo e pernottamento.

Svolta a destra ai piedi dello svincolo. Dopo un minuto vede un minuscolo motel: insegna al neon, piscina.

La donna alla reception sta leggendo un romanzo. Quando Judy entra alza gli occhi.

«Mi chiedevo se avete una stanza disponibile» dice Judy.

La donna annuisce.

Judy a un tratto prova imbarazzo. Non sa bene se da quelle parti capita spesso che una donna sola chieda una stanza, ma immagina che succeda solo a donne di un certo tipo.

Quindi senza che l'altra le faccia domande aggiunge: «Sono un'agente di polizia. Un'investigatrice. Lavoro a un caso da queste parti».

«Okay» dice la donna. Ma sembra vagamente più interessata di prima.

«Ci sono telefoni?» domanda Judy.

«Sì» dice la donna «ma quelli delle stanze sono collegati solo alla reception. Se vuole chiamare fuori deve usare quello a gettoni, lì». E glielo indica.

Risponde sua madre.

«Judyta?» dice senza aspettare.

«Ciao mamma».

«Judyta. Ero preoccupata da morire. Per favore dimmi che stai bene».

A un tratto il suono del suo nome pronunciato da sua madre – sua madre che è arrivata negli Stati Uniti a quindici anni, che ha lavorato tanto per cancellare ogni traccia d'accento, che si rifiutava di parlare polacco con i figli, che nonostante tutto questo sopporta il fardello degli sconosciuti che la etichettano subito come *straniera* – le fa venir voglia di piangere.

«Sto bene, mamma. Sono solo stanca. Oggi ho avuto una giornata lunga».

Sente suo padre che, in sottofondo, chiede, *A che ora arriva a casa?*

«Mamma» dice Judy. «So che a papà questa cosa non piacerà. Ma devo venire via. Non posso più abitare da voi. Non con questo lavoro».

Silenzio. «Adesso dove sei?».

«In un motel. Si chiama» e Judy controlla la scritta sopra il bancone «Alcott Family Inn. È vicino al posto dove sto lavorando».

«In un *cosa?*» dice sua madre. «Judyta Luptack, mi hai appena detto che sei in un...».

«Non dirlo a papà» la interrompe Judy. «Ti prego».

E in sottofondo: *Dov'è? In un cosa?*

Sua madre fa un lungo sospiro. Poi dice: «È a casa di un'amica, Marty, che abita più vicino al posto dove sta lavorando».

Una pausa. *Ma quale sua amica abita così lontano?*

«Tesoro» dice sua madre. «Mi raccomando, va bene?».

«Va bene, mamma» risponde Judy.

La stanza è perfetta: copriletto a fiori, tendine a fiori, alle pareti stampe di fiori incorniciate.

Crolla sul letto senza nemmeno spogliarsi.

Judyta

Anni Cinquanta | 1961 | inverno 1973
giugno 1975 | luglio 1975 | **agosto 1975: giorno tre**

Si sveglia quando qualcuno bussa alla porta. Riemerge lentamente, cercando di ricordarsi dove si trova. Poi afferra l'orologio sul comodino, terrorizzata all'idea di avere dormito troppo.

Sono solo le sei del mattino. Judy si sente sollevata – e infuriata.

Si alza, ha ancora addosso il completo che ormai è tutto spiegazzato, e va alla porta. Dallo spioncino vede un uomo di mezza età con i capelli ben pettinati di lato. Porta una camicia a maniche corte color tabacco e una cravatta marrone. Sopra la testa tiene un ombrello aperto.

Judy guarda alle spalle dell'uomo, verso il parcheggio, oltre il porticato sotto cui si aprono le stanze, e vede che diluvia. Automaticamente pensa, *Non va bene per le ricerche.*

Apre la porta ma tiene la catenella inserita.

«Salve» dice l'uomo. «Lei è la signorina Luptack?».

«Sì».

«Sono Bob Alcott. Posso disturbarla un secondo?».

Lei annuisce da dietro la porta scrostata e incatenata.

Lui si guarda un secondo alle spalle, la pioggia scroscia inzuppando il parcheggio. «Mi stavo chiedendo... le dispiace se entro?».

«Mi dispiace».

Lui tace un istante. Poi le spiega: è il marito della donna alla reception e comproprietario dell'Alcott Family Inn. È stato anche per molti anni insegnante alla scuola vicina.

«Beatrice mi ha detto che è una investigatrice» aggiunge. «E che lavora a un caso qui nelle vicinanze?».

Lei annuisce.

«Si tratta della ragazzina dei Van Laar?».

Lei resta impassibile.

«Bene» fa lui. «Non deve rispondermi per forza. Ma avrei qualcosa da dirle».

«L'ascolto» dice Judy.

«Riguarda il fratello» dice Bob Alcott. «Bear».

Louise

Anni Cinquanta | 1961 | inverno 1973
giugno 1975 | luglio 1975 | **agosto 1975: giorno tre**

A Wells, Louise aspetta di essere trasferita. La manderanno ad Albion, a ore di viaggio verso ovest, vicino a Rochester – più lontano di quanto lei stessa si sia mai spinta.

Non vede la pioggia fuori, ma la sente. Chiude gli occhi. S'immagina Barbara nel bosco: riesce a vederla viva, e poi morta. Si costringe a tornare con la mente al bungalow Abete balsamico, la sera prima che Barbara Van Laar venisse dichiarata scomparsa. Immagina di addormentarsi nel suo lettino, mentre in lontananza si sente il fioco sciabordio del lago Joan e l'aria della sera è fredda e pungente. Con una fitta di tristezza si rende conto che Camp Emerson è il posto in cui si è più sentita a casa in tutta la vita.

Vorrebbe che Jesse potesse andarci. Solo per un'estate.

«Donnadieu» esclama una voce, e Louise balza in piedi. Pronta al trasferimento.

Invece l'agente apre la porta della cella.

«Qualcuno ti ha pagato la cauzione» dice.

Tracy

Anni Cinquanta | 1961 | inverno 1973
giugno 1975 | luglio 1975 | **agosto 1975: giorno tre**

Tracy Jewell è tornata nella casa di Saratoga Springs che suo padre ha preso in affitto: è in piedi nel soggiorno, con un libro tra le mani. È sola per la prima volta in tre giorni, finalmente suo padre e Donna Romano hanno ricominciato a frequentare l'ippodromo.

Abbassa le veneziane a metà, apre un po' le finestre e si punta addosso tutti i ventilatori della casa. Entra il piacevole odore della pioggia. Si prepara una merenda elaborata e se la mette vicino, sul pavimento. Due mesi prima – prima ancora di sentir nominare la Riserva Van Laar o Camp Emerson – era così che prevedeva di trascorrere l'estate. Oggi invece le sembra tutto deludente.

Il libro resta non letto per un'ora.

Tracy pensa a Barbara Van Laar e ripercorre tutte le conversazioni che hanno avuto, scervellandosi alla ricerca delle prove che possano aiutare a riportarla a casa.

C'è un ricordo su cui continua a tornare. I primi di agosto, poco dopo il loro ritorno dall'Escursione di sopravvivenza, la settimana prima che Barbara sparisse, lei e Tracy stavano rientrando da una lezione di falegnameria pronte a iniziare l'ora di libertà quando Barbara aveva avuto un'idea.

«Seguimi» aveva detto.

«Dove?».

Ma Barbara si era limitata a sorridere e a incamminarsi a est, verso la spiaggia.

*

Fu una delle giornate più belle del loro soggiorno. Barbara non si era fermata alla spiaggia ma aveva deviato verso nord e i boschi che orlavano la riva, passando davanti alla rimessa per le barche. Il sole filtrava dai pini formando fasci di luce dorata e proiettava qua e là, sul terreno, delle macchie luminose. A un certo punto Tracy aveva capito dove stavano andando. In circostanze normali si sarebbe spaventata – in genere era una che obbediva alle regole – ma a Camp Emerson, sotto l'influsso di Barbara, aveva cominciato a sentirsi più temeraria.

Alla fine di quella marcia breve e muta si erano ritrovate davanti a un parcheggio pieno d'auto, dietro il quale sorgeva l'ala meridionale di Fiducia. Una porta laterale era stata lasciata socchiusa; ne uscì una cameriera in uniforme, che spingendo a grandi passi un carrello carico di biancheria scomparve dietro un angolo.

Tracy ci mise un po' a notare un movimento sul prato che scendeva verso il lago, ma alcune voci attirarono il suo sguardo in quella direzione. Su sedie a sdraio e poltrone da giardino erano sedute parecchie persone armate di bicchieri che chiacchieravano in tono forte e allegro. Tracy si rese conto che era la festa del centenario di cui le aveva parlato Barbara.

Si nascose immediatamente dietro un albero.

«*Barbara*» sussurrò.

«Tranquilla» disse Barbara. «È l'ora dei cocktail. Sono decisamente sbronzi».

E avanzò sicura, voltandosi solo quando si accorse che Tracy non la stava seguendo.

«Vieni» disse. «Le uniche persone da cui dobbiamo nasconderci lavorano per i miei. E anche se ci vedono non diranno niente».

Entrarono in casa dalla porta laterale aperta. Nel corridoio c'erano due file di porte. In quelle rimaste aperte si scorgevano letti rifatti, quadri incorniciati, pelli d'animali e teste imbalsamate.

Ogni tanto doveva fare una corsetta per stare dietro a Barbara, che camminava decisa verso quella che, secondo Tracy, doveva essere la sua camera – si ritrovarono invece in una cucina immensa.

Barbara aprì il frigo e tirò fuori parecchie cose buone. Poi, dopo averle disposte su un tavolo vicino, si mise al lavoro.

«Serviti pure» disse. «Hai fame? Io sempre».

Tracy la imitò, con maggiore cautela. Non aveva mai visto una ragazzina mangiare con la passione di Barbara Van Laar, che si ficcava il cibo in bocca con il palmo aperto della mano. Masticava rumorosamente e poi deglutiva con energia. Tracy la osservava affascinata.

Quando ebbe mangiato a crepapelle, Barbara lasciò tutto fuori dal frigo – «Non capiranno che siamo state noi» – e tornarono nel corridoio da dov'erano venute.

A un tratto sentirono due voci, maschile e femminile. Senza battere ciglio Barbara spalancò una porta alla sua destra e spinse Tracy dentro un angusto sgabuzzino per le scope. Era così piccolo che c'era spazio per una persona sola.

«*Zitta*» disse Barbara chiudendo la porta. Dalla fessura in basso Tracy vide la sua ombra allontanarsi e poi sentì il cigolio sommesso di un cardine in fondo al corridoio. *Barbara si è nascosta da qualche altra parte*, pensò.

Respirò più piano che poté. Era terrorizzata all'idea di essere colta sul fatto, di essere punita. Se all'inizio del campo estivo aveva tanto voluto essere rispedita a casa – be', adesso quel sentimento era passato, sostituito da un'altrettanto ferma volontà di restare a Camp Emerson fino alla fine. Per imparare tutto il possibile da Barbara Van Laar.

I passi che accompagnavano le voci si facevano sempre più sonori. Trattenne il fiato, in ascolto. Se n'erano andati? Aspettò trenta secondi. Di più. Poi, proprio mentre al buio cercava a tentoni la maniglia, sentì la donna pronunciare un nome: *Peter*. Nella sua voce Tracy distinse qualcosa che le sembrò desiderio.

Altri rumori che Tracy non riuscì a identificare e poi il rapido e continuo ticchettio di quei passi, che forse si inseguivano, e poi, per un po', un autentico silenzio.

Sobbalzò quando la porta si aprì. La luce del giorno la costrinse a strizzare gli occhi. Era Barbara che con la testa le indicava la porta laterale.

In mano stringeva un sacchetto di carta.

Era furiosa.

Cos'è successo? sillabò muta Tracy, ma Barbara si limitò a scuotere la testa, arrabbiatissima, e si allontanò.

Tracy la seguì in silenzio, guardando a destra e a sinistra e ingurgitando la casa con gli occhi.

Voleva vedere la camera di Barbara. Voleva vedere il resto della villa. Voleva saperne di più su quel che aveva sentito, su quelle voci sussurrate.

Ma sulla sua curiosità verso tutto questo prevalse la discrezione. Istintivamente sapeva che Barbara non avrebbe apprezzato le sue domande in proposito e quindi non disse niente, neanche una volta raggiunto il bosco. Camminando, Tracy boccheggiava. A un certo punto – proprio prima di arrivare alla spiaggia – finalmente Barbara si fermò e si girò.

«Mi hanno ridipinto la camera» disse. «Mi hanno ridipinto la camera, quegli stronzi».

Quella parola fu come uno schiaffo. Tracy l'aveva letta ma non l'aveva mai sentita dire ad alta voce.

«Mi dispiace» rispose, anche se non aveva capito bene.

«Tutto quel *lavoro*» disse Barbara. «Tutto quel lavoro».

E si accovacciò prendendosi il viso tra le mani.

Lentamente anche Tracy si abbassò.

«Quale lavoro?» disse, dopo un bel po' di tempo, le pulsavano le ginocchia ormai.

Ma Barbara continuò la sua filippica.

«Forse è per questo che mi hanno lasciato venire al campo» disse. «Così potevano entrare e ridipingerla senza il mio permesso».

Si alzò e ripartì di scatto.

«*Rosa*» esclamò. «Mi hanno ridipinto la camera di *rosa*, cazzo».

«Perché pensi che l'abbiano fatto?» domandò Tracy. Si era messa di nuovo a correre per starle dietro.

«Oh, per i loro ospiti» disse Barbara. «Per la festa. Non sia mai che qualcuno veda un po' di *creatività* in quella casa».

Si girò di nuovo. Il sacchetto di carta era diventato un'arma e le pendeva dalla mano come un randello.

«E la cosa buffa» continuò «è che hanno invitato tutti quegli artisti, scrittori e attori. Ma fanno solo da intrattenimento, da arredo. Nessuno li prende sul serio».

Arrivarono ad Abete balsamico quasi al termine dell'ora libera. Louise e Annabel le aspettavano per accompagnarle in mensa per cena.

Tracy era così grata di non essere stata colta sul fatto che le ci vollero parecchie ore per ricordarsi una cosa. Dopo lo spegnimento delle luci restò distesa sotto le coperte, sempre più curiosa, finché alla fine non riuscì a trattenersi. Sporse la testa dal bordo del letto.

«Barbara» sussurrò. «Cos'hai messo in quel sacchetto?».

Ci fu una piccola pausa.

E poi: «Quale sacchetto?» chiese sottovoce Barbara, nel buio.

Louise

Anni Cinquanta | 1961 | inverno 1973
giugno 1975 | luglio 1975 | **agosto 1975: giorno tre**

Fresca di cauzione, Louise si ritrova di nuovo in macchina con Denny Hayes – ma stavolta sul sedile davanti. Ha cercato di convincerlo a fare altrimenti, ma lui sta guidando verso casa di sua madre.

Una delle condizioni del rilascio prima del processo è che lei risieda a un indirizzo noto e rispetti il coprifuoco delle sei. L'unico indirizzo che Louise è riuscita a fornire quand'è stata arrestata è quello di sua madre.

Ora viaggiano in silenzio, diretti proprio là.

D'improvviso Louise chiede: «Chi mi ha pagato la cauzione?».

Denny sembra stupito. «Non lo sai?».

«No. Ho sentito solo dire che è stata una donna. Così mi ha detto il poliziotto».

«Tua madre?» ipotizza Denny.

«Immagino di sì». Non vuole sperarci troppo. Sono anni che non vede sua madre uscire di casa. E non ha mai saputo che nel portafoglio avesse più di cinque dollari alla volta.

«Sei molto cambiata da quand'eri piccola» dice Denny.

Louise si irrigidisce. Le suona come l'esordio di un approccio. Quand'è sola in macchina con un uomo, sa che il suo corpo rappresenta una minaccia.

Ma lui prosegue e la rassicura. «Eri proprio una creaturina allegra. Quando venivo mi facevi sempre dei gran sorrisi».

Si stanno avvicinando alla sommità di una collina che Louise conosce bene, per quante volte è tornata a casa. Brevemente compare il centro di Shattuck, che poi sparisce di nuovo.

«Ti ricordi di quando vi ho portate a Storytown?».

Louise resta sorpresa.

«Dovevi avere sei anni» continua lui. «Più o meno. Sono passato a prendere te e tua madre e siamo andati in macchina insieme al lago George. Tua madre stava zitta. Ma tu eri così felice. Continuavi a saltare. Ti ho comprato un gelato che poi ti è caduto dal cono. Allora te ne ho comprato subito un altro. Non sopportavo di vedere la tua espressione».

Agli occhi di Louise salgono lacrime cocenti che vorrebbe far sparire. Si chiede, *Perché sto piangendo?* E le viene subito la risposta: l'idea che al mondo qualcuno si sia preso cura di lei, Louise, invece che il contrario.

Ricorda bene quel giorno, ma non che si trattasse di Denny Hayes. Nella sua memoria era uno dei tanti fidanzati di sua madre, che lei evitava di chiamare per nome perché non voleva confonderlo con un altro. Di tutti gli uomini che venivano a trovare sua madre, era l'unico che aveva fatto qualcosa di carino per lei senza domandarle niente in cambio.

Davanti alla casa materna, Louise contempla l'edificio insieme a Denny Hayes. Mancano due scuri; un terzo è appeso per un solo cardine. Nella cassetta della posta si sono accumulate tante buste che sotto se n'è formato un mucchietto: il postino si è arreso.

Deve chiedere a Jesse di prendersi quella piccola responsabilità. Dovrebbe almeno ritirarle.

«È sempre uguale» commenta Denny, pietoso.

«Grazie del passaggio» dice Louise e scende. Spera che se ne vada. Invece scende anche lui, sistemandosi la camicia e i pantaloni.

Louise apre la porta rumorosamente, per far capire a chi c'è dentro che sta per entrare.

Spera che Jesse non stia fumando qualcosa di sopra; ma una prima annusata in cucina la tranquillizza.

«Mamma?» grida. «Mamma, abbiamo un ospite».

Una pausa.

«E chi sarebbe?». Sua madre ha la voce roca perché non la usa quasi mai.

«Denny Hayes» risponde Louise.

Poi aspetta. Sua madre potrebbe benissimo rispondere *Chi?* In fondo sono passati anni, e anni duri.

«Un minuto» dice sua madre, invece. E Louise la sente salire lentamente le scale.

«Jesse è in casa?» grida Louise, ma non riceve risposta.

Quando scende, sua madre è vestita di tutto punto. Si è truccata per la prima volta da anni.

Che vergogna, pensa Louise, ma in segreto la rassicura il pensiero che sia ancora capace di quello sforzo.

Quando la vede Denny cambia espressione. La sua faccia si addolcisce. «Be', ciao, Carol» dice. «Ne è passato di tempo, eh?».

Sentire il nome di battesimo di sua madre risveglia in Louise qualcosa di doloroso. Negli ultimi anni non l'ha sentito pronunciare spesso.

Carol guarda sua figlia e poi Denny, più volte.

«Sei uno sbirro adesso, Denny?».

«Lo ero già quando ti frequentavo» risponde lui. «Non te lo ricordi? Ero agente della stradale».

Lei ci riflette.

«Mi sa che me lo ricordo».

«Adesso sono investigatore senior» dice Denny. «Mi hanno promosso più di una volta».

«Be', congratulazioni» dice Carol. Poi sembra rendersi conto di una cosa: «Cos'ha fatto mia figlia?».

Louise si irrigidisce. «Pensavo...» dice. Ma poi si interrompe. Sbatte rapidamente le palpebre cercando di risospingere indietro quelle lacrime indesiderate. *Dopo tutti questi anni*, pensa; *come ho potuto anche solo sperare che mia madre avrebbe pagato la cauzione?*

«Denny?» fa Carol.

Denny la guarda. «Be'» dice «credo che lascerò che sia Louise a raccontarti tutto. Visto che ormai è maggiorenne».

Sua madre è immobile e la fissa con intensità. Sembra più sobria di quanto Louise l'abbia mai vista ultimamente; chissà se tutto questo è voluto o è una coincidenza temporale.

«Carol» dice Denny «ti dispiace se scambio qualche parola con Louise? In privato?».

«Va bene, direi».

Sua madre si ritira nell'altra stanza.

Rimasti soli, Louise e Denny si affrontano.

«Louise» dice Denny. «Prima di andare devo chiederti due cose».

Louise aspetta.

«Sai che sono un vostro vecchio amico» continua lui. «E spero che tu abbia abbastanza fiducia in me da pensare che farò la cosa giusta. Non credo che tu sia colpevole di niente riguardo a Barbara Van Laar. E voglio aiutarti a tirarti fuori da questo casino in cui ti sei infilata. Mi credi?».

Lei resta impassibile. Si fida di quell'uomo, ma non del tutto.

Denny prosegue imperterrito. «Prima domanda. Dove ti ha detto che stava, quest'estate, John Paul McLellan?».

«In giro» risponde Louise. «Andava a trovare degli amici. Voleva viaggiare per un anno prima di iscriversi a giurisprudenza».

Denny annuisce. «E se invece ti dicessi che per gran parte dell'estate è rimasto quasi sempre in cima al monte Hunt?».

Louise ci mette un attimo a elaborare l'informazione.

«Ormai credo a qualsiasi cosa lo riguardi» risponde.

Denny annuisce, comprensivo.

«Qual è l'altra domanda?» dice Louise.

«Quanto conosci bene Lee Towson?».

Louise arrossisce. Basta il nome a farle avvampare il corpo di desiderio.

«Non bene» risponde.

«Stavate, insomma, insieme?».

«No».

«Hai idea di dove possa essere andato?».

«No» dice lei. Ma se l'era chiesto.

«Ne sei sicura?».

«Perché?».

«Be'» risponde Denny. «Di norma me lo terrei per me. Ma visto che sei una vecchia amica te lo dico».

Louise aspetta.

«Pare che Barbara sgattaiolasse fuori dal bungalow tutte le notti per incontrare una persona che a suo dire era il suo ragazzo. Tu ne sai niente?».

Lei scuote la testa. Ed è sincera.

«Ma c'è di più» dice Denny. «Lo sapevi che Lee Towson è stato in carcere?».

Ne aveva sentito parlare. È una delle molte cose che si raccontavano a Camp Emerson su di lui e questo non faceva che aumentare il suo fascino. Annuisce, esitante.

«E lo sai perché?».

«Spacciava erba?» azzarda lei.

«Stupro a termine di legge» risponde Denny Hayes.

Louise raggela. Non sa bene cosa voglia dire "a termine di legge".

Come se le leggesse nel pensiero o potesse interpretare la sua espressione, Denny continua: «Rapporti sessuali con una ragazza di sedici anni o meno».

Louise tace.

«Quindi sei sicura di non sapere dove si trova?».

«Sono sicura» risponde Louise.

«Be', se ti viene in mente altro, ecco il mio biglietto da visita».

Lei lo prende.

«Adesso meglio che vada» fa lui. Louise immagina che torni a casa dalla sua famiglia, da sua moglie e dai suoi figli. A un tratto ne è gelosa. Se avesse avuto un padre come Denny Hayes – o una madre, santo dio – forse nella vita avrebbe anche combinato qualcosa.

«C'è altro che vuoi chiedermi o dirmi?» dice Denny.

«Sì. Se scopri chi mi ha pagato la cauzione, me lo potresti far sapere?».

«Va bene» risponde Denny Hayes.

Tracy

Anni Cinquanta | 1961 | inverno 1973
giugno 1975 | luglio 1975 | **agosto 1975**

La sera della festa finale, le ragazzine di Abete balsamico si prepararono insieme seguendo un complesso rituale in cui tutte le tecniche cosmetiche che si erano scambiate nel corso di quei mesi sfiorarono la perfezione. Portarono secchi d'acqua sotto il portico e si rasarono le gambe. Selezionarono i capi giusti scegliendoli tra i molti che si erano portate dietro per occasioni come quella. Infine furono truccate con precisione dalla maestra indiscussa: Barbara Van Laar.

Louise e Annabel, che si stavano preparando nella loro stanzetta privata, sbucarono fuori e quando videro le loro protette restarono a bocca aperta. Sembravano tutte più adulte; molto diverse rispetto all'inizio dell'estate.

Tracy capì. Era vero che erano diverse; in due mesi erano cresciute di un anno. Avevano formato un'alleanza.

Nell'Aula magna, Tracy ballò con tutte le compagne di Abete balsamico e con tutti quelli che avevano partecipato all'Escursione di sopravvivenza, ma soprattutto con Barbara. Mitchell, l'istruttore di nuoto, si era portato tre amici di Schenectady, e insieme formavano un complessino piuttosto mediocre. Lowell Cargill era da qualche parte in sala, ma fu solo quando Mitchell e i suoi amici attaccarono *I honestly love you*, e la frenesia rallentò e si fermò, che Tracy divenne improvvisamente consapevole che intorno a lei la gente stava formando delle coppie. La stessa Barbara, fino a quel momento la sua fedele compagna, fu invitata a ballare da qualcun altro: un certo Crandall, generalmente considerato, a parte Lowell, il ragazzo più ambito di Camp Emerson.

Ritrovatasi a un tratto sola al centro della pista, Tracy fu presa dal panico, poi scattò subito ai margini della stanza e si fermò vicino al tavolo del rinfresco.

Lowell sembrava scomparso. Forse era uscito a prendere un po' d'aria.

«Odio i lenti» disse qualcuno accanto a lei.

Si girò.

Era un tizio che lavorava nelle cucine, un bel ragazzo sulla ventina che ogni tanto aveva visto passeggiare insieme alla sua coordinatrice, Louise. Si chiamava Lee.

«Anch'io» rispose.

«Sono imbarazzanti» continuò Lee. «Tu sei lì che ti diverti con i tuoi amici e a un certo punto il complesso decide di rendere la vita difficile a tutti rallentando il ritmo. Secondo me è da sadici».

Tracy non era sicura di sapere cosa volesse dire *sadico*, ma annuì comunque.

«Devo tornare in cucina» disse Lee. «A proposito, stai da dio. Fico quel vestito».

«Grazie» disse Tracy. Lui sparì.

Solo dopo che Lee se ne fu andato, all'altro capo della sala vide Lowell, con addosso uno di quei completi assurdi in poliestere con il colletto enorme che i ragazzi si portavano dietro per le feste e che nonostante tutto le facevano battere più forte il cuore.

Era immobile come una statua, appoggiato alla parete di fronte. Guardava una coppia al centro della pista: Barbara Van Laar e il suo compagno. E aveva un'espressione addolorata.

Fuori. Ecco dove voleva andare. Fuori, tra la frescura dei pini, il profumo della terra e del lago. Fuori, al riflesso della luce lunare sull'acqua.

Colse l'occasione quando nessuno la stava guardando.

Uscì al buio. Stranamente di notte c'erano davvero poche luci accese, a Camp Emerson.

A un tratto, nella penombra, colse un movimento. Qualcuno che le tagliava la strada – qualcuno che conosceva. Annabel, la vice coordinatrice, vestita a festa e diretta verso nord.

Tracy pensò che lassù non c'era niente, tranne la villa. La casa di Barbara. E sapeva che quella settimana i genitori di Annabel erano stati invitati; forse era per questo che si era incamminata in quella direzione.

Per un momento Tracy rifletté se chiamarla – Annabel doveva riaccompagnarle ad Abete balsamico, dopo la festa – ma il suo passo deciso la fece desistere. Meglio non dire niente.

E poi qualcuno la chiamò interrompendo i suoi pensieri.

Si girò e si avviò verso la voce che ripeteva il suo nome.

Sulla spiaggia, alla luce della luna, vide il migliore amico di Lowell. Walter. Era seduto sulla sabbia con aria sconfitta.

Gli si sedette vicino, abbassandosi fino a terra. Prima di quell'estate non si era mai sentita a casa nel proprio corpo. Non si era mai sentita aggraziata come Barbara, come le Melisse, come Lowell Cargill.

«Anche tu?» disse il piccolo Walter. Aveva le ginocchia strette tra le braccia, e ci aveva posato il mento.

«Anch'io cosa?» disse Tracy.

«Triste?».

«Oh. No, in realtà no. Sto benissimo».

Walter tacque.

«Tu sei triste?» disse Tracy.

Lui annuì. Riusciva a malapena a vederlo ma Tracy capì tutto senza dovergliene chiedere il motivo.

«Sai» disse Walter «ha invitato Barbara alla festa. Ma lei ha detto di no».

Tracy restò immobile lasciando che quelle parole si sedimentassero. Era dall'Escursione di sopravvivenza che aveva capito che Lowell non era interessato a lei, nonostante prima avesse creduto diversamente. Lui amava Barbara. Ma sentirlo raccontare così le fece mancare di nuovo il fiato.

«Era disperato» continuò Walter. «Quando lei gli ha detto di no, intendo. Quelli come Lowell non sono abituati a essere rifiutati».

Walter non aveva intenzione di essere crudele, Tracy ne era certa. Forse credeva che Barbara gliel'avesse già raccontato. Dopotutto, a Camp Emerson erano sempre insieme. Proprio come lui e Lowell.

Il silenzio si protrasse fino a quando Tracy non sentì Walter sospirare forte, una volta sola. Si rese conto che stava piangendo.

«Lowell è un tipo straordinario» disse Walter. «Lo sanno tutti».

Louise

Anni Cinquanta | 1961 | inverno 1973
giugno 1975 | luglio 1975 | **agosto 1975**

Vide tutto. Era seduta sul bordo del palco da cui si contemplava la sala e osservava le sue ragazze nei loro trionfi e fallimenti, quelle che si divertivano davvero e quelle che fingevano.

Se proprio doveva aver fede, credeva in un dio che in quel momento ragionava come lei: che tifava da lontano per le sue protette, che piangeva insieme a loro quando venivano respinte, che festeggiava ogni loro piccola vittoria. Notava le solitarie, quelle al limitare della folla; provava per loro una specie di affetto incontrollabile, avrebbe voluto avvicinarsi e stringerle forte a sé; ma sapeva che intervenire a quel modo avrebbe turbato qualcosa di sacro che – a dodici, tredici e quattordici anni – stavano imparando su se stesse e il mondo. Ed era anche così che concepiva dio.

A un certo punto cominciò a fare, nella sua testa, un gioco: contava le sue protette, sceglieva un nome e poi scrutava la folla alla ricerca della persona in questione. Ci riuscì ogni volta finché non toccò ad Annabel.

La sua vice coordinatrice non c'era, da nessuna parte.

Con il senno di poi quella situazione avrebbe acquistato un significato diverso, ma in quel momento ebbe il sospetto che durante il campo estivo Annabel avesse conosciuto un ragazzo.

Aveva già notato che si era preparata con una cura particolare. In teoria la festa era per i ragazzi iscritti al campo, ma negli anni precedenti Louise si era accorta che si formavano delle coppie anche tra coordinatori e vice coordinatori. Che si inoltravano nei boschi bui per qualche minuto, o anche un'ora. Che tornavano tutti scalmanati.

Sospettava quindi che Annabel Southworth fosse uscita per questo. E dalla sua postazione sul palco sorrise, felice che anche Annabel avesse trovato l'amore, o che almeno si fosse infatuata, a Camp Emerson.

Judyta

Anni Cinquanta | 1961 | inverno 1973
giugno 1975 | luglio 1975 | **agosto 1975: giorno tre**

«Chi sarebbero *tutti*?» domanda Denny Hayes.

È già mezzogiorno ed è la prima volta che lo vede. Non è ancora sceso dalla macchina che lei lo travolge con le ultime novità e le nuove teorie che si è costruita da quella mattina.

«Tutta la città» risponde. «A Shattuck tutti pensano che quand'è scomparso Bear abbiano accusato l'uomo sbagliato. E che i Van Laar abbiano accettato la cosa fin troppo in fretta».

Hayes inclina la testa in direzione del Posto di comando nello Chalet del direttore.

«Vieni» dice. «Ho bisogno di un caffè».

Si avviano insieme. Lui la guarda.

«Judy, ma eri vestita così anche ieri?».

Lei arrossisce. «Non mi ricordo».

Piove ancora, a tratti, e i suoi vestiti e i suoi capelli si sono inzuppati e parzialmente asciugati più volte. *Devo avere l'aria di un ratto annegato*, pensa.

«Judy» dice Hayes. «Dove hai sentito esattamente questa storia su Bear Van Laar?».

Lei gli racconta cos'è successo la sera prima e la mattina presto.

Lui solleva un sopracciglio. Sono arrivati allo Chalet del direttore e Hayes le tiene aperta la porta. Judy entra per prima. Per un momento osserva l'arredamento che sembra uscito da una macchina del tempo, gli elettrodomestici da Seconda guerra mondiale, tutto precedente all'attuale direttrice. Judy l'ha vista solo poche volte, in giro per la tenuta. E ogni volta le è sembrata sconvolta per l'angoscia. Più agitata degli stessi Van Laar.

Hayes si versa una tazza di caffè e ne porge una anche a lei.

Judy la prende. Non è mai stata una grande bevitrice di caffè – lo associa a persone più vecchie, a suo padre – ma da quand'è arrivata alla Riserva Van Laar ha cominciato ad apprezzarne il gusto amaro e il calore, che ora le penetra i vestiti e i capelli umidi.

Beve un sorso. Fa una smorfia. Ne beve un altro.

«Quindi secondo Shattuck chi sarebbe il colpevole?» dice Hayes. «Se Carl Stoddard era innocente».

«Be', secondo il signor Alcott esistono due teorie principali».

«Sono tutt'orecchi».

«La prima» dice Judy «è che sia stato Jacob Sluiter».

Hayes la guarda. «Non sei stata tu a chiedermi di Sluiter, ieri?».

«Be', sì» risponde Judy. «Ma... avrebbe senso, no?».

«Il buon vecchio Tagliagole» dice Hayes. «Il babau dei North Woods. L'ho sentito incolpare di tutte le morti – accidentali o intenzionali – da qui a Rochester».

Si appoggia al bancone della cucina.

«Non è un'assurdità» dice Judy. «Provi a pensarci. Sluiter ha commesso quasi tutti i suoi omicidi non lontano da qui. E tutti nei primi anni Sessanta, proprio quand'è scomparso Bear, poco prima che Sluiter venisse catturato».

«Vero».

«E adesso» continua lei «evade proprio quando scompare Barbara Van Laar. Mi sbaglio?».

Si interrompe, seccata. Hayes ride.

«Te la sei beccata anche tu» dice.

«Che cosa?».

«Non è mica niente di male» spiega lui. «Ce la siamo beccata tutti, la febbre. Continua».

«La seconda teoria è quella che in città ha più successo» dice Judy. «E non le piacerà».

«Perché no?».

«Be', è più... controversa, direi» afferma Judy. «Più sconvolgente».

«Vai avanti».

Lei beve un sorso di caffè per calmare i nervi.

«Il signor Alcott dice che la maggioranza degli abitanti di Shattuck non crede che sia stato Sluiter, ma pensa che il colpevole sia il nonno di Bear».

Si aspettava che Hayes sbuffasse, invece lui si gira e guarda fuori dalla finestra con le mani appoggiate al bancone, vicino al lavello. Tace così a lungo che a un certo punto lei si preoccupa.

«Tutto bene?» gli chiede.

«Me la ricordo, quella teoria» dice Hayes. «Mi ricordo che se ne discuteva, quando il ragazzino è scomparso».

Judy lo fissa. Perché non gliene ha mai parlato? Quand'è arrivata, la prima cosa che Judy ha fatto è stata *interrogare* il nonno. Secondo Hayes era una figura di secondo piano nelle indagini. Al di sopra di ogni sospetto. Si fruga freneticamente nella memoria alla ricerca di qualche frase detta dal nonno che possa risultare ambigua, ma riesce a ricordare solo il suo atteggiamento: sprezzante. Impaziente. Scortese.

«Cos'è successo?» domanda. «Allora è stato interrogato? C'è qualcun altro al Dipartimento che pensa sia stato lui?».

«Secondo la documentazione che sto esaminando» dice Hayes «qualcuno sì. Ma nessuno ha fatto niente».

«E perché?».

Hayes fa una pausa. «Be', per un paio di motivi. Carl Stoddard sembrava parecchio sospetto a tutti, secondo alcuni colleghi che si ricordano qualcosa da allora. È stata l'ultima persona a vedere Bear. Poi è stata trovata una statuina – un orso scolpito a mano – che pare Bear portasse sempre con sé fino a poco prima della sua scomparsa. È l'unica traccia che hanno individuato. E si è scoperto che era stato Stoddard a insegnargli a scolpire il legno. Erano tutti convinti che fosse ossessionato da Bear».

Judy attende.

«E secondo» continua Hayes «lo considerava colpevole l'avvocato dei Van Laar. Che è stato aggressivo fin dall'inizio».

Adesso tocca a Hayes aspettare che Judy metta in ordine le idee.

«McLellan» dice Judy.

Lui annuisce.

«Padre» aggiunge Judy.

Hayes annuisce di nuovo.

Judy riflette. «Posso seguire questa pista?».

«Il nonno di Bear?» dice Hayes e Judy fa sì con la testa. È convinta di saper parlare con persone come lui. Sa come fare.

«Okay, basta che non lo spaventi» dice Denny Hayes. «È su alla villa, a quanto ne so».

Subito prima che si avvii, qualcuno bussa alla porta dello Chalet del direttore ed entra l'investigatore Goldman, affannato e con la camicia fuori dai pantaloni.

Guarda prima Judy, poi Hayes, poi di nuovo Judy.

«Uno di voi due è bravo con i bambini?» chiede – facendo del suo meglio per formulare la frase in maniera neutra – ma il sottinteso è chiaro. Tocca a Judy, perché è una donna.

Judyta

Anni Cinquanta | 1961 | inverno 1973
giugno 1975 | luglio 1975 | **agosto 1975: giorno tre**

Davanti allo Chalet del direttore, un ragazzino minuto aspetta insieme ai genitori.

«Signori Muldauer» dice Hayes. «Questa è l'investigatrice Luptack. Sarà lei a parlare con Christopher, se per voi va bene».

La signora Muldauer – capelli castani, occhiali, minuta quasi come il figlio – sembra nervosa. «Possiamo essere presenti anche noi?».

«Ma certo» risponde Judy. «Prego».

Hayes resta di guardia davanti alla casa mentre Judy lavora. Dentro, scosta dalla parete un divano scalcagnato e vi fa accomodare la famiglia, poi avvicina una sedia dallo schienale rigido e la mette lì davanti. Christopher si siede tra i genitori e le gambe gli restano sospese a mezz'aria.

Judy tira fuori blocco e penna.

«Come mai sei venuto qui, oggi, Christopher?» dice.

Lui tace e si guarda le ginocchia.

«Parla» dice suo padre.

Niente.

«Quanti anni hai?» continua Judy.

Niente.

«Dodici? Tredici?» azzarda. Poi gli rivolge un sorrisetto. È una battuta.

«Otto» fa lui con una voce così bassa che si sente appena. «Sono il più piccolo, qui a Camp Emerson».

«Ti piace il campo?» domanda Judy.

«No, per niente». Sopra di lui, i genitori si scambiano un'occhiata.

«Chris» interviene suo padre, costringendolo a concentrarsi. «Puoi raccontare alla signora quel che hai raccontato a noi? Altrimenti ha molte cose da fare».

«Non si preoccupi, signor Muldauer» dice Judy. «Christopher può prendersi tutto il tempo che vuole».

E infatti. Passano trenta secondi. Un minuto.

«C'è un motivo per cui non vuoi raccontarmi quel che hai raccontato ai tuoi genitori?» dice Judy.

«Non voglio che finiscano nei guai» risponde lui.

«I tuoi genitori?».

«Le mie amiche».

Lo dice in tono orgoglioso. Judy intuisce che è un ragazzino che non ne ha molte.

«Chi sono le tue amiche, Christopher?».

«Barbara e Tracy» risponde lui, così piano che Judy non è sicura di aver sentito bene.

«Barbara e Tracy?».

Lui annuisce.

«Christopher» dice Judy. «Adesso la cosa più importante è trovare Barbara e riportarla a casa. Se ha fatto qualcosa che non va bene, ce ne occuperemo un'altra volta. Ma qualunque cosa tu possa dirci ci aiuterà a fare in modo che non corra nessun pericolo».

Una pausa.

«Siamo andati nei boschi tutti insieme» dice Christopher.

«Quando?».

«Per l'Escursione di sopravvivenza».

E le racconta che cos'è. Elenca tutte le persone del suo gruppo. Le spiega com'era strutturato l'accampamento.

«Ci siamo rimasti per tre notti» dice. «E io ho un problema che non mi fa dormire. Così per due sere ho visto Barbara che usciva dalla tenda dove dormiva con Tracy e mi è sembrato che entrasse nel bosco. Ma poi è successa una cosa strana».

«Cioè?».

«Be', lei si è girata» dice Christopher. «Io la guardavo. La sua torcia si è spenta e mi è sembrato che aspettasse per un po', lì al buio. Poi la torcia si è riaccesa e lei è tornata da noi. La prima notte ho pensato che fosse andata a fare la pipì o qualcosa del genere. Ma è andata oltre l'accampamento, di un bel po'».

«Dove andava?».

«Nella tenda di T.J. Hewitt» risponde Christopher.

«T.J.? La direttrice del campo?».

Lui annuisce.

Nella pancia di Judy riparte la stessa vibrazione profonda. La sensazione di quando parlava con la signora Clute. *La febbre*, la chiama Denny Hayes.

«E quanto c'è rimasta?».

«Non lo so» dice Christopher. «Mi sono addormentato sempre prima che uscisse. La mattina era di nuovo nell'accampamento».

«Grazie, Christopher» risponde Judy. «Ci sei stato davvero utile. C'è qualcos'altro che vorresti dirmi?».

«Durante l'escursione si è fatta male» dice Christopher.

«Barbara?».

Lui annuisce. «Stava scuoiando uno scoiattolo. Ha avuto un incidente con il coltello. Si è fatta tanto male. È stata T.J. a curarla».

«C'è altro?».

«Succedeva sempre» dice Christopher. «Anche dopo che siamo tornati. Barbara andava nella casa di T.J. tutte le notti».

Lo dice piano, con una certa rassegnazione. Ha otto anni ma già capisce le implicazioni di quel che ha raccontato – o almeno sa che non è tutto a posto. Una ragazzina che va a casa di un'adulta a notte fonda, di nascosto.

Ha la faccia di uno che sta per scoppiare a piangere.

«Hai fatto una cosa davvero coraggiosa, Christopher» dice Judy. «Sei una persona coraggiosa. Grazie. Ho solo un'altra domanda».

«Okay».

«Qual è il tuo problema?».

Lui la guarda e non capisce.

«Il problema che non ti fa dormire».

«Oh» fa lui e diventa paonazzo. «Oh. Faccio la pipì a letto» sussurra. Suo padre gli mette una mano sulla spalla.

«Cose che succedono» dice Judy. «Sai, la facevo anch'io quand'ero piccola».

«Davvero?».

No. «Sì».

«Se riesco a restare sveglio abbastanza» dice Christopher «ce la faccio ad andare in bagno un'ultima volta, dopo che si sono addormentati tutti. In genere aiuta».

«Però scommetto che sei sempre troppo stanco» osserva Judy e Christopher annuisce tutto serio.

Poco prima che i Muldauer rientrino a casa, la signora prende da parte Judy.

«È stato un amico a dirci che questo campo era il migliore della zona. E di certo le persone che iscrivono i figli qui hanno un ottimo gusto. Ma» sussurra inclinando la testa verso Judy e guardandola negli occhi «se avessi *visto* prima la direttrice forse ci avrei ripensato».

Judy resta impassibile.

«Soprattutto se avessi avuto una figlia femmina. Capisce cosa intendo?».

Judyta

Anni Cinquanta | 1961 | inverno 1973
giugno 1975 | luglio 1975 | **agosto 1975: giorno tre**

«Io mi occupo della pista del nonno» dice Hayes. «Tu vai a parlare con T.J.». Ha capito che Judy è lanciata. «Abbiamo bisogno di buoni appunti» le ricorda prima di allontanarsi.

Judy annuisce e poi si avvia verso gli Alloggi del personale, dov'è stata spostata T.J. Hewitt da quando casa sua è diventata il Posto di comando del Dipartimento.

T.J. Hewitt, con i capelli corti tutti spettinati, si strofina la faccia come se si fosse appena svegliata. Porta una canottiera bianca e dei pantaloncini ricavati da un paio di jeans. È scalza.

«Scusi» dice. «Sono proprio sfasata. Non sto dormendo molto». Si stiracchia.

Poi forse si accorge dell'espressione di Judy, perché si immobilizza e raddrizza la schiena.

«Come posso aiutarla, investigatrice Luptack?».

Mentre camminava Judy ha riflettuto sulla prima domanda. Ha deciso che dev'essere aperta e più o meno neutra.

Quindi esordisce: «Signorina Hewitt...».

«T.J.».

«Mi scusi. T.J. Può parlarmi del suo rapporto con Barbara Van Laar?».

T.J. sembra a disagio. «Sono piuttosto sicura di avere già detto tutto all'investigatore Hayes».

«Be', le dispiacerebbe ripeterlo a me?» dice Judy. «Sto cercando di mettermi al passo».

T.J. si schiarisce la voce. «Conosco Barbara da quand'è nata».

«Lei all'epoca quanti anni aveva?».

«Quattordici».

Parla piano. Guarda un poco a sinistra della testa di Judy, con tanta concentrazione che Judy si gira un attimo per vedere se dietro di lei ci sia effettivamente qualcosa o qualcuno. Ma l'unica cosa che vede è il legno grezzo della parete.

«E ha trascorso molto tempo con lei prima del suo arrivo a Camp Emerson?».

«Sì».

«Può parlarmene?».

T.J. abbassa gli occhi. «All'inizio ero la sua... baby-sitter, direi. Da quand'è nata».

«Qui?».

«Qui nella proprietà, sì» conferma T.J. «Per tutta l'estate. Tutte le estati. Mi pagavano».

«Quindi lei vive qui da sempre?».

T.J. annuisce. «Questa è casa mia».

«Che cosa l'ha spinta a venire qui alla Riserva?».

«Mio padre è stato custode e direttore del campo estivo» dice T.J. «Quando lui ha cominciato a perdere la memoria io ho assunto tutti e due i ruoli».

Judy se lo appunta.

«E quando i Van Laar erano ad Albany?» domanda.

«Be', quando Barbara era molto piccola io andavo a scuola» dice T.J. «Quindi abitavo qui. Ma non sono mai andata all'università, niente del genere. Quindi a diciassette anni ero piuttosto libera, Barbara ne aveva tre. Viaggiavo con la sua famiglia. E se i genitori dovevano assentarsi io andavo ad Albany».

«Ed era molto legata a Barbara».

T.J. annuisce.

«Sì, siamo legate».

«Barbara era una bambina difficile?».

T.J. fa una risatina. C'è qualcosa di sofferente nella sua espressione, nella sua voce, e a un tratto Judy la trova inquietante.

«Oddio, no» dice T.J. «Era una bambina fantastica. E anche suo fratello. Due bambini adorabili».

Judy tace un istante.

«Quindi era legata anche al fratello?».

«Già. Come età eravamo più vicini. Io ne avevo dodici quando» dice T.J. e si interrompe. «Quand'è scomparso. Aveva otto anni».

Fuori si sta bene, ma improvvisamente Judy sente freddo.

«Come descriverebbe il rapporto dei ragazzi Van Laar con i genitori?» domanda Judy.

«Dipende di quale figlio parliamo. E di quale genitore» aggiunge T.J.

«Partiamo da Bear».

«Be', sua madre lo adorava. Più di ogni altra cosa al mondo. Da quando se n'è andato non è più la stessa».

«E suo padre?».

«Suo padre» dice T.J. «Suo padre, argomento tosto».

Sembra proprio che stia riflettendo su come formulare la frase successiva.

«Sa, anche suo padre lo adorava, a modo suo» dice poi. «Ma era come se il signor Van Laar lo considerasse uno dei suoi investimenti. Qualcosa che vale la pena avere per via di quello che potrà diventare. Non so se mi spiego».

Judy prende un altro appunto.

«Cosa sta scrivendo?» domanda T.J. «Scrive di me?».

«Be', scrivo quello che mi dice».

«E chi dovrà leggerlo?».

Judy esita. «Per ora, solo io» dice. «E forse i miei colleghi del Dipartimento. Ma alla fine è possibile che verrà utilizzato come una specie di prova. E che venga messo agli atti».

T.J. annuisce. Per un momento Judy teme che si chiuderà e smetterà di parlare.

Posa la penna e subito T.J. sembra rassicurata.

«Che mi dice del rapporto di Barbara con i genitori?» dice Judy.

T.J. riflette a lungo.

«Non so se *inesistente* sia la parola giusta» dice alla fine. «Ma ci va vicino».

Judy tace. Prende tempo.

«È per questo che tra di voi si è creato un legame?».

Sa bene che non deve scoprire le sue carte. Vuole vedere cosa dirà T.J. di sua spontanea volontà.

«Forse» dice T.J.

«Secondo lei quant'eravate legate?».

«Be', è difficile dirlo».

«Partiamo da qui» prosegue Judy. «Quest'estate Barbara si è iscritta al campo estivo. Di chi è stata l'idea?».

«Di Barbara» risponde T.J. «Tutta sua. Voleva stare fuori casa. Non voleva partecipare alla grande festa che stavano preparando».

«E secondo lei perché?».

T.J. fa un profondo sospiro. «Lo sa quanti soldi hanno i Van Laar, vero?».

«Più o meno. Sì».

«Lo sa che l'anno scorso hanno mandato la figlia in collegio con due cambi d'abito e senza cappotto? Lo sa che non le danno neanche la paghetta?».

«E secondo lei perché?».

«O se ne dimenticano» dice T.J. «oppure la cosa non gl'interessa. Sono io quella che se ne occupa. Le porto un po' di cibo in più per il fine settimana, libri e dischi che le piacciono. Ci vado in macchina ogni volta che posso. Le sto dietro. Sono l'unica che lo fa».

«Mentre era al campo» dice Judy «quante volte l'ha vista?».
«Be', tutti i giorni» risponde T.J. «Vedo tutti i ragazzi tutti i giorni. Sa, sono sempre presente. Devo sempre sistemare qualcosa, programmare qualcos'altro, di tutto un po'».
«E di notte?».
Lo sguardo di T.J. torna sulla parete a sinistra della testa di Judy.
Per un po' nella casetta regna il silenzio.
«Investigatrice Luptack» dice T.J. «Credo di sapere cosa vuole insinuare».
T.J. si sposta sul bordo del letto e si pianta le mani sulle ginocchia. Poi si protende e guarda Judy dritto negli occhi.
«So cosa dice la gente di me, in città. Forse mentre indagava l'hanno riferito anche a lei».
Judy riesce a restare inespressiva.
«Non capisco cosa intende».
«Mi vesto in un certo modo, ecco cosa intendo. Parlo e cammino in un certo modo».
«Okay».
«Per me Barbara è come una sorellina» continua T.J. «Probabilmente è la cosa più simile a una figlia che mai avrò, se vuole che le dica la verità. Le voglio bene. Ma non come insinua lei».
Judy lascia che quelle parole svaniscano nell'aria.
Poi in tono tranquillo e diretto dice: «Abbiamo un testimone oculare disposto a dichiarare di aver visto Barbara entrare in casa sua nel bel mezzo della notte. Tutte le notti».
Come investigatrice, è la prima volta che mette alla prova una persona che sta interrogando.
È anche la prima volta che bluffa; non ha idea se Christopher testimonierà mai. Se i suoi genitori gli daranno il permesso di farlo.
Per un attimo T.J. diventa tutta rossa; le avvampa il viso, poi il collo e la parte superiore del petto.

Alla fine si alza. Fa qualche passo, si inginocchia e inizia ad allacciarsi gli scarponcini marroni.

«T.J.» dice Judy.

«Non sono un'idiota» replica T.J. «So cosa vuol dire quando qualcuno ha una teoria che funziona, anche se è sbagliatissima. E so anche di non essere legalmente obbligata a stare qui a parlare con lei. Quindi venga da me quando avrà un mandato d'arresto».

Si alza ed esce.

Sempre più disperata, anche Judy si alza e la chiama dal fondo del corridoio vuoto.

«E qual è la sua teoria?» esclama. «Lei ha una teoria su dove sia finita Barbara?».

T.J. si ferma. Si mette le mani sui fianchi. Riluttante, si gira.

«Posso dirle una cosa? Da donna a donna? Una cosa che non finisca subito dentro quel blocco?».

Judy lo abbassa.

«Il suo uomo è John Paul McLellan» afferma T.J. «Non posso dirle come faccio a saperlo. Ma lo so».

Jacob

Anni Cinquanta | 1961 | inverno 1973
giugno 1975 | luglio 1975 | **agosto 1975: giorno tre**

Nel corso della notte aveva ripercorso i propri passi lungo il fiume, stavolta scendendo verso valle. In prossimità dell'alba aveva cominciato a piovere.

In genere di giorno dormiva fuori, ma ora desiderava le comodità di una casa, un letto, un pasto al riparo. E così a un certo punto trovò una casa promettente, apparentemente vuota, e ci entrò.

Per prima cosa cercò la dispensa. Con sua grande delusione la trovò vuota, tranne un grosso contenitore di fiocchi d'avena con cui si preparò un porridge con il fornello elettrico.

Poi frugò in tutti gli armadi delle camere. Era lì che, per esperienza, sapeva che la gente tendeva a nascondere armi e munizioni; sugli scaffali più alti, fuori dalla portata dei bambini. E infatti: trovò due doppiette e tre scatole di proiettili.

Peccato, pensò. Avrebbe preferito una pistola; le doppiette erano difficili da trasportare. Ma c'era anche una cartucciera, che Jacob riempì. Poi caricò uno dei due fucili.

Sono le quattro del pomeriggio e Jacob ha dormito tutto il giorno. Si alza dal letto impugnando la doppietta carica. A un tratto sente il cigolio di un'asse del parquet.

Si irrigidisce.

Più piano che può, si sposta sul lato del letto opposto all'entrata e ci si nasconde dietro. Da lì punta la doppietta verso la porta.

Quella posizione la conosce bene. Gli ricorda quando andava a caccia da piccolo.

La porta si spalanca. Lui spara senza batter ciglio – ma non colpisce niente. Evidentemente nessuno ha mai avuto l'intenzione di varcare la soglia.

Una trappola? Jacob non capisce.

E poi, alle sue spalle, una voce gli intima: «Non ti muovere».

Lui si immobilizza.

Dalla porta aperta accanto alla sua testa sbuca l'arma di un poliziotto, puntata nella sua direzione.

Judyta

Anni Cinquanta | 1961 | inverno 1973
giugno 1975 | luglio 1975 | **agosto 1975: giorno tre**

Risale la collina, la testa piena delle nuove informazioni fornite da T.J. e da trasmettere a Denny Hayes.

Dei buoni appunti, pensa Judy, *mi ha solo chiesto dei buoni appunti* – ma lei non ne ha.

Quindi si avvicina alla villa dal lato del lago, vuole cercarsi una sedia di legno e scrivere tutto quel che le ha detto T.J. prima di scordarselo.

Quando arriva, constata con delusione che una sedia è già occupata.

Da dietro, non riconosce la donna che c'è seduta. Ma poi si gira e improvvisamente Judy la vede: è la signora Van Laar, la nonna di Barbara. La moglie dell'uomo che l'ha trattata in modo così sprezzante già dalla prima ora di lavoro sul caso – l'uomo che da quella mattina è diventato uno dei suoi principali sospettati.

«Si sieda» dice la signora Van Laar. «Non badi a me».

Judy obbedisce. China la testa sul blocco e finge di lavorare. Ma la sua mente formula domande su domande – qualsiasi cosa sia in grado di chiarirle alcuni aspetti del marito di quella donna.

La signora Van Laar prende la parola per prima.

«Che vista stupenda» dice.

«Vero» risponde Judy.

«Questo è il mio posto preferito di tutta la Riserva, per sedermi. E questa è la mia ora del giorno preferita» continua la signora Van Laar.

Judy annuisce.

«Immagino che questa vista le susciti tanti ricordi».

La signora Van Laar tace un istante, come se ci riflettesse. Poi risponde: «In realtà no».

Judy sta ancora vagliando rapidamente qualche idea per dare inizio alla conversazione quando la signora Van Laar si alza e si avvia verso la villa.

«Signora Van Laar» esclama Judy in tono involontariamente implorante.

La donna si volta, piano. Ha sempre un'espressione gentile.

«È solo che... non ho ancora avuto la possibilità di parlarle da quando siamo arrivati» continua Judy. «Per caso c'è qualcos'altro che vorrebbe aggiungere a quello che ci ha già detto?».

La signora Van Laar apre la bocca. Poi la chiude. Si guarda alle spalle come se stesse prendendo una decisione.

Dice: «Ha già avuto la possibilità di parlare con Vic Hewitt?».

A quel nome Judy trasalisce. Certo, *Hewitt* l'ha già sentito; è il nome di battesimo che non le è familiare.

«Ma sarebbe...».

«Il padre di Tessie Jo» spiega la signora Van Laar. «Il primo direttore del campo estivo».

Judy si acciglia. *Tessie Jo*. Scruta gli appunti che ha appena preso, alla ricerca di qualcosa che T.J. possa averle detto su suo padre durante la loro conversazione.

Perdita di memoria, ha scritto.

«Non avevo capito che fosse...» dice Judy.

«Sì, è ancora vivo» interviene la signora Van Laar, leggendole nel pensiero. «Forse dovrebbe parlarci. È un uomo così interessante. E sicuramente gli farebbe piacere un po' di compagnia».

«Dove posso trovarlo?» chiede Judy.

«Abita nello Chalet del direttore insieme a sua figlia» dice la signora Van Laar. «È lei a occuparsene».

Judy scuote la testa. «Adesso lì ci stiamo noi. È il nostro Posto di comando».

La signora Van Laar la guarda dritto negli occhi. «Be', cara, immagino che dovrà investigare. In fondo non è il suo lavoro?».

Si gira e scompare dentro la villa buia e fredda.

VII

FIDUCIA-IN-SE-STESSI

Alice

Anni Cinquanta | **1961** | inverno 1973
giugno 1975 | luglio 1975 | agosto 1975

Alice stava ancora cercando Bear e fece un bel respiro prima di girare la maniglia della camera di suo marito.

Non sarebbe stata chissà che tragedia trovarci qualcun altro.

Magari una delle ragazze invitate nella proprietà quella settimana – un'attrice, una cantante o una modella. Una persona giovane e frivola, difficile da prendere sul serio.

Oppure, pensò, una ragazza del personale: se fosse stata una cameriera stagionale, Alice avrebbe saputo con certezza che Peter cercava solo di rilassarsi. Non si sarebbe mai spinto oltre, con qualcuno alle sue dipendenze.

Ma nel letto di Peter non c'era né un'attrice né una cantante né una domestica.

Nel letto di Peter c'era sua sorella. Delphine.

Una persona che lei era convinta Peter detestasse. Una donna che lui considerava *intelligente* – cosa che, nel sistema in cui Peter affermava di credere, rappresentava uno spreco.

Alice si era sbagliata su tutto.

Dalla loro posizione si capiva che quell'intimità non era cosa nuova. Nella sua mente cominciarono a formarsi collegamenti e deduzioni. La familiarità di Delphine con il personale – la sua domanda insolente a Warren del giorno prima, quando gli aveva chiesto se fosse pronto ad accogliere gli ospiti. Come se fosse *lei* la padrona di casa.

I viaggi di Peter a Manhattan – due o tre volte al mese, sempre per motivi d'affari, così diceva. Sempre per vedere l'avvocato della banca, McLellan.

La sua fantasia cominciò a viaggiare. Da quanto andava avanti, tra Peter e Delphine? Da anni? Dalla prima volta che sua sorella era venuta a Fiducia-in-se-stessi, come suo chaperon?

O da prima ancora?

Delphine era sempre, sempre stata trattata con maggiore rispetto di Alice. Anche se si lamentava di lei, Peter lo faceva sempre in tono ammirato.

Forse era stato tutto un sotterfugio.

Forse l'avevano sempre saputo: il padre e la madre di Peter. Tutti i loro amici.

Forse Peter e Delphine, McLellan e sua moglie uscivano a cena insieme, a Manhattan. Forse era una cosa accettata. Forse arrivavano lì a Fiducia insieme, quando Alice era ad Albany – e forse era questo il motivo per cui conosceva così bene i domestici.

Poteva essere che Peter e suo padre avessero scelto Alice non *nonostante* la sua gioventù e inesperienza – due qualità di cui si lamentavano spesso esplicitamente, come se fossero difetti su cui Alice avrebbe dovuto lavorare – ma *proprio* per questo motivo? Perché avrebbe fatto tutto quello che le avrebbero ordinato, sempre. Perché non avrebbe fatto tante storie.

Perché non le sarebbe mai venuto in mente che fosse una donna come Delphine il tipo che Peter desiderava davvero.

I due dormivano, nudi. Delphine con la testa sul petto di Peter. Il braccio di lui era piegato intorno alle spalle di lei, i capelli di Delphine si allargavano sul letto.

Peter e Alice non avevano mai dormito così.

Quando aveva diciotto anni ed era fresca sposa di un uomo di oltre dieci anni più vecchio, lontana dalla casa di famiglia per la prima volta nella vita, incinta, a disagio e spaventata: mai una volta Peter l'aveva stretta con tanta tenerezza. Invece, lamentando l'insonnia, rotolava dall'altro lato del letto e restava disteso rigido come un palo mentre lei, Alice, si raggomitolava sulla propria metà, stringeva un cuscino per cercare conforto e sentiva la mancanza degli amici di New York, di sua sorella, di suo padre e perfino di sua madre.

Restò lì in piedi a guardarli ancora qualche istante. Per un attimo pensò di svegliarli – sbattendo la porta, mettendosi a urlare, facendo in modo che sapessero che lei sapeva – ma poi sarebbe cambiato tutto. La sua vita intera.

Personalmente Alice conosceva solo una coppia che aveva divorziato: persone che i suoi genitori avevano frequentato.

Il marito era rimasto nel loro gruppo, insieme alla moglie successiva, ben più giovane. La donna era scomparsa. Si diceva che non abitasse più a New York ma in Connecticut. Da come ne parlavano sembrava quasi che fosse morta.

Alice si domandò se avrebbe potuto vivere così, fingendo sempre. Sarebbe stata capace di uscire in corridoio, chiudere dolcemente la porta, incontrare Peter e Delphine a cena e fingere di non avere visto niente, per il resto della vita?

Sì, sì e sì, pensò.

La risposta sarebbe sempre stata la stessa, a condizione che Bear restasse con lei.

Chiuse la porta più piano che poté.

Andò nella veranda, dove trovò il gin. Se ne versò un bel bicchiere e lo svuotò in parecchie sorsate. Pensò che in fondo se l'era meritato. Se ne versò un altro e lo bevve.

Mentre lo faceva, si mise a piangere.

Quando ebbe finito non riusciva più a stare in piedi.

Non aveva mangiato niente per tutto il giorno.

Uscì dalla veranda, l'ingresso vorticava, il pavimento si capovolgeva. Entrò nella sala dov'erano radunati gli invitati – i vecchi Van Laar e i McLellan, le attrici e i clienti. E vicino al caminetto c'erano anche Tessie Jo e Bear. Avevano tutti raggiunto la sala per noia e stavano decidendo cosa fare dopo.

Quando lei entrò si interruppero. Alice ondeggiava appena ma riuscì a riacquistare l'equilibrio usando il piede di dietro.

La guardarono, le loro facce erano maschere di disapprovazione.

Non le importava di nessuno. Si rivolse solo a Bear.

«Vieni» gli disse tendendo le mani e cercando di sorridere.

Calò un silenzio imbarazzato.

«Dove vai, Alice?» domandò il padre di Peter, accigliato.

«Bear mi ha chiesto di uscire con la barca a remi» rispose. Suo suocero mantenne il cipiglio, come se non avesse capito. Lei pensò che non poteva certo essersi espressa in maniera tanto confusa.

Ci riprovò.

Stavolta Bear si alzò, incerto, ma il nonno gli fece cenno di tornare a sedersi.

«Purtroppo io e Bear abbiamo già dei progetti. Stiamo per andare a fare una passeggiata». Si girò verso il nipote. «Bear» disse. «Hai messo gli scarponi?».

Bear, innervosito, guardò prima il nonno e poi la madre. Alice adorava questo, di lui; l'attenzione che riservava agli altri. La sua preoccupazione per il loro benessere. Pensava sempre a come renderli più felici; le coglieva dei fiori in giardino. A scuola le disegnava dei bigliettini amorosi.

Un impulso di generosità la spinse a liberare suo figlio da quell'imbarazzo. «Va bene, Bear» disse. «In barca ci andiamo un'altra volta». Si rese conto troppo tardi che nel parlare la voce le si era rotta per l'emozione. Girò sui tacchi e trotterellò fuori dalla sala, poi imboccò il corridoio e uscì dalla porta sud.

Fuori il cielo stava scurendo. Qualche goccia di pioggia le picchiettò il viso, risvegliandola brevemente dal torpore e dandole la scusa per scoppiare a piangere.

In barca ci vado da sola, pensò. Voleva scappare lontano da quella festa, da sua sorella e da suo marito. Immaginò di remare fino al centro del lago, di stendersi sul fondo della barca e restare semplicemente lì a galleggiare per un po', lasciandosi cullare dall'acqua in perfetta solitudine fino a quando non si fosse ripresa.

Poi sarebbe tornata alla festa.

A una ventina di metri dalla rimessa delle barche inciampò, cadde in ginocchio e si sbucciò i palmi delle mani. Si rialzò. Se li ripulì. Proseguì.

Aprì la porta.

La rimessa era immersa nell'oscurità, era perfino più buia del solito. Una serie di imbarcazioni spettrali attendevano in tre file ordinate, issate su dei ceppi. Si avvicinò alla barca in alluminio. Non aveva mai provato a toglierla dai ceppi da sola, ma pensò che ce la poteva fare.

Qualche strattone. Un rumore di metallo. Un remo scivolò a terra.

Con grande fatica la trascinò fino alla rampa che scendeva nel lago. Sudava, nonostante il vento freddo che soffiava dall'acqua. Si muoveva in modo goffo, disarticolato.

A un tratto, alle sue spalle, il tonfo della porta della rimessa.

Alice

Anni Cinquanta | **1961** | inverno 1973
giugno 1975 | luglio 1975 | agosto 1975

Non sapeva bene dov'era. Aprì gli occhi. Aveva la bocca così asciutta che non riusciva a deglutire. Sopra di lei la stanza roteava piano, il lampadario descriveva lenti cerchi nell'aria.

Aveva la sensazione di non riuscire a formulare le parole. Anche i suoi pensieri erano muti. *Acqua*, pensò – ma era un'immagine, non un sostantivo. Si guardò intorno alla ricerca di un lavandino, girò il busto in una direzione e poi nell'altra. Aveva il collo rigido, come se non muovesse la testa da giorni.

In quella stanza c'erano delle finestre, ma erano oscurate da persiane con le stecche fittissime e dei fermi esterni. Non si capiva se fuori era giorno o notte.

Il letto su cui si trovava era così duro che pareva un'asse di legno.

Si alzò, instabile. Vide che aveva addosso un vestito. Era fatto di una stoffa rigida, come se l'avessero bagnato e poi appeso fuori ad asciugare.

Bagno, pensò. Le apparve l'immagine. A un tratto il bisogno di orinare fu così potente che dovette piegarsi in due.

Dov'era? Aveva la sensazione che avrebbe trovato presto la risposta, e insieme una tremenda consapevolezza che forse non voleva. Lentamente, si raddrizzò.

Non c'era nessun bagno. Solo qualche scarso indizio a suggerirle che si trovava nella camera da letto di qualcuno, ma abbandonata da tempo. Una toeletta massiccia. Un catino per l'acqua. Uno specchio, che evitò totalmente.

Vide una porta. Si avvicinò e la spinse: chiusa a chiave. Non sapeva perché ma la cosa non la stupì.

Si stese sul pavimento, impedendo a quel pensiero di entrare. Capì che era successo qualcosa di orribile. Se si fosse addormentata non sarebbe stata costretta ad appurarlo.

Chiuse gli occhi.

La porta si aprì.

Entrò il padre di Peter.

Anni Cinquanta | 1961 | inverno 1973
giugno 1975 | luglio 1975 | **agosto 1975: giorno tre**

Ormai è quasi la fine del turno. Deve trovare Hayes; non può arrischiarsi a parlare con qualcun altro di quel che le ha raccontato l'anziana signora Van Laar. Non può permettersi di sbagliare di nuovo davanti a LaRochelle; non dopo quello che è successo il giorno prima.

Forse dovrebbe parlarci. È un uomo così interessante.

Quando arriva allo Chalet del direttore, fuori trova due investigatori che fumano e le dicono che Hayes ormai se n'è andato.

«Cazzo» esclama, e i due investigatori si irrigidiscono.

«Che linguaggio» commenta uno dei due.

Lei non reagisce.

«Comunque» dice l'altro «ti ha lasciato questo». Riluttante, le allunga un pezzo di carta con sopra un numero di telefono. *Denny. Casa*, c'è scritto.

«Cos'è, avete una storiella?» dice il primo investigatore. L'altro reprime un sorrisetto.

Judy li ignora ed entra nella casa.

Sola si sente meglio.

C'è un lungo corridoio che dalla sala porta al retro dell'edificio. In fondo c'è un bagno – ormai praticamente distrutto dall'utilizzo costante degli ultimi giorni.

Ma ci sono anche altre stanze. E secondo la signora Van Laar una di quelle è, o è stata, quella di Vic Hewitt.

Judy percorre il corridoio in punta di piedi, facendo il meno rumore possibile.

Prova la prima porta. Dentro ci sono un letto ben fatto, sul comodino una pila di cose da leggere, una rivista che si chiama *Camp Life*. Apre l'armadio; dentro trova parecchi capi d'abbigliamento androgini e una fila ordinata di cappellini da pescatore.

A quel punto non ha la minima idea se si trova nella camera di Vic o in quella di T.J. Si avvicina a un cassettone di legno scuro e apre uno dei due cassetti superiori, più piccoli.

Finalmente trova la risposta. La biancheria è decisamente femminile: mutande sgambate, un reggiseno con ancora il cartellino. Una calzamaglia di lana che sembra altrettanto intonsa.

Attraversa il corridoio e apre un'altra porta. Stavolta non c'è dubbio sull'identità della persona che la occupa: a una parete è appoggiato un bastone di metallo. Lungo un'altra è disposta una fila diritta di scarpe sportive da uomo. E, cosa strana, sul comodino c'è una dentiera che galleggia in un bicchiere alto pieno di liquido.

Quindi si chiede: se la dentiera di Vic Hewitt è lì, allora lui dov'è?

Judy si avvicina al cassettone. Invece di vestiti, dentro ci trova un mucchio di fotografie in bianco e nero. Sono quasi tutte di bambini: di T.J. quand'era piccola, anche di Barbara. E di Bear: moltissime ritraggono Bear Van Laar in pose diverse, che pesca, nuota, ben piantato su un paio di sci da fondo.

Quella che trova più interessante è una foto di gruppo. Socchiude gli occhi cercando di riconoscere più persone che può. Sa per certo che due sono i nonni di Barbara, gli anziani Van Laar. Sono dietro, in piedi. Lei sorride, lui no.

Ipotizza che il ragazzino più piccolo nella foto sia Bear.

La donna che lo guarda con tanto amore è sua madre, Alice; l'uomo alla destra di lei è suo padre.

E di lato, parte della famiglia eppure separati, ci sono T.J. e suo padre Vic.

Judy rovescia la foto. Dietro, con un tratto di matita leggero, c'è scritto *Addio Moscerini. 1961.*

L'anno della scomparsa di Bear.

Judy rabbrividisce. Rimette le foto nel cassetto. Torna nella stanza principale.

Sa che è arrivata l'ora di riferire a qualcuno la dritta che le ha dato la signora Van Laar. Pesca un pezzetto di carta dalla tasca, va al telefono del Posto di comando e chiama il numero di casa di Denny Hayes, come le ha chiesto di fare lui.

Risponde una donna. Sicuramente la moglie. In sottofondo Judy sente delle voci infantili.

«Salve» dice. «Cerco l'investigatore Hayes, per favore».

La voce della donna sembra indispettita. «Posso chiedere chi parla?».

«Sono l'investigatrice Luptack» dice. «Io... sono una collega».

«Non sapevo che avesse... una collega donna» dice la signora Hayes. «Non sapevo che le donne potessero diventare investigatrici».

«Be'» risponde Judy «sì».

«Comunque non è ancora rientrato» dice la signora Hayes. «Se vuole può lasciarmi un numero».

«Può dirgli che alloggio all'Alcott Family Inn di Shattuck, New York?» dice Judy. «Ci arriverò tra circa venti minuti. Può fare il numero della reception e loro verranno a chiamarmi».

Una lunga pausa carica di scetticismo.

«Certo» risponde la signora Hayes. «Riferirò».

Ma Judy sa già che non lo farà.

*

Ormai è buio pesto quando arriva al motel. È metà agosto, quel periodo dell'anno in cui l'estate piena diventa fine estate. Resta seduta un momento nel suo Maggiolino ad ascoltare i tintinnii del motore che si raffredda, poi scende e chiude. Raggiunge la camera. Tira fuori la chiave.

Da dietro le spalle sente pronunciare il suo nome.

Sa di chi si tratta prima ancora di girarsi.

«Papà» dice. «Cosa ci fai qui?».

Lui si avvicina a grandi passi, Judy non l'ha mai visto così arrabbiato. «Cosa ci fai *tu* qui?» le chiede. «Credi che sia un posto sicuro per una ragazza sola? Un posto come questo? Quando torni tardi e fuori è già buio? Secondo me no».

«Come mi hai trovato?» domanda Judy.

«Tua madre era preoccupata da morire. Ieri notte non è riuscita a dormire. Oggi non è riuscita a mangiare. Mi ha detto lei il nome del posto».

Judy fa un gran sospiro.

«Non sognarti di incolpare *lei*» continua suo padre. «Ci tiene a te. Me l'ha detto e ha fatto bene. Un posto così squallido. Sei fortunata che non ti sia già capitato qualcosa».

Torna all'auto e apre lo sportello.

«Forza» dice. «Ti accompagno a casa. Domani ti riporto qui a recuperare la macchina».

Non la guarda neanche. Si aspetta che salga senza fare domande. Da bambini, Judy e i suoi fratelli e sorelle gli obbedivano religiosamente. Non li ha mai picchiati – ma era un uomo imponente, e urlava.

Per un attimo Judy immagina di avvicinarsi. Di salire in macchina. Di mantenere la pace in famiglia. Di fare quello che si aspettano da lei.

Invece risponde: «Non è squallida».

«Che cosa?».

«Questa pensione».

«Motel».

«Questo motel. È gestito da una famiglia molto carina. Gli Alcott. Il marito insegna storia. La moglie legge tanto».

Suo padre la guarda.

«Stanotte resto qui» dice Judy. «Perché domattina devo essere al lavoro molto presto. E sono stanca».

«Judy» dice suo padre. «Sali in macchina».

«Resterò qui finché lavoro a questo caso» dice Judy. «Dopo mi troverò un appartamento più vicino al quartier generale del Dipartimento di Ray Brook. Posso permettermelo, mi hanno dato un aumento».

«Judy».

«Quando mi hanno promossa» aggiunge lei, come a sottolineare il concetto.

Lentamente, suo padre chiude lo sportello. Per un attimo le fa quasi pena. Lo immagina tornare a casa, solo, la faccia una maschera di tristezza e rabbia. È la prima volta nella vita che contravviene platealmente ai suoi desideri.

«Tua madre piangeva» dice lui. «Piangeva per colpa tua».

«Ho ventisei anni» risponde Judy. «Adesso sono una donna, papà. Posso badare a me stessa».

Lui tace. Sale in macchina – una macchina vetusta, una Ford Fairlane Skyliner della fine degli anni Cinquanta, Judy ricorda ancora quando l'ha comprata e l'ha portata a casa tutto orgoglioso – e fa marcia indietro nella notte, un braccio muscoloso allungato sul sedile accanto, dove in genere viaggia sua madre.

Poi Judy si ritrova sola.

Judyta

Anni Cinquanta | 1961 | inverno 1973
giugno 1975 | luglio 1975 | **agosto 1975: giorno quattro**

Nella sua camera all'Alcott Family Inn, Judy accende il pesante televisore e inizia a prepararsi. Il giornalista sta parlando del tempo: quel giorno ci saranno sole e una temperatura fresca, per essere agosto. La nuova routine le piace: svegliarsi sola, a un orario ragionevole, senza che uno dei suoi fratelli le urli dalla stanza accanto.

Apre l'acqua della doccia, caldissima, al limite della sopportazione. Ci resta sotto per molto più tempo di quanto sua madre non permetterebbe.

Alla fine, a malincuore, esce. Chiude il rubinetto in tempo per sentire il giornalista dire, nell'altra stanza: *Attualmente è in stato di arresto.*

Con l'asciugamano stretto davanti a sé, si precipita di là e sullo schermo vede un'immagine di Jacob Sluiter.

Il giornalista introduce un'intervista con il commissario della New York State Police, che conferma, dal quartier generale della polizia di Albany, che Sluiter è stato catturato dentro un'abitazione privata vicino a North Creek.

Al lavoro, Denny Hayes ha l'incarico di condurre la riunione di quella mattina: dice che LaRochelle è su alla villa a parlare di nuovo con il padre di Barbara.

«Be', se non l'avete già saputo» aggiunge «lo saprete adesso».

Dopo avere aggiornato tutti sugli eventi della notte precedente – un vicino ha notato Sluiter passare a piedi davanti a casa sua; un appostamento degli agenti mentre Sluiter dormiva – mette in chiaro un paio di cose: la prima è che Sluiter è in stato di arresto, incolume e in buona salute.

La seconda è che sembra disposto a parlare.

La terza è che – sì – secondo una tempistica non impossibile, quattro giorni prima potrebbe aver raggiunto la Riserva Van Laar giusto in tempo per catturare Barbara Van Laar ed essere tornato a North Creek, per poi dirigersi verso sud. Ma sembra improbabile e non hanno ancora le prove.

L'ultima è che toccherà a Hayes decidere chi avrà il privilegio di interrogarlo per primo.

Per un attimo Judy pensa che Hayes incaricherà lei. Lui la fissa negli occhi – ma poi distoglie lo sguardo.

«Goldman» dice. «Hai avuto contatti con lui quando lavoravi al caso di Bear Van Laar?».

Goldman scuote la testa. «No».

«Ti va di farlo adesso?» dice Hayes.

Ha senso. Judy cerca di non provare delusione. Goldman è un tipo solido, paterno, rassicurante. Dicono tutti che è un bravo detective; si mormora che non abbia mai accettato le promozioni che gli hanno offerto perché gli piace il lavoro pratico che comporta fare l'investigatore.

Judy trattiene il fiato. Si domanda se Goldman rifiuterà.

«Sì» risponde Goldman.

Hayes annuisce. Uno alla volta, assegna a tutti i compiti della giornata – anche a Judy, che deve rintracciare alcuni genitori.

Poi chiude la riunione e li spedisce fuori.

Judy indugia. Aspetta che se ne siano andati tutti e poi si avvicina a Hayes.

«Ieri sera ho chiamato casa sua» dice. «Ho lasciato un messaggio a sua moglie».

Hayes si acciglia. Poi sospira.

«Non gliel'ha detto» dice Judy.

Lui scuote la testa.

«Ieri ha parlato con il nonno?» domanda Judy.

«Non sono riuscito a trovarlo da nessuna parte» dice Hayes. «Mi hanno dato tutti delle versioni diverse su dove si trovava». Tace un istante. «E tu?».

«Lui non l'ho trovato, no» dice Judy. «Ma ho una nuova pista per lei». E senza aspettare che lui aggiunga qualcosa descrive il suo pomeriggio: la dritta che le ha dato l'anziana signora Van Laar. La ricerca di Vic Hewitt. Il bastone, la dentiera. La camera da letto vuota.

«Può andare a verificare di persona» dice Judy con un cenno verso il corridoio. «È là».

«Cos'ha detto T.J. quando l'hai interrogata? Non ti ha detto dov'era suo padre?».

«È questa la cosa buffa» dice Judy. «Non me l'ha neanche nominato, al presente. Ha solo detto che è stato direttore del campo estivo finché non ha cominciato ad avere problemi di memoria. Non avevo idea che vivesse ancora nello Chalet del direttore».

«Finché non ha dovuto andarsene» dice Hayes.

«Esatto».

Hayes riflette. «Bene» commenta. «Dimenticati quel che ti ho detto prima. Per oggi il tuo compito è individuare Vic Hewitt».

Judyta

Anni Cinquanta | 1961 | inverno 1973
giugno 1975 | luglio 1975 | **agosto 1975: giorno quattro**

In quei giorni Camp Emerson è deserto, a parte agenti della stradale, guardie forestali e investigatori. Coordinatori, iscritti e personale se ne sono tutti andati. L'unica dipendente che, in teoria, dovrebbe essere rimasta all'interno della proprietà è T.J. Hewitt.

Ma quando Judy torna agli Alloggi del personale, il posto dove ha visto per l'ultima volta T.J., scopre che la porta della stanza in cui si trovava non solo è chiusa, ma è sbarrata con un fermo e un lucchetto. A giudicare dai trucioli sul pavimento, sono appena stati installati.

Nonostante la chiusura Judy bussa comunque, prima dolcemente e poi con maggiore fermezza.

Nessuna risposta.

Trascorre le ore successive a chiedere a chi incontra se hanno visto T.J. ma le rispondono tutti di no – da ieri, almeno. Anche il suo furgone è sparito dalla proprietà.

Non è un'indiziata in questo caso – almeno non ufficialmente. Ha il diritto di andare e venire a suo piacimento. Però la sua assenza e quella di suo padre hanno un che di sospetto – soprattutto alla luce della conversazione del giorno prima – e Judy sente una strana sensazione allo stomaco.

A mezzogiorno torna allo Chalet del direttore per pranzare. Quando entra vede Denny Hayes che riattacca il telefono.

«Investigatrice Luptack» dice. «Sei proprio la persona che stavo cercando».

«Io?» si stupisce Judy, e Hayes annuisce.

«Devo chiederti un favore» dice lui ma poi si interrompe. «Qualche progresso su Vic Hewitt?».

«No» risponde Judy. «E adesso pare proprio che sia scomparsa anche T.J.».

Una pausa.

«Su di lei ci metto qualcun altro» dice Hayes.

«Chi?» chiede Judy. E poi, ripensandoci: «Quale sarebbe il favore?».

Hayes sospira.

«Vuole parlare con una donna» dice.

«Chi?».

«Sluiter. Goldman ha fatto del suo meglio ma non ne ha cavato niente. Sluiter vuole parlare con una donna».

«Okay» dice Judy.

«C'è solo un'investigatrice, nel Dipartimento» spiega Hayes, con delicatezza.

«Okay».

«Io sarei contrario» dice Hayes. «Non so se sia giusto dargli quello che vuole. E non ho idea di cosa potrebbe dirti. Per quello che ne so, magari una serie di sconcezze da pervertito. Ma non sta a me decidere. LaRochelle ha dato l'okay».

«Va bene» dice Judy. «Non ho paura».

Ha paura. Due ore dopo è davanti a una delle stanze per gli interrogatori di Ray Brook e da uno specchio unidirezionale sta guardando Jacob Sluiter.

È alto e magro. Stempiato. Ha cinquant'anni, le braccia nodose e il corpo pieno di energia; se lo immagina a trenta – l'età che aveva quando ha iniziato a uccidere – e pensa che dev'essere stato difficile sopraffarlo. Da quando è evaso si è fatto crescere una barba rada.

Uno psicologo forense che conosce bene la prima serie di

omicidi di Sluiter, avvenuta nei primi anni Sessanta, l'ha istruita al telefono.

«Odia suo padre» ha detto. «Con lui era stato molto crudele. Non gli parli di suo padre o di parenti in generale».

«Bene» dice Judy.

«È sessualmente violento» continua lo psicologo. «Potrebbe dirle certe cose, tentare di provocarla. Cerchi di non dargli questa soddisfazione».

«Okay».

Ora Judy contrae la mandibola per impedirsi di battere i denti. Spera che questo le dia un'aria da tosta. Dal plesso solare le si irradiano nervosismo e gelo. I condizionatori di Ray Brook vanno così forte che si è portata una giacca, ed è agosto. Ma anche solo parlarne significherebbe ammettere a gran voce: *sono una vigliacca.*

Alle sue spalle si è radunata una piccola folla. C'è Hayes, naturalmente, e anche Goldman. E poi il capitano LaRochelle e due suoi tenenti.

Cerca di non guardarli. Come al solito è dolorosamente consapevole del suo sesso e della sua età. Dietro di lei c'è Hayes, che la guarda.

«Sicura che va tutto bene?» chiede.

«Sicura».

Judy entra da sola. Sa che nella stanza ci sono dei microfoni. Comunicano con un altoparlante e un registratore posizionati dall'altro lato dello specchio. L'idea di essere ascoltata in tempo reale la mette in imbarazzo. Vorrebbe avere più privacy.

Quando lei entra Jacob Sluiter, che era stravaccato sulla sedia, raddrizza la schiena.

«Signor Sluiter» dice Judy. «Sono l'investigatrice Luptack». Cerca di mantenere un tono leggero.

Per un attimo Sluiter tace. Poi dice: «Ha freddo?».

Lei esita solo un secondo. Lo psicologo le ha consigliato di non mostrare segni di debolezza; questo eccita Sluiter, le ha detto. Essendo una donna, vorrà intimidirla. Nei primi anni Sessanta gli è sfuggita soltanto una persona: quella donna ha raccontato che lui le aveva chiesto di implorare pietà e lei si era rifiutata.

«No» risponde Judy. «Sto benissimo».

Sluiter sembra quasi deluso.

«Quanti anni ha?» domanda.

«E lei?».

«Quasi cinquantuno. Li compio la settimana prossima».

«Be'» fa lei. «Auguri in anticipo».

E gli sorride.

Sluiter la guarda, in lei legge qualcosa.

«Mi sembra molto giovane» dice. «Vive ancora con i suoi?».

Judy sbatte le palpebre. Impone a ogni parte del suo corpo di restare immobile. «No».

«È sposata?».

Judy tace.

«Non vedo anelli» dice Sluiter. «Ecco perché gliel'ho chiesto». Sorride e accavalla le gambe. «Non volevo mica offenderla».

«Signor Sluiter» riprende Judy. «Può raccontarmi dov'è stato dopo che se n'è andato da Fishkill?».

«Oh» risponde Sluiter. «Non ne ho idea. Andavo verso nord e basta».

«Capisco» dice Judy. «Aveva in mente una meta in particolare?».

«No».

«Ha incontrato qualcuno? Mentre era diretto a nord?».

«No».

Per la prima volta da quand'è entrata le sembra di vederlo annoiato. Distoglie la faccia e guarda lo specchio, come se sapesse di avere un pubblico.

«Mi racconta un po' delle sue... abitudini? Dove dormiva, cosa mangiava?».

«Non mi ricordo molto».

Per un po' continuano così: Judy che fa domande, Sluiter che le schiva, finché lei non comincia a preoccuparsi. Pensa agli uomini che ascoltano in piedi fuori dalla stanza. Li immagina scambiarsi occhiate di sguincio, perplessi quanto lei sulla sua capacità di cavare qualsiasi tipo di informazione da quest'uomo. Perché ha chiesto un'investigatrice se poi non vuole dirle nulla di più di quanto ha detto a Goldman?

Sente nella testa la voce dello psicologo. *Nessun segno di debolezza.*

La ignora.

«Sa» dice. «In effetti *ho* freddo. Questo è l'ufficio più freddo in cui sia mai stata».

Si stringe le braccia intorno al corpo e rabbrividisce appena.

Lui la guarda. Gli occhi, dietro le lenti, si socchiudono un poco, come se volesse metterla bene a fuoco.

«Investigatrice Luptack» dice. «Posso chiederle una cosa?».

«Certo».

«È vergine?».

Judy è travolta da una vampata di umiliazione. Il sangue le affiora al viso come se le avessero mollato uno schiaffo. Ha ventisei anni e in effetti è vergine. Vorrebbe negare ma poi pensa al microfono, all'altoparlante fuori. Pensa ai quattro uomini, ai suoi colleghi, che là fuori stanno ascoltando, parola per parola.

Tace.

«Mi scusi» dice Sluiter. «L'ho messa in imbarazzo?».

«Sì» risponde Judy.

Lui sorride e si sistema meglio sulla sedia.

«Non me lo vuole dire?».

«Facciamo uno scambio» propone Judy. «Glielo dico se prima mi dice lei un paio di cose».

«E che gioco sarebbe?» domanda Sluiter.

«Obbligo o verità» risponde Judy.

Lui fa un bel sorriso. Si aggiusta gli occhiali, come per prepararsi a un gran divertimento.

Judy non si riconosce affatto in quella versione di sé. Sta recitando un ruolo. Non ha nessuna esperienza di uomini, o di donne. Quando aveva dodici anni – già consapevole di occupare un posto nel mezzo, non *troppo* carina, ma abbastanza – suo padre le aveva dato un consiglio, sugli uomini: *non firmare ai ragazzi degli assegni che non vuoi incassare.*

Aveva trovato grottesca quella frase. Ma le era rimasta impressa. Forse è uno dei motivi per cui si veste così, con dei capi fatti per nascondere. Forse è per questo che incurva le spalle e tiene la testa bassa quand'è in compagnia di uomini che non conosce o di cui non si fida. Cioè quasi tutti.

Quel giorno, per la prima volta nella vita, vede la sua sessualità come qualcosa di utile. Vuole una confessione. La vuole più di qualsiasi altra cosa abbia mai desiderato.

«Obbligo o verità?» chiede Sluiter.

«Verità».

«È vergine?».

«Sì» dice Judy. «Sono vergine».

Con la mente cerca di bloccare l'immagine di quegli uomini, suoi superiori, nell'altra stanza. Spera che la lascino lavorare, che non si precipitino dentro troppo presto, che non scambino il suo talento d'attrice per un sincero disagio.

Lui si schiarisce la voce. «L'avevo capito».

«Adesso tocca a me» dice Judy. «Obbligo o verità?».

«Obbligo».

«Deve raccontarmi di tutte le persone che ha ucciso o rapito».

Nella stanza cala un silenzio pesante e Judy si chiede subito se non ha corso troppo. Si affretta a curvare la bocca in un sorrisetto – come a comunicargli indifferenza.

Dopo un lungo istante, Sluiter fa altrettanto e agita un dito. «Nossignora» dice. «Lei cerca di imbrogliare».

«Perché?».

«L'obbligo dovrebbe essere un'azione da compiere, non una confessione».

«Io posso chiederle tutto quello che voglio» dice Judy. «Non c'è una regola che me lo impedisca».

Lui si schiarisce di nuovo la voce. «Non si è documentata? Non ho mai ucciso né rapito nessuno». E sorride. Sta flirtando. Lo stomaco di Judy si contrae: nausea o nervosismo, o entrambi.

«Non l'ha mai *confessato*» precisa Judy.

«Esatto. Mai».

«Ma adesso» dice Judy. «Con tutte queste prove. Ed è la seconda volta che la fermano. Non vorrebbe togliersi un peso dal cuore?».

Per la seconda volta dall'inizio dell'interrogatorio sente che lo sta annoiando.

Ci riprova. «Signor Sluiter, lei è un uomo religioso?».

Lui sbuffa. «Non direi. Mio padre però lo era».

«Quindi lei è un tipo razionale» dice Judy. «Crede nel potere del ragionamento e delle prove».

«Dipende» risponde Sluiter.

«Da?».

«Da chi le ha raccolte, le prove. Dipende se ci si può fidare».

Con stupore Judy deve ammettere che una parte di lei capisce cosa vuol dire. Ed è perfino d'accordo.

«E io?» domanda. «Si fiderebbe di una come me?».

«Sì» risponde lui. «Se questa era la sua domanda... adesso tocca a me».

«Non tocca a lei» replica Judy. «Qui stiamo ancora discutendo delle regole. Del significato della parola *obbligo*».

Sluiter si acciglia.

«Benissimo» dice poi. «Un'altra domanda. E poi ho un bell'obbligo per lei, se lo accetta». E sorride.

Judy si prende del tempo per riflettere. Un'altra domanda prima di poter scappare da lì. Non è sicura di avere il permesso di nominare Barbara Van Laar, ma sente di essere vicina a qualcosa. Vuole dimostrare qualcosa agli uomini nell'altra stanza, ma soprattutto vuole dimostrare qualcosa a se stessa.

«Cerchiamo informazioni su una ragazzina» dice. «Una ragazzina scomparsa».

«Barbara Van Laar» fa Sluiter.

Un brivido corre lungo la schiena di Judy.

«Sa come si chiama» dice – bene attenta a non formulare nessuna domanda.

Lui annuisce. Guarda il piano del tavolo. In quella postura c'è forse del rimorso? Judy cerca di rallentare il respiro.

«Signor Sluiter, negli ultimi giorni si è trovato in prossimità della sua casa? Ha... ha avuto a che fare con la sua scomparsa?».

Lui la guarda, ragionando.

«Sono due domande» dice. «Deve sceglierne una».

«Benissimo» fa Judy. «La prima».

Lui annuisce lentamente.

«Sì, ci sono stato».

«In prossimità della casa» dice Judy.

«Sì».

Judy fa per parlare ma Sluiter alza un dito. «Adesso tocca a me farle una domanda».

Lei tace. Attende.

«È vergine per scelta? O nessuno se l'è mai voluta scopare?».

Prima che finisca la frase, la porta alle spalle di Judy si apre. Lei si gira: sono Hayes, Goldman e il capitano LaRochelle.

«Aspettate» esclama, ma loro la interrompono.

«Grazie, investigatrice Luptack» dice il capitano.

Sluiter li guarda male e si rabbuia.

«Non avevamo finito» obietta.

Non avevamo finito. Vorrebbe dirlo anche Judy – anzi, mettersi a urlarlo – ma capisce che adesso il suo lavoro è obbedire all'ordine che le è stato silenziosamente impartito dallo sguardo fermo di LaRochelle.

Riluttante, si alza dalla sedia.

Goldman le indica la porta e la scorta fuori.

Alle sue spalle sente la voce di Sluiter, quel tono indecifrabile tra l'ironico e il sincero.

«Investigatrice Luptack» le dice. «È stata molto brava».

Fuori dalla stanza degli interrogatori, il corpo di Judy si affloscia. Fa appello a tutta la sua energia per non crollare sul pavimento.

«Tutto bene?» le chiede Goldman preoccupato.

«Potevo farglielo dire» dice Judy. «Ci sarei riuscita».

«Lo so» fa Goldman per consolarla. «Lo so. È solo che... non erano più sicuri che fosse utile, quello che ti stava dicendo».

«Potevo arrivarci» dice Judy.

Lui alza la mano come per darle una pacchetta sulla spalla ma poi cambia idea. Si schiarisce la voce.

Ormai dall'altro lato dello specchio, Judy vede Jacob Sluiter tirarsi indietro da Hayes e LaRochelle. Come un bambino petulante, incrocia le braccia sul petto anche mentre gli investigatori iniziano a parlare.

Louise

Anni Cinquanta | 1961 | inverno 1973
giugno 1975 | luglio 1975 | **agosto 1975: giorno quattro**

Da quando Louise è tornata a casa, il giorno prima, suo fratello Jesse è irreperibile.

Sua madre non ha la minima idea di dove possa essere.

«Da quanto tempo è fuori?» domanda Louise, sempre più in preda al panico.

«Oh» fa sua madre «non più di un giorno. Credo di averlo visto in cucina, ieri».

Ha undici anni, vorrebbe dirle Louise. Ma siccome deve convivere con lei per un po' farà tutto il possibile per mantenere la pace, per restare calma evitando di farsi coinvolgere.

A mezzogiorno, proprio mentre sta per andare in centro a piedi per cercarlo, Jesse entra dalla porta d'ingresso e quando la vede in cucina si ferma di botto.

«Dov'eri?» gli domanda Louise, sforzandosi di restare calma.

«A casa di un mio amico».

«Quale amico?».

«Neil. Non lo conosci».

«Perché non l'hai detto a nessuno?».

«L'ho detto!» esclama Jesse indignato. «L'ho detto alla mamma. Le ho detto anche che la madre di Neil veniva a prendermi e a riaccompagnarmi».

Louise lo fissa. Senza spostare lo sguardo grida, rivolta verso l'altra stanza: «Mamma, lo sapevi che ieri notte Jesse era dal suo amico Neil?».

Silenzio.

«Forse sì» risponde sua madre.

Louise china la testa. Jesse fa un sorriso soddisfatto.

«Scusami» dice Louise. «È solo che mi preoccupo per te».

«Lo so».

Lei spalanca le braccia e Jesse si avvicina, incerto.

Quando erano più piccoli, lo stringeva proprio così: lui le premeva una guancia contro la spalla. Lasciandosi andare completamente. Ormai è più alto di lei, ma trova ancora il modo di rilassare ossa e muscoli sulle ossa e sui muscoli di Louise e per un momento – prima che lui si riprenda – respirano così, senza neanche pensarci.

«Jesse» dice lei. «Non mettere incinta nessuna».

«Smettila» fa lui.

Poi si scosta e la guarda.

«Sei tornata a casa?» le chiede.

«Per adesso».

Guardano la televisione, loro due e la madre. *Kojak*: un telefilm che Jesse adora.

A un certo punto Jesse e sua madre si addormentano e Louise va in cucina e apre un armadietto. Il giorno prima aveva notato con una certa soddisfazione che Jesse aveva fatto quel che lei gli aveva chiesto al telefono. Ha fatto provviste. Sta crescendo.

Mentre affonda un cucchiaio in un vasetto di formaggio spalmabile qualcuno bussa alla porta.

Fuori c'è una persona che non riconosce subito.

Vede solo che è una donna, e che ha i capelli grigi.

Judyta

Anni Cinquanta | 1961 | inverno 1973
giugno 1975 | luglio 1975 | **agosto 1975: giorno quattro**

Quando Denny Hayes la trova, Judy sta camminando in cerchio intorno alla sua scrivania come una pugile sconfitta.

Hayes la guarda comprensivo.

«Goldman mi ha detto che eri fuori di te».

Lei a fatica si siede sulla sua sedia. «Cos'è riuscito a cavargli?».

Hayes tace un istante. «Niente» ammette poi. «Quando sei uscita si è chiuso a riccio. Non ha detto nient'altro». E poi, dopo essersi guardato alle spalle e avere abbassato la voce: «È stato LaRochelle a voler entrare. Era preoccupato che Sluiter volesse giocare con te. Che non ti stesse raccontando la verità. Ma secondo me» continua «in realtà voleva poter dire che il lavoro l'ha finito lui».

Judy china la testa.

«Io ti avrei fatta andare avanti» dice Hayes.

Judy annuisce. «Lo so».

«Se questo può farti sentire meglio» prosegue Hayes «in questo momento alla Riserva sta arrivando una restauratricc della Hyde Collection per togliere l'intonaco dalla camera di Barbara».

Judy è così concentrata su Sluiter che le ci vuole un momento per ricordare.

Poi le viene una domanda: «Come hanno reagito i genitori? Sono d'accordo?».

«Giusto» dice Hayes. «Mi stavo chiedendo la stessa cosa. Ma dal capitano ho saputo che a loro va benissimo. Almeno al padre. Non ha avuto esitazioni».

Secondo Judy questo può voler dire due cose: potrebbe essere il segno dell'innocenza dei genitori di Barbara. O potrebbe significare che su quelle pareti non c'è mai stato niente di interessante.

Prima di partire per la Riserva, Judy fa a Hayes una richiesta: «Può riferirmi cosa succede oggi con Sluiter? Può chiamarmi, anche se non è alla Riserva?».

Hayes annuisce.

La restauratrice è una donna alta e giovane, forse della stessa età di Judy. Porta dei grandi occhiali e una tuta bianca. Nella mano destra stringe un secchio; nella sinistra un telo protettivo.

Dice di chiamarsi Anna. È venuta per dare un'occhiata all'intonaco.

Visto che l'idea è venuta a lei, è Judy che deve supervisionare l'operazione.

Accompagna Anna dentro la villa e imboccano insieme il corridoio che porta alla cameretta rosa.

Anna la restauratrice entra per prima e posa il secchio. Osserva le pareti molto rosa, il letto fatto con cura, le sorprendenti dimensioni regolari della stanza.

«Qualche idea del punto da cui dovrei iniziare?» domanda.

«Credo da dietro il letto» risponde Judy pensando all'immagine disegnata da Barbara. Allo schizzo per il murale.

Anna si muove con sicurezza. Stende il telo sul pavimento. Si inginocchia a terra e infila una mano nel secchio, tirandone fuori un contenitore di metallo pieno di acetone e qualcosa che sembra un grosso cotton fioc.

Immerge il cotton fioc nell'acetone e lo preme contro un puntino nell'angolo.

Quando lo stacca, sul rosa si allarga una macchiolina verde.

«Be'» dice Anna. «Buon segno. Pare che sotto ci sia del colore. Il che significa che dovrei riuscire a rimuovere la vernice al lattice che c'è sopra senza danneggiare quello che c'è sotto».

Si rimette al lavoro allargando il circoletto. Sì: sotto c'è del verde e anche un po' di nero.

Anna si gira a guardare Judy.

«Lo sa che mi ci vorrà parecchio tempo, vero?» dice. «Parlo di giorni».

Verso la fine del pomeriggio, un giovane investigatore risale la collina e viene a cercarle in casa. Sembra affannato.

«Sei Luptack?» chiede a Judy. Lei annuisce. «Il capitano LaRochelle ti vuole al telefono. Dice che è urgente».

Judy va a rispondere nello Chalet del direttore e scopre che è arrivato anche Denny Hayes. È lui che ha in mano la cornetta del telefono. Tutt'intorno si è formata una piccola folla di curiosi. Lei afferra la cornetta e dà loro le spalle.

«Sono qui insieme al signor Sluiter» dice il capitano, tra il serio e l'irritato. «Dice che vuole parlare con lei. Ha acconsentito che io assista alla conversazione».

Judy lancia un'occhiata a Hayes, che non ha la minima idea di cosa stia succedendo. Per educazione copre il ricevitore con la mano. Poi mima con le labbra: *Sluiter vuole parlare con me.*

Lui sgrana gli occhi. *La chiamata sarà registrata*, le risponde, sempre muto.

«Lo so» dice Judy.

«Cos'è che sa?» domanda Sluiter all'altro capo della linea.

Stavolta Jacob Sluiter non si perde in chiacchiere ma parla in maniera chiara e diretta.

«Non so niente di Barbara Van Laar» dice. «Ed è la verità».

«Come fa a conoscere il suo nome?» domanda Judy. «Quando gliel'ho chiesto me l'ha detto prima ancora che glielo dicessi io».

«L'ho letto sui giornali» risponde Sluiter. «Come chiunque». Sta sorridendo, trionfante. Si capisce anche al telefono.

Judy aspetta. *C'è di più*, pensa; *deve esserci di più.*

Sente Sluiter che respira: un suono quasi liquido che le fa rivoltare lo stomaco.

Finalmente lui riprende a parlare.

«Però so dov'è suo fratello».

Judy chiude gli occhi un istante. «E me lo dirà?» gli chiede. Riesce quasi a sentire il sapore della risposta. La desidera con tutta se stessa.

«No».

Tranquilla, si ripete. *Aspetta.* Dentro di sé impone a LaRochelle, all'altro capo del filo, di tacere.

Funziona.

«Ma posso farglielo vedere».

Louise

Anni Cinquanta | 1961 | inverno 1973
giugno 1975 | luglio 1975 | **agosto 1975: giorno quattro**

Louise apre la porta.

Conosce quella donna. Però non si ricorda dove l'ha incontrata.

Porta i capelli grigi raccolti in una lunga coda bassa che le arriva quasi alla vita. Indossa un abito di cotone, lungo. Scarpe comode e calzini.

Per un po' si guardano senza battere ciglio.

Poi la donna dice: «Louise?» e solo sentendo la sua voce – molto particolare, bassa – Louise riesce a ricordarsi chi è.

«Signora Stoddard» dice. «Tutto bene?».

La signora Stoddard – che faceva la catechista, in città era conosciutissima ed è la madre di Antonia Stoddard, una compagna di classe di Louise dall'asilo in poi – raramente si è fatta vedere in giro da quand'è morto suo marito.

Per più di dieci anni su di lei si sono sentite solo chiacchiere.

Si dice che si sia chiusa in casa, come la madre di Louise. Che abbia avuto "un esaurimento nervoso".

Ma a differenza della madre di Louise la signora Stoddard avrebbe avuto un motivo ben preciso per rompere i rapporti con la realtà: ha perso il figlio e poi il marito, in tempi crudelmente ravvicinati. E dopo la morte, suo marito è così caduto in disgrazia che lei non è neanche riuscita a piangerlo come si deve – almeno in pubblico.

«Posso entrare, Louise?» chiede la signora Stoddard.

Louise fa un passo indietro e la lascia passare. Le indica una sedia; la signora Stoddard si accomoda, si piazza la borsa in grembo e stringe forte il manico, come per paura che gliela portino via.

«Posso offrirle qualcosa da bere?» chiede Louise. «Un tè?». Non ha la minima idea se in casa ce n'è.

«Sto bene così, grazie».

«Come sta Antonia?» chiede Louise.

«Oh, benissimo» dice la signora Stoddard. «Le ragazze stanno tutte bene. Ormai sono nonna cinque volte».

Sta seduta a schiena dritta, fiera. Ma qualcosa spinge Louise a pensare che non dovrebbe farle ulteriori domande sulla sua famiglia – in fondo non sono così in confidenza.

«Dev'esserne molto orgogliosa» dice Louise.

«Sì».

«Mi ricordo che Antonia suonava molto bene il piano. Ed era anche brava a cantare».

«Sì, vero?» dice la signora Stoddard.

Poi, un lungo e imbarazzato silenzio.

A un tratto la donna si protende verso Louise.

«So cosa stanno cercando di farti».

Louise sbatte le palpebre. «Ah sì?».

La signora Stoddard annuisce. Gli occhi le si riempiono subito di lacrime. Allunga una mano sottile sul tavolo della cucina, il palmo rivolto verso l'alto, e Louise non può esimersi dal metterci sopra la sua.

«Ma non ti preoccupare» aggiunge. «Non gli permetterò di rifarlo».

Apre la borsa e ci fruga dentro, cerca qualcosa.

Tira fuori un documento spiegazzato, lo mette sul tavolo e lo liscia con il pugno.

«Ecco» dice. «Prendilo. È per te».

Con una certa esitazione Louise avvicina a sé quel fascio di fogli fissati insieme con la cucitrice.

In un primo momento non capisce. È la copia carbone di qualcosa, il testo è così sbiadito che in certi punti deve socchiudere gli occhi. All'inizio del documento ci sono delle parole che non conosce: *Ricevuta di deposito cauzionale* e *Riepilogo informativo.*

In fondo c'è la firma: *Maryanne Stoddard.*

«Ti hanno detto che sono stata io?» chiede la signora Stoddard.

«Chi?».

«All'ufficio del giudice. Ti hanno detto che sono stata io a pagarti la cauzione? Ho ipotecato la casa» dice tutta eccitata, con le mani che le tremano appena. «Guarda» continua. «Guarda la pagina dopo».

Sulla pagina successiva c'è una cambiale e in cima c'è l'indirizzo di casa Stoddard. Sulla terza pagina c'è una fotocopia dell'atto.

«Signora Stoddard» dice Louise. «Non doveva».

«E perché?».

«È stato molto gentile da parte sua» risponde Louise. «Ma è troppo».

«Non dire sciocchezze» ribatte la signora Stoddard, con energia. «Ho trascorso gli ultimi quattordici anni della mia vita a cercare di riabilitare il nome di mio marito per un crimine che non ha commesso. Non ho la minima intenzione di lasciare che quei bastardi facciano la stessa cosa a qualcun altro».

Louise sta ancora guardando le carte. Esamina la firma in fondo alla pagina.

«Lo sai» continua la signora Stoddard «quante ore della mia vita ho passato nei boschi intorno al monte Hunt? Non ho fatto altro, praticamente. I miei figli credono che sia pazza. Ma io penso sempre che se riuscissi a trovare qualcosa, quello che indossava il ragazzino, o...». Per un momento tace cercando di capire quanto può permettersi di essere sincera. «O proprio lui» dice alla fine. «Povera creatura».

Louise l'ascolta attenta. Tutto quello che la signora Stoddard dice le conferma una teoria che si è costruita negli ultimi minuti. Osserva bene la firma, la analizza.

«Signora Stoddard, non voglio essere scortese. Ma lei si chiama Maryanne?».

«Sì».

«Ed è da quando Bear Van Laar è scomparso che lo cerca nei boschi vicini?».

La donna annuisce. «Dalla morte di mio marito mentre era nelle mani della polizia» aggiunge. «Per essere precisa. Sì».

Louise aspetta. Ha paura di chiedere.

«Scary Mary» dice Maryanne Stoddard. «Puoi dirlo chiaramente. Lo so che mi chiamano così».

Judyta

Anni Cinquanta | 1961 | inverno 1973
giugno 1975 | luglio 1975 | **agosto 1975: giorno quattro**

Judy è seduta dentro una canoa sul lago Joan, ai remi ci sono due guardie forestali, fanno lunghe pagaiate in sincrono, silenziose e calme, senza quasi rimescolare l'acqua.

Altre due canoe fiancheggiano quella di Judy. In una ci sono Hayes e un medico legale di Schenectady.

Nell'altra, Sluiter e un agente armato.

Ci sono voluti parecchi negoziati con l'avvocato d'ufficio di Sluiter per convincere un giudice di contea a permettere questa iniziativa. Denny Hayes ha detto che i trascorsi di evasione di Sluiter rappresentavano un problema. Come la sua capacità di manipolare le persone che gli stanno intorno.

Un uomo a rischio di fuga come Sluiter dovrebbe avere i ceppi alle caviglie e le mani ammanettate a una cintura. Quindi è così che l'hanno immobilizzato e la canoa che trasporta lui e l'agente è manovrata da due guardie forestali, una davanti e una dietro.

Judy si sforza di guardare dritto davanti a sé. Ha paura che girandosi vedrà Jacob Sluiter fissarla.

Sono diretti alla riva opposta del lago Joan, quel breve tratto di costa rocciosa al centro di una baia che da terra sembra inaccessibile. Dal lago spuntano grandi scogli scoscesi che bloccano l'insenatura alle due estremità.

Quando si avvicinano capiscono che dovranno procedere camminando in acqua. Lì non c'è spiaggia, solo dei massi che impediscono l'ingresso alla foresta, dietro. Sbarcano uno alla volta, tenendo ferma la canoa. Sluiter – che ha le mani giunte davanti a sé, come un supplice – dev'essere aiutato a scendere dall'agente muscoloso che gli hanno assegnato. Mentre abbassandosi si avvicina alla prua, lo scafo oscilla e minaccia di rovesciarsi. L'agente spalanca le braccia e Sluiter ci si lancia in mezzo.

La foresta oltre gli scogli è brutalmente fitta. Lontano dalla costa, pochissimi raggi di sole raggiungono la terra.

Camminando in fila indiana dietro a Jacob Sluiter, il terrore di North Woods, Judy scruta il terreno oltre la sua figura.

Prima, al telefono, Sluiter le ha descritto cosa stanno cercando: un *cairn*. Un mucchietto di pietre impilate l'una sull'altra, che dovrebbero contrassegnare un punto.

Judy vuole essere la prima ad avvistarlo – se Sluiter ha detto la verità, ovviamente, il che è tutto da vedere. In parte è convinta che volesse semplicemente fare una gita: l'ultima possibilità di stare in mezzo alla natura prima di essere rinchiuso in una prigione federale per il resto della vita.

Dopo che si sono fatti strada nella boscaglia per parecchi minuti, il silenzio della marcia viene finalmente interrotto dal suono della voce di Sluiter.

«Guardate in su» dice. Loro obbediscono.

Sono arrivati alla ripida parete di roccia che si vede dalla costa. Tre o quattro metri sopra le loro teste c'è quella che sembra una caverna, una bocca aperta dalla profondità indeterminata.

«Guardate in giù» dice Sluiter e china il capo. «Eccolo».

Ai suoi piedi, sulla terra nuda, una piccola torre fatta di pietre. Un *cairn*.

Sotto quel segno, dice, troveranno il ragazzino.

Louise

Anni Cinquanta | 1961 | inverno 1973
giugno 1975 | luglio 1975 | **agosto 1975: giorno quattro**

Louise è nella cameretta di quand'era piccola.

Avrebbe preferito evitarlo. La sera prima ha dormito sul divano. Non le piace entrare lì dentro, è piena degli oggetti di una creatura promettente, di Louise Donnadieu a diciassette anni, quella che ha scritto e pronunciato il discorso di diploma della Central High, che aveva una borsa di studio per l'Union College.

Adesso, pensa, *dovrò raggiungere una specie di tregua con questo spazio: forse dovrò starci per settimane o mesi, fino all'udienza.*

Gira su se stessa e inizia a togliere dalle pareti tutte le decorazioni. Il certificato della National Honor Society, le sue foto in toga e tocco, che stringe la mano al preside; l'ultima pagella che ha ricevuto, piena di A e A+.

È stata lei ad appenderli. A quattordici, sedici anni. Nella sua vita non c'è mai stato un adulto che se ne sia incaricato. *Imbarazzante*, pensa. *Patetico*.

La sua foto di diploma è l'ultima ad andarsene. La ragazza nella foto sorride ma ha la fronte increspata, come se potesse vedere il futuro.

Di tutti quei ricordi Louise fa un mucchietto sul pavimento che poi raccoglie tra le braccia. Sta per aprire la porta della cucina per buttare tutto nella spazzatura quando sente che Jesse parla con qualcuno, fuori.

Accelera il passo.

«Lei chi è?» dice Jesse ma Louise non sente la risposta.

Jesse si volta verso di lei, accigliato; espressione che indica che probabilmente si tratta di un uomo.

Ma chiude la porta e poi le chiede: «Conosci uno che si chiama Lee Towson?».

Tre minuti dopo Louise è davanti alla casa di sua madre e a Lee Towson, in carne e ossa. Ha fatto giurare a Jesse di restare dentro; non ha la minima intenzione di avere quella conversazione in pubblico.

Sono passati solo quattro giorni da quando se l'è trovato davanti nel corridoio degli Alloggi del personale, al campo. Le sembra passato un mese. Sente ancora nell'orecchio la frase di Denny: *stupro a termine di legge*. Gli parla tenendo gli occhi fissi a terra.

«Come mi hai trovata?».

«Elenco telefonico» dice lui. «A Shattuck, stato di New York, non ci sono tanti Donnadieu».

«Ma come lo sapevi che ero qui?».

«Ho degli amici in zona».

Lei riflette sulle implicazioni di quelle parole. Non le è mai piaciuto che si parli di lei. Ma in una cittadina piccola come Shattuck probabilmente è inevitabile.

«Lo sai che ti stanno cercando?» gli chiede.

«L'ho saputo».

«Dove sei stato?».

«In giro».

«Ti sei nascosto?».

«Forse. Comunque ho in mente di andarmene».

Finalmente Louise lo guarda. Poi si guarda alle spalle. In quel vicolo cieco ci sono solo due case, tutte e due con le finestre apparentemente chiuse per la notte. Nelle stradine secondarie di Shattuck non esistono lampioni; intravede Lee solo grazie al bagliore della casa di sua madre.

«Louise?».

«Sì?».

«C'è una cosa che non riesco a togliermi dalla testa» dice. «E devo dirtela prima di andarmene».

Il cuore di Louise comincia a battere più forte. La sua testa comincia a fare ipotesi, tutte improbabili.

«Ah sì?» dice, cercando di sembrare indifferente.

«Il tuo ragazzo» dice Lee Towson. «Il tuo fidanzato. Scusami».

«E cioè?».

«Ti tradiva».

Louise chiude gli occhi.

«Tu come lo sai?».

«Gli vendevo la roba. E un paio di volte l'ho visto con un'altra ragazza. Sempre la stessa».

«Non sarà...» dice Louise.

«No, non era Barbara. No. L'ho visto su alla villa. Sulla spiaggia dietro Fiducia. Era con una ragazza che chiamava Annabel» dice Lee.

Louise chiude gli occhi. Il mondo circostante scolora e con esso la sua capacità di comprenderlo. Altre cose acquistano definizione: il momento in cui Annabel le ha raccontato che i suoi hanno già deciso chi dovrà sposare. I Southworth e i McLellan, amici da anni, ospiti a Fiducia insieme. Il reciso rifiuto di John Paul di far avvicinare Louise. La sua assenza per tutta la settimana. E l'ultima cosa, la più crudele: Annabel che se ne va nel bel mezzo della festa del campo estivo. La stessa sera della scomparsa di Barbara.

«Annabel ha diciassette anni» dice Louise.

Lee risponde: «In genere bado agli affari miei, ma stavolta ho pensato che dovessi saperlo, nel caso».

«Nel caso?».

«Nel caso che possa dimostrare qualcosa. Nel caso ti possa aiutare. Lo so di cosa ti hanno accusata. Ma scommetto che si interessano a te per qualcos'altro. È così che lavorano» aggiunge.

«Cosa t'importa di quello che mi succederà?» sbotta Louise, in tono più amaro di quanto avrebbe voluto. È convinta che tutti abbiano un secondo fine.

«Be'» dice Lee. «Perché mi piaci».

Lei tace e chiude gli occhi.

Una lunga pausa. Poi: «Louise. Perché non vieni con me?».

«Cosa?» fa lei, ormai distratta. «Dove?».

«Domani parto per il Colorado. Vado in una città che si chiama Crested Butte. Ci abita un mio amico, dice che è un paradiso».

«Non posso lasciare casa mia» risponde Louise, rigida. «La casa di mia madre. Sono fuori su cauzione. Mi hanno accusata di detenzione di sostanze stupefacenti. Droghe che non erano neanche mie».

«Ah» dice Lee. «Be', peccato. A meno che non ti vada di fare come Bonnie e Clyde. Possiamo nasconderci da qualche parte finché la situazione non si calma».

Louise scuote la testa. «Comunque» dice «stai andando dove già sanno che andrai. Quindi dovresti scegliere un altro posto».

«Chi è che lo sa?».

«La polizia».

Lee tace, riflette.

Nel silenzio Louise dice: «So tutto di te. So perché sei finito dentro».

Lee inspira ed espira forte. Poi, come se improvvisamente si sentisse stanco, si siede per terra. «Chi te l'ha detto?».

«L'amico di mia mamma». Non le va di dirgli proprio tutta la verità.

Lee fa un gran sospiro.

«Avevo diciannove anni» dice. «Lei sedici. Era la figlia di una famiglia per cui cucinavo. Una famiglia ricca. Avevano una casa sulle Catskills, okay? Non bella come quella dei Van Laar, ma simile».

Louise ascolta e valuta.

«Suo padre ci ha sorpreso. È andato fuori di testa. Ha chiamato la polizia. Ha detto che io l'avevo costretta. Lei si è messa a urlare che non era vero. E infatti non era vero».

Anche Louise si siede per terra, vicino a lui.

«Louise? Mi credi?».

«Non lo so» risponde. E pensa che l'istinto la stia mandando fuori strada. È sempre stato così. Si domanda come può fare ad aggiustare quel che le dice l'istinto sulla gente. Sugli uomini.

«Non voglio più lavorare per gente ricca» dice Lee. Adesso sembra quasi parlare da solo. «Non posso credere di averlo fatto di nuovo. Ecco perché mi sono nascosto. Ho tagliato la corda nell'istante esatto in cui ho sentito cos'era successo alla figlia dei Van Laar. Con i miei precedenti...». Si interrompe. Poi continua. «Comunque, laggiù sta succedendo qualcosa di nuovo» dice. «Siamo nel 1975. E tutti dicono che bisogna andare a ovest».

Nella mano sinistra Louise stringe ancora le carte e le foto che ha staccato dalle pareti della sua cameretta. Le guarda. Ascolta la voce dell'ennesimo uomo che le fa l'ennesima promessa che non manterrà. Quante volte nella vita ha detto di sì a un ragazzo o a un uomo solo perché era la cosa più facile? Quante volte ha permesso che un uomo si prendesse quel che voleva invece di prendersi qualcosa lei?

Posa a terra i fogli, delicatamente. Poi guarda Lee, e le braccia e le mani che sogna di sfiorare da tutta l'estate.

Lo fa. Con la mano sinistra gli tocca l'interno del gomito. Lui la guarda incuriosito.

«Ti va se ci diamo un po' da fare?» dice Louise.

Lui tace. Resta seduto immobile mentre lei gli si mette di fronte, gli si inginocchia davanti. Guarda la casa illuminata; sa che lì al buio non li vedranno. Si sfila la maglietta.

«Cristo» esclama lui. Allunga le mani e le cinge la vita.

«No» dice Louise. «Adesso tu». Gli toglie la maglietta e poi si avvicina, pelle contro pelle, gli si sdraia sopra mentre lui si stende a terra.

Gli strapperà quel che desidera, un istante di piacere in mezzo a tutta quell'oscurità, un'ondata che spazzerà via John Paul e i McLellan e i Van Laar e la grande casa in cui non l'avrebbero mai invitata, in nessun caso.

Il giorno dopo Lee Towson partirà per il Colorado. Lei non lo seguirà.

Alice

Anni Cinquanta | 1961 | inverno 1973
giugno 1975 | luglio 1975 | **agosto 1975: giorno quattro**

L'avevano rispedita ad Albany. Ai suoi genitori – che in tutto quel calvario erano rimasti quasi sempre nella loro camera – era stato assegnato il compito di provvedere al trasporto. Da Albany si erano diretti a Manhattan, borbottandole che Barbara sarebbe stata ritrovata.

Adesso è sola.

Non sono più tra i piedi di nessuno, pensa, e ride al punto che le spalle un poco le tremano. Quel giorno, come molti altri, è un giorno bruttissimo e quindi con la benedizione del dottor Lewis le hanno consigliato di assumere, in caso di necessità, tre pillole.

Le prende, il cervello anticipa il corpo, sospira di sollievo quando le pillole escono dalla loro casa, il flacone di vetro, e pensa al benessere che proverà. Le mastica perché facciano effetto prima.

Chiude gli occhi. La sua mente si rilassa e, inaspettatamente, la riporta all'Istituto Dunwitty.

A sua sorella Delphine, l'unica ad andarla a trovare quand'era ricoverata là.

Mi dispiace tanto, le aveva detto. E poi, che da quand'era morto George aveva perso ogni punto di riferimento. Che tra lei e Peter non era stata la prima volta; erano stati intimi anche da giovani. Da quando gli aveva presentato Alice per la festa di debutto.

Presentarla a Peter era forse stato per Delphine un modo semplice di stargli vicino? Di accasarlo con la sua ingenua e stupida sorellina? Facendo di Alice una giumenta da riproduzione mentre lei e Peter – che intellettualmente erano complementari – si rivedevano ogni volta che Peter tornava a New York?

«Non è assolutamente come immagini» aveva aggiunto Delphine. Pareva che le leggesse nel pensiero. «Io e George ci amavamo moltissimo. Ma non siamo mai stati interessati al matrimonio in senso tradizionale. Lui era libero di fare quel che più gli piaceva. E anch'io. Non so se te lo ricordi, ma una volta ho cercato di avvertirti» aveva aggiunto. Poi si era protesa. «Ho cercato di dirti che dovevi... *divertirti un po'*, credo di aver detto così. Ci hai mai provato?».

Alice aveva taciuto.

«Abbiamo sbagliato, Alice. Abbiamo sbagliato tutti» aveva continuato Delphine. «Ti abbiamo trattato in maniera atroce».

Silenzio.

«Lo lascerai, Alice? Sai, potresti».

Silenzio.

«Alice» aveva detto Delphine. «Alice, stai dormendo?».

Finalmente Alice aveva sorriso. *In un certo senso sì*, aveva pensato. Sognava a occhi aperti – lo stesso sogno di sempre.

Nel sogno era chiusa a chiave in una stanza sconosciuta mentre le ricerche di suo figlio scomparso proseguivano senza di lei. E fuori dalla porta chiusa c'era qualcuno – non sapeva bene chi.

Ad Albany, Alice apre gli occhi. Non le piace stare lì da sola. D'estate la casa è fredda e Albany sembra desolata, abbandonata. I dipendenti governativi vanno in vacanza in posti molto più a nord o a sud. In quella città Alice si sente l'unica sopravvissuta di una pestilenza.

Adesso ha tre pillole nel sangue. Il suo corpo si affloscia.

In quelle condizioni lo percepisce sempre meglio; quand'è dall'altro lato del velo, nell'altro mondo. Quello in cui vive Bear.

Una volta, giocando a Dictionary, Alice ha trovato la parola *trascendente*, ed è proprio quella la parola che le viene in mente quando pensa allo spazio liminale tra vita e morte in cui incontra suo figlio.

Lo spazio in cui si concede di riconoscere che ciò che ha fatto è *trascendente*. Lo spazio in cui non ce la mette tutta per impedire a frammenti di luce e ricordo di emergere di tanto in tanto, in momenti inaspettati, e con tanta acutezza da darle la sensazione di una pugnalata, è *trascendente*. In quel mondo in cui i ricordi arrivano, lei li accetta, li esamina in maniera oggettiva e si apre a loro, invece di allontanarli.

Alice sbatte le palpebre. Torna in vita.

Fuori da una finestra il sole sta tramontando. Da quant'è seduta in quella poltrona? Non saprebbe dirlo con precisione.

Si alza, va in bagno. Poi, come in sogno, galleggia verso la stanza che un tempo era la nursery. Un altro spazio trascendente.

Adesso sono qui, dice. *Sono qui*.

E si mette in ascolto, in attesa della risposta.

Judyta

Anni Cinquanta | 1961 | inverno 1973
giugno 1975 | luglio 1975 | **agosto 1975: giorno quattro**

Ha già visto dei cadaveri. Ha visto i suoi nonni, ben tre, dentro a delle bare aperte. Quando faceva l'agente di pattuglia sulle autostrade ha visto persone appena morte, vittime di incidenti.

Ma non ha mai visto dei resti d'ossa.

Il medico legale impartisce delle direttive mentre le guardie forestali, con mani guantate, sollevano dolcemente un piccolo scheletro intatto dal luogo in cui ha riposato per più di dieci anni e lo appoggiano su una tavola per poterlo osservare.

Per rispetto verso i morti, Jacob Sluiter è già stato portato via dall'agente armato.

Il medico legale comincia a parlare con una specie di interesse apatico. «Mi chiedevo se lo scheletro si sarebbe deteriorato. Ma evidentemente qui il terreno non è molto acido, forse a causa della vicinanza dell'acqua».

Si inginocchia accanto alla tavola, tira fuori un metro e mettendolo in varie posizioni misura ogni osso.

«Direi che si tratta di un bambino» dice. «Probabilmente tra i sette e gli undici anni».

«Sa dire se è maschio o femmina?» chiede Hayes.

«Negli scheletri immaturi c'è più margine di errore» dice il medico. «Ma io direi maschio».

Di ritorno al Posto di comando, Denny Hayes preme il dito su un registratore, pronto ad ascoltare il nastro magnetico della telefonata tra Jacob Sluiter e Judy. Quella in cui Sluiter ha indicato la collocazione del corpo di Bear Van Laar. Una copia è stata realizzata e inviata dal quartier generale di Ray Brook, dove Sluiter è attualmente detenuto, alla Riserva Van Laar.

«Gli hai creduto?» dice Hayes prima di ascoltare. «Hai creduto alla sua storia?».

Judy annuisce. Gli ha creduto e gli crede ancora.

«Perché?» domanda Hayes. «Lo sanno tutti che è un bugiardo. Non ha mai confessato nulla».

«Questione d'istinto» dice Judy. «Non aveva motivo di aiutarci, in questo caso. Ma l'ha fatto».

Hayes preme PLAY. Jacob Sluiter comincia a parlare, con la voce che sfrigola.

So dov'è Bear Van Laar, dice, sul nastro.

Ma non l'ho ucciso io.

Judyta

Anni Cinquanta | 1961 | inverno 1973
giugno 1975 | luglio 1975 | **agosto 1975: giorno cinque**

Alla riunione del mattino LaRochelle conferma: le impronte dentali corrispondono perfettamente. Lo scheletro è proprio quello di Bear Van Laar.

Poi chiede a Hayes di riassumere la versione di Jacob Sluiter.

«Non dovrebbe farlo l'investigatrice Luptack?» risponde Hayes. «Visto che Sluiter l'ha raccontata a lei?».

LaRochelle si acciglia.

«Vabbe'» dice. «Basta che lo faccia qualcuno. Forza».

Riluttante, Judy si gira e si scambia di posto con il capitano LaRochelle; si piazza davanti e lui si dirige in fondo alla stanza. Da lì, la guarda parlare senza staccarle gli occhi di dosso.

A detta di Jacob Sluiter, la Riserva Van Laar è la terra dei suoi antenati.

La famiglia Sluiter – immigrati dall'Olanda ad Albany nel 1700 – si insediò nella North Country durante il boom del legname negli anni Venti dell'Ottocento. Un suo antenato acquistò il pezzo di terra su cui in seguito fu costruita la Riserva Van Laar. Lui e i suoi figli disboscarono completamente la foresta vergine e così facendo riuscirono a guadagnare bene. Ma negli anni Settanta, quando i politici cominciarono a temere le conseguenze degli abbattimenti sull'approvvigionamento d'acqua più a valle e minacciarono di vietarli all'interno del futuro parco delle Adirondack, gli Sluiter vendettero le loro terre.

L'uomo che le comprò fu – e qui Judy si concede, solo brevemente, una pausa a effetto – Peter Van Laar Primo.

Il bisnonno di Bear e Barbara.

Quindi non è una coincidenza che ogni volta che è in fuga Sluiter finisca da quelle parti. Dice che quei luoghi lo attraggono; lì lo portava suo nonno quand'era piccolo, introducendosi in una proprietà che non era più loro e indicandogli con rassegnazione la grande villa e il campo estivo, prove che la fortuna sorride ad alcuni piuttosto che ad altri. E che loro, gli Sluiter, erano sempre stati vittime di intempestività e sfortuna.

Però quelle terre avevano un segreto, di cui neanche i Van Laar sembravano essere al corrente.

Sulla riva opposta del lago Joan – ritenuta inavvicinabile soprattutto a causa della presenza di scogli e rocce appuntiti – c'era una serie di caverne naturali. Gli Sluiter le avevano scoperte la prima volta che avevano disboscato la zona e si erano trasmessi quell'informazione per generazioni; era un posto dove il nonno di Sluiter lo portava spesso, una meraviglia che bisognava vedere per poterci credere.

Nel 1961, mentre cercava di sfuggire alla giustizia, Sluiter si era rifugiato in quelle caverne per tutta l'estate, visto che le case a cui faceva ricorso d'inverno erano occupate dai proprietari.

Era un posto perfetto: ci si poteva arrivare solo dall'acqua, era nascosto da una fitta vegetazione e protetto dalla pioggia. Sluiter raggiungeva il suo rifugio improvvisato a nuoto; per nutrirsi pescava, piazzava trappole e raccoglieva quel che trovava.

Un pomeriggio che stava dormendo nella sua caverna, le aveva raccontato, era stato risvegliato da un rumore di passi umani.

All'inizio aveva temuto che lo avrebbero catturato. Sapeva che la polizia lo stava cercando. Ma dal suono gli era sembrato che si trattasse di una persona sola. Così, incuriosito, si era avvicinato all'imboccatura della caverna, ma tenendosi bene nell'ombra per evitare di essere visto.

Alla fine era spuntato un uomo. Trasportava tra le braccia qualcosa che all'inizio Sluiter non era riuscito a distinguere.

Poi però aveva capito: si trattava di un bambino. Morto.

L'uomo si era inginocchiato, piangendo, aveva steso il bambino a terra e aveva cominciato a scavare.

Sluiter, muto, tre metri sopra di lui nella caverna, aveva visto tutto.

Judy si interrompe. Per un istante la stanza resta immersa nel silenzio, finché qualcuno non le rivolge la domanda che aspettava.

«Com'era fatto quell'uomo?» le chiedono, finalmente, e tutte le teste si girano in direzione di Goldman, l'investigatore più anziano: dal fondo della sala, è stato lui a parlare.

«Sluiter ha fornito una descrizione abbastanza generica» risponde Judy. «Alto, di mezza età, capelli castani». Poi tace. Riflette bene sulle parole successive. «Ma ha detto che gli sembrava uno del posto, quindi non uno della famiglia».

Prende la parola qualcun altro, sempre dal fondo. «Ma da cosa l'ha capito? Da com'era vestito?».

«Non me l'ha spiegato» dice Judy.

Si alza un'altra mano. «Perché Sluiter non l'ha detto a nessuno? Quando l'hanno arrestato la prima volta?».

«Era convinto che non gli avrebbero creduto» dice Judy. «Che lo avrebbero accusato di aver ucciso il ragazzino. Poi, quando ha saputo della scomparsa di Bear dai giornali, ha fatto due più due e ha capito chi fosse quel bambino. Ma non aveva motivo di parlare».

Una pausa.

«Be', e adesso?» dice Hayes. «Gli crediamo?».

Judy gli crede. Ma non vuole dirlo ad alta voce – non ancora.

«Perché parla solo adesso?» chiede qualcuno.

Hayes guarda Judy. «Investigatrice Luptack» dice. «Qualche idea?».

Judy si schiarisce la voce. Si aspettano davvero che risponda?

«Forza» dice Hayes.

«Be'» dice Judy. «Mi ha detto che si fida di me».

Qualcuno sbuffa. Qualcun altro tossisce.

«Okay, okay» fa Hayes. «Tutta questa storia sembra poco plausibile. Giusto. Ma una cosa bisogna riconoscerla: per Jacob Sluiter quel ragazzino rappresenterebbe un'anomalia. È diverso da tutte le sue vittime conosciute. È un predatore sessuale, ma prende di mira le donne. Donne adulte. Che si sappia, non è mai stato interessato ai ragazzini. Quindi proviamo a adottare per un attimo questa teoria. Diciamo che Sluiter non ha ammazzato Bear Van Laar. Che sta dicendo la verità. Ma allora chi è stato? Come ha fatto il suo cadavere a finire sepolto dove l'abbiamo trovato?».

Dal fondo della stanza LaRochelle commenta: «E perché non Carl Stoddard? Era di qui. Se quello che dice Sluiter è vero, corrisponderebbe al profilo».

Hayes fa una pausa diplomatica. «Forse. Sì» dice. «Ma credo che a questo punto valga la pena vagliare altre idee, signore».

«E cioè?» risponde LaRochelle. Piccato.

Per un attimo tacciono tutti.

Poi Hayes chiede: «La famiglia è stata avvertita, signore? Del ritrovamento di Bear?».

LaRochelle distoglie lo sguardo. «Sì».

«Posso chiedere come hanno reagito?».

LaRochelle si incupisce. «Ho parlato solo con il padre. Direi che ha accolto la notizia stoicamente. È tornato ad Albany a riferire personalmente la notizia alla moglie».

Sembra distratto. Poi, bruscamente, si riprende.

«Scusate» dice, ed esce dallo chalet picchiettandosi il palmo con un pacchetto di sigarette.

Hayes guarda Judy.

Il caso sarà riaperto. Lo sanno tutti, compreso LaRochelle.

Dopo l'uscita del capitano, Hayes si volta a guardare gli investigatori rimasti nella stanza.

«C'è una cosa che non capisco» dice. «Perché chi ha effettuato le ricerche non l'ha visto? Un tratto di terra appena smossa proprio al di là del lago? E perdipiù con sopra un *cairn*. Un'immensa squadra è stata sul posto per settimane. Strano che per prima cosa non abbia setacciato la zona del lago».

«Forse sono stati mal consigliati» suggerisce Judy.

Hayes la guarda. «Da?».

«Dalla famiglia, immagino» risponde Judy. Poi si rivolge all'investigatore Goldman. «È questa la sensazione che ha avuto? Quando stavate lavorando al caso?».

Goldman esita e poi abbassa lo sguardo.

«Ho sempre avuto la strana sensazione che non volessero trovarlo. Sì».

«Pensi che l'abbia ucciso qualcuno di famiglia?» chiede Hayes.

Ma evidentemente non è una risposta che Goldman è pronto a dare. Quindi tace.

«E se fosse stato un incidente?» azzarda Judy.

«Ma allora perché lasciare che fosse incolpato Stoddard? E poi, perché accusarlo?» dice Hayes.

Judy si guarda intorno e attende di vedere se qualcuno vuole intervenire. Ma per il momento tutto tace.

«Com'è morto Carl Stoddard?» domanda qualcuno.

«Attacco cardiaco» risponde Goldman. «Ha avuto un infarto ed è morto in stato di fermo, prima ancora di essere interrogato».

Judy si sta costruendo una teoria.

«E se fosse stata una questione di convenienza?» dice. «Se per la famiglia fosse stato più facile far credere a tutti che il colpevole era Stoddard? In fondo era morto. Probabilmente hanno pensato di non fare niente di male».

«Okay» concede Hayes. «Forse. Ma questo vorrebbe comunque dire che volevano coprire qualcosa».

Silenzio.

«E cioè?» dice Goldman.

Judy guarda il muro.

«Judy?» fa Hayes.

«Investigatore Goldman» dice lei. «Chi era a coordinare le ricerche di Bear?».

«Be', la famiglia».

«No» dice Judy. «La persona che forniva le direttive. La persona che sovrintendeva le ricerche».

Goldman guarda a terra e riflette. Poi alza la testa. «Credo che fosse l'ex direttore del campo estivo» dice. «Il padre della direttrice attuale. Si chiamava Vic Hewitt».

Per un istante Judy ammutolisce.

Poi imbocca il corridoio e arriva alla camera da letto, quella che sa essere di Vic.

Al suo ritorno fa vedere a Denny Hayes la foto di gruppo che ha trovato.

«Guardi» dice, indicando la scritta a matita sul retro. *Addio Moscerini. 1961*. Poi la rigira. «Guardate bene».

Intorno si raduna un gruppetto di investigatori che si mette a esaminare la foto.

Nell'immagine sono tutti vestiti in maniera formale, bambini e adulti, in abiti, giacche e cravatte. Le donne portano dei cappellini. Anche se la foto è in bianco e nero si vedono il rossetto e il mascara.

Solo due persone stanno ai margini, vestite diversamente: T.J., adolescente, e suo padre Vic. Di mezza età. Barbuto. Porta un cappellino da pesca con la tesa floscia, una camicia scozzese con le maniche arrotolate e dei pantaloni di velluto a coste con le toppe sulle ginocchia.

Judy mette il dito sulla ragazzina. «Quella è T.J. Hewitt. Giusto? Non sembra lei?».

Hayes annuisce.

«E quindi lui dovrebbe essere» comincia Judy, e Hayes aggiunge: «Vic Hewitt».

Judy punta il dito sul gruppo più grande. «Sembrano turisti in vacanza» dice. «A giudicare dai vestiti. Ma lei come descriverebbe Vic?».

Hayes la guarda. «Uno del posto» risponde.

Si gira verso un investigatore e gli consegna l'immagine. «Portala a Jacob Sluiter» dice. «Chiedigli se in questa foto riconosce l'uomo che ha sepolto Bear Van Laar».

Vengono interrotti da qualcuno che bussa alla porta.

È Anna la restauratrice, esausta, che sbatte le palpebre per difendersi dalla forte luce del sole.

Vicino a lei LaRochelle tira le ultime boccate alla sua sigaretta.

«Anna, ma non sei tornata a casa a dormire?» le chiede Judy.

«No, ero troppo presa».

Si gira e si avvia in direzione della villa. Judy volta la testa verso Hayes, che lancia un'occhiata a LaRochelle. Poi la seguono tutti e tre, trotterellando per tenere dietro alle lunghe gambe di Anna.

Visto che i Van Laar sono tornati ad Albany e buona parte degli ospiti è ripartita, la casa è quasi vuota.

Insieme, Judy e Anna raggiungono la cameretta rosa. Dentro, il murale è perfettamente visibile.

La prima reazione di Judy è di stupore davanti alla qualità artistica. Di certo Barbara Van Laar sa dipingere. La parete è coperta da una serie di immaginette che Judy non capisce: spille da balia, bandierine e facce strane con ancora più strani tagli di capelli. Abbondano anche le note musicali.

Un fiume si snoda dall'angolo superiore sinistro della parete all'angolo inferiore destro.

Judy lo contempla e lo esamina rapidamente per vedere se qualcosa attira la sua attenzione.

«L'hai visto?» dice Anna.

Il cuore di Judy inizia a battere più forte.

«Visto che cosa?» fa il capitano LaRochelle, la cui testa sta descrivendo dei cerchi rapidi nel tentativo di osservare tutto l'affresco.

«Posso capire» dice Anna. «È impressionante. Ma provate ad avvicinarvi».

Judy va verso il fiume e si rende conto che le onde non sono solo onde. Sono lettere.

BVL + JPM, c'è scritto.

È così che i ragazzini, da decenni o secoli, eternano il loro amore.

«Barbara Van Laar più John Paul McLellan» dice Hayes.

Ha chiesto di sgomberare lo Chalet del direttore. È un investigatore senior e quindi ne ha facoltà. Judy è seduta davanti a lui su una sedia pieghevole, i gomiti sulle ginocchia e lo sguardo puntato a terra.

«Credo che possa rappresentare una prova» dice Hayes. «Davanti a qualsiasi giudice. Avvieremo la procedura di richiesta di un mandato per il suo arresto. Adesso l'unica domanda è: dove ha nascosto la ragazza?».

«Non è l'unica domanda» obietta Judy.

«Ah sì?».

«L'altra è: Vic Hewitt ha ucciso suo fratello Bear?».

Hayes la guarda. Poi si assesta uno schiaffo sulle ginocchia e si alza.

«Ecco il tuo incarico, Judy» dice. «Scordati del nonno, per il momento. Scordati Jacob Sluiter. Sono io che dirigo le operazioni e sono io che ti assegno la pista. Intanto prendo la macchina e vado all'hotel dove sta McLellan. Dovrebbero sorvegliarlo gli agenti della stradale, ma non mi fido».

Judyta

Anni Cinquanta | 1961 | inverno 1973
giugno 1975 | luglio 1975 | **agosto 1975: giorno cinque**

Passa ore a cercare tracce dei due Hewitt. Torna agli Alloggi del personale; cerca alla mensa, dove dovrebbe mangiare T.J., per vedere se è lì. Chiede alla servitù della villa; nessuno l'ha vista e nessuno sembra conoscerla abbastanza bene da ipotizzare dove possa essere andata.

Oppure non vogliono parlare, pensa Judy.

Alle quattro del pomeriggio, poco prima della fine del suo turno, Judy è seduta fuori dallo Chalet del direttore a contemplare il lago quando il rumore di un veicolo attira la sua attenzione.

È T.J. Hewitt con il furgone. La supera senza neanche voltare la testa nella sua direzione. Si ferma davanti agli Alloggi del personale, a circa cento metri.

Judy la vede tirare fuori dal furgone una borsa ed entrare nell'edificio.

La segue.

Dentro, scopre che il lucchetto è aperto e la porta è spalancata. Bussa comunque.

T.J., che è dentro, trasalisce.

«Scusi se l'ho spaventata» dice Judy.

«Non mi ha spaventata» dice T.J.

«Ha un minuto?».

«Per lei?» risponde T.J. «Certo». Sorride e per un attimo Judy si sente disarmata. Poi si riprende e supera la soglia. «Cos'è successo?» dice T.J.

«Perché non mi ha detto che suo padre è vivo?» chiede Judy.

«Non gliel'ho detto?».

«No. Mi ha parlato di lui come se fosse morto».

T.J. si siede sul bordo del suo lettino. «Be', immagino che sia questo l'effetto che mi fa. In questo periodo non è più lui».

Judy annuisce, restando in piedi. «E adesso dov'è?».

«Con dei parenti».

«Con dei parenti».

T.J. annuisce.

«Perché?».

«Avevate bisogno di casa nostra da usare come quartier generale» dice T.J. «E non avevo altro posto dove metterlo. Ha bisogno di essere accudito, in ogni momento».

Judy lancia un'occhiata al corridoio. «In questo edificio ci sono un sacco di stanze vuote» dice, ma T.J. scuote la testa.

«Lei non capisce» replica. «Mio padre non conosce bene questo posto. Si allontanerebbe. Ha bisogno di essere... sorvegliato».

T.J. guarda fuori dalla finestra.

«Da che parenti sta?».

«Come? Oh, da suo fratello».

«Suo fratello?».

«Sì» risponde T.J.

Per un istante, silenzio. Poi Judy tira fuori il biglietto da visita e glielo dà.

«Signorina Hewitt – T.J.» dice. «Non so perché, ma ho la sensazione che non mi stia dicendo tutta la verità. Se vuole può chiamarmi a qualsiasi ora».

Judyta

Anni Cinquanta | 1961 | inverno 1973
giugno 1975 | luglio 1975 | **agosto 1975: notte cinque**

Judy non riesce a dormire. È nella sua camera al motel e continua a rigirarsi. Accende il televisore e poi lo spegne. Rimugina sulle cose successe quel giorno: Vic Hewitt. T.J. Hewitt. Il risultato delle analisi del sangue trovato sull'uniforme nella macchina di McLellan: gruppo A positivo. Come quello di Barbara Van Laar, anche se non è una prova certa.

Passa un'ora. Un'altra.

Arriva fino a mezzanotte per poi rendersi conto che non ha cenato.

Sconfitta, si alza, si infila di nuovo il completo spiegazzato e dal portafoglio tira fuori parecchie monete da un quarto di dollaro. Poi esce sotto il portico e raggiunge l'edificio principale del motel, dove può comprare qualcosa alle macchinette.

La porta è chiusa a chiave ma la scrivania è vuota. Sotto la luce al neon della reception, Judy esamina la merce in vendita. Decide per una barretta di cioccolato Milky Way, la preferita di sua madre. Ma quando preme il pulsante, scendendo la barretta resta bloccata contro il vetro.

Judy impreca. Sferra alla macchina un calcio e poi un secondo.

Un terzo.

Colpisce il vetro con la mano.

«Signorina?» esclama qualcuno e Judy si gira di scatto, ansimando.

È Bob Alcott – il proprietario del motel.

«Scusi» dice Judy, due volte. «L'ho svegliata?».

«No, no» risponde il signor Alcott. «Ero comunque sveglio». Sta cercando qualcosa in tasca e Judy vede che si tratta di un mazzo di chiavi. Tira fuori la più piccola, la inserisce nella macchinetta e apre lo sportello.

La barretta cade immediatamente a terra. Judy si china per raccoglierla e si sente un'idiota.

«Ne prenda un'altra» dice il signor Alcott. «Prenda quello che vuole».

«Va bene così» risponde Judy, ma il signor Alcott sta già scegliendo dentro la macchina un piccolo assortimento di dolci e merendine.

«Ecco» dice. «È il minimo che possa fare».

Poi la chiude e gira la chiave.

Judy lo guarda. «Signor Alcott» dice. «Lei è un professore di storia, vero?».

Lui annuisce.

«Cosa sa della storia della Riserva Van Laar?».

«Oh» risponde il signor Alcott. «Quasi tutto quello che c'è da sapere».

Mentre lo dice raddrizza la schiena. Judy capisce che si tratta del lavoro di tutta una vita.

«Signorina Luptack, posso offrirle una tazza di tè?» dice Bob Alcott. «Per mandare giù la sua Milky Way».

«Non disturbiamo sua moglie?» domanda Judy, ma l'uomo scuote la testa.

«Oh, no. È in piedi anche lei. Adesso che i ragazzi sono cresciuti siamo diventati tutti e due dei nottambuli».

«Molto gentile da parte sua» dice Judy.

Poi si scusa un attimo per tornare in camera a recuperare il blocco degli appunti.

Nell'appartamento degli Alcott, adiacente alla reception, la coppia è seduta sull'altro lato del tavolo rispetto a Judy.

Judy lascia per un attimo la penna sospesa sopra il foglio. Poi inizia.

«Signor Alcott, signora Alcott» dice. «Ecco la mia prima domanda. Sapete quando gli Hewitt sono venuti a vivere nella Riserva?».

«Oh» risponde il signor Alcott «questa è facile. Insieme ai Van Laar. Anzi, furono gli Hewitt a indirizzarli su quella proprietà. Dan Hewitt, il padre di Vic. Era nato in una famiglia di guide circa un'ora più a nord, vicino al lago Saranac. Il primo Peter Van Laar l'aveva incontrato quando cercava delle terre da comprare. Fu Dan a parlargli di un pezzo di terra un pochino più a sud, messo in vendita da una famiglia di boscaioli. Fu lui a segnalarlo a Peter I».

«Di che famiglia stiamo parlando?» domanda Judy.

«Intende quella che ha venduto le terre ai Van Laar?».

Lei annuisce.

«Strano che me lo chieda» dice il signor Alcott. «Si chiamavano Sluiter. Avrà sentito parlare del figlio».

«Sì» risponde Judy.

«Comunque, Peter Van Laar – il primo, intendo – si innamorò talmente di quelle terre da sentirsi in debito verso Dan Hewitt e se lo portò dietro in quella che divenne la Riserva Van Laar, perché facesse da guida personale alla famiglia».

Alcott si interrompe e beve un sorso di tè.

«Passarono dieci anni. Il primo Peter Van Laar conobbe e sposò sua moglie ed ebbero un figlio – il secondo Peter, ancora vivente. Anche Dan Hewitt conobbe una donna, Clara, con cui ebbe due gemelli. Ma secondo le mie ricerche dopo quella nascita Clara non visse a lungo. I ragazzi furono cresciuti dal padre fino all'età di quindici anni circa – e a quel punto morì anche lui. Si ritrovarono orfani e vivevano all'interno della Riserva Van Laar. Fu Peter Van Laar Primo ad accoglierli: dalla capanna in cui abitavano li portò alla villa. Durante l'anno tornavano perfino ad Albany insieme ai Van Laar».

Judy riflette.

«Che differenza d'età c'era» domanda «tra Peter II e i gemelli Hewitt? Erano più grandi o più piccoli di lui?».

«Di pochi anni più giovani» risponde il signor Alcott.

«Credo sei» aggiunge la moglie.

«Sei anni. E in città si diceva che a Peter II i gemelli Hewitt non fossero mai piaciuti. Suo padre invece li preferiva. Li portava con sé nelle sue passeggiate quotidiane. Permetteva loro di gestire la proprietà. Era molto gentile con Charlie Hewitt – e ne parlava sempre bene. Ma quello che amava di più era Vic. Lo trattava come un figlio. Praticamente lo adottò, anche se la cosa non fu mai ufficializzata.

«In teoria» continua il signor Alcott «i gemelli Hewitt avrebbero dovuto essere come dei fratelli per Peter II. Ma credo che lui fosse geloso. E forse lo è ancora».

Judy scrive più veloce che può. Ma comunque non abbastanza. Il signor Alcott se ne accorge e fa una pausa.

«Camp Emerson fu un'idea di Vic» prosegue il signor Alcott, quando Judy alza di nuovo la testa. «Fu lui a fare tutto il lavoro. Ma Peter I lo sostenne fin dall'inizio. Alla fine della vita ne parlava come della sua conquista più grande. Lo vedeva come un modo di insegnare a generazioni di ragazzini l'importanza della natura. La sua bellezza. Non gliene è mai fregato niente dei soldi che faceva con la banca – anzi, secondo me quasi si stupiva di averne così tanti. Quando veniva a Shattuck chiamava tutti per nome. Era diverso da suo figlio. Secondo me sembrava più un Hewitt che un Van Laar. Perché il resto della famiglia ha sempre considerato Camp Emerson come una stramberia. Non volevano averci niente a che fare, ed è ancora così».

Il signor Alcott si alza e rimette su il bollitore.

«I problemi tra gli Hewitt e i Van Laar cominciarono alla morte di Peter I. Detesto fare pettegolezzi e in tutta onestà le dico che non ho modo di saperlo per certo, ma si dice che Peter I abbia lasciato Camp Emerson e tutta la sua gestione a Vic Hewitt. Cioè che abbia diviso la Riserva a metà. La villa e la fattoria rimasero ai Van Laar; il campo estivo agli Hewitt. In teoria era un piano che poteva funzionare. Ma...».

«Ma?».

«Commise un errore. Nominò suo figlio Peter II esecutore testamentario – dandogli così il potere di erogare fondi al campo a suo piacimento, fino alla sua morte».

«E dopo la sua morte?» chiede Judy.

«Allora il campo passerà a Vic» dice il signor Alcott. «O più probabilmente a sua figlia Tessie Jo».

Il bollitore fischia. Judy alza la testa.

«Ma come ho detto» continua il signor Alcott «si tratta di pettegolezzi. Speculazioni. E in quanto professore di storia dovrei evitare di diffonderne».

«Capisco» dice Judy. «Indagherò anch'io».

Si alza. Ringrazia la signora Alcott per il tè. Alla porta, si gira.

«Avrei un'altra domanda» riprende.

«Prego».

«Il fratello di Vic Hewitt» dice. «Charlie. Che ne è stato di lui?».

«Oh, è morto almeno dieci anni fa» risponde il signor Alcott.

«Venti» interviene la signora Alcott.

«Vent'anni fa. Prima della scomparsa di Bear. Giusto».

«Com'è morto?».

«Cause naturali» dice il signor Alcott. «Niente di sospetto».

«Cosa faceva alla Riserva?».

Il signor Alcott si acciglia. «Ci dovrei pensare» risponde. China la testa come se ce la mettesse tutta per ricordare. «Mi pare... se ricordo bene si occupava della fattoria. Mi pare che gestisse la fattoria che allora forniva tutte le provviste alla villa».

«E abitava...» continua Judy, ma sa già cosa risponderà. *Da che parenti sta?* ha chiesto a T.J. e lei gli ha risposto: *Da suo fratello*.

«Abitava sopra il mattatoio» dice il signor Alcott. «In un appartamentino. Se ricordo bene» aggiunge di nuovo.

Judy lo ringrazia e torna in camera sua a recuperare le chiavi della macchina. E la pistola.

Di lì a cinque minuti è in viaggio, i fari puntati a nord verso la Riserva.

Judyta

Anni Cinquanta | 1961 | inverno 1973
giugno 1975 | luglio 1975 | **agosto 1975: notte cinque**

Non è mai stata nella proprietà se non alla luce del giorno. La luna conferisce al viale un aspetto diverso. I pini che lo affiancano si allungano come giganti verso il cielo. Nel bagliore dei fari, gli edifici della fattoria appaiono ancora più decrepiti e diroccati.

Judy accosta. Spegne il motore. Spegne anche i fari.

Resta seduta un momento nella vasta oscurità della Riserva e lascia che i suoi occhi si abituino. Nelle Adirondack è il mese dello sciame meteorico delle Perseidi e il cielo è illuminato dalle stelle.

Apre e chiude lo sportello del Maggiolino più piano che può. Apre il bagagliaio per prendere la torcia dal kit di emergenza.

Poi, puntandola avanti, si avvia verso il mattatoio.

Si avvicina come si avvicinava da piccola all'acqua fredda. Rapida, sicura, senza pensarci troppo su.

Se si ferma a riflettere su quel che sta per fare, sa che potrebbe esitare.

Una volta entrata va direttamente sul retro, dove una scala porta al secondo piano. Sale. Il fascio di luce della torcia le trema leggermente nella mano.

A metà strada si ferma.

Ha sentito qualcosa.

Forse delle voci; una voce maschile. E poi, a un tratto, della musica. Non riesce a capire le parole ma la melodia è antiquata, qualcosa che forse avrebbero potuto ascoltare i suoi nonni.

Prosegue la salita. In cima alla scala, nel fascio di luce della torcia vede una porta chiusa. È fermata da un gancio e da un lucchetto – dello stesso tipo che ha notato sulla camera di T.J. agli Alloggi del personale.

Esita un istante. Poi, con cautela, estrae la pistola.

Con l'altra mano bussa alla porta.

«Signor Hewitt?» dice. «È lei?».

La radio si spegne.

«Signor Hewitt» dice, più forte. «Sono l'investigatrice Judyta Luptack. Vorrei farle qualche domanda».

Silenzio.

«Signor Hewitt?».

Judy si sente vicinissima alla verità. Il cuore inizia a batterle forte.

«Signor...» inizia, ma a quel punto lo sente.

«Barbara?» fa lui.

Judy è percorsa da un brivido. «No, signor Hewitt» dice. «Sono Judyta...» ma Vic Hewitt la interrompe.

«Barbara» dice. «Non dovresti stare qui».

«Signor Hewitt» dice Judy. «Non sono Barbara. Barbara è lì dentro con lei?».

Silenzio.

«Signor Hewitt?».

Sente il peso della pistola nella mano. Valuta quali possibilità le restano. Potrebbe fare marcia indietro; potrebbe raggiungere il Posto di comando a piedi o in macchina; potrebbe fare arrivare nella struttura un'altra squadra di agenti. Potrebbe rischiare di fare per l'ennesima volta la figura della stupida.

Invece dice: «Signor Hewitt, si allontani dalla porta».

Punta la pistola diagonalmente verso il lucchetto, per fare in modo che il proiettile non penetri nel legno. Si prepara. Fa fuoco.

Il lucchetto cade a terra con un tonfo e Judy spalanca la porta.

Dentro, la stanza contiene pochi mobili e un vecchio steso in un lettino. Ha addosso una coperta che gli va dal mento ai piedi. È gracile e ha un'espressione confusa.

«Chi è» continua a ripetere.

Judy si sente subito in colpa.

«Non sono venuta a farle del male» dice. «Devo solo farle qualche domanda».

Ma Vic Hewitt si limita a emettere una serie di suoni che Judy non capisce e alla fine si rende conto di trovarsi in una situazione da cui non sa come districarsi: il lucchetto è rotto e non ha modo di richiudere la porta; l'uomo non può assolutamente uscire in quello stato. E lei non può nemmeno chiamare rinforzi senza lasciarlo solo.

Judy abbassa lo sguardo a terra. *Forse, dopotutto, questo non è il lavoro più adatto a me*, pensa. *Forse avrei fatto meglio a restare nella stradale.*

Poi coglie un movimento nel letto.

«Oh» dice Vic Hewitt. «Oh. Oh. Immagino che sia venuta per Bear».

Ha una voce piena di rimorso – ma anche giovane e viva, come se con la mente fosse tornato a un altro periodo della sua storia.

Judy esita. Non è sicura che le dichiarazioni di persone con *infermità mentale* ha imparato questa espressione all'accademia – siano ammissibili in tribunale. Ma in quella situazione è la sua personale curiosità ad avere il sopravvento.

«Sì» risponde. «Temo di essere qui proprio per Bear».

Ora Vic Hewitt sta cercando di mettersi seduto. Judy si china e gli poggia una mano sulla schiena. Lo aiuta. Poi si siede sul bordo del letto. Hewitt, a schiena dritta, la guarda negli occhi e lei vede che ce li ha pieni di lacrime.

«Ho solo dato una mano» dice. «Ho solo dato una mano».

«Non l'ha ucciso lei?» domanda Judy.

«*Ucciso?* Oddio, no».

«E allora chi è stato?».

A quel punto, fuori, un rumore di passi sulla scala. Judy ammutolisce. Estrae la pistola. Si avvicina svelta alla parete vicino alla porta e ci appoggia la schiena.

«Oh no» fa Hewitt. «Oh no».

La persona si ferma davanti alla porta. Judy la sente respirare. Si ripromette che sparerà solo se strettamente necessario.

Alla fine è T.J. Hewitt a entrare nella stanza, gli occhi già puntati in direzione di Judy, come se sapesse in anticipo chi avrebbe trovato lì dentro.

La squadra. Poi guarda la pistola.

«Anch'io ne ho una» dice in tono tranquillo. «Ma non la punto sulla gente».

«A terra» dice Judy. E poi aggiunge: «Per favore».

T.J. sospira. Si prende tutto il tempo necessario. Si inginocchia e dimostra l'assurdità di quell'esercizio senza mai staccare gli occhi da Judy. Poi si abbassa lenta fino a terra facendo leva sulle braccia.

Judy, con la pistola ancora in pugno, la perquisisce.

«D'accordo, ora mi ascolti» dice. «Adesso io e lei andiamo insieme al Posto di comando».

«A casa mia, vorrà dire» dice T.J.

«Certo».

«Be', non mi va bene».

«Perché?».

«Non posso lasciare mio padre qui. Tende ad allontanarsi. La porta dev'essere chiusa con il lucchetto».

Judy sospira, esasperata. «Non può venire con noi?».

T.J. fa una mezza risata. «Direi proprio di no. Lo guardi. Per farlo arrivare quassù ho dovuto praticamente trasportarlo di peso su per le scale».

Per un istante lei e Judy si guardano. Poi T.J. dice: «Ci leghi».

Judy sbatte le palpebre. «E con cosa?».

«Di sotto c'è della corda. C'è un sacco di roba. Ci leghi. L'aiuto io».

Judy esita. Le sembra una trappola, ma nella sua testa non ci sono altre soluzioni che non comportino lasciare solo almeno uno dei due Hewitt.

Quindi obbedisce: segue T.J. giù nel mattatoio e poi fuori verso un altro edificio che T.J. chiama il granaio. Lì trovano la corda e tornano di sopra, nell'appartamentino. Judy lega i due Hewitt insieme, schiena contro schiena, sul letto di Vic. Poi assicura la corda al letto.

Quindici minuti dopo torna con quattro investigatori e cinque agenti.

Trenta minuti dopo è seduta dentro un'autopattuglia, davanti. Dietro ci sono i due Hewitt.

Victor

Anni Cinquanta | **1961** | inverno 1973
giugno 1975 | luglio 1975 | agosto 1975

Nello Chalet del direttore Vic stava parlando con un dodicenne recalcitrante, un ragazzino isolato dai compagni che di recente aveva convertito il suo disagio in aggressività fisica.

Durante la conversazione a un tratto il ragazzino si era interrotto e aveva puntato il dito verso una finestra vicina.

«Cosa c'è?» esclamò Vic voltandosi.

«C'è qualcosa nel lago» disse il ragazzino – il cui tono non era più amareggiato ma turbato.

Era vero: al centro del lago Joan galleggiava un oggetto dal ventre bianco che sembrava quasi una balena emersa in superficie.

Vic si alzò e andò al vetro.

Era una barca a remi capovolta.

«Resta qui» disse. «Non alzarti da quella sedia».

Una volta fuori si mise a correre. Era appena finito un brutto temporale che aveva costretto coordinatori e ragazzi a mettersi al riparo e l'erba era scivolosa per via della pioggia appena caduta. Vic cadde in ginocchio. Poi si rialzò.

Il campo sembrava vuoto. Girò la testa a destra e sinistra ma non vide presenze umane.

Anche in cima alla collina, a Fiducia-in-se-stessi, tutto taceva – e forse per la prima volta da una settimana. I Van Laar avevano organizzato la loro festa annuale – a cui Victor, che quand'era vivo Peter I veniva sempre incluso, non veniva invitato da anni.

Giunto sulla spiaggia, restò in piedi con le mani sui fianchi a osservare la barca rovesciata. Pensò che doveva trattarsi di uno degli ospiti su alla villa; qualcuno l'aveva capovolta e l'aveva lasciata lì ad affondare. Facevano sempre scherzi del genere, imprese da ubriachi che costringevano tutti i dipendenti a del lavoro extra. Osservò bene le rive alla ricerca di movimento, ma non ne notò.

Poi, con un sospiro, si girò e risalì a passo svelto la collina, diretto verso Fiducia.

Gli venne in mente che non vedeva Tessie Jo da quella mattina. In genere la cosa non l'avrebbe preoccupato troppo. Era autorizzata a muoversi nella proprietà come più le piaceva, per tutta l'estate – in genere con Bear alle calcagna. Aveva un rapporto diverso con i Van Laar rispetto a suo padre; la accettavano come compagna di giochi per Bear, perché poteva tenere d'occhio quel ragazzino avventuroso. Con lui T.J. entrava e usciva liberamente dalla villa; invece Victor la evitava del tutto.

Si preparò, raddrizzò le spalle e bussò alla porta principale di casa Van Laar.

Che si aprì immediatamente.

Era Peter II, il nonno di Bear, con l'aria di uno che monta la guardia.

Era pallido, aveva un'espressione rigida e i capelli bagnati.

«Tutto bene?» disse Victor. «Ho visto una barca...».

Peter II lo afferrò subito per le spalle e lo strappò via dalla soglia. Quando la porta si chiuse, il batacchio a forma di insetto calò con un tonfo sul legno.

«Seguimi» gli ordinò Peter II, in tono basso e incalzante.

«Devo trovare mia figlia» obiettò Victor. «Devo essere sicuro che stia bene».

«Sta benissimo» replicò Peter II. «Bear invece no».

Victor lo guardò: quell'uomo in teoria era come un fratello, per lui. Ed era anche il suo nemico. In quel momento la faccia di Peter II tremava appena, gli angoli della bocca erano rivolti all'ingiù e gli occhi sporgevano nell'apparente sforzo di trattenersi dall'urlare, svenire o piangere.

Si avviò verso la rimessa delle barche. Senza dire una parola Vic lo seguì.

A metà strada sentì un rumore che lo costrinse a fermarsi di botto. Si mise in ascolto, teso, tutto il corpo immobile.

Pensò a una volpe – aveva sentito quel verso di notte, un grido inquietante, soffocato, che gli faceva rizzare i capelli.

Ma le volpi sono animali notturni; quello non era un animale.

Infine si rese conto che si trattava del lamento di una donna.

Victor

Anni Cinquanta | **1961** | inverno 1973
giugno 1975 | luglio 1975 | agosto 1975

Insieme, i due uomini si fermarono sulla soglia della rimessa a guardare il lago e la barca rovesciata in procinto di affondare.

Era stato Peter II a trovare Alice. Dopo il suo imbarazzante ingresso nella grande sala – dopo che lui aveva tentato di scoraggiare il ragazzino dal seguirla per una gita in barca, perché era chiaramente obnubilata – Peter II era andato dove aveva detto a suo nipote di raggiungerlo per un'escursione, e aveva scoperto che non c'era.

All'inizio aveva pensato che si fosse avviato verso il monte Hunt e per un po' aveva camminato in quella direzione, fino a quando non aveva cominciato a piovere forte, al che gli era venuto un pensiero orribile.

Non avrebbe trovato il ragazzino all'inizio del percorso. Era al lago con sua madre. L'adorava; doveva aver notato la sua agitazione quando la donna aveva fatto irruzione nella sala affollata e l'aveva invitato a fare un giro.

«A quel punto mi sono messo a correre» spiegò Peter II a Vic Hewitt. Mentre guardava verso il lago aveva un'espressione impassibile. La sua rigidità formale non si ammorbidì nemmeno in quel momento.

Quand'era arrivato alla rimessa il temporale stava calando. E davanti a lui si parò una visione tremenda: Alice fradicia, isterica, che si arrampicava su per la rampa urlando parole incomprensibili. In lontananza aveva visto la barca, rovesciata.

«Dov'è Bear?» le aveva domandato, agitatissimo, ma lei

continuava a emettere suoni indecifrabili. Indicava l'acqua, piegata in due come se fosse afflitta da un dolore fisico.

Lui aveva scrutato il lago e la riva. Proprio come in quel momento. Ma non aveva visto suo nipote.

«L'ho fatta sedere» disse. «Le ho ordinato di star ferma. Poi mi sono tuffato».

Continuò dicendo che aveva sperato di recuperare il ragazzino vivo, sotto lo scafo. Aveva pregato che andasse così.

Ma quando aveva raggiunto la barca e si era immerso, aveva trovato ad attenderlo uno spettacolo orribile: suo nipote, privo di vita.

Con i vestiti impigliati nello scalmo.

«L'ho tirato fino a riva» disse Peter II. «Il polso non si sentiva più».

Gli hai fatto la respirazione artificiale? avrebbe voluto chiedergli Vic. *Gli hai fatto il massaggio cardiaco?* Era una tecnica che gli aveva insegnato suo padre, che a sua volta l'aveva imparata da suo nonno.

Ma fargli quelle domande gli sembrò una crudeltà e quindi tacque.

Taceva anche Peter. Per un po' nessuno dei due disse niente; Peter si schiarì la voce parecchie volte di fila e Victor si girò verso di lui, verso quell'uomo che conosceva da quand'era nato. Peter I, sul letto di morte, aveva detto a Vic che sperava avrebbero cominciato a considerarsi come veri fratelli. Ma nonostante tutti quegli anni di vicinanza non aveva mai, nemmeno una volta, provato uno slancio di simpatia verso di lui, fino a quel momento.

Esitante, gli mise una mano sulla spalla.

Lo sguardo che gli lanciò Peter II – imperioso, disgustato – lo fece arretrare immediatamente.

«Alice non deve saperlo» disse Peter II dopo una breve pausa. «Adesso con lei c'è mio figlio, che sta cercando di calmarla. Ma abbiamo deciso che non possiamo dirle cos'è accaduto».

Vic si accigliò.

«Dov'è?».

«Credo in uno degli edifici della fattoria» rispose Peter II. «Nel vecchio appartamento di tuo fratello. Abbastanza lontano perché nessuno possa sentirla».

A Vic non sembrava una cosa né giusta né utile.

Ma sapeva che non erano interessati al benessere di Alice. Pensavano al loro. E a quello della banca.

Per i Peter, vedere il nome di famiglia sul giornale per qualcosa che non fosse relativo ai loro successi era un anatema. E uno scandalo del genere – la madre di Bear che, ubriaca, l'aveva portato a fare una gita in barca sotto il temporale – avrebbe nuociuto ai loro affari e minato la fiducia dei clienti nelle loro attività. Be', non l'avrebbero permesso. Poco ma sicuro.

Ne seguì un lungo silenzio, fino a quando Peter II non disse: «Guarda».

E indicò la barca. Ormai ne era visibile solo una minima parte, il profilo dello scafo bianco rivolto verso il cielo che schiariva.

Insieme la guardarono sprofondare lentamente sotto la superficie dell'acqua. Poi scomparve.

Victor aveva davanti due vie, ben precise. La prima era opporsi ai Peter. Poteva rispondere che non voleva mentire; che una non verità grande come quella poteva avere conseguenze inattese. Gliel'aveva insegnato suo padre, quando stava imparando a diventare guida: nei boschi, ogni decisione è irreversibile e certe volte catastrofica. Una bussola dimenticata. Una svolta sbagliata. Un falò acceso nonostante la siccità. Poteva dire che non ci stava e andarsene.

Ma questo gli avrebbe fatto perdere la fiducia dell'amministratore della sua eredità. Avrebbe perso il campo. E il lavoro.

Se avesse dovuto decidere solo per sé, sicuramente avrebbe

scelto quella strada. E se lo ripeté. Annuì una volta, come a confermarsi quel pensiero.

Ma non decideva solo per sé: doveva pensare anche a Tessie Jo. Sua figlia, che amava quelle terre quanto lui. Il cui strano aspetto e comportamento già attiravano gli sguardi in città. Il campo le avrebbe offerto un futuro sicuro: non sarebbe mai stata costretta a sposarsi, se non voleva. Poteva vivere, senza limiti, quella che lui considerava una vita *anticonvenzionale*.

Avrebbe avuto tutte le possibilità del mondo. Era questo che continuava a pensare mentre compiva il primo passo sull'altra strada che aveva davanti: nascondere la verità obbedendo agli ordini dei Van Laar.

«Come posso aiutarti?» disse Victor.

Pensò a suo padre con una bussola in mano, che guardava l'ago tremolare e poi fermarsi.

Victor

Anni Cinquanta | **1961** | inverno 1973
giugno 1975 | luglio 1975 | agosto 1975

Insieme, sollevarono il cadavere di Bear dal pavimento della rimessa e lo misero sul fondo di una canoa rossa. Vic montò la guardia mentre Peter II andava al mattatoio a farsi dare il cambio dal figlio. Arrivò Peter III, bianco come uno straccio, e chiese di restare un momento da solo.

Vic uscì dalla rimessa e si irrigidì. Da dentro provenivano dei suoni soffocati, quelli di un adulto che piange. E che cerca di non farsi sentire.

Passarono cinque minuti. Dieci. Poi Peter III spuntò fuori con la faccia e gli occhi rossi, guardando oltre per cercare di non vedere Victor.

«Fai quel che devi fare» disse. E se ne andò.

Vic sospinse la canoa nel lago. Nello scafo, sotto una coperta, c'era il corpo di Bear Van Laar. E lì vicino, una vanga.

Si mise a poppa, teneva gli occhi puntati avanti cercando di non guardare la piccola figura che stava trasportando al luogo del suo eterno riposo.

Quando lo fece, non provò repulsione né paura, ma tenerezza. Anche lui gli aveva voluto bene.

Con tutta la dolcezza di cui fu capace, ormeggiò la canoa a un banco di scogli sulla riva opposta del lago Joan. Sollevò il corpicino forte di Bear dallo scafo. Era così strano vederlo immobile: Bear era sempre stato in movimento, fin da quand'era nato. Era l'ombra di Tessie Jo e la seguiva ovunque.

Vic prese la vanga. Stringeva il ragazzino tra le braccia. Fece dieci metri, lo stese ai piedi di una parete rocciosa ripidissima e cominciò a scavare.

Sapeva che a Fiducia i Peter stavano per dare l'annuncio agli ospiti, mentre pigri si risvegliavano dalla pennichella pomeridiana o alzavano lo sguardo dai libri che avevano tirato fuori quando si era capito che il temporale li avrebbe costretti in casa.

«Abbiamo bisogno del vostro aiuto» avrebbero detto. «Poco fa, Bear è uscito per fare un'escursione con il nonno. Pare che si sia perso».

Era il piano che avevano escogitato intanto che Alice, sopra il mattatoio, dormiva stordita da una dose di sedativi al limite del pericoloso.

«Vic Hewitt sta già setacciando la zona» avrebbero aggiunto. Nel caso qualcuno l'avesse visto in canoa.

«Adesso chiamiamo i pompieri» avrebbero detto.

La faccia di Victor tradiva le sue perplessità.

Ma i Peter erano convinti che avrebbe funzionato.

Una volta che Bear fu al sicuro sottoterra, Vic gli disse addio e iniziò a riempire la fossa. Quando ebbe finito, fece per avviarsi – e poi ci ripensò.

Mise insieme alcuni sassi.

Costruì un *cairn*.

Ogni tanto sarebbe venuto a trovarlo. Si sarebbe anche portato dietro Tessie Jo, quando fosse cresciuta abbastanza.

Per il momento, però, non doveva conoscere la verità.

Victor

Anni Cinquanta | **1961** | inverno 1973
giugno 1975 | luglio 1975 | agosto 1975

Quello che non sapeva era che Tessie Jo aveva visto tutto.

Quel giorno, la sua assenza gli aveva fatto credere che fosse indaffarata altrove, che stesse finendo uno dei suoi progetti all'interno della proprietà. E la cosa lo rendeva felice – felice di non doverle spiegare nulla, visto che era ancora così giovane. Pensava che ci sarebbe stato tutto il tempo, in seguito.

Ma poi – dopo l'arrivo dei pompieri, dopo che Vic li ebbe convinti ad aspettare il mattino seguente per iniziare sul serio le ricerche – Tessie Jo era corsa fuori dalla foresta, a bocca spalancata, il viso pallidissimo, la lunga treccia bagnata.

Era riuscito a trattenerla prima che potesse dire qualcosa. Era riuscito a sospingerla in un corridoio.

«Tessie Jo» le disse quando furono soli. «Cosa c'è?».

Aveva visto la barca rovesciata. La curiosità l'aveva spinta a raggiungere il lato sud della rimessa. Da lì aveva sentito suo padre parlare con i Peter e aveva sentito quello che i Peter volevano fare.

E poi aveva visto suo padre pagaiare sulla canoa rossa fino alla riva opposta del lago e l'aveva anche visto tornare.

Sapeva cos'avevano fatto.

Quando Vic le fece la sua richiesta – tacere, per sempre, su ciò a cui aveva assistito; appoggiare lui e i Peter in quella enorme non verità – lei lo guardò con i grandi occhi socchiusi e la fronte corrugata.

Vederla dubitare fece dubitare anche lui.

Ma una ragazza della sua età non poteva prevedere il futuro che l'aspettava come lo prevedeva lui. Non poteva prevedere che nella vita avrebbe avuto scarse opportunità, se avessero deciso di sfidare i Peter e raccontare la verità.

Il loro futuro si basava su quella bugia.

«Fidati di me» disse Victor.

Riluttante, sua figlia annuì.

Victor

Anni Cinquanta | **1961** | inverno 1973
giugno 1975 | luglio 1975 | agosto 1975

Quella notte il suo compito fu vegliare la signora Van Laar, nel suo alloggio temporaneo sopra il mattatoio. I Peter avevano deciso che era importante tenerla separata dagli altri ospiti, fino a quando non fosse stato possibile calmarla.

Alle due del mattino la signora Van Laar finalmente si addormentò. C'erano volute quattro pillole – la quantità massima che era stato autorizzato a somministrarle in una volta sola.

Era seduto davanti a lei su una sediolina, e la guardava. La signora Van Laar non gli dispiaceva, anche se non era mai stata particolarmente gentile con lui. Gli faceva pena. Una persona che ai Peter risultava *utile*.

Senza dubbio pensavano anche a lui in questi termini. Quando non lo giudicavano un peso morto.

Nel momento in cui alla signora Van Laar fosse stato finalmente permesso di riacquistare conoscenza – e toccava ai Peter stabilire il tempo giusto – sarebbe rimasta sconvolta in maniera irreparabile nell'apprendere la verità su ciò che era accaduto quel pomeriggio.

Su quel che aveva fatto.

Ogni volta che si svegliava – tra una dose e l'altra – la signora Van Laar faceva la stessa domanda, in tono sempre più disperato: «*Dov'è Bear?*». Lo chiedeva in continuazione, biascicando.

Per chiunque altro sarebbe stato difficile capire quel che diceva. Ma Victor sapeva: erano le stesse parole che gli rivolgeva tutti i giorni, quando lo incontrava in giro per la proprietà.

«Dov'è Bear?» gli chiese lei, di nuovo, e ancora una volta le diede la risposta che gli avevano chiesto di dare.

«È andato a fare una passeggiata con il nonno. Lo troveremo presto».

«Ma la barca» obiettò lei.

«Non c'è nessuna barca. È stato un sogno».

Lo stesso dialogo, all'infinito. Poi si acquietava, fino al successivo: *Dov'è Bear?*

Era la domanda che avrebbe fatto per il resto della vita, alla ricerca perpetua di suo figlio. Victor pensava che, nascondendole la verità – la verità che secondo loro lei non avrebbe retto, che secondo loro l'avrebbe condotta a morte prematura –, i Peter stessero semplicemente togliendo di mezzo il dolore della perdita sostituendolo con quello dell'incertezza.

Si rese conto che era proprio la stessa cosa da cui stava cercando di proteggere sua figlia. Era convinto, sotto molti punti di vista, di avere poco da offrirle, senza i Van Laar. E quindi si piegò alla loro volontà ripetendosi che così avrebbe almeno garantito a quella sua strana e meravigliosa figlia la certezza di un lavoro appagante. Di uno stipendio. Di una libertà dal tipo di vita a cui le donne Van Laar erano condannate dalla nascita.

Accanto a lui la signora Van Laar gemeva piano nel sonno. Aveva la fronte ricoperta da un velo di sudore. Aprì un cassetto. Tirò fuori un asciugamano. Dolcemente glielo tamponò sulla testa.

La mattina dopo avrebbe dovuto gestire una squadra di ricerca ancora più grossa.

Avrebbe raccontato loro la storia che aveva raccontato ai pompieri, a sua figlia e a se stesso.

Bear era andato a fare una passeggiata con il nonno.

Era tornato indietro a prendere il coltellino.

Nessuno l'aveva più visto.

Alice

Anni Cinquanta | **1961** | inverno 1973
giugno 1975 | luglio 1975 | agosto 1975

Ogni volta che riemergeva dal sonno veniva accolta dalla stessa serie di immagini:

Bear che apriva la porta della rimessa delle barche.

E poi:

La barca sull'acqua.

Il temporale incombente.

Il cielo che scuriva.

La faccia di suo figlio seduto a prua, con un sorriso tirato, la piccola fronte increspata mentre lei remava. Come al primo rombo di tuono aveva guardato la riva e poi il cielo, e infine sua madre, alla ricerca di rassicurazione.

La pioggia era arrivata così in fretta che l'aveva vista avvicinarsi come una tenda, da est a ovest, passando sopra il lago. Quando li aveva raggiunti aveva riempito la barca.

Aveva cercato di svuotarla a mano. Artigliando l'acqua.

La barca si era inclinata e loro due erano scivolati fuori bordo.

La murata era piombata con un tonfo su qualcosa di duro. Una forma umana.

Lei aveva urlato il nome di suo figlio.

Judyta

Anni Cinquanta | 1961 | inverno 1973
giugno 1975 | luglio 1975 | **agosto 1975: giorno sei**

«Firmerà una dichiarazione?» dice Hayes.

«Sì» risponde Judy.

Sono a Ray Brook davanti a una stanza degli interrogatori – la stessa in cui Judy ha incontrato Jacob Sluiter. Da un lato dello specchio unidirezionale, guardano T.J. Hewitt che è seduta con le mani sul tavolo, immobile come una statua.

«Sa cosa mi ha detto?» dice Judy. «Di quella volta che ho sentito dei rumori sopra il mattatoio? Che erano loro. Gli Hewitt. Che quando me ne sono andata T.J. ha trascinato suo padre fuori dalla proprietà, sapendo che sarei tornata con dei rinforzi. Quindi quando gli agenti sono saliti di sopra...».

«Sembrava vuoto».

«Esatto».

«Quel che non capisco» dice Hayes «è perché hanno scelto questo momento per confessare. Perché mantenere il segreto per quattordici anni e arrendersi proprio adesso?».

«Su questo ho una teoria».

«Ci avrei scommesso».

Tacciono guardando T.J. chiudere gli occhi così a lungo che Judy si domanda se si sia addormentata. Poi li riapre.

«Credo che avesse paura che i Van Laar fossero di nuovo sul punto di incastrare un innocente. Proprio come hanno fatto con Carl Stoddard».

Hayes si gira e la guarda corrucciato. «McLellan?» dice. «T.J. pensa che McLellan sia innocente?».

«No» dice Judy. «Pensa che sia stato lui. Ma il giovane

McLellan è il figlioccio di Van Laar. Un giorno, almeno secondo sua sorella, la banca andrà a lui – visto che i Van Laar non hanno figli maschi. E McLellan padre ha molta influenza sulla famiglia e sulla banca. T.J. aveva paura che i McLellan avrebbero convinto la famiglia che la colpevole era Louise Donnadieu».

Hayes tace un istante.

«Quindi gli Hewitt si sono fatti avanti per salvare la reputazione di Louise Donnadieu?».

«E quella di Carl Stoddard. Dopo tutti questi anni».

Hayes annuisce.

«Immagino che non sia mai troppo tardi» dice.

Guardano T.J. voltarsi verso l'unica finestra presente nella stanza. È così alta che non si vedono né gli edifici esterni né gli alberi; ma lei la scruta lo stesso, con gli occhi che guizzano rapidi. Inspira profondamente, il viso rivolto verso il cielo pieno di luce.

Cosa farà ora, si domanda Judy, *se lei e suo padre perdono il campo estivo?* Se i Van Laar li tagliano completamente fuori, e lo faranno di sicuro, recidendo il filo sottile che da decenni lega gli Hewitt e Peter I?

E si risponde da sola: staranno benissimo. Gli Hewitt – come Judy, Louise Donnadieu, e perfino Denny Hayes – non hanno bisogno di contare su nessuno, a parte se stessi.

Sono i Van Laar, e le famiglie come loro, che dipendono sempre dagli altri.

Judyta

Anni Cinquanta | 1961 | inverno 1973
giugno 1975 | luglio 1975 | **agosto 1975: giorno sei**

Tecnicamente il suo turno è finito. Ma adesso che non deve più rispondere ai suoi genitori tutte le sere, Judy può fermarsi finché vuole. Finché il suo compito non si sarà esaurito.

Invece Hayes deve tornare a casa dalla famiglia.

Prima di andarsene le dà un colpetto sulla spalla. «Ottimo lavoro» dice. «E parlo sul serio».

Grazie alla rivelazione degli Hewitt, l'investigatore Goldman è partito per farsi dare un mandato d'arresto per i due Van Laar – Peter II e Peter III – e anche per John Paul McLellan padre, accusati di associazione illecita per avere mentito alla polizia nel 1961, in occasione dell'annegamento di Bear Van Laar. Forse incrimineranno anche Vic Hewitt, ma date le sue condizioni di salute è improbabile che sconterà la pena in carcere.

Quella sera il capitano LaRochelle annuncerà in conferenza stampa la scoperta dei resti di Bear Van Laar. Annuncerà anche che il caso verrà riaperto e verranno comunicate al pubblico ulteriori informazioni non appena sarà autorizzato a rivelarle.

Judy sospetta che nel giro di una settimana il nome di Carl Stoddard verrà ufficialmente riabilitato e sua moglie Maryanne potrà finalmente smetterla di vagare per la Riserva Van Laar alla ricerca di prove che possano dimostrare l'innocenza del marito.

In ogni caso, i Van Laar dovranno finalmente scontare le conseguenze delle loro azioni.

In teoria, tutti questi sviluppi dovrebbero darle un senso di pace.

Invece ha la sensazione di avere ancora del lavoro da fare – un altro intero caso da risolvere.

Perché Barbara Van Laar – o il suo cadavere – non è ancora stata ritrovata.

Sale sul suo Maggiolino nel parcheggio di Ray Brook. Prende la superstrada e si dirige verso sud, verso Shattuck. Ha scoperto che in macchina riesce a ragionare meglio.

Pensa che la conclusione più logica sia che Barbara sia stata uccisa da John Paul McLellan. Tutte le prove puntano in quella direzione: la più pesante è l'uniforme insanguinata, ma anche l'affresco, i suoi riferimenti a un "ragazzo più grande", le sue sortite notturne sul monte Hunt, le impronte digitali ricavate dalle bottiglie di birra che indicano che lì ci aveva vissuto per un po' John Paul.

Data la quantità di prove, Judy sente di dover essere più certa della colpevolezza di John Paul.

Ma c'è qualcosa che non le torna.

E poi: senza ritrovare Barbara – viva o meno – non possono comunque effettuare arresti. E questo significa che John Paul resterà libero.

Continua a passare in rassegna, mentalmente, i pezzi di quel rompicapo, cercando l'ultimo mancante.

Ma non lo trova.

Per un po' guida in silenzio, poi lo stomaco le brontola così forte da farla scoppiare in una risata.

La sera prima ha cenato nell'unico ristorante di Shattuck, che somiglia più a un bar.

Arrivata all'uscita della superstrada cerca il cartello socchiudendo gli occhi nel buio.

Eccolo: DRISCOLL'S.

Con ancora addosso lo stesso completo spiegazzato di quella lunga giornata lavorativa, svolta a destra e poi di nuovo a destra, e si ritrova nel vialetto del Driscoll's Pub.

Louise

Anni Cinquanta | 1961 | inverno 1973
giugno 1975 | luglio 1975 | **agosto 1975: giorno sei**

«Mettiti una camicia» dice Louise.

È un anno che suo fratello ha addosso la stessa t-shirt dei Led Zeppelin, ormai assottigliata dall'uso.

«Non ce l'ho» risponde Jesse. Quindi gli presta qualcosa lei: una polo bianca di Camp Emerson, abbastanza unisex, in modo che non debba vergognarsene.

«Ti porto fuori a cena» dice Louise.

Da Driscoll's l'aria è piena di fumo e c'è un'atmosfera di abbandono.

Parecchi uomini che Louise ha già visto in giro giocano a biliardo al centro di una stanzetta laterale. La sala da pranzo, dove si accomodano lei e Jesse, è vuota, a parte una donna seduta al bar.

Louise porge il menu a suo fratello.

«Prendi quello che vuoi» dice.

Jesse la guarda. «Louise, io sto bene, sai?».

«Cosa vorresti dire?».

Lui abbassa gli occhi e sfiora gli angoli del menu. Ci giocherella.

La cameriera – Connie Driscoll, che avrà come minimo ottant'anni – si avvicina per le ordinazioni.

«Prendi una bistecca, se vuoi» dice Louise, ma Jesse ordina hamburger e patatine fritte.

«Per me una bistecca, per favore, signora Driscoll» dice Louise. «Al sangue. Grazie».

Connie Driscoll svanisce in cucina, le sue scarpe da ginnastica rendono muti i passi sulla moquette che ricopre il pavimento.

Jesse e Louise tacciono.

«Cosa stavi dicendo?» dice Louise. «Che stai bene?».

«Oh, non lo so» replica Jesse. «È solo che so che ti preoccupi per me. Ma io sto benissimo. La mamma è pesante, ma ho degli amici che mi vogliono bene. E metà dei professori, a scuola. Volevano bene a te e adesso si occupano anche di me».

Quasi controvoglia Louise sorride.

«Prego» dice.

«No, parlo sul serio» dice Jesse. «Sto benissimo. Ho quasi dodici anni. Posso badare a me stesso».

«Jesse. Dai» dice Louise.

«Be', allora tanto per cambiare lascia che sia la mamma a occuparsi di me» dice lui. «Non devi sempre farlo tu».

Louise abbassa gli occhi. Non le va di dargli una brutta notizia: sua madre non si occuperà mai di lui. Non come fa Louise. Non lo farà nessun altro.

«Anch'io mi preoccupo per te, sai» dice Jesse. «Se pensassi un pochino di più a te stessa aiuteresti anche me. Se vuoi davvero aiutarmi, certo».

«Pensare a me stessa in che senso?».

Connie Driscoll torna con un cocktail analcolico per Jesse e una Coca-Cola per Louise.

«Offre la casa» dice.

Lui beve.

«Iniziando a uscire con dei tizi migliori» dice. «Intanto. Oppure smettendo di uscire» aggiunge, come per un ripensamento.

Louise annuisce. È doloroso sentirselo dire, ma è vero. Si chiede quand'è che Jesse è diventato la persona che ha davanti. Nella mente ha ancora la versione di suo fratello che, quand'era stanco, si sdraiava completamente su di lei e si ficcava due dita in bocca. Trova che a Shattuck il tempo si muova diversamente che nella Riserva.

«E un'altra cosa» dice Jesse. «Dovresti trovarti un altro lavoro».

«Per esempio?».

«Non lo so, Lou. Sei una tipa intelligente. Puoi fare tutto quello che vuoi. Dovresti tornare all'università».

«Con che soldi?» domanda Louise.

«Non lo so. Chiedi un prestito in banca. Fanno tutti così, no?».

Basta il pensiero a sfinirla. Le sembra di essere ai piedi di una montagna e di guardare in su.

Ma ha già scalato delle montagne. Anche di corsa.

Mangiano in un silenzio confortevole, ascoltando le palle da biliardo che si scontrano e la musica gorgogliante che esce dagli altoparlanti.

Connie Driscoll chiede se desiderano qualcos'altro e Louise ordina il dolce. *Perché no?* pensa. Sul conto in banca ha abbastanza risparmi da mantenere sé e Jesse per un po'.

Quella sera ha intenzione di prendersi una pausa dalle preoccupazioni – un po' di tregua mentre aspetta l'udienza.

Qualcuno infila una monetina nel jukebox e la musica cambia. Gli Everly Brothers, che cantano di sogni. Poi, sotto le loro armonie fitte e ipnotiche, Louise sente il cigolio di uno sgabello spinto indietro. La donna che c'era seduta si alza e tira fuori il portafogli.

Quando si gira, Louise si accorge che ha una faccia familiare, ma non riesce a ricordare bene dove l'ha vista. Indossa un completo con qualche patacca. Ha i capelli corti. Sembra giovane: l'età di Louise o qualche anno di più.

Non sembra ubriaca, ma una che ha versato due birre dentro un corpo non abituato agli alcolici.

Prima ancora di sentirla parlare, Louise sa cosa dirà. «Scusa?».

Ma quando si gira vede che la donna non si è rivolta a lei ma a Jesse.

«Vai a Camp Emerson?» chiede la donna. Ha puntato un dito verso Jesse e la sua polo, su cui c'è il logo verde del campeggio.

Improvvisamente lui sembra spaventato.

«No» interviene Louise alzandosi e mettendoglisi davanti. «Non ci va. Ma io ci lavoro, come coordinatrice».

La donna la guarda.

«Adesso ti riconosco» dice.

Tracy

Anni Cinquanta | 1961 | inverno 1973
giugno 1975 | luglio 1975 | **agosto 1975: giorno sei**

Tracy appoggia la testa al finestrino della Stutz Blackhawk. La macchina di suo padre è la prima con l'aria condizionata su cui sia mai salita. Per anni ha avuto una Chevy, un pratico furgone a quattro porte così resistente da poter trainare un rimorchio per cavalli.

La Chevy le manca. Ma soprattutto le manca la versione di suo padre che la guidava.

La casa di Hempstead è esattamente come l'ha lasciata all'inizio dell'estate. Cancello cromato, prato artificiale, alle due finestre anteriori fiori finti in cassette di plastica.

E sua madre – sua madre è seduta sui gradini davanti, a testa alta, e aspetta il loro arrivo.

La Blackhawk si ferma nel vialetto con un rombo e Molly Jewell si alza.

Tracy salta giù dalla macchina e corre da sua madre – quella mamma gentile e divertente che è sempre stata se stessa, che non fa nessun tentativo di essere quella che non è.

Con un sussulto, Tracy capisce chi le ricorda.

«Oh, Tracy» esclama sua madre. «Mi dispiace tanto per la tua amica. Mi è sembrato di capire che contasse molto per te».

«È vero» dice Tracy.

Come farà a spiegarle quant'è cambiata la sua vita per merito di una persona che ha conosciuto solo due mesi prima?

Suo padre ha scaricato i bagagli e adesso si schiarisce imbarazzato la voce.

«Mi fa piacere vederti, Molly» dice. Lei annuisce.

Suo padre abbraccia Tracy e poi se ne va, lascia lei e sua madre nel vialetto con tutte le cose di Camp Emerson. Tracy capisce che è così che andranno le cose per il resto della sua infanzia: loro due, insieme. Loro due, sole.

Rivedrà suo padre al suo matrimonio con Donna Romano e durante le vacanze dove, per i tre anni successivi, apparirà ogni volta un nuovo fratellastro. Farà conversazione. Sarà educata. Ma non sono la sua famiglia, non più. L'unica famiglia che le è rimasta ce l'ha vicino.

«Mamma» dice Tracy. «Hai mai sentito parlare di musica punk?».

«No» dice sua madre. «Ti va di spiegarmi tutto?».

Il cielo sopra Hempstead sta scurendo. Tracy pensa a Barbara Van Laar. Si chiede se sia viva, se quasi cinquecento chilometri più a nord guardi il suo stesso cielo.

Ripensa al corpo forte di Barbara, alla sua testa salda e diritta, alla sua destrezza in acqua e nei boschi. Ripensa a com'era durante l'Escursione di sopravvivenza: a lei che costruiva una tenda, che preparava un falò, che procurava loro del cibo. Che teneva tutti in vita.

E sa – o almeno ci crede – che Barbara è ancora al mondo.

Judyta

Anni Cinquanta | 1961 | inverno 1973
giugno 1975 | luglio 1975 | **settembre 1975**

A bordo del suo Maggiolino, Judy imbocca il vialetto della casa dei suoi a Schenectady. Resta seduta un momento, per prepararsi.

È sabato e sa esattamente cosa stanno facendo: in casa, sua madre sta passando l'aspirapolvere mentre suo padre spolvera. I suoi fratelli cambiano lampadine e fanno altri lavoretti su richiesta dei genitori. È la stessa storia tutti i sabati, da quando lei ha memoria. Per anni ha lavorato al loro fianco, ripiegando il bucato, rifacendo i letti. Ma quel sabato Judy è, per la prima volta, un'ospite.

Un mese prima ha tolto tutte le sue cose dalla sua cameretta d'infanzia e le ha portate in un appartamentino minuscolo a qualche chilometro dal quartier generale di Ray Brook. Non l'ha aiutata nessuno; quand'è arrivata, suo padre le ha rivolto un cenno e poi è uscito.

Scende dalla macchina. Chiude lo sportello. Il rumore fa venire alla porta suo fratello Leonard.

La vede e si gira a chiamare: «Ma'».

Judy entra e Leonard l'abbraccia.

Il rumore dell'aspirapolvere si interrompe. «Cosa c'è?» grida sua madre.

Leonard sorride.

«È tornata la prima del paese».

Dieci minuti dopo tutti i Luptack sono riuniti al tavolo della cucina. Sua madre ha preparato il tè. Suo padre arriva per ultimo e rimescola lo zucchero nella tazza, poi si schiarisce la voce. Tacciono tutti finché Leonard dice: «Abbiamo letto di nuovo il tuo nome sul giornale».

Judy lo guarda.

«Davvero?».

Leonard annuisce. Si alza. Torna con in mano un pezzo di carta: un altro articolo ritagliato dal *Times Union*.

Lei lo prende e legge.

Van Laar incriminati, dice il titolo. E il sottotitolo: *Riabilitazione postuma per primo sospettato.*

L'articolo continua.

Alice Van Laar, che a suo tempo sarebbe stata senza dubbio accusata dell'omicidio colposo di suo figlio, resta a piede libero: sono scaduti i termini di prescrizione.

Ma Peter II e III saranno accusati di associazione illecita e ostruzione della giustizia. Il fatto che abbiano continuato a mentire alla polizia sulla morte di Bear – anche dopo la scomparsa di Barbara – rende ancora attuale l'accusa.

Al momento sono fuori su cauzione, in attesa di processo. Il loro avvocato, aggiunge il giornalista, non sarà più John Paul McLellan padre.

L'articolo è accompagnato da una foto.

Nell'immagine c'è la famiglia Stoddard – Maryanne, le sue tre figlie, i generi, i nipotini – in posa formale, in piedi davanti a una bella casetta a Shattuck, i visi solenni e le schiene diritte.

Giustizia è stata fatta, dice la didascalia.

Judy restituisce l'articolo a suo fratello, che lo dà a suo padre, che lo richiude lungo le pieghe e se lo infila nel taschino della camicia.

«Hai letto il tuo nome?» dice. «È proprio lì nel secondo paragrafo».

Judy sorride. «Sì».

«Ho sempre saputo che era stata quella famiglia» dice il padre di Judy. «Già allora. Lo sapevano tutti che in qualche modo c'entravano. Solo che non sapevamo bene come».

A un tratto sua madre, che è rimasta sempre in silenzio, le prende la tazza dalle mani. Le versa dell'altro tè. Adesso è una visitatrice in casa loro; un'ospite. Rendersene conto riempie Judy di orgoglio e tristezza insieme.

«E la ragazzina? Barbara?» dice Leonard. «Avete qualche indizio?».

Sì. Ma non può parlarne con i suoi – non ancora – e quindi tra loro cala l'ennesimo sipario.

«Niente di concreto» risponde.

Di ritorno a Ray Brook Judy guarda i pini farsi più alti e fitti. Arriva alla sua uscita e prende la 73. Con il suo Maggiolino, sale sempre più in alto.

Intanto lascia che la sua mente torni allo sviluppo più recente nel caso della scomparsa di Barbara Van Laar.

Una cosa molto interessante: Annabel Southworth – la vice di Louise – ha spontaneamente confessato di essere stata con John Paul McLellan la notte della scomparsa di Barbara Van Laar. Una volta alle dieci, durante la festa; e di nuovo nelle prime ore del mattino. Gli ha quindi fornito un alibi; anche i suoi genitori, Katherine e Howard, hanno confermato. Le due famiglie – i Southworth e i McLellan, che sono amici dei Van Laar – approvano questa relazione, nonostante la giovane età di Annabel.

Sono molto compatibili, ha detto Katherine Southworth, nella sua dichiarazione firmata.

Le uniche altre accuse verso John Paul – guida in stato di ebbrezza e possesso di sostanze stupefacenti – sono cadute. Gli abiti insanguinati – che secondo John Paul sono stati messi lì per incastrarlo – non sono una prova ammissibile senza un'accusa. Non dovrà scontare una pena in carcere; gli saranno invece imposte cento ore di lavori socialmente utili, da parte di un giudice che a Judy è sembrato particolarmente in confidenza con il padre di John Paul.

Non ne è stupita: è solo un filo delusa dal risultato.

Da allora però è successa una cosa nuova. Forse non riusciranno mai a incriminare John Paul McLellan di niente che sia relativo alla scomparsa di Barbara Van Laar, ma potranno accusarlo di qualcos'altro: aggressione aggravata di secondo grado.

La vittima: Louise Donnadieu.

Dopo una discussione con Judy, Louise ha acconsentito a presentare denuncia. Meglio ancora: parecchie persone hanno accettato di testimoniare a suo favore. Judy si è occupata di rintracciare i testimoni presenti nella casa condivisa da John Paul vicino all'Union College la sera dell'aggressione: il suo compagno di stanza Steven e tre ragazze indicate dallo stesso Steven come ospiti in quell'occasione.

Pensa ai suoi ex compagni delle superiori. E anche alle sue compagne. Sarebbero stati così coraggiosi? Judy non ne è sicura. *Ma siamo nel 1975*, si ripete. *Il mondo è cambiato.*

«Quindi quale sarebbe la tua teoria?» le aveva chiesto suo fratello, a tavola. «Se non puoi darci dei particolari nuovi, almeno dicci come la pensi».

«Su?».

«Barbara Van Laar» disse suo fratello, e alla sua destra sua madre si fece il segno della croce. «*Quella povera bambina*» borbottò piano.

Judy guardò fuori dalla finestra.

«In realtà credo che stia bene» disse.

Leonard si accigliò.

«Come lo sai?».

«Non lo so. È solo una sensazione».

La sera in cui si era imbattuta in Louise Donnadieu al Driscoll's Pub, Louise le aveva detto una cosa che poi le era rimasta in testa per settimane.

D'istinto Judy le aveva chiesto di parlarle di T.J. Hewitt. Infatti, nonostante credesse nella sua innocenza, non era mai riuscita a dimenticare la storia che le aveva raccontato il ragazzino, Christopher.

Ma perché, pensava Judy, *Barbara entrava di notte nella tenda di T.J. Hewitt? Cosa poteva fare là dentro, a parte qualcosa di... scorretto?*

E così, con due birre in corpo e il conseguente calo delle inibizioni, aveva lanciato l'idea a Louise Donnadieu. Stando bene attenta a farlo fuori dalla portata d'orecchio di suo fratello.

Louise era scoppiata a ridere.

«Cosa c'è?» aveva detto Judy.

«Impossibile» aveva risposto Louise.

«Perché?».

«Un sacco di gente pensa che T.J. sia strana» aveva continuato Louise «ma in realtà è innocua. Anzi, peggio. È una brava persona. Lei vuole soltanto cacciare, pescare e stare sola. La sua famiglia ha una casa su un'isola, su a nord. Credo che se potesse adesso ci andrebbe a vivere».

Louise aveva fatto un cenno al barista e si era ordinata una birra.

«Ha solo bisogno di soldi, prima» aveva detto Louise.

Judy l'aveva osservata.

«Dove esattamente?».

Louise si era accigliata. «Dove cosa?».

«L'isola. La casa».

«Oh, non so come si chiama. Ma nello Chalet del direttore c'è una piantina attaccata al muro. L'ultima volta che ho guardato c'era una puntina proprio dove si trova la casa».

E aveva bevuto.

Poi, lentamente, mentre capiva, aveva guardato Judy.

Judy avrebbe fatto carriera. Trovare Barbara Van Laar – e trovarla *viva* – avrebbe significato una promozione. Forse due. L'avrebbe messa sulla strada del successo. E avrebbe risposto alla domanda che pende sul suo capo da quando ha iniziato a lavorare come investigatrice, la domanda che ogni investigatore maschio si pone quando la vede. *Le donne sono tagliate per questo mestiere?*

Sa che il capitano LaRochelle troverebbe Barbara, se potesse. Ogni investigatore lo farebbe – ma nessuno terrebbe in considerazione le preferenze di Barbara o la sua sicurezza.

Anzi, ne sacrificherebbero il benessere per un vantaggio nella carriera.

In un certo senso è proprio quello che ha fatto il capitano LaRochelle, quand'è scomparso Bear Van Laar e quando Carl Stoddard è diventato un comodo sospettato: ha permesso che Stoddard, ormai morto, si prendesse tutte le colpe, mentre lui accettava la promozione seguita alla chiusura del caso.

Judy disapprova molte delle cose che le hanno insegnato i suoi genitori, ma ce n'è una per cui li rispetta: la loro costanza nel mettere gli altri davanti a se stessi.

Se Barbara Van Laar ha scelto di nascondersi nei boschi di sua spontanea volontà – se è al sicuro e protetta, nutrita e fiduciosa nelle proprie possibilità – chi è lei per trascinarla di nuovo nel mondo che ha abbandonato?

Però vuole comunque essere sicura che la sua teoria sia corretta.

E quindi, dal suo appartamentino di Ray Brook, elabora un piano: tornerà alla Riserva Van Laar, tornerà allo Chalet del direttore dove ha trascorso tante ore. Immagina di trovarlo abbandonato; dopotutto gli Hewitt hanno tagliato ogni rapporto con i Van Laar. Aprirà la porta che non ha mai avuto una serratura.

Pregherà che la cartina sia ancora appesa al muro.

Se è così, prenderà nota del punto indicato da uno spillo o da una puntina.

Il luogo dove si trova la casetta della famiglia Hewitt su a nord, nel bel mezzo degli High Peaks delle Adirondack.

Barbara

Anni Cinquanta | 1961 | inverno 1973
giugno 1975 | luglio 1975 | **agosto 1975: giorno uno**

Il letto è vuoto.

Alla luce della luna, sulla soglia del bungalow Abete balsamico, Barbara Van Laar lancia un'ultima occhiata alle sue spalle e con il pensiero dice addio a Tracy, alle compagne di bungalow, a Camp Emerson.

Se ne sta andando più tardi di quanto concordato con T.J., che starà camminando avanti e indietro in casa sua, con i nervi a fior di pelle. Ma le coordinatrici sono rimaste alzate più a lungo del previsto; Barbara ha dovuto aspettare che tornassero, l'una dopo l'altra, e poi aspettare ancora, finché i loro movimenti non si sono acquietati e il loro respiro si è placato.

Poi si è alzata, facendo meno rumore possibile, e in punta di piedi è andata alla porta, dove ora si trova.

Il sacchetto. Ha dimenticato il sacchetto di carta che si è portata dalla villa – quello che ha rischiato di metterla nei guai.

Cos'hai messo in quel sacchetto? le aveva chiesto Tracy la settimana prima, e lei aveva fatto finta di non capire.

Fuori l'aria è fresca e la luna così luminosa che non ha bisogno della torcia che s'è portata dietro.

Le altre sue cose l'aspettano a casa di T.J.: lo zaino, pieno di roba da mangiare fresca che dovrebbe durarle almeno una settimana. I vestiti pesanti e gli scarponi che si metterà più in fretta che può.

Ma ovviamente, quando arriva sotto il porticato dello Chalet del direttore la porta si spalanca subito. È T.J., che controlla l'orologio. Sono quasi le tre del mattino, le dice; ce la faranno a malapena.

«Aspettiamo un giorno?» dice Barbara, ma T.J. scuote subito la testa.

È l'ultima sera della festa sulla collina. O quella sera – mentre gli ospiti sono ancora nella proprietà – o mai più.

E *mai più* significa essere spedita a Élan in autunno. *Mai più* significa non rivedere T.J. o Vic – cioè la sua vera famiglia – per anni.

Raggiungono in silenzio il furgone di T.J., che ha una canoa legata al tettuccio; chiudono i due sportelli più piano che riescono. Poi T.J. mette in moto e il furgone risale rombando la collina, supera a destra Fiducia-in-se-stessi e anche il parcheggio pieno di auto.

«Sei riuscita a entrarci?» domanda Barbara indicando la Trans Am blu di John Paul McLellan.

T.J. annuisce. «Adesso i vestiti sono dentro il bagagliaio» dice. «Non se ne accorgerà. Ma li troverà la polizia, quando la perquisiranno».

«E perché dovrebbero farlo?».

T.J. sorride. «Non è l'unica cosa che ho messo in quella macchina» dice. «Quando lo prenderanno avranno ottimi motivi per eseguire una perquisizione».

Quando arrivano alla superstrada proseguono per un'ora. T.J. guida più veloce che può senza rischiare di attirare l'attenzione della polizia: esattamente dieci chilometri sopra il limite di velocità. Mentre guida scruta il cielo, che a ogni minuto che passa si rischiara sempre più.

Durante il viaggio T.J. le fa delle domande.

Come farai per l'acqua?

Farò un falò. La farò bollire. Userò la tintura di iodio.

Cosa farai se ti ammali?

Userò il manuale di pronto soccorso che hai messo sullo scaffale. Cercherò qualche medicina nell'armadietto.

Hanno ripetuto le stesse istruzioni all'infinito, durante le lezioni notturne che T.J. ha impartito a Barbara per tutta l'estate. Per prepararla a vivere nei boschi – ma non per sempre. Solo finché non avrà diciotto anni – a quel punto sarà legalmente in grado di decidere per sé.

E allora potrà fare quel che vuole senza aver paura che i suoi genitori le impongano le loro regole. O le loro punizioni.

Se a un certo punto cambierà idea dovrà solo venire allo scoperto. Spetta soltanto a lei decidere, dice T.J.

Barbara guarda T.J., il suo profilo, il suo viso gentile. Quand'era piccola è sempre stata T.J. quella che si è più occupata di lei. È stata T.J. ad aiutarla e a insegnarle tutto. A T.J. Hewitt non si può certo applicare l'aggettivo *materno*, eppure è l'unica madre che Barbara abbia mai conosciuto. La sua, sebbene viva, è stata sempre irraggiungibile da quando Barbara è nata. Un guscio che cammina.

«Nello zaino ti ho messo del tè» dice T.J. «Quello che ti piace. E anche della cioccolata come dessert per la sera». E poi: «Hai abbastanza da leggere?».

Barbara annuisce. «Sì» dice. «E se li finisco ti scrivo».

«Vedrai che presto potrò venire» dice T.J. «Tra un mese o due. Devo solo essere sicura che non mi facciano seguire». Lancia un'occhiata a Barbara e le mette una mano sul ginocchio. «So che fino ad allora ce la farai».

«Sì» dice Barbara per rassicurare T.J. e anche se stessa.

Ma in realtà si sente davvero pronta. Merito di T.J. e di tutto quell'addestramento, ogni notte; di tutti i preparativi che hanno fatto.

L'unica cosa che le mancherà sarà la musica: quella deve lasciarsela alle spalle.

Piombano entrambe nel silenzio. E poi, poco prima che sorga il sole, T.J. esce dalla superstrada.

Si fanno luce con due lampade frontali mentre scaricano la canoa dal tettuccio e la trasportano per quasi un chilometro dentro la foresta.

Barbara sa che T.J. è sempre più nervosa; il piano fallirà completamente se non torna a Camp Emerson prima che il resto del personale si svegli. Così accelera il passo nonostante le brucino i polmoni, nonostante lo zaino la rallenti.

«Ci siamo quasi» continua a ripetere T.J.

Il sole sorge mentre loro due pagaiano silenziose sulla superficie del lago, verso un'isola centrale. A mano a mano che si avvicinano Barbara intravede – appena oltre la linea degli alberi – la superficie piatta di una struttura costruita da mani umane.

«Ricordati che qui ci sono dei cervi» dice T.J. scendendo dalla canoa sulla riva. «Puoi sempre cacciare quelli. In casa ci sono due fucili e un sacco di munizioni».

A un tratto Barbara rivede sua madre che la segue per casa come un fantasma – sgridandola perché mangia troppo. Esattamente il contrario di T.J., che per tutta la vita, a ogni occasione possibile, le ha portato da mangiare – ogni tanto passava perfino dalla scuola di Barbara a consegnare cappotti, capi di vestiario e dolcetti che sapeva le piacevano.

Per farlo entrava e usciva da una finestra.

Non è mai stato un problema, finché una volta la supervisora l'ha vista da dietro e Barbara – tutta rossa e in preda al panico – ha detto che si trattava di un ragazzo della sua età.

Da lì era andato tutto malissimo.

«Me lo ricorderò» dice Barbara. «Mi ricordo tutto quello che mi hai insegnato».

Sono arrivate a destinazione. Per un attimo si guardano.

«Vai» dice Barbara.

«Andrà tutto benissimo» dice T.J.

«Sì» risponde Barbara.

Barbara è sulla spiaggia dell'isola e guarda T.J. allontanarsi in canoa. Aspetta finché non sente il remo immergersi nell'acqua, finché T.J. non scompare nella foresta sull'altra riva e prima di andarsene le rivolge un ultimo saluto.

Chiude gli occhi. Ascolta, aspetta un segno: e le risponde un tordo eremita con il suo bellissimo canto.

Va verso la casetta costruita dagli Hewitt, molte generazioni prima. Dentro è fresca e piena d'ombre e fornita di tutte le provviste che T.J. ha trasportato fin lì per mesi, in previsione di quel soggiorno.

Nell'angolo c'è qualcosa di nuovo: una chitarra acustica. Un libretto d'istruzioni per principianti. Barbara si rende conto che per lei potrebbe essere un modo di creare della musica tutta sua.

Con sollievo, deposita a terra il pesante zaino. Sopra c'è il sacchetto di carta che si è portata dietro da Fiducia-in-se-stessi.

Lo apre e tira fuori l'unico oggetto inutile che si è concessa di mettere in valigia per quel giorno: una foto incorniciata di suo fratello Bear.

Quella sarà anche casa sua.

Appoggia la foto sul tavolo grezzo su cui consumerà i pasti. *Adesso sei al sicuro*, pensa rivolta a suo fratello.

Judyta

Anni Cinquanta | 1961 | inverno 1973
giugno 1975 | luglio 1975 | **settembre 1975**

Sulla riva di un lago ottanta chilometri a nord della Riserva Van Laar, Judy Luptack, le mani sui fianchi, osserva a occhi socchiusi un'isola in lontananza. Non si è portata un'imbarcazione.

Cerca di calcolare la distanza tra la costa e l'isola. Ottocento metri, forse un chilometro. Non è mai stata una nuotatrice forte però si toglie le scarpe e immerge la punta del piede per sentire l'acqua.

È gelata. Per un attimo ripensa alla sua decisione. Non ha le prove che sull'altra riva troverà qualcosa. È sabato. Il suo giorno libero. Potrebbe tornare a casa, al suo appartamento in affitto a Ray Brook; potrebbe andare a comprare qualcosa per cena. Sta già imparando i nomi degli abitanti di quella cittadina. Potrebbe fare tutto quello che vuole. E invece – incalzata da un sospetto che non è riuscita a scrollarsi di dosso da quando ha parlato con Louise Donnadieu – si spoglia e rimane in costume da bagno. Poi si immerge nell'acqua fredda.

Non ha idea di quanto ci metterà. Si ripete che può sempre stare a galla. *Se ti stanchi, puoi sempre stare a galla.*

Mentre nuota, pensa. Se la sua teoria è corretta – se lei ha ragione, il che è tutto da dimostrare – la logica di ogni passaggio è chiara: l'uniforme insanguinata frutto di quello che Christopher Muldauer ha descritto come "l'incidente di Barbara" durante l'Escursione di sopravvivenza. La possibilità che T.J. e Barbara si siano improvvisamente rese conto che poteva essere loro molto utile. Nascondere quei vestiti nella macchina di John Paul McLellan avrebbe avuto due funzioni: non solo distogliere gli investigatori dalla pista che li avrebbe portati dove si trovava Barbara, ma anche rappresentare una forma di giustizia. Giustizia per Louise Donnadieu, che si era rivolta a T.J. quando John Paul l'aveva malmenata. Giustizia per Carl Stoddard, che era stato incastrato fino alla morte da due famiglie – i McLellan e i Van Laar, che avevano preferito salvaguardare la loro reputazione. Evitare uno scandalo a scapito di un uomo innocente. E giustizia anche per il padre di T.J. Hewitt – che aveva acconsentito a un accordo in contraddizione con il suo codice etico. Che lo aveva ridotto al livello dei Van Laar.

Con due semplici azioni – rivelare la verità su Bear e aiutare Barbara a nascondersi – gli Hewitt si erano riscattati. Avevano ripercorso la loro strada fino all'ultima svolta sbagliata e avevano imboccato una direzione diversa.

Difficile stabilire quanto tempo è passato da quando Judy ha lasciato la riva opposta. Certe volte si mette a galleggiare e guarda dritto il cielo azzurro di settembre. Chiude gli occhi. Si lascia cullare dall'acqua. Poi prosegue.

A un certo punto la riva che ha di fronte è più vicina di quella che ha lasciato. Si ferma e inizia a camminare sul fondale. Se socchiude gli occhi riesce a vedere un filo di fumo che si leva nel cielo, come se uscisse da un comignolo.

Finalmente tocca terra. E a una certa distanza scorge una figura che sbircia da dietro un albero.

Barbara Van Laar.

Judy la riconoscerebbe ovunque, anche se non si sono mai incontrate.

Dall'acqua, leva in aria una mano esitante. Barbara non può sapere chi è; è scomparsa molto prima che arrivasse la polizia. Judy ha la sensazione di guardare attraverso uno specchio unidirezionale: sa molte più cose di Barbara di quanto Barbara possa comprendere. Con i brividi di freddo e il costume da bagno, deve avere un'aria piuttosto ridicola e poco professionale: una turista, una campeggiatrice particolarmente avventurosa che non sapeva di essere stata avvistata.

Barbara è immobile, le mani sui fianchi.

«Tutto bene?» grida Judy.

«Sì» risponde Barbara. E poi: «E tu?».

Judy annuisce.

«Vuoi che me ne vada?» dice Judy.

Per un attimo Barbara è incerta.

Poi, in tono deciso, risponde: «Sì».

Il ritorno a nuoto sembra più lungo e lento dell'andata. Judy ha così freddo che le battono i denti. Le mancano pochi metri ma si ferma e si gira verso l'isola per un'ultima occhiata.

Eccola: Barbara Van Laar, forte, schiena dritta. Padrona del proprio corpo, padrona di quei boschi. *In lei c'è qualcosa di immortale*, pensa Judy: è uno spirito, un'apparizione, più divinità che ragazzina.

Judy continua a nuotare finché raggiunge la riva opposta. Quando guarda di nuovo l'isola vede solo i pini, che si sono richiusi su Barbara come un sipario.

RINGRAZIAMENTI

Grazie a Bob e Kelly Nessle, Kevin Gagan, Kevin Hynes, Kathleen Bower, Anna Serotta, Jean Dommermuth, Max O'Keefe, Rebecca Moore e Steve Williams, che mi hanno concesso delle interviste sui diversi temi che sono alla base della scrittura di questo romanzo. La rielaborazione narrativa dei dati procedurali, medici, legali e geografici si deve esclusivamente a me.

Grazie agli autori di una serie di testi che mentre scrivevo mi hanno fornito informazioni preziosissime: *La donna dei boschi* di Anne LaBastille; *Lost Person Behavior* di Robert J. Koester; *Fiducia in se stessi* di Ralph Waldo Emerson; *Walden* di Henry David Thoreau; la rivista *Creem*; *Adventures in the Wilderness; or, Camp-Life in the Adirondacks* di William Murray; *Adirondack Album, volume 2* di Barney Fowler; *Adirondack Explorations: Nature Writings of Verplanck Colvin* a cura di Paul Schaefer e *At the Mercy of the Mountains* di Peter Bronski.

Grazie a Seth Fishman, Rebecca Gardner e al team Gernert; a Sarah McGrath, Alison Fairbrother e il team Riverhead e a Sylvie Rabineau, Hilary Zaitz Michael e al team WME, per la loro competenza professionale e la loro amicizia.

Grazie a Don Lee, Cara Blue Adams, Jena Osman, Pattie McCarthy, Rich Deeg, alla compianta dott. JoAnne Epps e a tutti i miei colleghi e studenti del programma MFA della Temple University.

Grazie ad Alex Gilvarry, Mac Casey, Christine Parkhurst, Stephen Moore e Rebecca Moore che hanno letto e discusso le prime bozze di questo romanzo.

Grazie a Murph Casey, Mike Casey, Kelly O'Hara, Abby Bailey, Sarah Lanzone, Jessica Geller, Maggie Casey, Adriana Gomez-Juckett, Asali Solomon, Jessica Soffer, Kiley Reid, Alexandra Kleeman, Scott Cheshire, Christy Davids, Crossley Simmons e The Claw per il sostegno morale, l'amicizia, il baby-sitting e le molte, lunghissime chiacchierate.

Grazie agli antenati che hanno messo radici sui monti Adirondack e soprattutto a Cheryl e Gerald Parkhurst.

Grazie Mac, Annie e Jack, che mi ricordano perché scrivo e che sono la miglior ragione al mondo per non scrivere sempre. Vi voglio bene.

NOTA DELLA TRADUTTRICE

Ada Arduini

Da quando ho iniziato a fare questo lavoro, ahimè ormai quasi venticinque anni fa, una delle domande che mi viene rivolta più spesso è se mi capita di conoscere gli autori che traduco, e che effetto faccia. Posso rispondere che mi è capitato, sì, che si tratta di incontri spesso conciliati da una precedente corrispondenza per chiarire o elaborare aspetti tecnici del testo su cui sto lavorando, e che nonostante questo mi suscitano sentimenti e sensazioni sempre diversi. Alla mia non più verde età posso vantare le esperienze più disparate e anche stravaganti, tra cui un'autrice che alla mia domanda di chiarimenti sul testo ha risposto con un brutale elenco degli strafalcioni dell'edizione francese, una seconda che mi ha subito invitato a casa sua (peccato che il giorno dopo il mio arrivo le sia morta l'amatissima suocera, e su quel che è successo dopo lascio scendere un pietoso velo) e una terza che mi ha scritto mail incredibilmente divertenti e personali ma che poi con mio rammarico non ho più né tradotto né conosciuto di persona.

Se vogliamo ricorrere a voci ben più autorevoli della mia, sul tema del rapporto personale con autori e autrici direi che per temperamento mi collocherei vicino ad Arthur Koestler, che diceva che amare uno scrittore e poi conoscerlo è come amare il paté di fegato d'oca e poi conoscere l'oca. Ma non voglio sembrare irriverente, e dal momento che il mio ruolo di traghettatrice del testo da una sponda all'altra richiede anche una certa diplomazia e capacità di ascolto, riconosco che a volte è divertente e anche lusinghiero avere il privilegio di poter costruire con chi scrive una relazione strana, che per quanto mi riguarda è al contempo intima e distante, oggettiva perché legata alla concretezza del mio lavoro e soggettiva perché all'inizio si fonda su ciò che mi pare di intuire di una persona dalle parole che ha messo in fila su una pagina.

Il mio rapporto con Liz Moore è cominciato nel 2020 con una mail in pieno Covid-19, in cui non le chiedevo delucidazioni sul libro che avevo già tradotto e consegnato, *I cieli di Philadelphia*, ma una firma sotto una petizione a favore di un fondo italiano per traduttori e traduttrici in gravi difficoltà professionali per colpa dell'epidemia. La sua risposta è stata pronta ed esauriente: abbiamo parlato della situazione dell'editoria negli Stati Uniti e in Italia, della risposta delle istituzioni sanitarie, dell'emergenza a tutti i livelli vissuta da entrambi i paesi. Mi sono fatta l'idea di una persona politicamente consapevole, che crede nel valore della e delle comunità, e ne ho avuto la conferma quando l'ho sentita parlare di quanto investa negli incontri con i lettori, di quanto ami le librerie indipendenti e di come abbia contribuito a costruire a Philadelphia una rete di scrittori e scrittrici che si confrontano e si danno una mano anche concretamente.

Le cose si sono fatte più interessanti durante la lavorazione di *Il mondo invisibile*, quando vista la sua disponibilità ho potuto coinvolgerla maggiormente nell'elaborazione della traduzione, e da parte sua ho riscontrato un entusiasmo non comune, forse alimentato anche dal suo interesse per la nostra lingua. (Se qualcuno di voi è stato alle sue presentazioni nel nostro paese sa bene che cerca sempre di rivolgersi ai lettori con qualche frase in italiano, e credo sia anche in grado di leggerlo). Durante quei mesi ho anche tradotto il suo racconto "Appunti clinici", uscito nella raccolta *Decameron Project* sempre pubblicata da NNE, un testo alquanto cupo rispetto alla sua consueta produzione letteraria (mood giustificato dall'emergenza sanitaria globale che stavamo affrontando) e, dato lo stile da lei scelto e la natura intrinseca della *short story*, piuttosto ellittico e chirurgico. Nelle mail che ci siamo scambiate ho colto la sua attenzione per i dettagli, la sua apertura verso l'articolare alcuni punti che non mi erano chiari, il suo tentativo di fornirmi tutti gli strumenti per arrivare il più vicina possibile all'originale ma al tempo stesso la sua generosità nel non restare per forza attaccata al testo, la sua disponibilità a lasciar andare. Uno di questi messaggi ce lo siamo scambiato nei giorni dell'assalto al Campidoglio americano del gennaio del 2021, che l'aveva comprensibilmente sconvolta.

La prima volta che ci siamo viste è stato online, durante uno zoom organizzato dalla casa editrice. Ho provato una sensazione che ormai conosco bene, un'impressione di familiarità e tuttavia di scollamento, di curiosità e straniamento come davanti a una specie di glitch. A questo incontro ne sono seguiti alcuni di persona, il mio lavoro sui suoi romanzi è continuato anche con *Il dio dei boschi* e lei è sempre stata rapida nelle risposte e prodiga di suggerimenti e consigli.

Fin qui niente di funambolico o fuori dall'ordinario, in effetti. Da molti anni ho la fortuna di coltivare amicizie profonde con alcuni colleghi e colleghe (il confronto in questo mestiere per me è un elemento fondamentale, tanto più data la prevalente solitudine in cui molti di noi lavorano) e so che alcuni di noi godono dell'eccezionale privilegio di aver costruito un rapporto fruttuoso e ricco con certi scrittori e scrittrici tradotti. Ho riflettuto molto su questo punto, sul perché mi accada raramente di vivere situazioni del genere, e ho capito che per quanto mi riguarda la relazione tra traduttore e autore si esprime al suo massimo e forse si esaurisce nel testo, nelle pagine che ho davanti; misurarmi con le parole e il mondo che devo trasportare dall'altra parte, nella mia lingua, è il lato di questo lavoro che trovo più coinvolgente e appagante e si chiude come si è aperto, sullo schermo del computer. Il testo mi parla con una voce ben più potente di quella dell'autore in quanto individuo, e in fondo contiene tutto il necessario perché io possa portare a termine la traduzione. Nel caso di questo libro il dialogo si fa più ricco perché ho la fortuna di essere la voce italiana di Liz Moore fin dal suo esordio sul mercato editoriale italiano, ed è un dialogo che si articola quindi con tutti i suoi romanzi pubblicati in Italia, nei quali posso riconoscere e seguire il filo di tic e idiosincrasie, abitudini linguistiche o stilistiche, immagini ricorrenti. La soddisfazione che provo nel mettere in ordine le parole nella lingua d'arrivo, nel tentare di risolvere il puzzle, il rompicapo di ogni nuovo libro che inizio, nel *problem solving* come lo chiama Lydia Davis nel suo inventario dei piaceri della traduzione, è di per sé sufficiente e, forse sbaglio, ma non mi pare di avere bisogno di nient'altro. L'occasionale contributo dell'autore, il suo aiuto a sciogliere alcuni passaggi oscuri o contraddittori, punta per me nella stessa direzione: l'obiettivo finale non è tanto la costruzione di una relazione intellettuale e umana (che può senz'altro nascere, ma nella maniera fortuita e imponderabile in cui nascono tutte le relazioni), ma la certezza e il vantaggio di poter contare su un alleato d'eccezione nell'impresa comune di far arrivare all'editore e al lettore la forma migliore possibile del testo nella nostra lingua.

INDICE